影視動漫
版權洽談中
解昆樺
時報出版

目次

推薦序　看黑熊在黑暗中漫舞

金鐘獎編劇、劇場導演　吳洛纓

「升起的臺灣黑熊氣球活脫是個胸口帶著新月紋的巨靈，在士林夜市半空中巡狩。」閱讀這本小說的此刻，我正在故事的主場景——士林，面積是臺北最大的行政區，人口數也在前三名。只要國外友人到臺灣來玩，陽明山國家公園、溫泉、故宮博物院、士林官邸都是值得推薦的好去處。士林轄區內就有五所大學，再加上臺北市的兒童新樂園、天文館、科學教育館、天母棒球場，連美國學校、日僑學校、歐洲學校也都在這裡，一點都不辱沒「士林」二字的美名。這個有山有水的大舞臺上，精彩的節目讓人目不暇給，感覺是多麼生動有活力的地方，臺北市面向國際的招牌上，士林絕對有閃亮亮的一筆。

如果你悄悄掀開簾幕，往後臺瞧一眼，猜猜你會看到什麼？是鬧得沸沸揚揚的王家都更案？是蓋了八年，蓋到營造公司都倒閉停工的臺北表演藝術中心？還是綿延近三十年官商勾結的綁標圍標弊案？都是。最吸引人的正是黑道勢力如何輪流把持「肥美的士林夜市」，保護費、清潔費、各種名目的淘金手段，加上販毒。看起來啪哩啪哩的觀光寶地，早就泛著臭酸味。

現實生活中的士林夜市因為觀光發財，掌管士林的幫派正在勢力交替，已經發展成國際組織的天道盟一統會把持近二十年的穩定局面，大哥「西瓜」葉靜明卻因吸毒而無法管事，給了新北山會大哥「烏龍」有機可乘，在一次打斷西瓜雙手雙足後，開始以暴力插足士林夜市，除了對攤商收取保護費，連附近幾個大型建築工地，也逃不過他們的威嚇勒索。這些囂張的行徑直到二〇一八年年底，「烏龍」被警方拘提才稍稍歇停。

這正是鰲角頭的建構背景，它不帶我們走尋常無味的Shopping Eating，它用導覽式的口音，帶我們走進夜市的深暗處，還要給你驚奇。一場黑道幫派內鬥的奪權大戲剛開始，向來管事的「士林組合」對販賣毒品海妖（荔枝）的意見相左，握有實權的老爺子立下不准販毒的規矩，但毒品的利益實在誘人，前任幫主的獨子傅鑫野藉此想擴張版圖，開始對勢均力敵的同儕惡狠狠的狙擊，大姐頭顏希鳳、猛將鰲仔都有實力自立堂口，還有像狗蟻仔的小兄弟緊緊跟隨。但他們都遭到傅鑫野趕盡殺絕，霎時間腥風血雨。有趣的是，「官兵捉強盜」的遊戲在這場「政變」中並不成立，反而因為刑警角利插手幫忙，拉高這局的可看性。

顏希鳳被追殺逃亡、性命交關的當下她進入回憶：鰲仔、希鳳、狗蟻仔、鑫野都來自李神父的聖伊甸園育幼院，因為能庇護他們的親人入獄或家庭破碎，當然這並沒有發展成為什麼勵志的故事。國中時期除了鑫野以外，他們三人經常玩在一起，在淡水河臨岸的沙灘上「撿到」一艘廢船，從此成為他們的祕密基地。狗蟻仔做了一只大風箏，鰲仔抓緊著在沙灘上逆風奔跑，風箏高飛了。他們想像著以風箏做帆，假裝自己正在航行，有人掌舵有人揚帆，分工合作帶他們到更遠更遠的地方。

段考完三個人弄了一輛速克達，挨著擠著去買食物買炭火，想到廢船那兒烤肉，不料到那裡已經有一群學生胡亂翻攪他們藏在船上的東西，雙方起爭執，最後被學校記過，輔導老師到育幼院談他們的生涯規劃，宣告升學是完全無望的，幾乎像放棄自己，不知道下一站在哪裡，也不相信未來的自己有可能改變。這與悲觀無關，而是成長以來的傷痕告訴他們，未來從不是他們能自己決定。在老爺子引領下他們進入黑幫，除了「士林組合」，他們也找不到更適合棲身的居所。

作者像深沉勤勉的說書人，把事物的註解放在行文中，我們會因此知道寶可夢是什麼，知道護理師如何實習，知道新興毒品如何致幻，知道塗鴉文化的當代意義和熱炒店一百五十到兩百元之間的菜名。每每敘事到這兒就產生疏離，彷彿突然被拉開，自頭至尾都可以冷冷地、安全地聽故事，維持一個優雅的姿勢，不需要跟著熱血沸騰去刺青。這個距離正好讓我們有空隙冷靜看清，小說中的武林世界與眞實人生相差無幾。

「臺灣黑熊胸口的半月文，像是迴旋鏢一樣，被妙琳牽著在擠著水洩不通的夜市人潮半空中，繞來繞去，轉來轉去，倒像窮忙的臺北上班族。」護理師妙琳執著黑熊氣球在人潮中，讓我們跟隨她的眼光，與黑熊一起在黑暗中漫舞。

推薦序　歹托邦的黃金時代

國立中正大學臺灣文學與創意應用研究所助理教授　王萬睿

《螯角頭》不是一個勵志的小說，故事源起一個百無聊賴的夜晚，一位女性角頭突然失蹤，一場被刻意製造的意外車禍，使得剛收完保護費就被撞進醫院的幫派分子螯仔，在車禍醒來後才發現身處幫派鬥爭的漩渦核心，於是黑白兩道開始齊心合力調查起士林地區黑道地盤黑吃黑的權力遊戲。

《螯角頭》是臺灣難得一見的幫派小說，但似乎受到香港電影深刻的影響，譬如總是喜歡描繪警察濫賭或收賄因而與黑道幫派牽扯不清的黑幫電影導演杜琪峰。《螯角頭》也不例外，人物設計與故事情節都聚焦在黑道與警察「黑白不分」親密互動下的動作場景，故事中的兩位主要角色，分別是黑幫人物熬仔與資深刑警角利。如果說「官兵捉強盜」是一個常識，《螯角頭》黑白兩道互相依存的法則，卻是臺灣的庶民日常。這個現在從戰後臺灣歷史的脈絡來看，各地黑幫派系擁護的角頭有其物質基礎，臺灣早期區域性的秩序是最早是由幫派維持，清領時期（一七八二—一八六七）的分類械鬥最爲頻繁，譬如閩粵械鬥、漳泉械鬥、異姓械鬥等，主要的起因乃是不同族群之間語言不通所導致溝通上的衝突。戰後臺灣幫派的區分，則有本省外省掛的區別，雖然一開始仍然是以族群的邊界爲組成元素，然而，隨著第一代外省移民逐漸凋零，外省第二代第三代於臺灣生根，省籍的變界越來越模糊，空間的利益與權利，遂成爲幫派角逐的焦點。《螯角頭》所設定的黑幫人物，主要是「士林組合」裡掌權的臺北顏鼎、顏興宸父子，外省掛的傅勝和傅鑫野父子、以及原住民角頭顏希鳳和她來自臺灣南部的得力助手鰲仔。跨族群的設定，看得出小說的敘事舞臺與當前臺灣社會多族群的地方組織有所呼應。

空間即是權力。《鰲角頭》的主要場景，即是位於臺北盆地的士林夜市，由文林路、大東路和大南路交織的三角形區域，一清專案後始終都是各路角頭兵家必爭之地。小說中也開了地名一個玩笑，當原住民馬耀救了角頭老大顏鼎一命，不識字的馬躍問起了墓碑上的字，顏鼎解釋「士林」即爲「士子如林」，而馬躍則好奇的問：「可以吃的柿子嗎？爲什麼讀書要種一大片柿子樹？」從「士子」到「柿子」，似乎會不會念書，已經不是這個區域的當下情境，有無謀生發大財的方法，不僅僅是對原住民來說，也是臺灣經濟起飛後，一路追求經濟發展的臺灣主流價值，士林的人文精神也隨著夜市的人聲鼎沸逐漸消逝在小吃的氣味裡。

或許，歹托邦敘事（dystopia narrative）是《鰲角頭》的底蘊。歹托邦是烏托邦的相反詞，希臘語原意是「不好的地方」，後引申爲極端惡劣混亂的社會形態。在電影中，多是指描繪反人性的極端政府和高科技畸形所導致的生態災難，主要關注現實世界中有關社會制度、環境保護、道德倫理與治理技藝方面的問題。電影中，則與黑色電影（film noir）有著家族血液的密切關係，關懷著黑幫統治與黑白兩道治理的社會秩序。

《鰲角頭》與黑色電影似乎流著同樣的血緣。始自二十世紀四十年代中期，戰後法國學術文章藉由評論美國電影，創造了這個專有名詞，指涉某些於一九四六年巴黎上映的好萊塢電影中，黑暗的電影主題與視覺效果，譬如低光度攝影（low-key lighting）所裝置出來的光影效果，或是鏡頭調配上，以高低角度配合斜角線的構圖讓畫面存有異化，產生黑色電影特有的不安感。學者威廉・魯爾（William Luhr）曾指出，這些黑色電影表現了幾個特徵，首先，黑色電影中的犯罪與社會混亂等問題都是痼疾，根源無從知曉；其次，黑色電影動搖兩性關係，女人表現的更堅強，男性則是軟弱的，容易被利用，也瀰漫著情慾氣息。第三，黑色電影中的城市形象是「很糟糕的地方」（great bad place），不再代表文明的進步，或科技先進的未來。從這三個對黑色電影主題的定義來看，黑色電影絕對是站在「美國夢」另一邊的倫理立場，描繪歹托邦的世界觀，充滿了失望、挫敗與死亡的負面情感。

《螯角頭》就如同一枚擲進掩蓋黑白勢力運作的一面紗網的鵝卵石。

作爲一本寫實小說的《螯角頭》如同一部黑色電影，映照著上流社會的物慾橫流，也捕捉下層階級汲汲營營的光怪陸離。小說的士林，是犯罪與社會混亂的溫床，成爲建商開發都更案、夜市地下化、毒品「荔枝」交易的黃金三角區域，加上「士林藝術文創商運中心」的弊案，爲曾爲「士子如林」的士林未來蒙上一層陰影。其次，小說中的女性角色不再是男性角色附屬的客體，無論是藝高人膽大的護理師妙琳，或是「士林組合」裡個性剽悍、身手矯健的女角頭顏希鳳，兩個女性主要角色翻轉了幫派小說中以男性聲道爲中心的陽剛氛圍，在作者細膩的筆觸下所描繪的黑幫衝突與追殺逞兇的場面，女性身體不再成爲男性凝視的客體，而是機警從容的化身。相對而言，除了螯仔與角利兩位男性主角外，大多爲血氣方剛且意氣用事的幫派分子形象。第三，《螯角頭》也是個城市犯罪小說，故事中的臺北是個犯罪的溫床，與文明的進步無涉，反而是黑白兩道利益掛鉤，跨國犯罪組織網絡下洗錢的俎上肉。小說的最後一段，是警官角利慶功宴後醉倒士林夜市，清晨醒來的個人視角：

> 頭疼的角利走向自己的黑色 Lexus IS250，打開車門，他回看身後那上樑典禮後，仍沒蓋好士林藝術文創商運中心，那鋼筋結構如何半空懸置，矗立於捷運旁天幕仍帶著深藍的士林市區，一如裸露骨骸的幽幽巨靈。

城市裡的警官角利，是角頭？還是利益的孤魂？對照著那球型建物的弧度，一切的荒謬似乎有了朦朦朧朧的答案：這是一個最壞的時代，是一個最好的時代，更是一個歹托邦的黃金時代！

第一話：搞昏迷

據說人快死前過往的一生，那些種種情義恩仇，那些値得你紀念的片段，會像跑馬燈般，快速輪轉一遍。

從士林夜市收完保護費，路上還默默估算買房頭期款的鳌仔，根本還來不及啓動那跑馬燈，突然眼前一黑，醒來便在市北榮醫院病床上。

鳌仔手臂上順著原本結痂的不動明王刺青，諷刺地又從另一角度再被壓上車子焦黑的胎紋，打成了個大叉。幾重紗布、透氣膠帶貼在上面，掛起點滴。

點滴一點一滴規律地打入鳌仔身體，在他腦海氾濫成惡夢。

手臂上這些交縱的透氣膠帶、點滴管線，魚骨般，在鳌仔手臂上遺留著事件的殘骸。

現在鳌仔也把手上這個叉，安在嘴上，以隱形的縫紉。

兩名警察一個大塊頭，一個小個子，大塊頭的警察拿著平板電腦，再次播放調閱監視器的影片，要他指認。

鳌仔被機車撞時，倒了好一陣，有人遠遠看到趕緊打一一九，勤務指揮中心也接著被連線通知，派了警察過來處理。兩位警察接了這任務，拉了警戒線管制現場，調了街道周遭的政府公設監視器，恰巧就拍到鳌仔被撞的影像。

之前公民團體才找了一群人到內政部抗議，警察吃案成爲近來士林開發案外，報紙新聞附加熱炒的議題，鬧了個版面，內政部長在立法院被立委釘得滿頭包。警察署長嚴正向各分局下了命令，不准地方里長、民代、權貴來說項吃案。現在風頭正緊，分局裡一板一眼地，派了這兩個菜鳥警察，來市北榮醫院處理。

可是打一一九跟醫院通報的民眾，怕惹事、麻煩，不願意擔任報案人。影片拍到鳌仔被撞，已是抹不去的案件證據，兩位警察只好一直來探看鳌仔，希望他能指認立案，趕緊把這個蓄意撞人事故案，照SOP流程跑一跑。

鳌仔閉目，自己在心中輪播。還有些頭昏時，他隱隱約約看過第一次，這兩天裝暈再片片斷斷看著，他便已深深烙印在腦海。在警察面前，他遲遲不肯清醒，便是想讓這兩個警察幫他在外面收集訊息，他可從他們的嘮叨中篩選出訊息，擬定接下來的計畫。

默數秒數，偶而鳌仔假裝虛弱張眼，比對腦海與平板——

影像顯示，走在大街街頭的他被人從後面撞倒，機車剛好被招牌擋到了大半截，沒被拍到。畫面不久之後出現一張特寫的猙獰的日本鬼面具，接著畫面被噴漆噴的亂七八糟。

大塊頭警察：「你覺得？」

明顯還是菜鳥警察的小個子警察，怕惹事般膽怯地回道：「這……這顯示這撞人的騎士是熟悉他行徑模式，以及周遭環境狀況吧。」

「並沒有。」

躺在床上裝昏迷的鳌仔，在心裡回答。

鳌仔心裡同時浮起士林高高低低緊密的都市叢林，其間兩端怒拔起新光三越高樓與一〇一大樓兩個尖塔。鳌仔在臺北沒有行動路徑的慣性，他習慣走一條缺乏慣性的路，無時不刻隨心情在每個街巷彎道，左右兜轉。

倒退、繞遠路都沒關係，跟店家攤販收保護費，不是送披薩，不必趕時間。迷路也沒關係，抬頭找一〇一大樓、新光三越高樓當指標，就能推斷自己現在在哪。這樣不會被抓到慣性。

鰲仔唯一的習慣是走在大街上，不喜歡走在騎樓裡。因爲這樣穿越都市叢林，他抬起頭至少還能看到稀薄的天空，夢想南方海港堤岸公路旁那不時漫布的防風林。

突然鰲仔感到床面一陣機械輪轉的震動。

大塊頭警察粗魯按著床邊扶手電動按鈕，把病床提升，彷彿要直接把鰲仔抬上天堂。

「醒來了响，給我看清楚。」大塊頭警察耐不住性子，幾近挑釁地把平板螢幕，貼到幾乎在過去一絲毫距離，就會碰到鰲仔鼻頭的位置。

鰲仔張眼，讓自己接近了那在影片中駕著撞他的車手，唯一短暫回望的獠牙鬼面。鰲仔如何都想看清那張面具內車手的嘴型。但畫素這麼低階的道路監視器，畫面不斷放大後，只看到積木堆疊般的顆粒狀輪廓。

危危顫顫進逼的平板螢幕，同時折射倒映了鰲仔的臉龐。平板螢幕倒映的鰲仔的臉，與螢幕裡的鬼面幾乎要合而爲一。

再次閉眼的鰲仔，在閉目中的一片黑暗中，狠狠地死瞪著那鬼面。

接下來不必看了，道路監視器螢幕一陣搖晃，畫面雨刷般，左右被一片紅色油漆噴霧橫掃。

「這小子是搞昏迷，還是在行使緘默權呀！要清醒沒？這樣是能問啥？」大塊頭警察口氣開始不耐了起來。

一旁候著的住院醫師低頭，細讀著檢測機器列印出的傳眞紙數據：「這也不一定，幾天前凌晨他緊急送進院，現在還在觀察，有可能還有點腦震盪。」

小個子警察瞥了一下手機記事本，輕輕推了一下要大塊頭警察別忘了問：「那他這幾天都這樣昏迷嗎？他沒有人陪嗎？」

住院醫師表情猶疑，看了看身邊的護理長。

護理長想了想：「昨天晚上開始是有一個新來的臺籍看護在陪她……現在不知道跑哪裡去了，你們逛醫院一圈也知道臺籍看護通常年紀都大，要適應醫院空間環境，可能在醫院弄什麼，弄到迷路了。」

護理長看看外面已經圍聚了些住院病友的走道。

「或許可以問問那邊看著的警衛。」

守在走道上警衛一聽到裡頭護理長喊「警衛」兩字，趕緊把手機螢幕按熄，收到口袋。

胖瘦警察看到警衛這樣，相視苦笑。大塊頭警察看了看手錶，已經接近中午，打了個暗號給小個子警察，準備結束偵訊去吃飯。

小個子警察低頭在報告上小心翼翼填寫字句時，眼睛餘光瞥向隔壁床。

「隔壁床有住人？」

「沒辦法，健保床新來的病患就是要收。」住院醫生理所當然的表情。「不過，基於個人隱私，我不方便跟你們說他的病情。」

護理長：「隔壁床從昨晚入院到現在，就是睡，就算是被拗來實習護理師定時來量血壓也是一樣。」護理師比一比門口對面不時傳來親友轟鬧聲的病房：「比起那邊，這兩床讓這間病房，好像變成安眠藥試藥實驗室。」

小個子警察好奇地望了望隔壁床，看一下臥床者的容貌後，立刻用手肘頂了頂老早把東西收得差不多的大塊頭警察。
大塊頭警察也順著小個子警察眼睛目光看去，也馬上站直身子，把平板電腦拿出來，鉅細靡遺地把之前問螯仔的問題，換了換句型、詞彙，再問一次螯仔。小個子警察更是鼓起勇氣，虛張聲勢的幫腔。
裝昏迷的螯仔感覺到兩個警察語言語氣的改變，聞到了醫院消毒水之外，一股緊張的氣息。
鬧了一陣，各自把該演完的戲演完後，病房恢復冷清，只是隔著兩床病床的簾子，不斷傳來隔壁床打雷般的打鼾聲。
螯仔在病床上時時翻轉手臂，理了理盤纏在手臂的點滴管線，檢視的手臂上那機車輪胎印痕。他抓著輪胎印痕，努力要從這印痕，膨脹出那條碾過自己手臂的輪胎。就像國一放學時候，楞楞看著自己第一部腳踏車，莫名其妙地後輪輪胎被拔掉，後座支叉空懸無一物，只垂地攤散著腳踏車的轉輪鍊條。
螯仔覺得奇怪，怎麼自己過去，不是多了一條輪胎挨在身上，就是少了一條輪胎不在車上？好啦，可總算在這兩個小警察的監視器影片，對上了這條該死碾過我身上輪胎的實體樣子。
螯仔把這半缺不全的影像牢牢抓到腦海，現在可要逮住這人好好算個帳了。
一頭濃密捲髮的老看護，從病房門口走入，走到靠病房內側螯仔的病床旁邊坐下。
老看護神情緊張，扶了下老花眼鏡：「不好了，咱們希鳳大姐頭手下那隊，昨晚都被毒販敲掉了！現在又聯絡不上希鳳大姐頭該怎麼辦?!」
螯仔臉色一變，要老看護壓低聲音，隨即指了一指隔壁床，要老看護看一下。

老看護咳了一聲嗽，起身假裝伸懶腰，探了一眼，嚇了一跳。

「是角利。」老看護驚魂未定，頓了頓繼續說：「現在是在演哪一齣？連官兵都住到強盜隔壁床了。」

隔壁床突然拉高了一聲鼾聲。

老看護瞄了瞄隔壁床，聳了聳肩：「不會是故意的吧，所以我們現在？」

螯仔看了看掛在牆上的時鐘：「按照原本的計畫，你東西準備好了吧。」

「安啦！」老看護蹺著腳，應著話，自顧自地滑了滑手機檢查。

螯仔：「時間還沒到，先打開電視，看看新聞臺有什麼消息。」

老看護趕緊拿起掛在壁面上的電視遙控器，螯仔對著自己的耳朵，向老看護比了比下降手勢。

老看護打開電視後，電視螢幕上的音量條快速轉弱。電視螢幕跳到各家電視新聞臺，都沒有主播報導這消息，終於在TETV新聞臺進行BuT美少女天團藝人首攻臺北小巨蛋的專題報導影像下方輪播跑動的字卡，看到：「士林夜市深夜不平靜，數起幫派鬥毆同時發生，警察快打部隊因應不及」

老看護指著畫面：「有了！你看！」

螯仔比了比嘴，再提醒老看護要小聲，拇指再按了按，要他轉臺。

其他電視臺上下畫面，也零星看到「士林夜市惡少嗜血械鬥，遊民慘遭波及」、「直往死裡打！士林黑幫鬥毆，傷者大量失血倒臥街頭」、「警車救護車在深夜士林街頭疲於奔命」……

老看護：「就送到我們這間醫院？」

「應該不是。」螯仔想想，「昨晚沒聽到什麼緊急救護車聲音。」

「我看看是哪間，你轉院過去，那直接就當顏希鳳大姐的幫總堂了。」坐在病床前緣的老看護看著電視喃喃自語，轉回原本TETV新聞臺所播送BuT美少女天團的巨蛋演出新聞專輯。老看護睜大眼陷溺在美少女天團載歌載舞的嘉年華氣氛，輕哼著歌，隨著她們整齊劃一的舞蹈動作擺盪，右手在臉龐做出花朵開花的手勢，沒發現躺在床上的螯仔白了他一眼。

電視畫面突然轉爲子母畫面，美少女天團的影像畫面聲音被切掉，另一畫面主播帶著職業嚴肅表情，念著稿子：「爲觀眾插播一則最新的緊急快訊，收容昨日清晨士林黑幫鬥毆傷者醫院，因爲血庫缺血，緊急調動的輸血車發生車禍，最新狀況我們會在等下的『新聞大切片』政論節目持續追蹤討論。接下來我們來關心縣市長跟立委大選的消息……」

老看護轉身緊張地看著螯仔，螯仔一臉鐵青冷峻。

-†-‡-†-

電視臺主播正色面對鏡頭：「各位觀眾好，這裡是『新聞大切片』，切時事，切密辛，切八卦，切切切通通切片給你看。」主播轉頭，鏡頭帶到主播臺一旁坐著的名嘴們，「讓我們先歡迎今天的特別來賓：獨家新聞報李主筆、公民趨勢智庫基金會執行長黃教授、民社黨羅立委。」

主播頓了頓，拿筆用力敲了一下主播臺，發出有力的聲音：「來！黃教授你怎麼看今晚最新追撞輸血車事件。」

黃教授：「你知道嗎？我就是現場目擊者，剛剛趕來電視臺。你知道嗎？以我資深跑公民社會運動的直覺，我就知道不妙了，趕緊拿出我iPhone，套上外接遠距離廣角鏡頭。你知道嗎？整個鏡頭看到的是什麼？血、血、血！」

黃教授先向鏡頭大大秀出他接上外掛遠距鏡頭的手機：「來，導播把鏡頭特寫一下，take我的手機畫面——你看，慘不忍睹，一灘血啊！」

主播：「好，李主筆你之前跑社會新聞出身，你怎麼看。」

李主筆：「我看到的不是一灘血。」

主播扶了一下眼鏡，故作驚訝：「不然是什麼？」

李主筆：「觀眾可以付費檢索一下本報社專業的全球跨時代新聞資料庫，可以發現每年初的一、二月，也就是我們傳統過年前醫院就會鬧血荒……」

主播：「爲什麼呢？」

李主筆：「因爲民眾害怕流血觸楣頭啊。所以每一滴血，都是金啊！你會把金子給黑道嗎？當黑金的幫手嗎？現在醫院缺血，我看優先把血輸給一般人才是。所以這不是血，是公平與正義的試劑。」

羅立委：「李主筆你我政治立場相同，但這件事我跟你意見不同。」

導播趕緊將螢幕切分成兩塊等大的畫面，羅立委這個畫面講話時，李主筆在另一畫面中冷笑。

羅立委：「天賦人權啊，就算是流氓醫院也要公平救他啊！怎麼可以有差別待遇……」

李主筆搶過話：「羅立委，誰跟你政治立場一樣，上次選舉你脫離原本政黨，轉投我們民社黨，黨要我禮讓你……天賦人權？那上次是誰帶隊對士林夜市上的遊民噴水驅趕？」

羅立委揮了一下手：「李主筆，你這樣我無法跟你討論，這件事跟那件事不一樣……」

不甘寂寞的黃教授也在兩人間不斷插話：「欸欸，你知道嗎？你知道嗎？你不知道嘛！」

吵成一團。

主播拿筆用力敲了一下主播臺：「好，讓我們現在直接連線醫院發言人。醫院發言人你好，現在黑幫鬥毆病患你們如何安置？」

醫院發言人：「當然臨時安置的病患，都經過急救，目前……」

主播：「不是說缺血嗎？」

醫院發言人頓了頓，猶疑道：「我們有可能試試看使用營養針、造血針……也呼籲民眾前往捐血……」

醫院發言人話還沒講完，他身後衝出好幾位家屬，搶著鏡頭畫面，喊著：「先救我兒子！」、「不要浪費血給流氓人渣！」

螯仔與老看護緊守著電視螢幕不斷轉臺，新聞也看了，政論也看了，就是看不到傷者名單。

螯仔：「咱們的頭仔希鳳姐不知道有沒有在裡面？」

老看護聳聳肩，沒主意。

半餉，螯仔對老看護說：「我印章鎖在堂口保險櫃，密碼你知道的，你把我定存帳戶的錢解掉，先拿去給堂口兄弟們用，他們平常就是花天酒地，用錢沒節制，可能連住院都沒錢。」

老看護：「可是那不是你要買房子的錢。」

螯仔：「反正怎麼存都差幾百萬，在士林就買間廁所住？」

老看護：「你頭好壯壯，沒住過院。你住到現在有人跟你要錢嗎？」

螯仔回想。

「對吧！」老看護整了整棉被。

「那我們還是照原本計畫走。」螯仔閉上眼休息。

時鐘時針指向十點，醫院準時響起晚安曲音樂旋律，廣播傳來溫柔女聲：「現在探病時間已過，請各位訪客、貴賓準備離開，讓病人能安心靜養……」

病房外走道上的大燈同時熄燈，只剩下走道上停著護理師用的手推電腦醫療護理車處，透著微弱的輔助光源。

老看護躡手躡腳地走到病房門口，按下安在病房門口旁的病房內大燈開關；回螯仔床位時，順便再透過中間隔簾接縫處，貓眼般偷瞄一下隔壁床的角利。角利向著螯仔床，側身拉高棉被蜷身依舊睡著，鼾聲不知何時歇下來。

老看護再走回螯仔床把床頭燈也關了，整個病房只剩角利那床的床頭燈，自病床隔簾內向外幽幽吐露微弱衰敗的光。

老看護拿出手機，打開螢幕，在簡訊ＡＰＰ欄位中打字：「角利老狐狸臉朝向我們這邊睡　偷看　監視？」接著遞給螯仔。

螯仔一手接過手機，看過後，也按著螢幕鍵盤：「情況緊急　血荒　不能再等　趕緊出去救兄弟　一樣二點　大夜班護理師量完後　現在休息　養體力　別忘了等下先去樓下大門」

凌晨二點護理師推著活動式量血壓器，量完螯仔、角利兩床的血壓、耳溫做了記錄後，怕多惹事，便趕緊出病房，照護其他病房病人。

老看護往病房外瞄，發現守在走道轉角的警衛已睡魔纏身，搖搖欲墜。

老看護拿著手機，走出病房到警衛身旁，搖一下他身子。「欸，別睡著了。樓下門口那邊的寶可夢補給站在灑花了。」

精靈寶可夢 GO（Pokémon Go）是一款以ＡＲ擴增實境的方式，搭配現實實際空間的手機虛擬遊戲，在手機鏡頭所拍攝的現實畫面中，會出現各式各樣卡通繪製的精靈，玩家可以在畫面中對精靈丟出精靈球，將之封印其中。爲了收集滿各種精靈，許多玩家拿著手機到不同地方、景點去尋找。爲便利玩家收集，以及刺激玩家付費購買，寶可夢設計公司會在特定地方設置補給站，定時設置薰香，吸引特殊寶可夢，使得沉迷於此遊戲的玩家趨之若鶩。由於薰香發生作用時，畫面會呈現花朵綻放的影像，因此又被暱稱爲灑花。

警衛一聽到「灑花」，原本疲憊的眼睛透出了興趣。「可是……」警衛螫仔那間病房呶了呶嘴。

「早睡著了，大家都這麼熟了，沒關係，我幫你看一下。」老看護裝熟，慫恿著。

警衛再左右探了探走道，悄聲對老看護說：「我一下就回來……」

老看護目送警衛走出去按電梯，假意去護理站那邊的飲水機裝水。護理站只剩一位大夜班護理師，正忙著將資料輸入電腦。

老看護緩緩走過護理站後，便飛快回病房接應螫仔。

螫仔早把手上的點滴管線拔掉，踩著藍白拖，站在隔簾後面側身候著。

一看到老看護在病房外走道揮手，便趕緊快走出去會合。

兩人朝走道盡頭的火災逃生門快步。

推開火災逃生門，壓低腳步聲，盡量貼牆，兩道階梯併做一道階梯，往下走。

7F——6F——5F——

樓梯牆面上的數字快速遞減，兩人氣喘吁吁。

螫仔看老看護一股腦往下衝，稍微抓住老看護的手。

「別忘了我們還要到四樓……」

「呀！對呴……」

老看護壓了壓蓬鬆電燙的頭髮，應了聲，收了些勢。

兩人壓低喘息，貼在四樓逃生門外，附耳聽著逃生門內四樓走道有無人走動聲音。確定沒人。推開逃生門，俯身快步竄入四樓，兩人直奔轉角的護理師休息室。

鰲仔扭轉門把。

一位年輕女護理師坐在位子上，朝他們伸出被繩子綁縛住的雙手。

第二話：醫療魂

小小的健保房，擠著四床病患。資深主治醫師帶著四位實習醫師過來看剛開刀摘去膽囊的中年男子，準備親自爲他換藥，護理師推著換藥車在一旁候著。

資深主治醫師親自示範，陪診換藥的護理師可不敢怠慢，特別是最近醫院接了一群護理大學實習護理師，她也得親身作爲專業護理師範例。這次難得機會，護理長前日特別從這次這群實習護理師中，選出三位表現不錯的，請託主治醫師，讓她們跟診學習。

一般實習護理師到教學醫院，儘管在學校已學習相關的基礎醫學、內外科護理學，也跟模型人偶做了各種護理練習。但來醫院實習時，因爲醫院眞正充滿消毒藥水、生離死別的氣氛，或者年輕實習生志不在此的虛應態度，使得教學醫院主要也只是讓護理生認識一下環境，做些簡單的量血壓、體溫的實習。

醫院每到接護理實習生這段期間，醫院病房走道總團聚年輕的男女實習生。他們雖然即使量個血壓、體溫，都能弄得手忙腳亂，有時也聊天聊得嘰嘰喳喳，讓護理師跑來斥責可別影響病患休息。但終究因爲他們的年輕，使得醫院點綴了些青春氣息。

不過，當然也有眞正立志成爲護理師的護理生，那麼醫院或護理長可能就會進行重點栽培，有意拉拔他們成長。

爲了病患隱私，護理師趕緊拉上病床隔簾。資深主治醫師、實習醫師、護理師、病人家屬，再加上實習護理師，一時間這病床隔間被擠得水泄不通。

排外側實習護理師中的妙琳，試著在人堆夾縫中，往前探出頭。

妙琳讚嘆地看著幾乎就是肝膽腸胃科權威的主治醫生，如何同時回答病患家屬對病情的疑惑，同時還能一手溫柔、穩定撕開手術傷口膠布、紗布。

「您好，辛苦了，因為膽結石囤積嚴重，所以不得不切除膽囊。原本要採取腹腔鏡微創手術，可是發現你身體裡面沾黏很嚴重，才緊急轉用傳統大刀方式。」

病人頭根本不敢低下來看自己長達十七公分的傷口，只好看主治醫師，但又不好意思看太久，眼睛只好在家人與醫師間游移。

「謝謝醫師提醒我們要自費裝靜脈點滴自控式止痛，不然……他推回病房時痛到都說不出話……」

陪在一旁的病患太太，擔心地握住病患的手。

「我先生現在幾乎無時不刻就是按著那個自動打麻醉的按鈕，我都不知道他這麼怕痛。他現在傷口深成這樣，是不是要用縫的？」

「傷口可以自行癒合。」

「傷口這麼大，能自己癒合？不會一輩子都這樣吧……」病患終於鼓起勇氣問，語言有些發抖。

「要相信自己。」醫生輕輕剝開病患傷口，傷口兩側深深的內縫切面，充滿著黑色與白色髒汙，像沉默的白蟻與黑蟻停在上面。

「要先清洗傷口，確保手在酒精消毒後，不可再觸碰有任何細菌疑慮的東西。」

醫生俐落地戴上醫療手套。

陪診的實習醫生認真看著，邊在隨身帶著的筆記本上寫下重點心得。

其他兩位實習護理師沒看過眞正這樣血肉模糊，又那麼深的傷口，摀著嘴巴，看了一下便把頭轉向病房門口。

妙琳看著護理師遞送著沖洗傷口的生理食鹽水、夾鑷的步驟，從退卻的兩位實習生中向前，輕鬆地更靠近病床，只差身子沒捱在實習醫生身上了。

醫生拿著夾鑷由淺到深，由左到右，一一夾取傷口肉身切面。

「像這種夾不起來的，要用剪的。」

醫生伸手，護理師趕緊遞上醫療用剪。

醫生將剪刀深入傷口，眾人默不作聲。

喀嚓——喀嚓——

病房響起清晰的的鐵片交剪聲。

病患冷汗直流，一手緊緊抓著床單。

「再忍耐一下，您辛苦了。但是塞深一點，紗布才能幫你吸到肉最深層裡頭，那像一棟大樓中地下室位置的髒汙。」

主治醫師安慰著，一小段一小段地手指推著紗布，一直將手指深入宛如褲子開口口袋般肉身切口最裡面的幽黯處。

主治醫師、實習醫師、護理師走後，妙琳在病房協助收拾善後。

妙琳一邊收，一邊不由自主以手模仿剛剛主治醫師的換藥手勢。

突然背後被拍了一下，妙琳驚嚇。

一張帶著歉意的笑臉迎向自己。

「學妹，快把我嚇死了，伯伯才剛入睡……」

即使是實習護理師，彼此也會依實習時限、次數區分，而有學姐、學妹的區分。

妙琳的學妹，做出拜託的合十手勢，接著快速指了幾下病房門口外的走道轉角。

妙琳與學妹走出病房，到走道轉角。

「要問我中餐吃什麼，打 Line 手機訊息不會喔！」妙琳對學妹做出拳王泰森上鉤拳的揮拳慢動作。

「不是啦～有事找學姐商量。」

「什麼事？」

「能啓動學姐醫療魂的事。」

「這麼厲害。」

「那個美君，實習被安排在七樓病房……」

「就是那個眼睛長在頭上的『美君』大小姐嗎？」

「對啊，她一進病房，才看到病患手腕、身上的刺青，就跑出來要其他人跟她交換。」

「拜託，她不是自認南丁格爾。而且她爸不是什麼警官之類的，官兵抓強盜剛剛好而已好不好？」

妙琳的學妹墊起腳尖，偷看了一下走道那旁的護理站。「對啊，我猜護理長原本也是這樣認爲的吧!現在場面有點僵了，學姐妳不是過幾天，這階段實習就要結束。」

「怎樣，現在我要演母愛滿人間的角色了嗎？」

「重點是妳照顧過昏迷的病患嗎？妳猜主治醫師、護理長在醫療實務上會怎麼做？」

「嗯，『昏迷』，我確實……」妙琳輕敲著額頭，回想著。

「謝謝學姐，我會叫南丁格爾回學校，好好糾眾參加妳校內薩克斯風群奏會的。」妙琳才那麼頓了一下，學妹趕著先說了聲謝，一溜煙地便消失在走道轉角。

-†-‡-†-

妙琳看到蜷躺在七樓病床上熟睡的螯仔，覺得就如同卵黃全然地被包裹在卵白之中。螯仔無意識抓住白色床單，在床面上所抓出的皺紋，以及從手腕上不動明王刺青與透氣膠布，延伸而出的點滴掛線，宛如卵黃與卵白間的繫帶。

妙琳準備拉螯仔另一隻手量血壓時，螯仔突然喊著夢話。

「不要，我眼睛看不到。嗚……」

面對這樣喊著夢話、抽泣的粗獷男子，妙琳也想不起什麼護理教科書程序步驟了，趕緊搖醒他。

「先生、先生，不要怕，快醒來，你是在作夢！」像拉起溺水的人一般，妙琳喊著，反正隔床還是空著的。

被搖醒的螯仔惺忪睜眼，口語模糊。

「這裡是？」

「醫院。你昏迷了好久，你剛剛夢到的是……」

「我爲什麼會在這？」

「醫生、護理師已經給你做了緊急治療，現在保持觀察。」

「喔……」

「你剛剛夢到什麼？怎麼……」

「我夢到……我阿嬤把我的頭，壓到水裡……」鰲仔頭別向旁，試著將臉迎向床頭燈，「……然後我就看不到了……」

也不知為何，不多久，醫院行政管理主任特別在鰲仔病房外走道附近，排了個警衛做哨口，並且提醒醫護人員只要鰲仔一出病房按電梯，就要稍稍提醒警衛。只是妙琳每次推著醫護車，經過警衛身邊時，看著他拿著手機不知在滑什麼，看到人就趕緊收起來。

後來一個穿著背後印著「好侒心」字樣的背心，身形臃腫還帶著沙啞嗓音的老看護來照顧後，偶而也會看到兩人各自拿著手機，不知在比對什麼。

老看護都不叫鰲仔的本名，而都叫他「鰲仔」。

鰲仔、鰲仔、鰲仔……

妙琳訝異發現順口到，連她都這樣喊，不知不覺喊到她都快記不起鰲仔的本名了。

兩個警察後來開始來問鰲仔事時，護理長不知是不是怕自己涉入什麼，儘可能就別靠近病房。

位於醫院四樓偌大的復健室裡，擱著各種復健器材，以及摺疊助行器、不鏽鋼四腳柺杖等輔具，復健師們各帶幾個病患進行復健。

有的復健者原本癱坐在輪椅上，像吊線木偶一般，胸口、腰部與兩邊大腿綁著安全吊帶，被上頭牽引機拉起。復健者雙手抓著拉線，努力提起腳，在軟墊上向前艱難直行。彷彿被初學者操作著吊線木偶，動作生硬地往前走。吊線木偶可以像輕功一樣，突然被人拉起懸空飛起，但復健者不行，被地心引力牢牢抓住的他們，而就這麼離開，隨著他們各自的現實背景、個性不同，有時是，有時又並不是他們的願望。

充滿秩序感一塊一塊堆疊成柱狀的加重鐵塊，一次次被急躁地牽引拉高。穿著醫院病服的螯仔坐在復健室裡的 Seated Row 坐姿划船機上，雙手握著推把，雙臂從身體前向胸膛後，咬牙不斷划動。

妙琳拄著復健師要給螯仔用的不鏽鋼四腳枴杖，看著這樣的螯仔，與其說樣子像划船，還不如說是海上逆著暴風，艱難展翅的候鳥。

「你別這樣好嗎？剛剛復健師才跟你說，這裡是復健室，不是重訓室。」

螯仔恍若未聞，反而更加快推拉手把的速度——

下午老看護說有事要出院處理，麻煩護理長派自己過來。原本窩在四樓同層護理師休息室幫忙整理醫護器材的妙琳，覺得在這裡又學不到東西，已經有些惱火，現在看到螯仔這樣不聽勸，根本已經要火冒三丈。

螯仔手臂突然頓了一下。

「幹！」螯仔低吼，放下握把，揉著右手肘。

「這是復健，不是硬拉，剛剛老師有教，果然受傷了吧！」妙琳沒好氣地幫螯仔揉了揉手肘，不遠處跟其他病患家屬討論病情的復健師也發覺不對勁，趕緊過來幫忙螯仔按摩推拿。

復健師要螯仔先坐在輪椅上休息，只是復健師前腳才剛離開，螯仔又起身要去做重訓。

妙琳遞給螯仔一根不鏽鋼四腳枴杖，螯仔看了一眼枴杖，直直走過去。

「我沒事了。」

「要相信醫學、醫學、醫學，醫生說你現在還在腦震盪觀察期，要預防跌倒。等等，你要到哪？」

螯仔往划船機走去。

「才逃過一劫，現在又是怎樣？」妙琳拉了拉螯仔病服衣角，哄著螯仔，「不然我們改去做職能訓練，好不好？」

「不要，你把我當幼稚園孩子耍嗎？」螯仔看了一下職能訓練區，一臉不屑，「我還以爲醫院還會跟職訓局合作，沒想到只是在那裡捏黏土、握發泡球，在歪七扭八的鐵線上移動珠珠……這在士林夜市是用來騙小孩的。」

「做這種職能，回味一下童年也不錯。」妙琳不死心勸著。

「那是你們這種溫室花朵的童年……」螯仔仍執意走去往划船機。

「不然你的童年是怎樣，流氓世家嗎？」

螯仔不接話，妙琳發現自己講了錯話，趕緊連聲道歉。

螯仔不應妙琳的話，坐在划船機上，再揉了揉自己有著不動明王刺青的手臂，開始繼續拉鐵塊。

被拉起的鐵塊，被放下，發出鐵塊撞擊的喀喀聲響，在沉默的復健室中，異常清晰——

螯仔面無表情地繼續推著 Seated Row，不過這次照著復健師的指示，速度放慢了不少。

「糟了，不會吧，中雷了？」妙琳心想。

復健結束，妙琳看了時間，差不多老看護也該回病房了，把螯仔安在輪椅上，準備護送他回七樓病房。

半路，冷戰繼續延續。

輪椅不知爲何不時卡卡的，妙琳檢查了一下，原來是煞車桿鬆脫，又看見蟄仔雙手緊緊壓著扶手，一陣嘀咕。

「你請的看護是怎麼當的，隨便就拿個輪椅給你用？我看你拿到什麼都緊緊抓住，是要秀你手臂上的刺青嗎？你們爲什麼都喜歡刺些有的沒有的？你知道嗎？抽血打針時，這些手上的刺青眞的是大干擾，讓我們超難找到血管……」

「這是我們這一行的保護色。」

人們在身上刺著大面積的刺青，類似著刺蝟的刺，帶著各種功能。一般次文化，可能是把値得紀念的人事物，刺在身上，好像就能與那些人事物一生共存。但黑道絕大部分，可能是要使自己看來更像一頭剽悍的野獸，而刺著刺青。這樣即使只是靜靜地站在街頭，坐在咖啡廳，身上的刺青彷彿都能代替著眞正的聲音，讓自己保持喧囂。

身上的刺青沉默的說著——沒錯，我就是黑道——

蟄仔按撫著雙臂滿滿刺青上的汗珠，像擦拭勳章。「這刺青會請生人勿進，旁人勿擾，或者請用我們黑道的方式，來跟我相處。這可以省得跟虎假虎威的俗辣囉唆，妳要不要試試？」

妙琳邊聽邊推著蟄仔到原本一樓愛心輪椅登記區，準備換新的輪椅。才到一樓大廳，大門口警衛就關注到蟄仔這邊的行動。

蟄仔看了一下在大廳上的一樓平面配置圖。

「我想到先外面透透氣。」

「欸，不行，護理長跟警衛都說，穿病患服不能出醫院，會被『強制遣返』喔~不過醫院內有個隔出來的天井小花園。」

妙琳要螯仔先在醫院大樓正中央的天井小花園坐著。

市北榮醫院大樓是一棟帶綠建築概念的大樓，所以儘管高達十層，但是大樓正中央挖空，讓光線可以從頂樓直接垂落而下。爲了防範臺灣的梅雨季跟颱風，因此頂樓加裝了透明的圓拱。從天空看下來，市北榮醫院大樓整體呈現爲一回字型建築，出口除了正大門與後大門外，還包括側旁急救站救護車轉用出入口，以及對面另一側側門。只是急救站出入口，爲保持急救路線暢通，所以有所管制。

醫院一樓正中央天井格出了一個小花園，中央還種了一株樹，有時醫院會在此辦理藝文或生命關懷展演。

妙琳回來，看到螯仔靠著天井小花園木欄杆，正準備抽菸，走過去一把把菸搶下來。

「抽菸有害身體，而且，醫院裡面禁菸。」

螯仔比了比其他在醫院大門口外抽菸的人，嘆了口氣。

「妳是爲了享受管人的樂趣，所以來當護士的嗎？」

「什麼護士？現在要叫護理師。」儘管口氣硬，但妙琳內心挺慶幸螯仔現在至少願意開口跟自己說話了，「是因爲薩克斯風。」

「沒想到音樂系這麼不好混……」

「並不是，不過我原來本來是想當職業薩克斯風手的，搞搞 Band 什麼之類。」妙琳白了螯仔一眼，但手指不知不覺在推來的新輪椅上，像點按孔鍵般，有節奏地彈奏了起來。

妙琳演奏滑音般，邊講著自己的故事，邊將載著螯仔的輪椅，推過醫院打磨的發亮的潔淨大廳。這平滑安心的感受，讓這幾日一直活在兵荒馬亂感受中的螯仔，得以休憩其中，聽著妙琳講著自己的小故事，也不知是誰陪誰一段。

-†-‡-†-

妙琳跟螯仔說，要把薩克斯風當成可以說祕密的洞口，對著簧片吹氣，它會幫你把想說的話翻譯成一段音樂。這對曾十五、十六歲的她來說，多麼重要。白領階級的爸媽，對自己要求特別嚴格，獨生女要有耐得住煩的耳朵，但這對她而言很艱難。

在青春叛逆期，那些埋伏在她耳朵周遭的「這次月考成績怎麼樣？」……「還看電視啊，關掉去念書。」……「你知道我同事女兒這次北區基測模考幾分嗎？妳怎麼跟她比？」……讓她冷冷靜默，轉身離去。

妙琳待在被很爛的成績，所「定義」的「很爛的高中」裡。無論爸媽如何好說歹說，她打死不重考。

「不如參加個管樂社吧！」身兼管樂社指導老師的導師，拿著依舊滿江紅的成績單跟她說，「反正我們是『很爛』的高中，我們可以就來燦爛一下吧！」

妙琳選了薩克斯風，因爲它是把近現代所發明樂器，叛逆地把木管跟銅管結合在一起，成爲可以跟弦樂器爭豔的樂器。

但妙琳吹奏出的是溫暖的音色，她的老師帶領著她，一日又一日的練習。

從恐懼到毫不害怕地上臺，對一個十七歲的女孩來說，外型亮麗的薩克斯風給了她太多更勝於音樂的東西。

高二時，妙琳成爲了管樂社幹部，跟著社長到高一新生班上宣傳。一個學妹怯懦地靠近了她的溫暖音色，並且幾乎跟她一樣有著相同煩惱。妙琳分享薩克斯風與音樂給她的救贖，一步步陪她練習。

「學姐，怎麼辦，我音吹不長，高音又吹不上去？」

「老師說基本功就是要花時間，練久了就是妳的。來，我陪妳。」

下午放學，面對操場，兩個女孩拿著樂器，不斷試著把吹奏的長音跟夕陽在各種建築投落影子一樣綿長。

不斷拉長拉長，升高升高，努力追隨妙琳的學妹，換氣不及，缺氧暈倒。

急診救護車的緊急警笛聲掩蓋了薩克斯風，妙琳陪著學妹上了救護車。飛快的救護車，在街景投射紅光。在送急診的救護車上，只能陪著學妹的妙琳，親身見識到急診護理師的英勇，所以報考護理大學，立志當急救科的護理師。

-†-‡-†-

出了醫院一樓天井花園，妙琳正準備跟警衛打招呼，卻發現警衛不在站崗區，便直接將螯仔推往電梯。面對電梯顯示的數字一格一格減少至1，電梯門打開，妙琳正要把螯仔推進電梯。不遠處發出尖叫聲，學妹跑了過來。

「學姐，不好了，急診室那邊……」

妙琳不知該先把螯仔推回去？還是過去急診室幫忙？

妙琳直直把螯仔一塊快速推向急診室。

輪椅禁不住快，嘎嘎搭搭地作響。

急診室門口外擠著一堆護理師與醫院行政人員，妙琳把坐在輪椅上的盤仔，擱在急診室門口不遠處，鑽進人堆。首先看到一個警衛倒在地上呻吟，一個披頭散髮的歐巴桑拿著摺疊刀，四處對著人作勢刺去。歐巴桑後面的急診床，坐著一個腦滿腸肥的胖子，脖子上的粗金條，就顯示絕非善類。

其他急診床病人家屬，只能護著躺在床上的親人。幾床病患家屬試著要移動病患，護理師趕緊安置急救病患的床位，移到急診室外。

一位急救床的歐吉桑看不下去，擋在自己太太前，斥責：「恁這是做啥?時間緊迫，醫生還要救病人呢？」

妙琳看地上沒有血泊，警衛應該只是被刀柄敲昏。

但不一會兒，一條血泊卻如蜿蜒的蛇，流到倒在地板上的警衛頭邊。

蛇行般的血泊流到了警衛的頭髮……另一條血泊、再一條血泊跟上，像咬齧一般，一群蛇的血色纏上混入警衛髮的黑，汙濁成一片。

第三話：一夥

神智不清的中年歐巴桑，披頭散髮拿著摺疊刀，發瘋地四處亂揮。幾床擋簾布幔被劃到，四處飛舞著布絮。

她身後坐著被她送來的胖子歐吉桑，同樣開始神智不清的踢翻點滴架。傾倒的點滴液也在地面流淌，也流到原本倒在地上的警衛頭邊，警衛頭髮邊好像慢慢凝固的血，又弄得模糊。

像被太陽照到熱地融化，糊成一灘的黑巧克力；又彷彿一幅油畫，被惡意潑上松節油，畫面上的黑紅顏料被蝕融，原本立體的構形被癱軟到令人不知所云，充滿著詭譎的距離感。

「你們給我當心……我手上的閃電！」神智不清的歐巴桑揮著摺疊刀，不斷蹬跳著「還不給我跪下！我是電母，現在知道了吧……嘿嘿。」

「就跟你們說不要抽血驗血！就要人電！」歐吉桑跳了下來，在大理石地板上發出磴的一聲，並且大吼。

護理師、醫生、行政主任、病患一群人，嚇得更往後退。

退潮一般，逆溯著地上蛇形般血流的妙琳，終於看到原本被人群護住、擋住，癱坐在地上的一位急診護理師。那位急診護理師冒著冷汗，握著自己被摺疊刀劃過，傷痕流著鮮血的手腕，另一手拿著不知道從哪抓來的繃帶，不斷試著要自己打開繃帶纏綑。

妙琳逆著往後退的人群，向前竄著身子到那位受傷的急診護理師身邊，幫她包紮傷口。

「吼什麼吼！睡覺啦！」歐巴桑拿摺疊刀轉而指向歐吉桑罵道，但又接著發出吃吃笑聲，「來，我來唱歌哄你睡……『哥哥爸爸真偉大，名譽照我家』……」

胖子歐吉桑又爬上急診床，抱著枕頭閉眼聽。

行政管理主任趕了過來，穿著 GIORGIO ARMANI 黑西裝，踩著皮鞋，跟一般穿白袍的醫生不同，十足經理人架勢。在這間大型醫院系統中，他是直屬ＣＥＯ、董事會系統下的管理階層。

妙琳只聽到他向左右低喊：「怎麼鬧成這樣？趕緊把住院服務滿意度調查箱收起來，等下有人填負評投訴怎麼辦？最近不是要進行教學醫院評鑑了……」

「你們這些人……嘿嘿……上流社會是不是？偷偷在講什麼？……不屑我哄雷公的方式對不對……嘿嘿嘿……就是要看到我手上的電光，才會聽我說話是不是？」發瘋的歐巴桑把摺疊刀，舉起移向天花板上的日光燈。

「你們這裡是誰管的啊！」胖子歐吉桑突然跳下床，危危顫顫地走向人群，「我雷公要出院啦！」

醫生、護理師們不約而同地看向行政管理主任，並輕輕將他向前拱了出來。

搖頭晃腦自稱雷公、電母的歐吉桑、歐巴桑，順著眾人目光發現了行政管理主任，直往他那兒走去。

急診室冰冷燈光映照下，摺疊刀閃亮的鋒芒，快速衝向了行政管理主任。

行政管理主任不知往哪走避，往側蹲在地板上幫受傷護理師包紮的妙琳躲去。妙琳以背護住倒在地上的受傷護理師。

眾人驚呼！

就在摺疊刀要刺向妙琳時，一支四腳枴杖從人群中伸出來，絆倒了發瘋的歐巴桑。她手中的摺疊刀，鏗到地板，打旋。

急診室的眾人不知如何反應，停止在這一刻。

「看來妳比我還需要四腳枴杖。」螯仔一跛一跛的從人群走出來，撿起四腳枴杖，對著妙琳說。

螯仔假裝重心不穩，打翻一旁的氧氣鋼瓶，氧氣鋼瓶骨碌碌地滾到倒在爬不起來發瘋歐巴桑頭旁，敲了她頭一下。

「謝謝。」強自鎮定整了整西裝領帶的行政主任，與妙琳道了謝，眼睛看著被眾人一哄而上，壓倒在地發瘋的歐巴桑。

「下凡了！下凡了！我要投胎了！」歐巴桑即使被壓倒在地，依舊吼著。樓上樓層的警衛則趕了過來，看著在急救床上低頭喃喃自語的歐吉桑。

行政主任手機響了，走到一旁接。

發瘋的歐巴桑力氣已失，趕來的老看護蹲在地上，幫忙「照護」歐巴桑。

醫護人員重新整理急診室設備，清潔人員也趕來打掃，把原本擱在急診室櫃臺裡的服務滿意調查箱，重新掛到牆上。

幾個急診室病患陪診家屬，在一旁拿著紙筆填寫著調查表。

行政主任講電話，邊講邊皺著眉頭看著。

「嗯，但我希望妳能擔下剛剛這個疏失。」按掉電話，行政主任朝妙琳走來說著，「我請助理打個簡單報告，就說是妳因爲跑來急診部幫忙，自己操作抽血針頭，不小心弄傷那兩位，所以他們才發狂變奧客……」

「可是……」

「妳不必擔心成績啦！妳成績之前早就已經打完了，特優！」

「可是……」

「擔下這事，妳只是實習生，船過水無痕，不會留下記錄的。不然妳想想護理師們平時那麼熱心指導妳，妳要她們擔這事，她們會被記點，扣薪水。」

妙琳看著急診部的護理師們，重新忙進忙出，配合醫生重新照顧被送回急診部的病患。

行政主任胸有成竹地，等妙琳回覆時，肩膀被一隻強壯的手臂搭上。

螢仔手搭在行政主任肩上，「是你會被董事會電吧！看來現在，是不是換我也來發瘋一下……」手臂上的不動明王刺青，睜著圓眼好像在斜瞪著行政主任，「這次換我來個阿修羅起乩，如何？」

-†-‡-†-

妙琳拎著四腳柺杖，「爲什麼還要幫我出這口氣？反正我後天就實習結束了。」

「我是不是大腦的肌肉也有鍛鍊到？」螢仔朝復健室的方向看了一下，「就是這樣，才要趕在最後時刻，趕緊好好出這口氣。」

妙琳：「反正這就是流氓……」

螢仔：「反正我後天也要『出院』了。」

妙琳訝異地看著螢仔，「有嗎？我早上還參加護理長主持的護理師病患資訊會報。」妙琳想了想，看了看左右小聲，「等等，你不會是想要『不告而別』吧！」

螢仔：「『不告而別』？妳用成語喔，講話太文青了吧，沒錯，我要逃院。」

「那你的療程怎麼辦？」

「這有比我的兄弟，還重要嗎？現在緊急開到他們醫院的輸血車都被撞了，這也太剛好了吧！一定有人在弄我們。」

「那你爲什麼不跟警察說。」

妙琳丟下一句「我要跟護理長報告。」轉身便往護理站走，但突然感到手腕一緊。轉身一看，鰲仔拉住了自己。

鰲仔看著一旁，「我可以原諒妳。」

「我還敢欺負你嗎？雖然我只是護理實習，但愛心可是我們護理人的基本配備！」

「我家不是流氓家族……」

「唉……好，我知道我之前說錯話了，傷了你，對不起。」妙琳邊說邊心想，果然這個大男孩還是挺在意的。

妙琳轉身，鰲仔把手鬆下來。

「我從南部來，家裡原本是養蠶。」

「哪個ㄘㄢˊ啊？」

「妳有沒有童年啊？就是那個國小生要養的蠶寶寶。」

鰲仔事後也訝異著自己會跟妙琳說了那麼多自己的故事，是因爲妙琳的那股傻勁？還是因爲在醫院窩在病床上裝聾作啞沉默了這麼久？還是終於又遇到了一個，可以把自己心裡想了許久的過去，一股腦說出來的人？

鰲仔告訴了妙琳，一直到現在他還深深記得的那年國小夏天，他打開父親捧來的木盒，這麼多的白色蠶寶寶在裡面蠕動著，在交錯重疊的桑葉上，不斷左右擺頭，各自向四面八方蛀食，整個盒中世界就要被牠們蛀爲廢墟。他心裡恐懼，怕他們看來已相當破舊的農舍與家，最後也被啃成廢墟。

螢仔出生在高雄山區，父親是農夫，母親幫忙打理農務，也偶爾做零工。儘管付出了許多努力，田地重複地種植、採收，並沒有讓螢仔家產生變化，依附著農舍的家，像胃一樣消化著一切。螢仔父親是獨子，從父親那繼承的山間田地，是一份承擔。但老父已逝，只剩母親，男丁短缺，讓螢仔父親苦力支撐。

螢仔是在看到不斷啃食桑葉的蠶寶寶時，才在幼小的心靈上意識到貧窮這件事。

有一晚螢仔起床上廁所時，看到父親拿著農會的宣傳單，與阿嬤、媽媽討論著什麼，後來好幾晚都是如此。

父親想全部改種桑樹，養蠶，他摸著還在念小學一年級的螢仔頭說：

「養了蠶後，就不用睡那又重又破的棉被，你就有又輕又暖的蠶絲被了。」

比起沒看過的蠶絲被，螢仔更想吃吃國小同學講的「麥當勞」。

螢仔媽媽起初似乎不願意，但終究眞正出大量勞力在田地上的是父親，確實就農會所宣傳的種單一的桑樹，然後養蠶，獲得高經濟收益的蠶絲，會讓農務單純。阿嬤保持她的沉默，她是順從一切的人，總坐在家中邊側的老藤椅。

妙琳腦海中努力想像一片地上種滿桑樹跟滿山滿谷，爬滿白色蠶寶寶的風景。妙琳放棄了，生於臺北，長於臺北的她，都市叢林沒辦法給她那種一望無際的經驗。她繼續聽著，拼組螢仔言語中那年夏天之後的事。

農會把螯仔爸爸叫去參加說明會，螯仔爸爸叫螯仔媽媽去標了個會，買了桑樹、蠶寶寶。螯仔的童年生活，開始被桑葉、以及爬啃其上的蠶寶寶氾濫著……

一開始做養蠶確實不錯，蠶繭給農會統一收購，再賣到日本加工做成蠶絲被或蠶絲和服。有了還可以的收入，螯仔爸爸趕緊把賺的錢拿去還，剩餘的錢稍稍改善了點家境。

螯仔手指順著醫院輪椅上的輪胎面紋路，刮動著，想了想，決定不把故事停在這裡，繼續說下去……

但才沒幾年，大陸也開始弄起養蠶加工，大陸有的是便宜人力，臺灣的養蠶工業，馬上變成了夕陽工業。螯仔的爸爸沒啥學歷，但有一股傻勁，繼續苦撐，他就是要做下去。

當初參加農會養蠶的同業不少早就看到養蠶沒落趨勢，趕緊改做觀光農業、農產品各種加工，有了不錯的發展。看到螯仔爸爸依舊苦幹下去，紛紛勸他「死觀念若改，雙B隨你駛；死觀念若沒改，永遠騎歐兜拜。」

可是畢竟會都標了，螯仔家不能再這樣一直標，他們沒有足夠資金可以靈活調度轉行。

「有一天他騎車載著我趕去學校送蠶寶寶，沒想到半路突然殺出一臺砂石車……我整個彈飛出去，而我父親被……撞成植物人。」

螯仔低頭說著。

「他真的變成一株植物，仙人掌吧！滿臉鬍碴，光在一旁看著就感覺著扎人。」

妙琳不可置信地聽著，把嘴摀住。

蟞仔阿嬤幾乎要瘋了……儘管她依舊仍是那麼安靜，但從那時開始，她總坐在癱瘓在床上，那毫無表情的父親旁，不時把蟞仔叫到她跟前，陰鬱地說：「你知影否？你爸現今變成這樣，都是因爲你。」

有一回蟞仔阿嬤在浴室浴缸放水，蟞仔聽到水龍頭的水一開始擊打浴缸嘩啦嘩啦的雀躍聲，慢慢消失。

接著蟞仔阿嬤走出浴室對自己招手：「來，我幫你洗頭髮。」

蟞仔走到浴缸前站著，那時小小個頭的他，身高才剛好比浴缸高半個身子——蟞仔阿嬤面無表情地，把蟞仔整個頭壓入浴缸的水裡。

驚恐。掙扎。不能呼吸了。

阿嬤也過世了。

蟞仔當時無法，這輩子也終究無法，找到什麼句子，什麼表情，回應阿嬤。

「你知影否？你爸現今變成這樣，都是因爲你。」

衰老模糊的聲音，一直迴盪……

「如果當時給爸爸載時，在後頭能把爸爸再抓緊一點就好了……或許就不會……」

蟞仔念的山區國小同學叫他「慘寶寶」——很慘的寶寶，或是「殘寶寶」——被殘留下來的寶寶。

螯仔從山區，跟著媽媽搬到了山下的海港小鎮，投靠在漁市擺攤的舅舅。

妙琳轉到螯仔輪椅後，推著他回病房，她無法用已微泛淚光的眼睛，跟螯仔說話。

「走吧！蠶寶寶，是吧！」

（這件事與我無關……反正……）

妙琳內心一直無法對自己完成這個句子，螯仔那窩躺在醫院病床的模樣，可能是他少有能好好入睡的時候吧？但他的夢中呼喊又……說明他有著過不去的過去。

面對醫護站電腦螢幕，妙琳敲打著桌上密佈著按鍵的鍵盤。

因爲分心，字一直打錯，電腦警示聲，頻繁提示。彷彿一隻失序的麻雀，關在電腦喇叭中。

（不對，不對，開始複雜了。）

「要回到最單純的狀況，螯仔必須完成治療，他的腦震盪還在觀察期，護理長說的。」

在急診室螯仔有點搖晃拿著四腳枴杖的身影，出現在妙琳的回想中。

「所以有人在一旁照顧觀察他的話……」

妙琳才剛走過靠在病房走道扶木上滑手機的警衛，便遠遠瞄到病房內，螯仔與老看護兩人在病床，不知道商議什麼。

就在她悄聲躡步而行，走入病房時，還看到老看護手裡拿著一只小透明管，裡頭一顆接著一顆，排列著四顆不知名的紅色結晶球，透著一股詭譎的豔。
老看護看到自己走進病房，趕緊收起來。
「那是什麼？不會是什麼螯仔不能吃的糖果吧！醫囑說必須進行飲食控制！」
「這是我的嫁妝，螯仔懷疑我也能結婚，我特別帶來給他看……」老看護低聲，揮揮手。
妙琳半信半疑地幫螯仔套上量血壓的電子儀器，開始鼓脹，不一會兒又洩了氣一般地萎縮，機械測量滴滴滴的聲響持續。
「你們在討論『出院手續』啊……『時間』是？」妙琳直接切入。
螯仔沉默，老看護臉色鐵青，不搭理妙琳，只隔著隔簾，看向隔壁床。
「你們怎麼突然心情那麼不好？不知道怎麼辦『出院手續』，可以來問我。」

在護理站簡單填過復健室登記，妙琳領著老看護推著輪椅載螯仔進入電梯。
在電梯門前，與一堆病患等著電梯。
因為位處士林，醫院寸土必爭，醫院整個大樓化，高達十八樓。儘管已經開設了兩排，每排各三間電梯，但是每到上午各內外科開始看診，特別是午餐時段，看診民眾、住院病患，再加上醫院醫療行政人員，醫院電梯往往人滿為患。
等著電梯，妙琳不死心又再問螯仔：「你們是不是還弄不清楚『出院手續』？」
電梯門打開，空無一人。其他病患、家屬蜂擁而入，搶位置。
妙琳趕緊領著老看護、螯仔進入電梯，手卻被老看護暗暗拉了一下。
一下電梯就沒了位置，關門，下降。
老看護指了指後面那排手術房專用電梯，要妙琳刷她的員工卡。

手術房專門電梯打開，帶著寒氣，以及撲鼻的消毒藥水味。爲了精省資源，以及提高效率，今天上午一大早，就集中排了好幾臺刀一口氣送去手術房。

儘管是手術房專用電梯，但眞正「專用」的，是最旁邊的那間，還需要刷卡再通電話，由醫院手術房專門職員進行控管，如此才不會影響進二樓手術房樓層的時間。

進入電梯後，妙琳準備按四樓的復健樓層時，卻被老看護搶先按三樓手術房樓層。

電梯緩緩下降，要降到比預期更深一層之處。

「爲什麼你們知道這個手術房電梯可以搭……」

「待半天就知道啦！」老看護作著吃飯吃麵的動作，「我看過你們這群什麼學姐、學妹的，到中餐時會刷卡搭這電梯去買飯。」

「那你們『出院手續』……」

老看護依舊不回答這問題，看著螯仔。

坐在輪椅上的螯仔終於開口：「妳可以不要一直在外面喊什麼『出院手續』嗎？」

老看護也忍不住說：「很假欸。」

妙琳：「我也想幫你們辦『出院手續』啊！」

清脆的叮咚一聲，電梯在六樓就停了下來，大家趕緊把話收住。

進來的兩個專職護理師穿著粉紅色毛衣，推著小型換藥車。她們看了一下妙琳、螯仔跟看護，妙琳帶著微笑跟她們點頭。其中一位護理師伸手按了四樓的按鈕時，看到妙琳身上淺藍色實習護理師制服上掛著的名牌，拉了另一位護理師的袖子也要她注意。

似乎昨日急診室事件已經在醫院傳開，兩位專職護理師特別跟妙琳微笑說了聲：「謝謝，之後再加油喔！」

得到專職護理師鼓勵的妙琳，靦靦地搔著後腦杓頭髮，笑著。

坐在輪椅上的螯仔則仔細觀察她們之間的表情、互動，努力解讀是否有什麼不自然之處。

到了四樓，兩位護理師再推著小型換藥車走出去。

這座電梯往三樓繼續下降。

「妳到底想怎樣？」螯仔抬頭問妙琳。

「你們這件事要多久解決？」

「一個禮拜。至少也要找到指使車手撞輸血車的人。」

三樓電梯門打開。

「確定？」妙琳往外探頭，發現沒人要進電梯，再按了七樓，問螯仔。

「幹嘛把我們送回七樓？」老看護碎念著，妙琳不搭理老看護。

「應該吧。」螯仔阻止老看護按四樓，回答著妙琳。

電梯持續上升到七樓。

「帶我一起走，我可以當你們的人質。」

「妳神經嗎？自己就會走，死跟著我們做什麼？」

「這是拍哪一齣？亡命鴛鴦嗎？」老看護覺得奇怪，看著妙琳。「帶這個『人質』出院，我看我們的速度會減十。」

電梯到了七樓，打開沒人進來，老看護馬上按四樓。

「如果帶我走，好處不少。如果怎麼了，我可以幫你們包紮換藥……」妙琳自信滿滿。

「妳不用上課嗎？」螫仔問著。

「我課早就修完了，現在實習就要結束，早就準備等寒假過年了。反正我住學校宿舍，過年才回家。」妙琳反問：「等等你不是說只要一個禮拜，怎麼好像要去畢業旅行一樣……」

-†-‡-†-

四樓電梯打開，妙琳推著螫仔，老看護跟著，一行人繞往復健室而去。

「挾持妳當人質……這實在……沒逃成，會不會反而會被安個擄人勒贖罪？」老看護走在妙琳身邊小聲說。

「可是電影不是都這樣演嗎？」

「但是……」老看護一時間不知如何回答。

「誰曉得你是不是警察，還是什麼醫院派來的臥底？」老看護脫口而出。

妙琳覺得委屈，不知不覺雙眼模糊，眼前剛被推進復健室的螫仔，彷彿被移到雨窗之外，身影沾滿著雨。

「好啦，妳這樣會讓我想起每天吊的點滴。」螫仔跟不遠處復健師點了點頭，「妳先過去一下，讓我們先討論……。」

妙琳繞到復健室另一區的運動器材圈，跟復健師談天，遠遠偷瞄老看護跟螫仔咬耳朵。

「你怎麼會跟她說，你不是這樣大嘴巴的人。」老看護有點衝動，拍了一下正在拉著牽引用手拉架的螯仔肩膀，低吼著，「這次不能開玩笑，說不定眞的是顏希鳳大姊死對頭三金大哥那邊在搞我們，弄假車禍，不讓輸血車送血……到時打起來?!」

「說了就說了。」

「那你有說，我昨天從那倒在地上的瘋女人身上摸走，這個……」老看護背對復健師跟妙琳，秀了一下外套內袋裡裝著紅色結晶球的透明管，紅色結晶球因而輕微震顫。

「沒。」

「眞帶她走?」

「她自願當人質，而且她畢竟在這醫院，她比我們還熟門熟路。」

妙琳不一會兒繞了回來，從旁抓住螯仔左右手正輪流拉著的手拉架握把，「答案?」

「欸，不要打擾我寶貴的復健時間。」螯仔抖開握把上妙琳的手，「等下復健流程結束，妳再帶我們去一樓大廳的天井公園。」

之前在急診室被發瘋的歐巴桑敲昏的一樓警衛，看到電梯打開，坐在輪椅上的螯仔出現，警戒了起來，但隨著推輪椅的人——妙琳，從電梯裡走出時，警衛才放下心來，看著妙琳領著螯仔、老看護，到醫院一樓中央的天井花園。

螯仔面無表情看著天井花園中的人工造景，「好。」

妙琳開心：「眞的?!」

老看護無奈：「基本上是這樣啦……」

「但是請我合作呢，是有條件的。第一、每天要定時吃藥、換藥。第二、事情結束後就要回醫院來……」妙琳把準備好的紙條拿出念著。

不等老看護帶著抬槓口氣說完：「一定要這間醫院嗎？……」這句話時，妙琳繼續念到，「第三、健保卡由我保管……」

妙琳伸手向老看護要螯仔健保卡，「來！螯仔健保卡先給我看看……」

「是健保卡點數不夠了嗎？」老看護不明究理地拿出螯仔健保卡。

「你的健保卡現在由我管了。」妙琳邊對螯仔說，邊把螯仔健保卡收到自己的皮夾中。

「看來現在電影裡的流氓，可比眞的流氓還流氓了。」螯仔對著老看護說。

「你們說我背叛你們……」妙琳捲起長袖子，「爲了展現我的決心，你們看！」，露出了在手臂內裡上帶刺的玫瑰刺青——鮮紅色的花瓣，還帶著尖銳的莖。

螯仔看了，轉頭問老看護：「我們有規定這次行動一定要刺青嗎？」

老看護瞪大了眼睛：「咦，這朵花的花瓣怎麼好像要掉了？等等，這不會是那種一個禮拜就會消失的搞笑刺青貼紙吧？」

「欸，我可是費了一番苦心，要打入你們這一夥的。」妙琳手機震動，「等等，護理長找我，不跟你們耗了，記得把你們最後的『作戰計畫』Line 給我。」

第四話：出院手續

在深夜的護理師休息室，螯仔與老看護打開門。

「虧妳想得出這……妳腦袋到底在想什麼？」螯仔看著妙琳用繩子捆著的的手。

「她可能有什麼『特殊癖好』也說不定，我就跟你說要慎選隊友。」老看護竊笑，遮嘴低聲跟螯仔說。

「我可是就地取材，不用這樣啊……」妙琳將綁住的手腕移向老看護，「幫我解開，好嗎？」

「走！來不及了！妳還是綁著，省得又問東問西，亂碰亂弄。」螯仔提著妙琳手腕上的繩子，「吵半天，東西準備好了嗎？」

妙琳指了指桌上的醫藥箱。

妙琳低身跟著螯仔、老看護走出護理師休息室，跟他們一樣盡量貼牆而行。進入深夜，爲了省電，醫院除了轉角輔助燈外，走道大燈都全面關閉，改以並列的感應燈。感應燈雖然能節省能源浪費，但往往用久後，感應面積便會縮小。所以只要貼著牆面邊緣，感應燈通常就不會有反應。

妙琳訝異地跟在螯仔、老看護身後，無法相信平常就在病房的他們，到底是怎樣看到她所看不到的醫院那些面向。

但走了一下，妙琳覺得不對勁，拉著老看護低聲：「下樓逃生走道在另一邊，幹嘛走這邊，還是你們要搭電梯。」妙琳指著身後護理師休息室旁的逃生走道。

「復健室有個東西，螯仔說很好用，特別要去拿。」

妙琳順著老看護視線看過去，「四樓復健室？什麼東西。」

「敬請期待。跟上來。」鰲仔不回頭說著，並低身加快速度，繞到四樓「回」字形平面中，與護理師休息室形成對角的復健室。

半夜的復健室並沒上鎖，鰲仔推開門，三人竄了進去。

無人的復健室漆黑一片，妙琳直覺就是去按門內的電燈開關，幫忙提著醫藥箱的老看護拉住妙琳的手：「早料到妳會職業病發作，三更半夜復健室突然亮燈，妳不會是要引警衛來吧？還是要創造什麼醫院深夜惡鬼傳說？」

復健室平日被復健師跟復健病患推送拉舉的復健機器，在夜暗中只能隱現輪廓，現在如同各種帶著犄角、粗壯臂膀的獸，一一蹲伏在復健室各個角落。

「你們不會是要偷錢吧？復健室裡復健師休息室下班後是上鎖的……」

「我們要『借』的是這個。」鰲仔走向復健師休息室門口前，那並排立著的不鏽鋼四腳枴杖。

「拿這做什麼？」

鰲仔提著不鏽鋼四腳枴杖，要轉回護理師休息室旁的下樓逃生梯。偏偏才走到快一半的中間電梯搭乘處時，妙琳口袋裡的手機突然響起。手機響鈴太大聲了，特別是在半夜醫院大樓的「回」字形建築結構，將手機響鈴迴盪放大。

妙琳自行綁住的雙手，撈不到放在褲子口袋裡的手機。

老看護二話不說，伸手入妙琳褲子口袋，掏出她的手機，「快！密碼多少？」

手機響鈴持續在樓間迴盪。

「我的是圖形密碼……」

老看護趕不及去等妙琳去描述她的圖形。把手機拿到她手邊，讓她自己劃過來。

「學姐，救命！」在半夜醫院，解鎖後的手機，傳來的呼救聲在走廊共鳴，異常大聲。

老看護手忙腳亂地，趕緊把妙琳手機的通話按掉。

「是誰?!」一道聲響從回字型天井上樓層傳來，接著一個在樓上巡邏的警衛探出頭，往這裡看過來。

妙琳手機聲響太大，偏偏手機螢幕的光，又把圍著手機的螢仔、老看護的臉照得太不自然，警衛已經發現螢仔他們這兒的位置。

咚、咚、咚，接著一陣趕下樓的腳步聲，向螢仔他們逼近。

樓上巡邏的警衛到了四樓，往螢仔這裡趕來。邊走自動燈邊亮起，一節一節的，走過後又熄滅。

面對一節一節向自己位置亮來的燈，老看護低聲對螢仔問到：「要跑嗎？」。

「跑了會露餡。」螢仔低聲回答。

螢仔三人故做鎮定，站在原地，等著警衛過來。

「你們在做什麼?你們知道現在幾點了嗎？」警衛氣喘噓噓。

妙琳不知該說什麼，傻笑。妙琳雙手攙扶著螢仔手臂，緊緊纏捆住螢仔手臂。螢仔冬天寬厚的醫院病服，確實遮住了妙琳手上的繩索。

——她不會想拖住我吧，把我綁給警衛？

螢仔閃過一絲念頭，一手拄著四腳枴杖，估量著接下來的應對。

「他想要復健，我請護理師陪我，一起帶他爬樓梯……」老看護倒是先接過話，「警衛帥哥，可以幫我們開電梯嗎？」老看護裝熟地跟警衛打哈哈，「電梯怎麼按都按不動，他一直喊半夜睡不著要來復健，結果現在走不動，整個人都快癱了。我這麼老，已經扶不太動他再爬樓梯回病房……」

「能積極復健不錯啦……不過現在爲了節能減碳，醫院電梯深夜管制喔。護理師不是有電梯刷卡？」

「她放在家，忘了帶出來。」老看護看著妙琳，要她接話。

妙琳遲遲不接話。

「我的電梯卡沒有這層的權限，不然你們在這邊等一下，我請負責這層樓的警衛過來幫你們按。」

警衛轉身離去，從另一邊樓梯走道往上走。

看警衛才走，妙琳沒有鬆開手，要拉螫仔往回走。

「等一下。」螫仔文風不動，看著電梯樓層燈。

「是往上？還是往下？」老看護緊張地喃喃自語。

不久之後，電梯樓層顯示燈，向上移動停在7樓。

「快走，快被發現了。」螫仔領著大家低身往護理師休息室旁的逃生梯跑。

才快到逃生梯，走廊突然放亮。

「剛剛還在這裡的……」大樓傳來之前五樓警衛的聲音。

「什麼？」看守螯仔七樓病房外走道的聲音，緊接著傳來，聲音帶著惶恐。

蹲在走道前頭伏進的螯仔，輕輕半拉開護理師休息室門，潛入其中，伸手向妙琳與老看護揮舞。

妙琳與老看護趕緊跟上，鼠竄而入。

螯仔無聲闔上門。

妙琳與老看護靠著門牆氣喘吁吁，螯仔在脣間比起食指，要他們壓低氣息。

兩位警衛腳步聲，一前一後，漸漸靠近。

「不會被發現吧？」妙琳以蚊子般的聲量問。

「不會，女護理師這麼多，警衛怎敢進來？怕被誣賴說來偷看什麼……」螯仔冷靜回答。

「那他們有看到剛剛你開門嗎？」老看護也問到。

螯仔兩手一攤。

兩個警衛腳步聲就停在護理師休息室門前。

妙琳冷汗直流。

老看護握緊拳頭。

螯仔則仔細觀察休息室內是否有其他光源會把他們的影子，帶出門縫外。

「你剛剛爲什麼不直接把他們攔下來？打電話給我也可以啊！」

「那你剛剛怎麼沒在七樓，那時就應該發現他們離開了？」

「唉，先解決眼前這件事，別問這麼多了！」

僅只一門之隔，鳌仔、妙琳跟老看護摒息窩在護理師休息室門內偷聽。

「現在分工合作好了，你再上樓搭電梯逐層往上去找！」

「我剛剛已經打電話給警察了，等下他們可能就會上來。我負責旁邊這道逃生梯。」

警衛的腳步聲開始分頭走遠……

護理師休息室旁逃生梯大門被其中一位警衛咿呀打開。

「再猜一次，他往上？往下？」鳌仔指著逃生梯方位。

妙琳側耳仔細聽警衛在逃生梯間漸小的腳步聲，「往上。憑我練薩克斯風的耳朵。」

「往上。我哄警衛去樓下抓寶可夢，剛剛他八成還是從樓下上來，現在應該還是往上找。他總不會叫人找我們，自己還去樓下抓寶可夢吧？」

「兩票，就賭一把了。」鳌仔再打開護理師休息室門，左右探頭檢視走道沒人後，繼續領著老看護、妙琳往逃生梯走。

鳌仔三人進入逃生梯後，輕聲躡手躡腳，安靜往下走。

順利到一樓逃生梯門口，妙琳發現一樓沒人，還在樓梯間猶豫該不該繼續往外走。

鳌仔不往一樓大廳門口走，反而果斷地拉著妙琳、老看護往醫院一樓正中的天井花園躲。

「那邊給你們躲。」鳌仔向妙琳跟老看護指著中央天井花園的大片花花草草，接著自己躲進樹叢隱密處，在樹叢花草交互掩映的縫隙間，圓睜著虎眼，警戒地監視醫院狀況。

-†-‡-†-

等待有時是爲了回報，有時是因爲原因。

果然不久之後，醫院大樓大門傳來腳步凌亂的聲音，之前三不五時來問螢仔資訊的大小個子警察，一前一後跑進來。

螢仔看到，慢慢地，將身子蹲的低，豎耳。

「現在，怎麼辦？」小個子警察對大個子問。

「先搭電梯到七樓病房看看，聲音放輕，不要吵醒其他病患，現在手機網路這麼厲害，隨便跟新聞臺爆料一下，記者衝來我們就完了。」大個子一直猛按著電梯向上鍵。

電梯響起清脆的叮咚聲，大廳回歸平靜……

等了一下，發現應該沒人時，螢仔整備好枴杖，起身往醫院大門口走。

一行人才剛準備走出醫院時，「不要跑！」從身後冒出聲響。

電梯打開，兩個警衛衝了出來。

往前用著四腳枴杖，一拐一拐跑著的螢仔回頭，帶著一抹冷笑。

「不好意思，要換妳上陣了……」螢仔小聲對妙琳說。

妙琳配合著螢仔，特別把手上綁著的繩索秀了出來。兩個警衛沒遇過這樣的狀況，面面相覷，不知該如何是好。

螢仔假裝用力勒住妙琳脖子，要警衛不要靠近，並往上瞄一下天花板。

妙琳看到螢仔迅速掏出打火機跟香菸，點起。把四腳不鏽鋼枴杖倒著，將點起的菸放在四腳枴杖盤底，提高。

天花板上的灑水系統吃了菸，瞬間灑下一大片水花。

面對突如其來降落的水勢，警衛們被打得不知該如何是好。

螯仔放開妙琳，轉身往大門口走去。

妙琳繼續跟上螯仔。

「終於可以返老還童啦！」一旁的老看護扯下被淋溼的頭髮，以及套在身上的外套與重重毛衣，居然現身出一頭紫色挑染頭髮，身著黑色亮片騎士裝的韓系美少男。

螯仔還是有些一跛一跛，才剛跨出醫院大廳大門，從一旁，突然閃出一隻手抓住他。

螯仔轉頭看，凜然一驚。

是角利！

-†-‡-†-

「吵成這樣，我都睡不著覺啦！」角利一手抓住螯仔，另一隻手以小指掏了一下耳朵。

螯仔發現角利已經換下病人衣服，穿著繡著臺灣地圖與黃虎旗的橫須賀刺繡外套，叼著快抽完的菸，似乎好整以暇地等在醫院大門口許久。

老看護惱火看著妙琳：「不會是妳告密給角利的吧！」

「唉，別怪小妹妹。一起走吧！放心，我跟你們同一國的。」角利看著被水花灑得快變成水濂洞的醫院大廳，「再猶豫，等下兩個菜條子坐電梯下來，我只能依法把你們抓到警局蹲了。」

不確定角利身上是否帶著警備武器，螯仔想如果在這裡起衝突，先不管打不打得過的問題，現在又是顏希鳳士林夜市的手下被敲掉，又是顏希鳳聯絡不上，又是輸血車被撞……如果我再被安上個襲警罪，完全不利於現在這一件接著一件迫在眉梢的事……

螯仔看了看手錶——04:00——而且，再遲就「搭不上車」了。

「好，先走。」

「聰明！」角利放開抓住螯仔的手，把還冒著些許星火的菸蒂，丟在從醫院大門口從大廳漫出的大片水流。水流帶著菸灰，汙濁了起來。

往外走，凌晨未明，醫院外的臺北還是一片黑灰藍，螯仔們躲在醫院斜對面街道那排雜亂的自助餐、牛肉麵、雞豬肉攤等店攤。儘管街道上的店攤都有打理，但仍瀰漫著畜生犧牲的異味。幾個攤不遠前頭，就是一間二十四小時便利商店。

「狗蟻仔，先把這個扯後腿的護理師手上的繩子鬆一鬆。」螯仔對著原本扮裝成老看護的狗蟻仔說。

「你叫狗蟻仔啊？我還以爲你的綽號是黑狗兄。」妙琳把綁著繩子的雙手，伸給狗蟻仔。但狗蟻仔仍不確定角利的意圖，警戒著，無心回應妙琳。

「你躺在病床上那麼久，什麼時候買通這些攤販業者？」角利帶著偷酸的口吻，「訂便當的時候？」

「反正會有人來接頭的啦！」狗蟻仔阻止角利，「要問案把我們抓到警察局就好了。」

不久之後，刷著全車黃漆的龐大車子，閃著方向燈，拐入街巷，開過螯仔等人藏身的店攤，直接停在便利商店門前。

「搭垃圾車啊……」角利猶豫著，「現在道上已經不比名牌車了嗎？」

妙琳也感到訝異。

垃圾車駕駛座跳下兩個人，身形疲憊地晃入便利商店。

提著不鏽鋼四腳枴杖的螯仔跟斜背醫藥箱的狗蟻仔，自顧自地跳上垃圾車後的站臺，檢視前面駕駛座後照鏡能不能照到。

角利、妙琳趕緊跟上，緊挨在螯仔跟狗蟻仔一旁。

垃圾車清潔人員抓著買的東西，上車，發動引擎。

垃圾車往前開，老舊但仍勇健的引擎轟轟隆隆地響著。

「你們都這麼有創意嗎？」角利維持著平衡。

「在醫院一天到晚『休息』、『休息』，我根本已經把十年份的覺都睡完了。」螯仔話才講一半，就聽到旁邊由狗蟻仔護著的妙琳碎嘴：「休息是為了你好！」

不理會妙琳，螯仔：「晚上根本就睡不著了，我整夜聽著這醫院裡外外動靜。沒想到每天凌晨去士林夜市清前夜垃圾的垃圾車是從這附近發車的，因為到士林夜市時間都很準時，我猜他們從這裡發車時間也會很規律，頂多晚十分鐘。」

「小子，為什麼不是早十分鐘？」角利問。

「因為這麼累的工作，沒人想提早上班。」

垃圾車開向臺北凌晨無人的小巷，被城市闃黑繼續吞沒，偶爾閃著紅黃燈號。

第五話：在路上

豔紅的賓士 E400 Cabriolet 以破百的速度，在淡金公路瀰漫冬海寒冷霧氣的彎道，畫出如香奈兒仕女般流利的眉形弧線。

顏希鳳駕著駕駛盤，油門踩深了，一口氣穿過關渡大橋，就不放。

「氣消了嗎？還是我開車吧！」顏希鳳的手下任壯說。

在淡金公路上路邊停車，任壯從副駕駛座，坐到主駕駛座，顏希鳳則坐在后座。車子重新發動，還沒開始跑，顏希鳳就吩咐負責開車的手下任壯，再開快一點。

任壯穿的毛衣右手手腕邊，不知何時被什麼東西鉤到，扯出了長長毛線。那手腕毛衣垂線，像破敗屋寮中，總垂釣的蜘蛛絲。

顏希鳳看著從任壯手腕毛衣垂懸下如蜘蛛絲的毛線，隨著駕駛盤左轉右轉，上上下下與地心引力進行漫長的回應。而車窗外淡金公路夜景，隨之搖晃，沿途規律座落的公路燈號在冬天濱海水氣瀰漫中，盡責地曖亮。

顏希鳳手中把玩剛剛收到的名片，回想下午在士林官邸花園跟傅鑫野的對話……

原本約下午四點士林官邸外的空中花園咖啡座，顏希鳳已經遲到至四點半才到。但是傅鑫野還是硬生生地，讓顏希鳳坐在空中花園咖啡座的二樓露天陽臺位置，枯等了十五分鐘。

這座空中花園咖啡座標榜可以從大樓高處欣賞士林官邸花園的花況，一邊喝咖啡一邊賞花，可以不用跟一般遊客擠著看花，實在多了分閒情逸致。這份文青享受，是由預先嗅到這商機的建商所完成。建商看上緊鄰士林官邸旁的地搭建大樓，還在預售屋推銷時，這家咖啡座老闆斥資近億買下了一樓店面，跟一樓店面的樓上，改建成現在這帶露天陽臺的咖啡館。

遠遠看去，士林官邸花園的人潮因爲關閉時間快到了，漸漸潮散。快入夜前的深藍天幕，因爲入冬，顯然來得太快。臺北城市線，因高樓大廈漸次點亮的燈火而明晰。

露天陽臺也點起璀璨夜燈之際，顏希鳳與坐在一旁的任壯終於等到傅鑫野跟他的手下，從環狀梯走了上來。

「希鳳姐，眞是不好意思，塞車塞車，小弟開車緊張個半死，剛剛直喊怕被妳剁手指。我安慰他說，機率不大啦，賭一下，美女約會總會遲到一下。妳遲到，我遲到，剛好這樣大家同時到……」傅鑫野劈頭就跟顏希鳳致了聲歉，「我們畢竟也算是『同學』啊！很久沒好好聊了，所以我特別包下了這陽臺咖啡座。」

這是心理戰術。顏希鳳知道。

只是不知道今天傅鑫野要談判什麼，顏希鳳決定維持一貫他所料想的她，應該有的咄咄逼人反應，告訴自己要冷靜，好好看他要擺什麼花樣。

傅鑫野要手下到陽臺咖啡座入口透明隔門外等著，顏希鳳也示意任壯一起出去。

「什麼同學？院友還差不多。你早不知道幾百年沒去看過李神父了，你知道他現在準備退休回澳洲了……現在又要從這討什麼便宜？是說你弄個『一樂虎』遊樂場，弄得有聲有色，又是KTV，又是帶煙帶酒的燒烤，三更半夜吵得半死，警察都不敢去給你開單，現在還想打什麼主意？」

「本來老爺子就是要我持續弄賭場，但還不是什麼香港賭神電影害的。現在沒人要去那種穿個拖鞋、內衣汗衫，一腳跨在板凳，一手抽菸嚼檳榔的賭場了。」傅鑫野打個哈哈，「我只好把老家分次重新裝潢，不然連我老爸留的老本，都要給士林黑幫敗光光了。」

這時服務生跟守在透明門外的任壯跟傅鑫野手下示意，敲了透明門進來，送上兩人點的咖啡跟蛋糕。

看著服務生走出去，顏希鳳說：「那現在找我，不會也要做什麼『異業結合』吧？」

「希鳳姐，我們這邊想要賣『荔枝』。」

好像服務生咖啡瓷盤剛擱上原木桌面，那瓷與木交觸的輕響，還在耳內清脆著短暫的閃電音色，顏希鳳有點不可置信地聽到傅鑫野說。

「什麼？我不知道你開始也想涉足農業。多方投資，多方成這樣。農委會在士林夜市要開分部啊，嗯？」

「先看看貨再說吧！」傅鑫野從亞曼尼西裝中拿出印著荔枝顆粒花紋的紅色包裝，撕開包裝紙後，顏希鳳看到滑出一顆的紅色結晶球，那血色比自己掛在雙耳上的玫瑰石耳墜還鮮豔。在傅鑫野手掌心骨裡骨碌地打轉了一下，彷彿惡魔的眼瞳。

「瞧，我就是沒妳會說話，理論上這也算是『農業加工品』，不過國外原產地是叫它海妖。」

傅鑫野笑著對顏希鳳說。

顏希鳳立即意會這是什麼了。

「你都特別在士林官邸空中花園包下這陽臺，講話還這麼繞啊……為什麼要找我？」

「光只我要賣，老爺子不會答應……」

「有我，老爺子也不會答應。你知道的，他一定跟你說過士林慈諴宮廟裡石壁雕刻故事。」

傅鑫野正色，「我當然聽過，但我們現在需要對未來的『想像力』好嗎？……妳想像一下，妳派妳手下出去收保護費，每月每月這樣收，弄得快跟瓦斯抄錶的差不多了，還像個黑道嗎？特別是那些在夜市地上裝殘廢爬的，其實是在監視那些店家，還有世道風向。現在你讓那些兄弟『順道』

賣『荔枝』，不是能讓人力資源得到更多效益？」

「而且啊，現在經濟不景氣了，偏偏科技又挺發達的。以前收保護費是店家怕有人故意來鬧場，如今在店裡監視器想抓幾支就幾支，有人來鬧場，就把影片PO上網，讓網友公審、霸淩一下，等記者來抄，接下來警察就會來『關切』、『關切』。收保護費這種老幫派重要經濟來源，已經很過時了。」

顏希鳳看著手下到入天臺的落地窗外守著，毒販的手下也沒進來，跟自己手下任壯聊天。有些距離，加上天臺落地窗從服務生。

「我想說，等下就是老爺子每年年末辦的慈善晚會，你先約我在這邊，葫蘆裡是要賣什麼藥？要給我什麼特別驚喜，沒想到你還真的要賣『殺蟲劑』。」

「沒辦法，多方投資，多方投資嘛……顏希鳳姐你也不是不知道，現在我那『一樂虎』最近警察快過年，賭博抓得兇，要業績，我只不過擺了『怡情養性』的柏青哥、賽馬……說我異業結合？大姊，妳不也在跨區經營豆漿店？還開在李神父以前的『聖伊甸園』孤兒育幼院附近，『五湖四海』是要跟『永和豆漿』車拼嗎？現在聽說『聖伊甸園』要被都更了，你知道嗎？要去開公聽會喔，談不好說不定『五湖四海』也被畫進去。」

與傅鑫野同是混黑道，並由老爺子栽培大的顏希鳳，當然知道黑道間的聚會，從一開始的早來晚到都有特殊的意涵。面對出乎意料的跟她一樣晚到的傅鑫野，她大概已經似乎早就意會到了一些。

但突然透明門外，一個穿英倫風西裝的金髮外國男子上了樓。傅鑫野手下正要放他進來，任壯側身擋住了他，並握住了透明門手把，不讓外國男子到陽臺。

任壯吹了聲口哨，提醒顏希鳳注意。

顏希鳳看了看周遭，反正才二樓，別在皮帶裡的蝴蝶刀也在，了不起就來個翻桌跳樓追逐戰吧，示意任壯放他進來。

傅鑫野在一旁，笑吟吟地看著顏希鳳的反應。

金髮外國男子進來，禮貌地向顏希鳳點頭行禮，西裝外套門襟處別著的金屬襟章，雕著如細長蛛爪的熱帶起絨草。

「來，我跟妳介紹，這是這次來臺北，進行世界巡迴魔術表演的烏丹．喬森。那天來體驗士林夜市文化，晃到我的『一樂虎』，我交了他這個朋友。他說他的經紀人說想談談看可不可以在士林夜市，也有個大型露天街頭表演。我跟他說要混士林夜市，就必須來拜拜妳這個碼頭。」

烏丹．喬森用還算流利但依舊帶著英文腔的中文，對顏希鳳問聲：「妳好。」

「現在連阿豆仔魔術師都出現了啊……」顏希鳳跟烏丹．喬森點了點頭，看著傅鑫野，「你把戲越來越多了，先說好我很討厭眼花繚亂的撲克牌……」

坐在咖啡桌前的顏希鳳正準備發作的時候，始終保持微笑的烏丹．喬森拿著放在咖啡桌上的點餐單，摺了一隻紙兔子。接著在紙兔子一對長長的耳朵間，放上自己的名片。

紙兔子輕盈的跳了起來，在咖啡桌上，一蹦一跳地向顏希鳳的咖啡杯過去。

這不可置信的魔術時刻，跳過了顏希鳳警戒的情緒高牆。

沒想到紙兔子還沒跳到顏希鳳面前，烏丹．喬森雙手合十，一臉歉然：「Sorry！我的經紀人說美麗華那邊的案子，要我去簽約，我得先 say goodbye 了……」

「我還以爲你手腕下的罌粟花刺青，會接著把兔子燒掉呢？」希鳳冷冷回應。

「其實……」烏丹．喬森握了握左手腕。

傅鑫野不等烏丹．喬森說完，接過話說，「來，我叫小弟給你招個小黃，搭捷運可能還要換車，太麻煩了。我再給你電話，等下帶你去老爺子今晚在士林國小辦的慈善晚會，你露個兩手你的代表作。」

顏希鳳拿起名片，看了上面的文字念道：「烏丹．喬森？這阿豆仔的名片沒半個英文字母？」

「如何？我跟他簽了在『一樂虎』的表演短約。這個月『一樂虎』進了幾臺新機子，對了！還有『小瑪莉』啊……妳以前跟鼇仔一定玩過，現在什麼都要懷舊風，我特地挖寶挖到這種古董神機，改天叫鼇仔一起來『一樂虎』玩玩！」

顏希鳳起身，走過傅鑫野，靠著半空觀景臺巴洛克綴飾欄杆，遠眺士林官邸花園中叢叢花卉。快要進入夜，顏希鳳俯身看花園人漸散。

傅鑫野轉身跨坐在咖啡椅，右手手肘靠在椅背上食指中指夾著剛點起的菸，看著顏希鳳的背影。

顏希鳳轉身背靠著空中花園欄杆，緊身的千鳥紋連身裙裝，肩披著黑色西裝外套，身形豐滿曼妙，又透著瀟灑。

「我比較好奇的是，你爲什麼覺得我會有想跟你一夥賣這什麼鬼東西的想法。」顏希鳳打斷傅鑫野的話頭。

「士林都更，李神父聖伊甸園育幼院那棟矮樓跟其他商家連在一起，都快成釘子戶了。這麼常跟神父聯絡的妳，覺得該怎麼辦？」

「……」顏希鳳想趕緊吐出什麼話，多安靜半秒，會被傅鑫野意識到這就是自己痛處。

「還有妳兄弟鰲仔，一天到晚看樓，做堂口？養嬌妻？還是要當房地產大亨？臺北地價、樓價貴到見鬼，我覺得他應該很有意願。」

「那你就太不瞭解他了。」

「『荔枝』這件事，如果妳不願意的話，至少請妳不要在老爺子面前提。」傅鑫野咀嚼著菸氣，說話。

「那你是把我當成啞巴嗎？」顏希鳳吹了聲口哨叫了守在外面的手下任壯，比了手勢，要他去開車。

「看來談判破裂了，不然我還想等成品賣得不錯，我們還可以在下八仙、基隆河那帶，標一塊河岸地，來種『荔枝』的原料……等會一起去士林國小老爺子感恩餐會的場子吧。」傅鑫野在裝著咖啡渣的菸灰缸中捻熄菸：「說不定老爺子今天開心了，就會公布士林夜市黑幫代理人是誰。當然，妳平時身負老爺子起居安危的義兄顏興宸，機會還是大了些吧！」

顏希鳳起身走過傅鑫野身邊，冷笑說道：「我又不是你，死巴著這件事，就不是我了……」自顧自地往露天陽臺咖啡座的透明門走。

發現似乎談到一個段落，任壯趕緊拉開透明門。

傅鑫野無言起身，幾步就趕上顏希鳳。兩人稍微僵持了一下誰先下樓，傅鑫野微笑說道：「妳是怕我會推你一把嗎？」皮笑肉不笑地，搶過身先一步下樓。

-†-‡-†-

每年歲末，「士林組合」的頭子顏鼎習慣在建校一百多年的士林國小，舉辦感恩祝福餐會，即使今年他剛因老年視力退化，動了置換水晶體的眼睛手術。感恩祝福餐會地點就選在校內原爲日治時期的「八芝蘭公講堂」，現在被認定爲臺北市定古蹟的圖書館前。

今晚餐會就以圖書館那「八芝蘭公講堂」原本乳白色圓拱窗、扶壁的古典建築爲背景，向前架設小舞臺跟一列圓桌椅。

傅鑫野跟顏希鳳在空中花園咖啡座的談判雖然破裂，但還是依原訂時間要去參加老爺子在士林國小辦的歲末感恩祝福餐會。傅鑫野到士林國小會場時，公關公司活動主持人正招呼大家就座。

帶著墨鏡拄著枴杖，被眾人尊稱爲老爺子的顏鼎在校長開場後，上臺致詞感謝一年來士林夜市各重要店家，對士林夜市環境自治的支持，並且介紹新的要入駐士林夜市的大型店家負責人，給大家認識認識。

身穿著白色刺雪梅繡唐裝的老爺子對臺下各桌大家說話時，田律師背對他向後臺的籌備公關公司人員交代事情。

接著在兒子顏興宸的攙扶下，老爺子同時也致贈士林國小教學環境的改善經費給校長，並另外頒發獎學金給學年成績優秀的清寒學童。

典禮接著由簡單的學童合唱與樂團合奏接手，溫馨的祝福音樂隨各餐桌上的蠟燭點起。

老爺子由顏興宸護送坐到主桌時，別的沒說，先問同樣坐在主桌的傅鑫野：「鑫野，最近開的副業是拈花惹草嗎？」

傅鑫野懍然一驚，偷瞄一下坐在一旁的田律師，發現他表情沒什麼變化，便答道：「老爺子，怎麼這樣問，您眞是神通廣大。」

老爺子：「你身上帶著鳶尾花香……」

傅鑫野趕緊接話：「哈哈，因為我剛剛先跟希鳳在士林官邸花園碰頭。」

老爺子傾耳仔細聽著周遭：「她還沒到，你們沒有一起來嗎？」

坐在老爺子旁邊的顏興宸抬頭四探顏希鳳身影。

傅鑫野帶著微笑說：「她說還有事，我們中途分手，可能，她還在路上。」

-†-‡-†-

傅鑫野打電話來，顏希鳳拿起手機，接了。

傅鑫野：「傍晚不歡而散，我們雖然不對盤，但終究都是給老爺子賣命。士林國小感恩餐會快結束，妳還是要找一天去跟老爺子致意致意……」

顏希鳳不置可否，隨便含糊應了一聲。打打殺殺日子過慣了，其實她年末她最滿心期待的，就是參加老爺子每年辦在士林國小的感恩慈善餐會，結果還是平不下心，不屑傅鑫野，今年就這麼缺席了。

「別氣了。幫個小忙……」電話那頭的傅鑫野頓了一下，繼續說：「剛我那個阿豆仔魔術師朋友遞給妳的名片還在吧？」

「正拿在手上。」

「他半小時前打給我，說他中文不好，名片上的地址天母的『母』，打錯成牡羊的『牡』都不知道，請妳把上面的錯字改一下。」

「這很重要嗎？」

顏希鳳把手機按掉，再看了一下名片，遞給駕駛座的任壯。

「幫我處理掉。」

任壯一手向後接過，握拳揉掉。

在淡金公路上這樣飆，難得遇到紅燈。接著前面幾個連續彎道，即使任壯駕駛技術已經很不錯了，賓士 E400 Cabriolet 的速度仍變慢了下來。

任壯正準備踩由門加快速度，後方一陣低沉重機引擎聲襲來，從賓士車左方呼嘯而過。是 Honda CRF250L，但卻騎到了任壯車前方，車尾燈閃著紅，速度慢了下來。

「現在是怎樣？機車在我們面前耍烏龜？」

「這是多功能越野重機，設計起來八成是爲了跑道路，兩成才是爲了跑野外。跑山或去海邊海釣都挺適合的。」

「過他。」

「有什麼問題。」

但這時另一臺重機也出現，同樣是 Honda CRF250L，幾乎快碰著地，緊貼顏希鳳賓士車的左側車門旁騎。

任壯發現事情有點不對勁，對後座的顏希鳳說：「要小心，苗頭不對。」

豔紅的賓士被迫靠著淡金公路旁一個彎道護欄停了下來，護欄外是接著海岸雜草漫布高過人身的坡道。

任壯看清楚一開始前方擋著的重機騎士，是穿鼠灰色夾克；而左邊的則是穿深藍色夾克，但他將重機側停，卻沒有下機車的意思，就這樣擋住賓士車的左側門。

任壯從副駕駛座提起車子大鎖，往後正要看顏希鳳是不是就這樣開打，卻發現她神情恍惚。

任壯使勁大叫：「希鳳大姐！妳怎麼了！」這時任壯發現自己也有些暈眩，但不管了，伸手到後座搖晃顏希鳳。

有些昏迷的顏希鳳，聽到了，力圖振作，也從自己的皮帶裡拿出摺疊蝴蝶刀，前甩，出刀，狼牙般森冷。

這時，後方第三輛重機跟上，賓士車被三方包圍。後面穿黑衣的重機騎士毫不猶豫地，熄火、停車，一氣呵成。黑衣飛車手從後方，直接衝向後駕駛座。任壯從車子後照鏡看到這人手上拿著鐵鎚，二話不說，不管身體是否暈眩，直接提了大鎖開門。車門使勁一開，便把左邊藍衣飛車手的重機推倒，衝到後面要「料理」穿黑衣的飛車手。

儘管自己的 Honda CRF250L 倒了車，藍衣飛車手沒打算扶，跟鼠灰、黑衣飛車手一樣拿出預藏的鐵鎚，繞過賓士車一起包抄圍毆任壯。

三個飛車手三打一，手上鐵鎚，再加上有安全帽，以及從頭到腳的重機護具。三人極有自信地，面對天生就是吃保鑣這行飯的大塊頭任壯。

任壯拿著大鎖，猛往三位飛車手身上沒有護具的空隙砸，並趁機打開後車門，讓顏希鳳逃出來。

任壯用背護住顏希鳳，搖晃地保護她下車，走到車後。鼠灰色飛車手被打開的右後車門擋在另一頭。任壯看準了，車子大鎖準確地先砸中藍衣夾克飛車手的脖子，再砸中黑衣飛車手安全帽的壓克力面罩。安全帽面罩碎了幾片下來，但仍要破不破，裂紋滿臉。

吃了痛，藍色、黑衣飛車手揉著脖子、抱頭跪趴在地上，趁鼠灰色飛車手還沒過來時，趕緊推顏希鳳逃，並擋住了繞過來的鼠灰夾克快車手。

走下車由任壯護著的顏希鳳危危顫顫，但握著蝴蝶刀的影子，仍被淡金公路的路燈照的筆直如指針。這彎道宛如三分之一個鐘面，只是鐘面，無法包容下這指針，顏希鳳盡力跨過公路護欄，往雜草裡跌，海岸坡崖，讓她爭取到空間。滾了幾圈，粗莽的雜草刺地顏希鳳臉跟手痛得要命。不知道是不是扎中了什麼穴道，原本昏迷狀況減緩了不少。原本看到的東西不是沒法對焦，就是都帶著殘像，不過慢慢好像恢復正常。

淡金公路上的任壯與鼠灰色夾克快車手對峙，藍色、黑衣飛車手慢慢起身，三人拿著鐵鎚，一起往任壯身上招呼。

任壯拿著大鎖揮了幾陣，雖然左躲右閃，讓賓士 E400 Cabriolet 代替自己吃了幾記鐵鎚。但身體跟頭還是捱了不少鐵鎚跟拳腳，終於不支倒地，暈了過去。

「你去找一下有沒有烏丹．喬森的名片?機車手套不要拔下來。」再踹了被打暈在地上的任壯幾腳，鼠灰色夾克的飛車手指示著藍衣夾克飛車手，隔著安全帽面罩聲音咿嗚。

「你往這邊下去!先從這裡徒步下坡道尋一尋，看顏希鳳，有沒有往那邊跑。」鼠灰色夾克的飛車手吩咐穿黑衣夾克的飛車手。

藍衣夾克的飛車手戴著機車手套，從車子前座駕駛位下找到一個紙團，打開，正是印著烏丹．喬森資訊的名片。

藍衣飛車手將這揉皺的名片交給鼠灰色飛車手。

鼠灰色飛車手立刻拿點火機，名片被燒掉，成灰，成燼。

「走，我們一起去找那女的。」鼠灰色飛車手藉著公路路燈，努力看著高過人身的雜草後，布滿石礪，一窪一窪水澤以及殘瓦斷垣鐵皮屋的海岸地。

「來，這片地方我們分三段來找。他已經從這裡下去找了，我負責中段，你負責最遠那段。速戰速決，十分鐘內找不到，就要立刻閃人，不然等下說不定公路有其他貨車經過。」鼠灰色飛車手對揉著脖子的藍衣夾克飛車手說。

鼠灰色飛車手幫藍衣夾克飛車手扶起倒地的重機，兩位騎士分別跨上機車，往前方騎去。

只剩豔紅的賓士車孤伶伶地，被擱在沿海公路，雖然今晚它本來就沒有什麼目的地。

第六話：吞噬泥水

躲在沿海地帶圈界的鐵絲網，鏽蝕的鐵絲網格線，隔著衣服，緊緊貼印在顏希鳳胴體上，好像就要把顏希鳳切割成一塊一塊魔術方塊。顏希鳳現在確實需要魔術方塊般，將自己身體各部位左轉右扭地變形，好隱沒自己，好讓她逃出生天。

下淡金公路護欄，邊走邊滑努力控制著身體的黑衣快車手，因爲上一刻頭頂安全帽的面罩，被任壯用大鎖砸得要破不破，面罩上錯雜裂紋要破不破，讓他看到的世界昏黑又帶著斑剝感。

他害怕去掀安全帽面罩，等會面罩眞就裂碎了。除了到時騎車冬季海風寒冷刺目，重機飆得快，自己受不了外，還怕沒了面罩，到時被看到臉可就麻煩，臺北城市到處都是監視器，防不勝防，很容易留下蛛絲馬跡，成爲線索。

黑衣快車手這樣面對這片沿海的漫漫蘆葦，吃力地搜索他目光中如此雜亂，又彷彿一觸碰就要崩裂的世界。但事情已經走到這一地步了，他一定要找到顏希鳳。

海邊蘆葦往往會在海邊潮溼的泥灘大量繁殖，秋末蘆葦開花，原本抽出的褐色花穗，開花結果後露出白色苞片與繁密的長絹毛。黑衣快車手在蘆葦間，看海風將成片成片蘆葦毛絮吹起，整片坡地彷彿活物，到處都可能是顏希鳳的訊息。

冬夜海風如此壯盛，冷酷凌厲地把顏希鳳即肩頭的髮吹得凌亂，如現在躲身其中的海邊茂盛蘆葦。顏希鳳現在需要視線，把原住民百步蛇圖騰的項鍊取了下來，把頭髮往後撥了撥，綁起馬尾。

躲在一旁水池邊泥地的蘆葦雜草叢旁，幾隻將臉半浮在水池青蛙，好奇地看著伏身在此的顏希鳳。

之前任壯保護自己逃跑時，顏希鳳跨過淡金公路路邊護欄，往護欄旁的草叢連滾帶滑。在一陣吆喝聲中，似乎模糊地從上面聽到「你往這邊下去！」。

這邊是哪邊？通常直覺應該就是指自己剛剛從淡金公路跌滑落坡道的地方。

顏希鳳推斷著，那剩下兩個人，應該會處理完任壯後，再下來找自己。

得再加緊移動！

顏希鳳略借著上方淡金公路的路燈燈光，伏身跑在沿海地帶的蘆葦草叢堆中，狂亂海風打得幾乎要高過人身的草叢窸窸窣窣亂響，掩匿了顏希鳳移動的身形，遮掩了顏希鳳的腳步聲。顏希鳳感知海風的方向，由此預知大片蘆葦草叢傾倒的方向。這樣她便能避免剛好站在蘆葦傾倒的地方，失去遮蔽。

感知著海風，顏希鳳拿著蝴蝶刀，尋找可以邊走邊將自己隱藏的角度，改從原本直往下逃的方向，在草叢中朝左手轉九十度，以S形方式移動。在蘆葦草叢中進行這樣帶流線形的移動，才不會使得草叢因肉體形成過於不自然的呆板直線傾倒。不斷進行S形移動，顏希鳳就這樣碰到現在自己所依靠的一排鐵絲網圍籬。

剛碰到這排鐵絲網圍籬時，顏希鳳暗暗叫了聲不好，就怕這排可能會不斷延伸的鐵絲網圍籬，會完全擋住她接下來的逃難路線。多年的經驗告訴她，走回頭路，往往便是與敵人相逢時。

在一些山坡地與海岸地，偶而會出現這樣的鐵絲網圍籬，主要是土地所有人用來宣示所有權。鐵絲網圍籬將地主的地圍起來，將地界具體化，成爲宣示地權的好方法。這也能避免有心人士隨意丟置廢棄物，或者透過設置鐵皮屋賣檳榔、雜貨方式占地據守，進行侵占。

顏希鳳收起蝴蝶刀，按開手機，手拱著蓋住手機螢幕，只讓些許光透出來。雙手虛掩著手機螢幕，顏希鳳就靠掌心這微弱的星芒，摸索這面鐵絲網圍籬，邊向旁移動，所幸走不到幾面，就發現一面已倒在地上。可能臨海的海風猛烈不停地襲向岸邊，也可能是地基不穩——通常海岸沙灘地質鬆軟，所以建築物件維持不易。不要說建築物了，連有時在海灘邊的柏油路停車，車子的重量都可能壓垮柏油路，讓車子陷入沙中開不出來。

在環境如此惡劣的條件下，這樣跑，這樣逃，顏希鳳終於撐不住，蹲下來靠著鐵絲網圍籬。她回想剛剛車內到現在的事，爲何自己會突然感到暈眩？剛剛任壯保護自己時看起來也有神情恍惚。

讓任壯當保鑣，跟了自己多年，顏希鳳知道任壯不是任人擺佈的角色，可能也跟自己一樣中了什麼毒。下午任壯並沒有喝咖啡或吃什麼，兩人唯一共同有接觸連結的東西是……顏希鳳想起來，八成那個魔術師烏丹．喬森的名片有鬼，可能沾了什麼透明無色的麻藥粉末。

介紹烏丹．喬森給自己的傅鑫野當然也有問題，不然後來不會那麼囉唆，還打電話給自己要改烏丹．喬森的什麼鬼名字還是鬼地址。分明是要藉此，增加自己多碰名片的機會。

做這些，當然是要鬥垮自己所代表士林組合的夜市堂口。顏希鳳心想，就算自己與傅鑫野相敬如冰，各自負責士林組合最重要的保護費跟賭場工作。但傅鑫野現在這麼敢，敢動自己，擺明就是要逼宮老爺子。

顏希鳳冷笑一聲。

想了清楚後，開戰。顏希鳳抓著手機，打了通電話給鳌仔。

不通。

再打。

還是不通。

「妳在那裡！給我出來！」

打手機電話時，可能沒蓋好手機螢幕發出的光，也可能急著等電話通，顏希鳳沒注意到後方人的腳步聲，就快逼近。看來被他們發現了。

但顏希鳳直覺，追她的人不可能真的那麼確定她的位置。畢竟她沒聽到後續追來的腳步，表示他也在遲疑。

如果現在自己加緊跑，那腳步聲太明顯，會被發現具體蹤跡。

顏希鳳往另一方向丟了石頭，但是沒用，對方依舊沒有提起腳步。

顏希鳳急中生智，伏身如蛇一般，鑽入倒下的鐵絲網圍籬與地面形成的三角形空間。顏希鳳瘦，但三角形空間比她身形還狹小。鑽進去的她只得用力弓身，撐出空間。

顏希鳳身體被鐵絲網圍籬的重量，壓出烏青的格紋。這時的她還真如蛇，整個背與臂布滿蛇鱗般的壓痕。

男人的腳步聲靠近，躲在傾倒鐵絲網圍籬下的顏希鳳憋住鼻息，男人也摸索到了鐵絲網圍籬，接著一步一步，他踏在倒地的鐵絲網上，那重量壓在顏希鳳身上。顏希鳳的肉身就要切分成一隔一隔魔術立方的格子。但即使身體一塊一塊裂解，顏希鳳也不希望被他們抓到。

是不是鐵絲網上還有著幾叢蘆葦，還是走來的黑衣騎士穿著騎士靴，區隔了對地面的感覺，顏希鳳不知道。走壓過顏希鳳身上的黑衣騎士並沒發現異樣，走了。而且似乎也開始使用手機螢幕光，穿過倒掉的鐵絲網圍籬，去那頭找尋顏希鳳。

顏希鳳慶幸，因爲黑衣騎士手上的螢幕光，反而能讓她藉此反推他所在的位置。

但顏希鳳希望能吸引黑衣騎士退回這裡，她當機立斷把自己的手機還原到最初狀態，清空裡面所有的個人資訊，設了預計五分鐘後響的鬧鐘。然後把手機放在地上，也摸黑穿過倒掉的鐵絲網圍籬，看準黑衣快車手手機螢幕光線掃動的位置，繼續壓低聲音往反方向走。

到了夠遠的適當位置，顏希鳳伏身跪坐，手機鬧鈴依設定時間大作！只是聲音帶著悶感。

果不其然，在另一方向的黑衣快車手帶著他手上的手機螢幕光芒，往顏希鳳剛剛放置手機處衝去。

「夠你找了。」

顏希鳳準備起身繼續往前走，卻發現，腳提不起來。

是溼地沼澤……顏希鳳暗暗叫苦連天。

溼地沼澤像腹蛇口中貪婪的黑洞，吞噬著重量、顏色。顏希鳳需要茂密的蘆葦地帶保護，現在卻又要抵抗隱匿其下的溼地沼澤，對自己僅有事物的吞噬。沼澤內裡是什麼呢？像果汁攪拌機般，無差別的把各種東西放進去裡面攪拌。

「難怪剛剛手機聲響像被人用手摀住，帶著悶感，可能那裡就已經是泥地了……」

現在顏希鳳身體的重量，將自己緩緩帶入泥心。沼澤那份溼冷黏膩，把她拉回十四歲與螯仔認識那年的夏天。她想起了螯仔曾經交給她的那塊封著虎頭鉗般的爪螯化石，最後陷入泥心底的自己，會不會也以那樣肢解的詭譎姿勢，停止自己的心跳，成爲化石？

-†-‡-†-

螯仔是顏希鳳在李神父籌設的聖伊甸園育幼院認識的朋友。說「認識」，是因爲終究螯仔不是育幼院出身的，他只是他媽媽將他從高雄轉學到臺北時，經朋友轉介拜託李神父，寄宿在育幼院。而顏希鳳則是從山上由牧師抱回來的，從她面容五官的深邃，便透顯了原住民血統。

在戰後臺灣，臺灣原住民在社會經濟普遍弱勢，因此出生之後被棄養的案例也時有所聞。李神父是在前往原住民山區主持禮拜時，回平地的山路上發現襁褓中的顏希鳳，於是把她抱回育幼院安置。

育幼院一段時間便會有善心人士領養院內的孤兒，顏希鳳一直到國中都沒人領養，儘管這可能是大多數育幼院院童都是如此，但仍讓她責怪自己所帶著的原住民輪廓，並以武裝自己的方式，隱蔽自己的自卑。所以顏希鳳念國中時非常好勝、倔強，像個男孩子似地。

螯仔上臺北時，是李神父在車站接他的。那天李神父帶他去學校註冊，要他午休吃中餐時，找時間先去215班教室找顏希鳳，放學就請她帶自己一起回來，順便認識環境。

螯仔第一次見到顏希鳳，恰巧是顏希鳳最狼狽的一面。

午休時，螯仔跑到215教室找顏希鳳，發現教室場面有點僵，一張課桌椅被打翻，午餐飯菜掉了一地。螯仔在教室內問，我要找顏希鳳，教室內臉上帶著紅腫巴掌痕的男同學，對外面喊：「被丟在路邊的山地猴子在外面！」

螯仔從教室內的窗櫺格中，看到走廊一個女孩在洗手臺前，對著嘩嘩的水龍頭捧起水洗臉，轉身深邃的眼睛內，是自來水洗不掉滿滿的淚水。

螯仔伸手，發現隔著窗，隔著距離，他無法爲她擦拭。

沒想到螯仔身旁的男同學模仿著猴子跳上窗臺，對顏希鳳大喊：「把自來水抹臉上，裝哭，裝可憐喔！」

顏希鳳二話不說，走到樓下，翻牆。螯仔沒說什麼，一樣跟上，翻牆，無言地陪她坐在學校外面的公園。

那日下午，跟神父想得不一樣，不是顏希鳳領著螯仔回，而是螯仔領著一個淚人兒回來聖伊甸園育幼院。

在那個國中時光，平日下課後，顏希鳳跟螯仔當然無法跟一般孩子去補習班或課後輔導。有時他們會跑去濱海的淡水玩。淡水老街那時已經慢慢成為臺北觀光重地，沒錢的他們特別選擇坐路線特別繞的公車，坐到淡水打發時間。對螯仔來說，在當時，淡水這臺北邊郊的邊郊，才讓他有故鄉的感覺。

走在沿海地帶，晶亮淺淺的海面，淡水遼闊藍天白雲映現其上。下午海邊的陽光，亮成黃色檸檬，倒映著兩人的身影，這對倒的鏡像，讓兩人變成四人。後來，育幼院又收容了狗蟻仔。兩人變四人，三人變成六人。

三人彼此壯膽，他們開始不往淡水老街跑，而是往紅樹林跟竹圍那跑。他們在臨岸少有人煙的沙灘發現一艘廢棄的船，還沒被處理。那艘廢船如同洪水退後，擱淺在岸邊的諾亞方舟，他們三人把那裡當作祕密基地。

雖然過了辦家家酒的年紀，但他們確實也曾爬上船，假意想像大夥航入遠洋。

海風壯盛，手巧的狗蟻仔在育幼院做了個風箏，握力極強的螯仔抓著風箏，朝顏希鳳觀察的風向反向奔跑。沙灘上遊走的群蟹追逐、拚鬥、繁殖，不知何時，看著沙灘群蟹揮舞著如鉗般的大螯，以及螯仔領著風箏跑的狗蟻仔，開始以「螯仔」這個暱稱叫螯仔，大家就此叫開。

螯仔將飛揚的風箏，在天空中穩定升起後，就交給狗蟻仔操控。

坐在廢船上，風箏就當作一張帆，他們想像靠這艘船，一同到達更遠的地方。不遠處候鳥、水鳥起飛宛如海鷗，如此虛實疊印，好像眞在艘船上航行。不用遠洋極地，不用熱帶叢林，不用沙漠險嶺，他們只要這艘在荒地上被遺棄的船，就能用想像力完成冒險。各自在船身四處，彼此合作掌舵、揚帆、下錨。

狗蟻仔偷了臺腳踏車就藏在這廢棄的船，兩人走過沿海地帶時，狗蟻仔喜歡騎著腳踏車跟在前面領頭，雖然騎著騎，總是不時回頭問：「等一下要去哪？」

等一下，等一下……雖然他們沒有錢，但好像時間多到他們揮霍不盡，亟待消耗。這是另一種公平。

那時還沒智慧照相手機，他們跟李神父借了照相機，坐在船上，四處拍著風景。跑相片沖洗店，因爲沒什麼錢，他們拿著相片底片對著半空，猜測照片該不該洗。陽光透過底片，讓收縮在底片方格中的事物顯像，陽光也曾如此向他們的靈魂之窗投射、探索。

狗蟻仔不知哪弄來的機車，他們三人趁著段考結束，提早放學，約好去祕密基地淡水那烤肉。

「是速克達啊？」螯仔。

「三人怎麼坐？」顏希鳳打量這部有點破舊的機車，「我騎，你們像串燒，貼在我身後好了！」

「我是覺得掌舵的人，最好要像螯仔這樣孔武有力比較好啦！」狗蟻仔搖搖手指。

「那你呢？三明治你要當夾心，還是土司？」顏希鳳對狗蟻仔說，「可別想占我便宜。」

「不跟你們擠啦！大家這樣太尷尬了。」狗蟻仔吐舌，指著速克達手把跟駕駛座之間的腳踏板，

「諾，兩位大人看，我就屈就一下，窩在這裡。」

就這樣三人考完段考後，直奔育幼院，把該做好的庶務做好後，便把放在收藏室的烤肉架、煤炭打理打理，包包裡不忘塞著一包仙女棒。三人在小綿羊速克達機車上，各就各位，湊了錢，到菜市場隨便買了些甜不辣、烤肉片、玉米，

載著這麼多東西跟三個人的小綿羊，更見孱弱。小小的輪胎讓人懷疑，是不是就要被壓爛。一臺小綿羊，氣喘噓噓，搖搖晃晃騎到了淡水。冬天淡水河入海河口遼闊的風，不時打來。螯仔雙手努力牢牢抓著小綿羊，努力維持整輛車的平衡。狗蟻仔緊緊抓著車身，顏希鳳緊緊抓著螯仔的肩頭跟腰，因爲這樣的奮鬥，三人竟都不覺得冷。

海風帶著些鹹，但有時被身後傳來顏希鳳溫溫的髮香擾亂。螯仔不知如何回應，那香在心裡激起微微漣漪。好在沿途狗蟻仔喊著：「小心！」、「欸，別蛇行！」多少化解了尷尬。

到了廢船，竟然有一群其他學校學生捷足先登，也來烤肉，翻動著廢船裡顏希鳳三人原本藏在裡頭的東西。看著原本的祕密基地被翻攪，遠遠看到的狗蟻仔衝去阻止，雙方第一次起了爭執。大約就是「這是我們的船！」、「上面你們有簽名嗎？」這樣的吵架模式，不想浪費時間，雙方約好各占廢船一邊烤肉。

狗蟻仔忙著生火，螯仔想塑一個擋風的小土牆，不斷挖著沙灘砂石。顏希鳳提塑膠袋裡要烤的食材，到附近宮廟清洗。恰巧剛剛發生衝突的那群學生，也有人來裝水，看到顏希鳳一個人在這裡，開始油腔滑調地搭訕。顏希鳳不想理睬，洗完東西後自顧自走回沙地廢船，搭訕的人不死心，纏著顏希鳳不放。終於再次引發雙方衝突，打得昏天暗地。遠方的廟公看到了，趕緊拿起電話報案，雙方人馬被帶去警局。

顏希鳳三人被學校記了過，學校輔導老師「依規定」來聖伊甸園育幼院，找李神父做「家庭輔導」，順便談這三人將來的生涯規劃，畢竟看來三人無論在成績還是社經條件上，都不算能繼續升學的樣子。

學校輔導老師走後，李神父關心顏希鳳。顏希鳳終於吐露她的困擾，「以後畢業怎麼辦？整天無所事事，這麼普通的我，能改變自己的生活嗎？」

「就算妳覺得自己再怎麼普通，未來總會有一個時刻，妳會開始覺得自己是獨一無二的。」李神父和藹的回答。

走出李神父辦公室，顏希鳳發現也準備要被「輔導」的螯仔，等在門口。

「來！握手！」

螯仔拿著一顆下午從沙地挖到的螃蟹螯爪化石，伸向流下淚的顏希鳳。

螯仔發現顏希鳳在哭，「啊，神父在叫我了，妳幫我拿到那邊水龍頭洗一下好嗎？」

顏希鳳雙手握著這塊螯爪化石，她發現從螯仔新來臺北後，不是她陪他，而是他陪她，度過了那段得不停武裝自己，其實相當難熬的日子。

-†-‡-†-

啊！不小心陷入回憶，太深了一點，顏希鳳抬頭望天空一片黑，顏希鳳懷疑或許現在自己就已經在泥心……不，她還感覺到自己的呼吸她就不能放棄。怎麼可以在這裡被吞沒，那個獨一無二的時刻都還沒來。顏希鳳用手中的蝴蝶刀，使勁地剷掉腳跟膝蓋的泥土！

把自己拔出泥沼的顏希鳳，鞋跟拖著泥印，再S形移動一段路，感覺好像拋離了在草叢中找她的人，而草叢往前面再過去不斷越變越窄，看來就要終止，使她無法再繼續走動。她的行動策略面臨了抉擇，她之前的行動所獲得的，只是短暫的安全，海灘上大規模的蘆葦，終究，只是有限的庇護。

往後走？不能。再往後走，無非是自投羅網。

那麼，該往上面公路走？還是往下面沙灘走？顏希鳳猶豫著……

一番掙扎後，顏希鳳決定往上走，若遇到公路上有車經過，她可以尋求幫忙。

顏希鳳往上移動，腳下的雜草開始稀疏，磚紅色土壤也逐漸裸露出來。

待在黑暗的草叢中太久，顏希鳳有些畏光。

她發現公路之前來時方向，有一束綻放如正午驕陽的車燈靠近。她興奮地往外揮手，尋求幫忙。

光越來越靠近……看來是部機車……這樣啊……

來的，竟是鼠灰色快車手駕的重機 Honda CRF250L。

之前停在遠方的鼠灰色飛車手，發現了顏希鳳走出蘆葦草叢，鑽出公路護欄的身影，立刻飆車，轟轟隆隆的重機引擎聲撕破海風而來。

顏希鳳看了，想縮身逃回草叢。但車飆得快，快車手一手伸來，要抓住她。顏希鳳要甩手，但重機速度快，衝力強，不是她所能承受，即使只是掃到邊，她便倒地不起。

趴在地上的她感覺膝蓋滲了血，泊泊地彷彿流出另一小片紅色的沼澤，從地面抓住了她。接著卻突然感覺到自己的手臂被狠狠扯住，上提。

原來鼠灰色快車手在前面區段蘆葦叢，找不到顏希鳳，便放棄。將被鐵鎚敲昏的任壯移到草叢後，再把豔紅賓士的車門關好，營造一副路邊停車休息的樣子。

鼠灰色快車手打電話給藍衣、黑衣快車手，改成自己在淡金公路上面監視，黑衣繼續在草叢中尋找，藍衣則在最下方靠海的沙灘上監視，守株待兔。

「抓到她了！」公路上的鼠灰色飛車手，向蘆葦草地裡，以及波浪般沙灘脈絡上的伙伴，高舉握拳大喊。藍衣、黑衣快車手吆喝著回應，向上方淡金公路護欄移動。

任顏希鳳緊咬著鼠灰色快車手，但無動於衷，重機手套、長袖機車外套保護著冷酷的他。

第七話：五湖四海

後車廂滑板裝塡器還未開啓的黃色垃圾車，在凌晨還未塞滿車輛的臺北城市巷弄間繞行。與螯仔一夥站在黃色垃圾車後閘門工作員踏板的角利，問一旁的螯仔：「你有混那麼差嗎？」

除了心裡的幹聲外，被街巷冷風吹得太陽穴有些發疼的角利，只跟螯仔這麼說，繼續觀察這個二十七、二十八歲穿著破牛仔外套，蓋住醫院病患服的年輕人，爲何是顏希鳳這個幫派集團的核心幹部。

坐在垃圾車正副駕駛座的清潔人員，嚼著口香糖跟罐裝咖啡，試著慢慢把大腦開機，仍舊沒發現後車廂站臺站著螯仔、角利、妙琳、狗蟻仔四個人。

黃色垃圾車停在一家掛著「五湖四海」大紅字招牌的中式豆漿店前，走出一穿戴整齊廚師伙房服的煎臺手，一隻臺灣黑狗也跟了出來。煎臺手拖著兩大包垃圾袋，擱在垃圾車旁。他已經發現了螯仔等人，但不露聲色，可是身旁的臺灣黑狗，卻對著螯仔興奮地跳啊跳！

煎臺手示意狗蟻仔先下來，同時熟門熟路的跳上，自己幫垃圾車駕駛員按開垃圾車後閘門按鈕後，車尾斗開展運轉後，也下了車。垃圾車收納垃圾的翻轉板轟轟隆隆自動運轉，剩下眾人趁機下了垃圾車。煎臺手把兩大包垃圾分別拋丟入垃圾車，向駕駛比ＯＫ的手勢，垃圾車繼續往前開。

「搭計程車也不過如此了，瞧，車身都一樣是黃的。」下了黃色垃圾車的角利叼起一支菸，敲著打火機點菸，目送著垃圾車離去，拐過街角，消失。

角利轉身，對著看著他的螯仔，嘴巴呑吐菸氣問：「怎麼，不請我進去喝一杯。」

螯仔猶豫著。

「怎樣，怕我去你們店裡樓上借傳眞機用嗎？」

「你怎麼知道？五湖四海……」一旁的狗蟻仔好奇問。

「螯仔，你幫你們的大姊大顏希鳳看著五湖四海堂口。這店表面是豆漿店，其實店住合一，樓上都是簽大家樂的事務傳眞機。你以爲我不知道？欸，我看起來很菜嗎？當我第一天在士林夜市當管區嗎？」

螯仔言語上不回應角利，領著角利、妙琳進入五湖四海豆漿店。大清早店裡還沒客人，眾人坐在店內圓桌。

螯仔對煎臺手問：「阿盛，豆漿煮的差不多了吧？」

「OK了！但還沒加糖，你們喝無糖行嗎？」煎臺手阿盛手托著托盤，托盤上放著幾杯豆漿，以及蛋餅、肉包、蘿蔔糕等吃食。

豆漿店煎臺手看著坐著的妙琳，問螯仔：「她是？」

黑狗在妙琳身邊繞啊繞，搖著尾巴。

「阿強，你是怎樣？別耍狗腿。」

狗蟻仔憋住笑：「妙琳，我們從醫院外帶的護理師。」

「想不到現在不只豆漿店可以弄外帶了。」

黑狗阿強倒在地上，露出肚子，賴著妙琳給牠搔癢。

角利正要搭話，螯仔起身：「抱歉，小本經營啊，忙不過來。」把角利跟妙琳晾在一邊，去幫忙煎燒餅。

黑狗起身跟上螯仔，要找螯仔玩。螯仔手指比著地面，向黑狗比出趴在地面的手勢。黑狗乖乖趴在地面，但仍抬頭吐舌頭，掩不住開心的眼神。

螯仔燒餅煎盤爐，低身默默檢視爐內明火。

「豆漿蛋餅喝一喝吃一吃就可以走了……等下要開店……」狗蟻仔也起身幫忙濾豆漿。

角利喝了一口豆漿，笑著說：「講得我好像很閒的樣子，回局裡，我還有一堆事要喬。」

角利翻翻外套胸口右側暗袋。

「剛剛折騰了一陣，又蹦又跳，我老骨頭都快閃了，走前我檢查一下東西有沒有掉，不然回頭拿，被你們當衰神……瞧，我只帶伸縮警棍防身。」

接著角利側身再掏，「唉呀!還有這個……」

螯仔回頭看到角利在桌面，放上自己遺落的手機。

「你從哪弄來的？」螯仔示意煎臺手阿盛把五湖四海店門口鐵捲門拉下，走回桌前，拿起手機。

阿盛把五湖四海鐵捲門拉下，只留大約二十五公分高，讓黑狗阿強可以進出。

「你的手機是警察調查你被撞現場時所拾獲，由於不能破解鎖定畫面，我說先交給我保管，我來處理這案子。來!當作我早餐錢抵。」

螯仔打開手機，沒有畫面，可能壞掉了，也可能是好幾天沒充電，沒電。一旁看著狗蟻仔，趕緊拿來手機充電器。螯仔把手機插上充電器，努力按著開機鍵，吃電不足，剛進入開機畫面，又倒退進入關機畫面。「怎麼會這樣?!」狗蟻仔在一旁著急。

進入畫面，發現有十來通未接來電紀錄。其中七八通，密集地在螯仔被撞那晚的凌晨一點到一點十五分之間打來。

「所以希鳳大姐頭那時候還有消息！」狗蟻仔焦急地說道。

「應該說，螯仔被撞，你們希鳳大姐頭失蹤，跟堂口兄弟被敲，都剛好發生在老爺子在士林國小歲末什麼感恩還是感謝餐會後，都太剛好了。對你們這麼有針對性，這一定是有人預先規劃好了的。」

「想也知道，是三金大哥指使的。螯仔，衝，我們去找他算帳，給兄弟報仇！」狗蟻仔忿忿握拳。

「你既然找上我們，請問一下警察怎麼辦三金大哥這件事？」螯仔示意要狗蟻仔冷靜。

「三金，你指的是傳那個什麼野吧。那三個『金』字，拼起來的，我都還不知道怎麼念。叫三金，你們還眞有創意。」角利拿起湯匙，舀起熱豆漿，吹了吹，熱豆漿湯氣，在空氣間吹散，「不過啊，警察辦案，不是黑道鬥毆。要有證據，你有證據嗎？有證據，法官可都不一定理你呢。」

「……」眾人無言。

「沒話啦！不然，我們先來看看照片。」

角利抽出了兩張照片：一張顏希鳳豔紅賓士 E400 Cabriolet 被撞的照片，一張監視器拍到螯仔被撞那刻的照片。

「這是？」妙琳湊上前看。

「你們想先討論哪一張？」角利笑了笑說。

-†-‡-†-

角利在桌面上以食指點了點照片中的賓士 E400 Cabriolet，清脆的幾聲聲響，彷彿照片中賓士車窗上的圓狀敲痕，就是他的傑作。

「是快到中午時一個走淡金公路送貨的司機報案的，上午也是有車經過，可能這個司機比較敏銳些，發現車上有些敲痕，車裡頭沒人，前後幾里路也沒商家、休息站之類的店，他便打給警廣交通網通報。警廣叫交通警察來看看，才發現苗頭有些不對。因爲車子登記在士林，案子照會給中士林分局。」

鳖仔皺眉：「是希鳳的車沒錯。」

「我們警方發現賓士車周遭路面，沒有特別異樣的煞車紋。除了後面左側車門有刮痕，在車內採集指紋。車內主要就是駕駛盤跟車座位上的兩種指紋，沒有其他指紋。當然淡金公路很多鬼故事傳說，不過我想你們不會想接受被海鬼抓交替這樣的說法吧！」

「兩個指紋？應該就是希鳳大姊跟任壯。問題是人呢？任壯跟顏希鳳都消失了。接下來呢？大姊跟任壯到那裡？你們警察辦案不是最會調監視器？」狗蟻仔嚷嚷著。

「開車的應該是任壯，他是顏希鳳的保鑣，現在我們確實也聯絡不到他。希鳳個性跟狼差不多，不可能忍受身邊有跟她一樣快的東西。任壯可以算她貼身保鑣了，開車技術差不多堪比F1賽車手了，一輛車絕對攔不下她。」鳖仔想了想也這麼回答。

角利在自己隨身小冊子上，寫下任壯的名字。

「我也想啊，問題是淡金公路那段路冷僻的要命，能接上淡金公路的路這麼多，監視器是要怎麼調？不過現在至少知道顏希鳳是在這段時間打給你的，還有隨車任壯的名字，這樣搭配這張照片服用，就有很多可以追蹤的線索了。」

妙琳指著照片上賓士車那車窗敲得像葡萄柚切片的裂紋，「是被棒球球棒砸的嗎？」

「車身也有好幾個這樣敲痕，就形狀來看是鐵鎚。加上車內沒有兩人以外的新指紋，所以我推斷衝突主要是在外面。不過也有些有趣的東西被採集到了……」角利拿出另一張照片，灰色的小裂片。

「你還留一手喔？到底有幾張，一起拿出來吧！」狗蟻仔懷疑著角利。

妙琳好奇：「這是？」

螯仔看了看：「看起來應該是安全帽面罩的裂片。」

「不錯喔，你滿有探員的觀察天分，要不要來警察局打工？」角利大表讚許。

「所以一樣是飆車族。」螯仔陷入沉思，看著另一張關於自己的照片。

「他們到底有幾臺機車？撞螯仔就算了，輸血車也要撞，賓士車也要撞。」狗蟻仔順著螯仔眼神，看著角利拿出來螯仔被撞的照片，「欸……這不是我在市北榮醫院裝歐巴桑，陪在螯仔旁邊，成天看你們兩個菜警察拿平板電腦秀的畫面嗎？」

「你怎麼知道他們菜？」妙琳問。

狗蟻仔橫著大拇指，指著坐旁邊的角利：「跟隔壁這位大叔一比，就知道了。」

狗蟻仔咄咄逼人問道：「你是嫌兩個菜警察跟醫院警衛不夠力，所以才親自出馬坐鎮我們病床邊的？」

「醫院警衛不是我安排的。」

「還不是你？你想住我們隔壁床就住我們隔壁床，八成跟院長什麼都串通好了。」狗蟻仔絲毫不相信角利說的。

「唉，我們這種年紀的男人，要住院隨便灌個一瓶威士忌，高血壓就可以飆到二百啦！要住院，可是隨心所欲、收放自如。好啦！不過住你隔壁，確實是我跟醫院主任喬了一下。不過醫院警衛，還眞不是我安排的。我被推進病房，瞄了一下這警衛離離落落，就知道這警衛準備出包，醫院請的這家警衛，究竟不是保全保鏢本行的。」角利話頭一轉問妙琳，「我倒是好奇，妳爲什麼要跟鳖仔他們鬼混在一起？」

狗蟻仔搶先妙琳開口，拿出放在外套內袋中的小試管，「因爲這個啊……先說這不是我們的，送你回去好交差。」

角利接過小試管看了看，問妙琳：「妳好歹也是實習護理師，妳吃這個？」

「沒有……」妙琳揮揮手，「這是什麼？」

「這可是現在市面上開始流行的『荔枝』。」角利用食指與拇指掐扣著透明試管，四顆妖豔如紅寶石的毒品「荔枝」，骨碌骨碌地左右滑動，發出彈珠交相撞擊的清脆鏗鏘聲。

「賣水果？不會是什麼文創糖果商品吧？」

「如果眞是要振興農業就算了？這裡面調和了海洛因跟微量蛇毒。」

「蛇毒？」

「唉，老了，跟不上時代了。我也是從毒品鑑識科，那邊簡單聽到。」

「吃了不會死嗎？」

「會欲仙欲死。」

「你怎麼知道？」

「吸毒的人要追求的，說到最後不就是這樣嗎？不然你們現在活著，要求什麼？」

「……」沒人答應角利。

「我們混士林，也是現在才知道『荔枝』。」鳖仔試探著角利。

「這『荔枝』是天母夜店先被查緝到，天母那邊原本是叫它『海妖』什麼的……後來從其他幾家夜店、KTV慢慢零星也被查到，士林這邊也開始出現……臺北治安匯報中，士林可說是毒品、偷竊跟青少年犯罪率最高的前三名區域，也難怪『荔枝』會往士林轉銷啦！」

「因爲有你們這些警察，亂抓一通啦！」狗蟻仔嚷嚷。

「爲什麼不說是有你們這些流氓呢？」角利笑盈盈地回答，「可是仔細想想警察也是靠你們這些流氓才有飯吃。只是你們好好日子不過，成天打打殺殺，要我們條子陪你們演官兵捉強盜的戲碼，求的是什麼？」

「安居樂業。」螯仔回答。

「世道眞是變了，流氓也在談安居樂業。你安居哪？」角利反問，「不過也不能光怪你們這群流氓啦！士林夜市本身就有這種特有的氛圍，聚集了許多就是喜歡『嘗鮮』的。而且也很『國際化』，國內國外遊客到這裡都想放縱一下，使得『荔枝』也有它推銷上的突破缺口。你應該也知道吧！安非他命已經都被視爲小學生的玩具了，稍有資歷的毒蟲都不太玩。」

妙琳聽得一愣一愣的，這完全不是她原本世界的語言。

「你們打哪拿來這個？」角利問。

「急診部，螯仔拿那根四腳柺杖英雄救『妙琳』時，我從那個準備拿摺疊刀刺向她的瘋婆身上摸走的。」

「你就沒掌握到跑來急診部的那對中年男女？警局沒給你消息？」螯仔冷冷問角利。

角利沉吟，心想——「既然都在醫院被修理了，多少會進行毒品驗血，怎麼沒把他們送到警局？確實不尋常……是醫師主任嗎？讓那對中年男女能夠脫身，事情鬧成這樣，沒叫警察局來處理？新聞也沒播？驗血出現毒品反應，通常會跟我們分局打個照面……還是董事會那邊搞鬼？自從上次董事會改選後……」

「我回去查查。」角利打破自己的沉默，「你們來跟我換班吧！」

「換班？」妙琳好奇問。

「要我們當臥底？你以爲在拍香港片啊！我可不想再扮老看護回那間鬼醫院。」狗蟻仔滿口拒絕。

「不是去醫院，是去監視你們口中的三金大哥。」

「傅鑫野？」妙琳問。

「沒錯，妳有進入狀況。」

「去哪監視？」螯仔問角利。

「『一樂虎』對面的『夢士林』，我在那包了一間房，很適合監視。」

「爲什麼我們要幫你？我們自己去士林夜市問問就知道了。」狗蟻仔不以爲然。

「因爲，你們問不到。老爺子要士林夜市的攤販跟堂口、線民都噤口。」

「爲什麼找我們？」狗蟻仔不解。

「因爲這案子雖然看來傅鑫野現在是箭靶了，準備當刺蝟了。不過，經你們『分享情報』，我看八成白道也有涉入……你們知道毆打受偵訊嫌犯，警察刑求罪被關多久嗎？」

「不知道。」

「沒斷手斷腳，就要蹲一年以上七年以下啦！斷手斷腳重傷，可要三年以上，你們要不要打開手機小算盤ＡＰＰ算算看，啊這樣有值得嗎？」

「你們不是官官相護？」

「那你們想想現在人權團體有多厲害？碰到一根毛，部落格都可以寫上一大篇。『荔枝』算是新興毒品，還沒被列管，送去法務部毒品審議委員會，都還要累積足夠的案例，所以在查緝有盲點。只能依社會秩序維護法辦理，無法控管。抓到有『荔枝』的人，裡面一堆人權團體可以做的文章。你知道的，只要是『官』都有點笨有點傻，不一定就官官相護，不要互相牽拖就不錯了。把毒蟲送去法辦，還被說又不是毒品……白目加白道，現在可不得了。有時候白道是治不了白道的。先讓黑道處理一下，我們才比較好料理。」

螯仔眾人不語。

角利將剩下的豆漿一飲而盡，對螯仔說，「混到這個位置的流氓，大都會使腦的。我想，你應該也不笨。你想想現在你們堂口兄弟都散在醫院等血，老爺子也封鎖士林夜市三教九流。以你們在『士林組合』中地位，應該不是想見老爺子就能見老爺子。要老爺子主持公道，也要看你有多少傅鑫野的罪證……可是現在除了傅鑫野，又有醫院還是什麼的白道，你們要靠什麼突破這黑白兩道？靠跟我合作啊！」

螯仔細細思索，不答話。

「把這些事件聚集在一起，就能大概拼出對手們的模樣了。拚鬥的對手強大，不可怕，可怕的是連對手長怎樣都不知道。你們先代替我監視傅鑫野的『一樂虎』，或許能看到我所不能看到的。而我呢，再去警局找找熟悉這地方監視器的人，或許有突破點。」

角利站起來，彎低身子準備穿出開不到一半的五湖四海鐵捲門時，想想不對，回身問妙琳：「確定還要跟螯仔攪和在一塊？」

妙琳：「我們約好一週要搞定這件事，他得再回醫院報到。」
角利哈哈大笑：「有夢最美。」從口袋拿了一張帶警徽的證件給妙琳。
妙琳接過，看了，「你的警察人員服務證？給我這做什麼？」
「防身。這證有時會比電擊棒好用。江湖兇險，說不定妳用得到。」
「你不需要這？」
「放心，這張是我之前遇到一些事時，不小心弄不見，後來找到的。」角利從飛行員外套內裡又翻出一張新的，「偶而拿來懷舊的。」

-†-‡-†-

角利走後，鳌仔想了一下，對狗蟻仔說，「叫闊達來幫忙，士林夜市兄弟都住院了。」
「我在醫院時就打給闊達，叫他來了。」
「再打。」
狗蟻仔撥電話，「通了。」
「你問他現在出發了沒？」
「他說出發了。」
「從哪？」
「床上。」
一旁聽著妙琳偷笑。
「現在在哪？」

「他說酒醉剛睡醒，不確定這裡是哪裡。」
「那他現在在吃什麼？」
「肉圓。」
「那還在彰化。」
「闊達哥是誰？」妙琳好奇地問狗蟻仔。
「鳖仔高雄的死忠兼換帖，現在作自由接案的水電工。如果眞要說，我覺得是可以單獨把士林夜市吃垮的男人。」

五湖四海低掩著的鐵捲門外，有人聲。
狗蟻仔：「是不是角利，回來拿桌上那些照片？」
煎臺手阿盛聽了聽：「不只一個人。」
眾人側耳，隱約有三個中年男女的講話聲，他們口齒模糊，又隔著鐵捲門，雖然聽不清楚卻略顯亢奮。
接著他們以腳踹鐵捲門，鐵捲門被踹地作響，原本卡在鐵捲門上的灰塵也被抖落。
黑狗阿強感受到了聲響中的挑釁意味，吠了起來。
但這沒有嚇唬到對方，鐵捲門再被踹了幾下，喊：「出來。」
鳖仔示意阿盛去處理一下，阿盛走到鐵捲門旁，對外喊：「頭家，抱歉，今天不做生意！」
「莫假啊！東西交出來！我們快受不了！」
狗蟻仔、妙琳一頭霧水，鳖仔要大家戴上口罩。

一雙粗糙帶著不少針孔的手，從拉下低掩的鐵捲門下伸了進來。

阿盛被惹毛了，拿了揉麵棍往那雙手砸。那雙手吃了痛，縮了一下，繼續往內探，支著，頭探了進來，抬起臉——

那是對妙琳、鳌仔、狗蟻仔有點熟悉的乾枯燙髮，以及骷髏般沒有光澤的一張臉。是前些時候，在醫院急診部中那張對海妖，渴切到失去自我的中年婦女的臉。

發瘋的歐巴桑繼續爬了進來，阿盛不知道該怎麼辦，如果是男的，他二話不說就繼續打下去了，只能吆喝她不准進來。

狗蟻仔：「是之前醫院那個三寶——電母，乎伊死啦！」

阿盛還猶豫是否一腳踹下去時，突然頓失重心，另一腳的腳踝被鐵捲門下，另外一個方向伸進來手抓住倒地。這雙手同樣帶著不少針孔，只是肥胖多肉，是之前跟發瘋歐巴桑一起的歐吉桑的。

肥胖歐吉桑看阿盛跌倒，準備也鑽進來，肥胖油膩肚子卡在鐵捲門口。黑狗阿強看到阿盛跌倒，衝過去咬中年肥胖男子。

歐吉桑吃痛，把手臂抽回，連同把黑狗拖了出去。

歐巴桑則伏身在五湖四海的地板，邊爬邊嚷著：「把荔枝還給我……」

鳌仔二話不說拿了一大桶燙得冒煙的豆漿，往發瘋的歐巴桑身上倒，歐巴桑儘管穿著外套，但仍發出了被燙到的哀嚎。

狗蟻仔則朝鐵捲門開口的店門外，朝騎樓大馬路外，丟出三顆「荔枝」。

原本哀嚎的發瘋歐巴桑看了，二話不說再往五湖四海店門外鑽，要去撿「荔枝」。

阿盛拉下鐵捲門，從縫口看，發瘋歐巴桑跟歐吉桑在大馬路上瘋狂找「荔枝」撿拾後，上了另一男子開的簡陋貨車，貨車車牌用膠帶貼起。黑狗阿強原本咬著歐吉桑的手不放，被歐吉桑甩開後，又衝上去咬他的小腿肚。後來隨歐吉桑上貨車，被拖著上車。貨車猛衝，貨車上的發瘋歐巴桑跟歐吉桑抓不穩，被甩了出來，角利拉開鐵捲門，前去壓制兩人。只剩黑狗仍在貨車內狂吠。

看著貨車逃逸無蹤，妙琳擔心：「阿強怎麼辦？要不要報警？」

「那我們的行蹤不就自動曝光了嗎？阿強對他們沒用，或許半路就被他們丟包，阿盛你去找。或許幾天之後，小黑狗就會自己回來，也說不定。」螯仔壓抑自己的情緒說。

「爲什麼角利走後，剛好就來？誰曉得他是不是出賣我們。或許我們也是他要以黑治黑的對象。」

「吸毒的人毒癮一發，什麼都做得出來。我想他們可能發現等於自己的命一樣的『荔枝』不見了，三更半夜在醫院附近找，發現了我們搭上垃圾托運車，尾隨來的。」

「那第三個男人呢？之前在急診部沒看過他……」妙琳驚魂未定。

阿盛揉著剛剛跌倒，發疼的手臂、膝蓋，「應該是三金大哥堂口的，之前我在士林組合的大型聚餐，好像有在三金大哥堂口那幾桌，看過他。」

「所以你眞要跟角利合作？警察做到像他這樣，根本就搞直銷的。第一次看到警察能五四三的一直講。」

「單打獨鬥，我們沒有優勢。敵暗我明，先去住夢士林。」螯仔下了決定。

第八話：分局長報告分局長

角利把車開到中士林分局地下室，停在特別禮遇資深刑事警官的專屬地下停車位。

中士林分局有行政、督察、防治、保防、民防、交通六組，以及偵查隊、警備隊二隊，還管轄天母、文林、社子等十個派出所。角利隸屬的偵查隊，可是第一大隊。中士林分局中的其他單位人數不過十人上下，可是偵查隊人數高達五十多人。因爲偵查隊主要負責的便是犯罪偵防、偵訊移送刑事案件、通緝犯查緝、治安顧慮人口監管、刑案紀錄資料分析、刑事現場勘察蒐證鑑識、不良幫派組織犯罪檢肅等工作。不只中士林分局，各警察分局中偵查隊往往勢力強大，自成一國。

角利開著的是日系 Lexus IS250，黑色款，適合隱匿，也是適合有排場的場合，剛買幾年。妻子亡故後，孩子也出國留學了，角利當個老牌浪子，油錢、維修反正都可以報公帳，他現在只要付出時間給這臺車保養。保養歸保養，車終究是拿來用的，不是拿來當裝飾品。角利有領警察獎金、刑警危險職務加給，把錢投資在自己跟車上，保了車險，所以關鍵時刻能毫不猶豫的放手一搏。

想著等下怎麼跟分局長報告的角利，下車後無意識地甩著 Lexus 鑰匙圈，搭著電梯，走入中士林分局辦公室。

兩個原本顧醫院一胖一瘦的年輕警察緊張地坐在警察局辦公桌前，因爲螯仔走丟，面色蒼白。看到角利甩著鑰匙圈進來，立刻從辦公椅上彈起，站起身敬禮。

角利拍著他們兩個的肩膀：「不用擔心這件事，交給我來！你們這兩個菜比八的。」

小個子警察接話：「報告，剛剛……」

角利止住他：「等會再說，我先去向分局長報告。」

大塊頭警察：「角老大，搞得定嗎？」

小個子警察：「其他學長說，老大可是地下分局長啊……以前換算成軍中，可是士官長等級的，現在分局長來了，更是紅人啦！完全就是地下分局長的派勢。」

「對吶，他都不知道還要K幾本書……我其他同學說，分局長之前在其他區的時候，也善於跟資深警察『合作』，讓他可以好好念書。念那麼多書，是要做什麼？」

「我們事情已經夠大條，別再惹事……」

小個子警察揮手，看了旁邊，要大個頭警察說話小聲點。

角利進了分局長劉一昇辦公室，在分局長辦公桌一旁的會議桌，已經坐著副分局長跟從南港過來的臺北市警察局藥毒物鑑定專員，大家還在寒暄。

「學長，要麻煩您簡報現在的案情了。」分局長從自己的辦公桌起身，坐到會議桌，給在座的角利、副分局長、藥毒物鑑定專員各沏一杯茶，「我剛剛已經跟副分局長討論過這一個禮拜來士林夜市的『士林組合』內部兩派械鬥，飛車撞輸血車，新毒品『海妖』開始在士林現蹤……你怎麼看『士林組合』？」

「現在的『士林組合』組織非常穩固，像個金字塔。以老爺子爲首，下面兩個直系堂口堂主，是顏希鳳跟傅鑫野。兩個堂口原本有分工的意味，支撐起『士林組合』的實力。」角利把玩手中小茶杯，喝了一口，「顏希鳳負責收保護費，傅鑫野則處理賭場事宜。老爺子已經處在半退休狀態，現在挑明著跟顏希鳳起衝突，看來他佈這個局很久了。」

「我查了資料，老爺子不是有個兒子，那他兒子？」

「你問顏興宸？他主要是負責老爺子的安危，都在新士林市場。」

「會不會太屈就？地盤好像比顏希鳳、傅鑫野少上許多。」

「不要小看新士林市場，幾年前改建完工後，以往的小吃攤販又重新回流至此，在地下一樓，也算是黃金地段，跟著老爺子就是在本堂了。分局長你剛來，可能還不熟，我們改天去新士林市場那喝一杯，你就知道了。」

「顏希鳳也姓顏，是老爺子女兒？讓女人掌一個堂口，不常見。」

「雖然姓顏，但是據說是領養的。原住民血統，被他訓練的很剽悍。那個被撞的鳌仔，就是顏希鳳的手下幹將。比起來，傅鑫野血統才是最不簡單的，他是老爺子以前大哥的兒子，他大哥託孤給他。」

「那現在『士林組合』出了什麼毛病？」

「接班人。」

「一個是親生兒子，一個是養女，一個是前代幫主兒子……老爺子會交棒誰？」

「那要看老爺子對『道義』這件事的『定義』。」

「現在這一些事，到底誰開局的？」

「看來是傅鑫野。」角利娓娓道來，「我那時第一次跟傅鑫野碰頭時，他才不過二十出頭歲數。跟在老爺子後頭，目光炯炯，看來就是要冒出頭的角色。這可從他後面在跟的小弟可知道，能打，追趕跑跳碰幾乎樣樣行。重點還是前老大的親兒子，老爺子把之前他爸買的樓給他做了地盤，給了資源，就管賭場。傳統流動賭場，被他現代化，弄了個叫『一樂虎』的電子遊戲場。現在聲勢都蓋過老爺子的嫡傳顏興宸了。」

角利心裡暗自盤算，印象中應該三、四年前，士林國小家長會給老爺子舉辦的弱勢孩童營養午餐捐贈儀式時，就看過這個跟在田律師身邊的傅鑫野。當時他白白淨淨看起來還算斯文，只是眉宇間還是透著幫派的邪氣。

早期臺灣黑道以帶濃厚地緣特色的角頭作爲主幹，所以除了重情義外，也講究實力。現在臺灣世代交替後的黑道，已經不那麼重倫理情義，那麼實力就更重要了，畢竟黑道不是吃素的。有實力，自然能吸引入幫進派的投靠者就多。黑道的實力有時很表面，跟的小弟數量啊、開的車、戴的錶、帶的女人，都能成爲實力判斷的標準。

但這些似乎都不是判斷傅鑫野實力的標準……角利想起來了，當時他能直接越過田律師，去跟老爺子咬耳朵請教問題。看來他有著不亞於老爺子親生兒子所領導士林幫虎堂的實力。

角利當時已經抱著退休心態，心態上有些放鬆，心裡盤算的是退休後怎樣搬離臺北，到下港蒔花養卉不問世事，過過清閒的退休生活。

現在這個傅鑫野，終於變成三金大哥了。看來他從他爸跟老爺子學到不少怎麼當黑道的本事。

「老爺子還眞是懂得栽培拉拔，」分局長劉一昇細細思考角利提供的資訊，「看來這士林黑幫就是這樣透過培養幫內的菁英，才能在士林夜市這一大片繁華的商業帶，根深蒂固。」

「不是我要巴結你，分局長你眞是有讀書人，講出來的話就是不一樣。」角利對分局長豎起大拇指。

「學長別這麼說。」

分局長劉一昇跟角利同樣是警察大學畢業的，不過角利大上劉一昇好幾期，兩人沒有同時在警大讀書過。

劉一昇年輕時大學念外文系，大一新鮮人當不到半年，爲了想要未來有明確穩定的就業方向，就休學自己惡補，改考警大法律系。一開始潛意識裡爲了想追過自己多浪費的一年，拚命念書投入警大課程，畢業後一口氣就考上三等特考，獲得「二線一星」的官階，有擔任「警正」官職工作的資格。

臺灣警察的官職由高到低，分別爲「警監」、「警正」、「警佐」三個位階。「警佐」就是一般派出所穿制服的基層警員、隊員，就是跑辛苦的巡邏、臨檢、值班的勤務，通常掛的是「一線三星」官階章。「警正」的官職由高而低，大致有副分局長、組長、分局員、巡官。在獲得「二線一星」官階後，可以逐漸提升官階與官職。例如「二線一星」可以擔任巡官，「二線二星」可以擔任分局員，「二線三星」可以擔任組長，「二線四星」就是分局長。「警監」是警察官職中的最高等，「三線一星」可以擔任分局長，「三線二星」以上可以擔任警察局長、警政署長、警察大學校長。但，這一切都需要際遇與時機，因爲不少的警察，大約就在兩線三、兩線四官階便退休，當然更多的可能一輩子當個一線二星的小員警。

在這條警官晉升之路上，際遇與時機有沒有發生，又是否成立，要看你是否是一個「準備好」的人。

分局長恰巧就是個剛剛好準備好的人，第一份「警正」工作是在內政部警政署保安警察第六總隊，也就是一般人所謂的保六總隊，擔任巡官。

保六總隊就座落在臺北市中正區。中正區中座落了臺灣的總統府、行政院、立法院、監察院、中正紀念堂，可說是臺灣政治核心中的核心。

保六總隊斜對面就是行政院，恰巧行政院長需要隨扈，由於有時需要應接外賓，所以需要兼具外文專長。早年念過外文系，經過英文口說檢測，開始隨車保護。如此接近「政治高層」，加上利用下班苦讀，他非常順利地通過了警政署辦的縣市警察局候用分局長甄試。

接著劉一昇被「外放」歷練，說是「外放」，其實也只是到新北市各分局歷練，離政治核心臺北市，只隔一條淡水河。

劉一昇相對同輩，快速地就飛升至中士林分局長的位置。他過往的那些「準備」受到了鼓舞，使得他更熱中於「讀書」。只是現在家裡小孩出生，回家必須當個父親，不像以前下班可以念書。所以他利用上班時間念書，作爲一個分局的頭頭，上班念書完全沒人管得著，前提是——他必須找到一個可以罩得住局面的幹部，然後在各組中安排適合他們施展拳腳的人。

特別是，這裡可是龍蛇雜處的士林。

劉一昇一到警局上任，什麼不做，他閉門把所有各組各室的人事資料看過一遍，然後逐一約談。中士林分局的老牌警正角利，在他腦海中可以說，砰的一下，就成爲他要倚重的幹將。雖然，角利再沒幾年要退休，但又如何？劉一昇心理盤算，他也沒打算在中士林分局窩幾年。

角利自己也有些盤算，還沒幾年就要退休，本來早就摸熟士林的他，早就進入養老階段。沒想到一來偏偏這一年，新來的「學弟」分局長賞識，這麼「看重」自己，只差沒把他的薪水也給自己領了，弄得自己都知道自己私下有個「地下分局長」的綽號；二來前些時候士林組合鬧了這齣內鬥，士林黑幫由士林組合主掌的局勢，好像又要勢力重新盤整。

角利估算，既然現在退休不成，得繼續陪這群士林黑幫闖蕩江湖，爲了過退休前的好日子，也得報報分局長的知遇之恩，看來得要好好介入士林這些地下暗盤，安排能跟警察局好好配合的穩定「黑道結構」。

-†-‡-†-

分局長劉一昇換問藥毒物鑑定專員：「海妖這毒品是怎麼回事？它是有什麼『賣點』，讓那些毒品吸食犯趨之若鶩？」

藥毒物鑑定專員從公事包拿出筆電，卻不打開：「現在不是有現成的吸食個案？要不要我電腦帶過去現場解說？」

角利：「個案？」

副分局長：「剛剛巡警街頭抓獲一對中年男女吸毒，嘴巴含的就是『海妖』，大白天吸毒，吸到痟神經，腦袋都空空了。」

大夥從分局長室移到偵訊室，不直接進偵訊室，而是到偵訊室隔壁的辦公室。這間辦公室挖了一個櫥窗，可以看到隔離室內部狀況。當然，隔離室裡的人是看不到隔壁辦公室的狀況。

透過櫥窗，隔離室中年夫婦身形汙穢、狼狽，兩人神情恍惚，雙手被反扣在椅背後，背後站著大塊頭、小個子警察還有一位女警。隔離間的檯燈、杯子與文件，有被搗毀的痕跡。

角利看了，對大塊頭、小個子警察招招手，要他們到這裡來。

角利：「怎麼回事，亂成一團。」

大塊頭警察：「問一問就毒癮發作，也費了些勁才把他們制伏。」

「什麼時候抓到的？」

「抓到一會兒，剛剛您進來，要跟您報告……」小個子拿出透明拉鍊袋，裡頭正是鮮豔的「荔枝」，「他們吃『海妖』時，被巡邏員警抓到，要他們吐出來，先用透明拉鍊袋裝。」

一旁的藥毒物鑑定專員打開筆電，從公事包也拿出一個透明拉鍊袋，裡面也裝了一顆海妖。藥毒物鑑定專員把兩包透明拉鍊袋並排放在桌上，拿出類單眼隨身相機拍攝，接著按了一下電腦檔案夾中的檔案。

螢幕顯示一張照片，照片標題爲海妖毒品化驗分析照，內容好像三組彩帶打圈盤旋纏在一起，中間再灑著幾粒砂礫。

「海妖會讓人收縮感官。」藥毒物鑑定專員指著照片。

「這什麼意思？」角利問。

「他不是放大你的感官，刺激你，讓你即使一隻螞蟻爬過你指尖，都讓你亢奮得像發情的猴子。完全反其道而行，把你的感官澈底鈍化、收縮……」

「這樣吃安眠藥就好了啊？」

「重點是收縮感官後，接下來任何刺激都會被巨大化……例如就像置入黑暗中一絲光讓瞳孔過度吸收藍光一般，所以不要在黑暗之處玩手機，有人長期躲在棉被裡玩手機，後來就失明了。同樣的道理，如果長期使用海妖，會陷入巨大的感官撞擊，身陷在感官幻覺之中。」藥毒物鑑定專員搖搖頭，「安眠藥是讓人變呆，然後生無可戀的睡著，但是這顆『荔枝』，最後爲讓身體受到巨大刺激後，讓身體開始分泌嗎啡，帶有一種甜蜜感，甚至在內化收縮中，意識自我自由奔放、無所不能的感覺。可以說是百分百，能讓自己在昏睡中產生做了美夢的感覺。」

「人可以分泌嗎啡？」一旁的小個子警察好奇的問。

「會啊，大腦會刺激腦內啡的產生。通常在運動、大笑時，就會刺激。所以有些人喜歡跑馬拉松，幾近於迷戀。主要就是因爲維持長時間連續運動，腦內啡就會產生，所以除了馬拉松以外，游泳啊、划船啊、騎單車啊，這些有氧運動都會刺激腦內啡……」藥毒物鑑定專員回答。

「騎單車也會？」瘦警察問。

「對啊！」

「那我們以後是不是改騎腳踏車去巡邏？看會不會比較開心一點。」

「你以為你是日本《烏龍派出所》裡的阿兩嗎？士林區那麼大，騎都騎死了。」胖警察白了一眼瘦警察。

「所以，現在不是很瘋騎腳踏車環島嗎？就我看來啊，腦內啡的愉悅感也強化了環島這件事的成就感。」副分局長想了想說。

整個報告完畢，分局長裁示角利去進行偵查，擬定一下計畫，跟他報告；接著吩咐副局長，角利計畫擬定好後，要督促各組緊密配合。

人員解散後，角利獨自一人跑去偵訊那對毒癮犯夫婦。

角利要偵訊室裡的女警出去等著，坐在偵訊桌前，角利點起菸，對著毒癮犯夫婦，打開一瓶可樂喝：「是你們兩個啊，久仰大名。」

「你認識我們？」

「相逢不必曾相識。」

「『荔枝』哪來的，一早就有貨？」

「是我們被摸走的！」中年歐吉桑大叫。

「去哪要回來的？」

「一家豆漿店還是什麼的……該我們就是我們的……」歐巴桑語言模糊。

「你們怎麼知道是豆漿店偷的？」

「在那個什麼醫院掉的啊！」歐巴桑不停地抓著身體癢。

一般問訊，一定會覺得這對毒癮犯夫婦到底在說什麼，但是幾個關鍵字，角利就確定他們就是螯仔他們在北市榮醫院急診部遇到的毒癮犯。沒想到，自己前腳才離開「五湖四海」，他們就跟上。

角利再想想……等下，不會其實把「荔枝」引進士林的，是顏希鳳、螯仔他們？要來測一下……

「你們的『荔枝』一開始從哪討來的？」

「我們又不是乞丐，是我們抓來的！」

「什麼抓？」

「就是抓！」

角利發現這腦滿腸肥的歐吉桑可能眞的吸毒吸壞腦子，前言不對後語，問什麼，答也答不清楚，可能被毒品破壞了大腦的語言敘事能力，決定換一個方式來問。

「來等下問題好好答，我給你們好處。」

「什麼好處？『荔枝』無限量嗎？」

「這裡是警局啊，你這傻子。不過荔呢，倒是能讓你們無限量……」

一聽到「無限量」，原本萎靡的歐巴桑突然眼睛一亮，「就是抓娃娃啊！」

「抓娃娃機，憑你們？你們有那種技術？」雖然這麼說，角利心裡非常驚訝毒品販賣，現在居然跟時下流行的夾娃娃機結合在一起，這種新的販毒法，看來又要有相對應的查緝ＳＯＰ了。

「一直投到保夾金，就可以……娃娃夾爪就會鎖住，不會軟趴趴的……嘻嘻……」歐巴桑看著歐吉桑。

「保夾金多少？直接夾『荔枝』？『荔枝』不是圓球？」

「八千吧，就鑲在娃娃眼睛上啊！認明紅眼的熊、狗、貓之類就對了！保夾金投到五千就保夾了……但只有一次。」

「一次？」

「保夾金只能讓爪子有力一次，夾錯，就要重新再投錢累積，他居然就夾錯好幾次！」歐巴桑惡狠狠地看著歐吉桑，即使手被反扣，仍用身體帶著椅頭去撞旁邊的歐吉桑。

角利完全能想像兩人因為毒癮發作，偏偏又抓錯娃娃，在抓娃娃店彼此互毆的場面。

「所以你們在哪夾的？」

「那裡，就是那裡……」

-†-‡-†-

角利敲敲分局長室門，門內分局長劉一昇應門。

「報告分局長。」

「請進。」

「是學長啊，請進。如何？計畫訂的如何？」

「就是要跟你商量這件事。第一步，這幾個鳌仔被撞，顏希鳳失蹤案，我希望先當作不具名的密告來處理。」

「這樣就沒有面對特定人士或媒體，陷入限期破案的壓力。」

「對，聰明。」

「誰來當密告者？」

「你。」

「爲什麼是我？」

「都是自己人。這樣你也可以好好念書，不是嗎？」

分局長劉一昇把眼鏡扶好，低頭下來繼續看書：「那請不要查到我身上，謝謝。」

「還有，新派來的警官，之前是做督察的，你自己去好好『溝通』、『溝通』一下。」

「他會被預備派任爲督察嗎？唉，老包作督察組長做的好好的，偏偏想不開準備辦退休了，以前很好搞定的……你以前也是督察組的，不能『提點提點』這個新學弟嗎？」

分局長劉一昇解著題，搖搖頭：「這是督察組的生態，難解。」

因爲負責士林社會治安工作，中士林分局鼓勵警察同仁，特別在樓上陽臺落地窗前擺了一套綜合重訓機。

陳銳正利用空檔，獨自在角落重訓。

角利上樓，看到正在重訓的陳銳正，朝他走過去。

「新來的，我過去抽根菸，順道來跟你打聲招呼，認識，認識，你叫陳銳正是不是？也來根吧！」角利遞菸給陳銳正。

「謝謝，我不抽菸。」陳銳正謝絕。

陳銳正身後牆壁上貼著的警察署宣傳海報，站在陽光之下振臂的警察身影正義凜然，海報上「打擊犯罪，絕不縱容」標語異常醒目。

角利收回菸，打了個哈哈，「抱歉我前幾日到醫院『出國進修』，老了，常常得維修保養。這麼會鍛鍊，難怪這麼年輕就當上督察。體能鑑測幾分？」

「這些客套，先省過。角利叔，我問過那兩個一胖一瘦的同仁，負責的螯仔這事是怎樣？」

「你說那兩個衰鬼的事？」角利試著打一下迷糊仗，「你就不要爲難外面那兩個一線三星了，他們站著夾卵蛋，都要嚇到滲尿了。」

「我是說螯仔的事。」

「你還眞是一次就打重要害啦！不過……你『到現在』還沒問到啊？」

「那兩個說不知道。」

「兩個衰鬼不知道，分局長不知道，你也不知道。所以我就得要知道，我這工作還眞是要負責包打聽。」角利好生無奈地說著，「這工作要常常去知道，但是嘴巴卻又不常常說出來。所以我們的職業病就是眼睛跟耳朵特別發達。有時候情報要靠自己去外頭收集，不是靠電腦Google，或是當伸手牌跟人要……」

陳銳正沒有任何回應聽著，場面有點僵。

沒想到角利話頭一轉，「不過你可是『新督察』啊！當然你問我答……兩個衰鬼所以衰，是因爲，那日分局長接了通上面的電話，要他派人去問問螯仔的事，這兩人就接差了。」

「上面比分局還快知道地方撞人事情？」

「『出國進修』忙到現在，我還眞還沒想過這問題。只是兩個衰鬼照三餐跑市北榮醫院，還沒問到什麼，倒是說什麼醫院在那層已經有派警衛了，我那晚只好『發功』，酒喝太多了，血壓飆得比一〇一大樓還高，去醫院調養調養。有時候這行跟針線活沒兩樣，起針要先打結，做個頭。沒起針好好打結，後面的針線就沒了牢靠。我現在就是要佈線螯仔這個頭，牢牢地搞定這事兒。穿針引線，在這士林夜市巷弄，是個功課，小兄弟。」角利靠著重訓機器，敲著菸盒，「我說你重訓抓握這麼重，這線頭，會斷嗎？」

「我要查『士林組合』。」

警察分局會固定配置督察室，用以管考警察值勤的勤務、風紀與特勤事項。勤務督導可以從一般勤務督導到專案勤務，甚至能調查員警使用槍械、人犯脫逃案件。風紀督導，正如其名可以查處警察風紀，並可查催交辦公文。特勤督導可以負責查核首長勤務，以及管制特種勤務。督察室的職權極大，但是在講求人和的華人社會，以及警察界處黑白兩道之間的特殊位置，表面上要講求黑白分明的督察，在破案、養案的目標，有時也必須懂得稍稍游動標準。越是資深的督察，越深諳這標準的游動，相反地，剛當上督察的年輕警官則……角利了然於心。

「小老弟，你才剛來士林，就要越級打怪呀？要查的話那你得要把整個士林大街小巷翻過來好好查。『士林組合』跟士林大多數商家，都有盤根錯節的『關係』。有關係就沒關係。這個案子我看你得要去跟臺北市總局長說，你是哪個級等的？上次你看到臺北市警察總局長，還跟他說超過兩句話，是什麼時候？」拍了拍新陳銳正肩膀上面的職等章，開朗地笑了幾聲。

「目標那麼大，還不掃蕩？你意思是要我睜一隻眼閉一隻眼，那我跟地痞流氓有什麼兩樣？」

「你上次慈善捐款是什麼時候？」

「？」陳銳正愣了一下，還無法判定角利問這個問題的用意。

「人家黑道都弄成慈善機構了。」

「黑道漂白。」

「到底是白的其實是黑，還是黑的其實是白的……我看你要怎麼把他們分得乾乾淨淨，清清楚楚……」角利笑了笑，「說到最後，看你要花多少『代價』揭發它嘍！」

「如果沒什麼事，我們各自忙吧。」

吃了一排釘子的角利，兩手一攤，往回走。

陳銳正把衣服拍整齊，從包包裡拿出平板電腦，調出角利以前的電子履歷檔案。

平板電腦顯示帶著角利大頭照的履歷檔案：「曾任霹靂小組、維安特勤，轉任情治單位後重回警界，從基層重新幹起，依其意願調到中士林分局至今。」

陳銳正看了看之後，繼續重訓。

他一個人快速拉著重訓鐵塊，鐵塊無情交撞，有如槍響迴盪在走廊，嗒——嗒——嗒——嗒

——

第九話：夢士林

七八點螯仔、狗蟻仔跟妙琳剛離開「五湖四海」不久，天空便又落雨了。臺北各種大眾交通系統，奔忙穿梭著上班族、學生們，各色傘具開闔，抖落的雨滴，讓臺北有著亞熱帶城市混雜在鋼筋水泥間特有的潮溼。

螯仔一行人慶幸這雨，在這城市，特別在各趕各的路的時候，沒人會注意傘下的彼此。

「不搭車?或者計程車?」跟在螯仔、狗蟻仔後頭的妙琳踏著街道路面上的一攤攤雨水。

「你沒發現警察不是騎車就是開車嗎?你不要用他們的行動方式行動，就不會被他們找你的方式找到。」走在前頭的螯仔，回頭跟妙琳說。

「反正這裡到士林夜市『才隔』一站捷運，而且還可看一下各地房價……」夾在中間的狗蟻仔碎嘴，「來，妳看，這裡那裡都是什麼××房屋或○○房屋掛的，有沒有?!」

螯仔領著狗蟻仔、妙琳抄捷徑，彎過幾個街頭，便晃到士林夜市附近。

白天不是士林夜市的時間，只有零星上班族、學生穿過夜市外圍。螯仔們擎著傘，繞著士林夜市外圍，繞到另一排老舊騎樓裡一條T型路口，再往裡頭走，已隱微看到一棟在老舊騎樓間閃動繽紛燈號的電子遊樂場。

螯仔一行人再將傘拉低一些，彎入中間一側路口窄巷，窄巷有點上坡，間雜插停著幾臺機車。

「夢士林」賓館的大門在此，綴著些許燈飾，在灰濛濛的冬雨中看來半新不舊。從外看賓館各樓房都安著擋光玻璃，再加上窗門簾，從外面根本看不到裡面的動靜。門口貼著：「歡迎休息，三小時五百元」。

螫仔跟狗蟻仔守在外邊等，妙琳先進去辦入住。

「躲在這裡好嗎？這裡不會三金大哥也有插股？他這麼會投資。」狗蟻仔抬頭看著「夢士林」。

「那刑警角利都這麼安排了……看來他也沒表面看來閒，這麼會挑地方……」

螫仔手機響了，妙琳電話通知兩人上來504房間。

螫仔跟狗蟻仔走上「夢士林」，跟櫃臺說找504。櫃臺打了通電話到504房跟妙琳確認，眼神曖昧看著他們，說可以上去了。櫃臺起身，幫按了電梯密碼。

「那眼神是怎樣？以爲我們要搞三P嗎？」

504房門半開，傳來電視新聞臺每節新聞聲音。螫仔與狗蟻仔走入504房間，妙琳站在窗邊，透過窗簾細縫觀察著「一樂虎」，窗戶旁已有用伸縮三腳架，架起的一臺長距離攝影機。

「一樂虎」高達七樓，不過主要做電子遊樂場的地方是在一二樓，可是三樓以上仍延伸著「一樂虎」的看板，到底三樓以上做什麼？確實引人好奇。

有了五樓的高度，「夢士林」的店門口是背對「一樂虎」，朝另一街頭，所以不會讓「一樂虎」的人警戒。

城市建築彼此緊鄰，加上宛如末世的冬雨，整個城市叢林帶著潮溼的灰，沒有臉的事物，只是一種被擱置的形狀，不會是該被感知的標的。躲在這裡監視，可說非常安全。

即使是白天，「一樂虎」還閃動自己的霓虹燈飾，燈光在灰濛冬雨中盡責地掙扎著燈號。

狗蟻仔操作著長距離攝影機，將鏡頭拉近再拉近，攝影機旁側打開的摺疊螢幕顯示「一樂虎」

四樓窗面，窗面可以看見換上「一樂虎」制服的幾個服務生拿著拖把整理環境。

鏡頭再往下移，一樓自動門上了黑玻璃，但有貨車來送貨，櫃臺服務員把自動門打開，讓送貨員方便用推車送貨。

「我來看看，送什麼啊……」狗蟻仔喃喃自語，把鏡頭對準貨物紙箱，紙箱上是酒水商標。

「不會裡面就藏『荔枝』吧？不管了先拍幾張下來吧！」妙琳在一旁按下了拍攝鈕，鏡頭畫面出現對焦點，喀嚓、喀嚓。

狗蟻仔把妙琳手揮開，「我看妳是想玩攝影機吧！毒品用快遞的？太明目張膽了吧！」

鏡頭移動，畫面對準大門內，看到了電子遊樂場的幾個電子賭博機臺，甚至還有好幾臺並列的夾娃娃機。

狗蟻仔笑了笑，檢視了一下裡面的機臺。

螯仔坐在電視前的沙發，隔著桌上如小山堆著吃完的泡麵碗、便當盒、飲料保特瓶，檢視新聞臺新聞。

狗蟻仔雖然眼睛湊在遠距離攝影機上，但是仍束耳聽著新聞。

新聞臺主播一講到「輸血車」，狗蟻仔立刻跑到沙發，湊在螯仔旁看新聞。

——反捐血給流氓團體跟人權團體在衛生署前開始彼此叫囂，衛生署發言人出來說明，血庫目前還是缺血狀態，請大家不要滋擾各地院區，或許可以就近挽起袖子捐血。

「嘖！」螯仔皺眉看。

「眞想直接去對嗆三金大哥，不要搞些有的沒的，大家直接單挑一場！」狗蟻仔忿忿不平，試著撥手機給住院的幾個堂口兄弟，電話沒有回應。

「角利叔也沒留給我們啥。你們中午要吃什麼？」妙琳打開賓館房間的冰箱。

「其實我不太想當他肚裡的蛔蟲，管他吃什麼，我比較想當他腦裡的蛔蟲，摸清楚他在想什麼？」爲堂口兄弟們煩心的狗蟻仔隨便敷衍。

「你懂不懂得福爾摩斯啊？都要從生活細節小處，推理。知己知彼，百戰百勝。」

鳖仔玩味妙琳的話，腦中努力搜索他所認識的傅鑫野……無法，終究自己只在育幼院短暫跟傅鑫野相處過，之後他離開後，兩人更沒什麼瓜葛，只是在幾個場合打過幾個照面而已。而自己本來就對「士林組合」各堂口如何又怎樣沒興趣，只是把「五湖四海」跟收保護費，當成幫顏希鳳的一份短暫臨時工在做。

「或許乾脆直接走一趟？傅鑫野都有大動作，我想他會趁我們堂口在士林夜市失去勢力的這個空窗期進貨。」

「能源耗盡了，我想先瞇一下，我們分班監視，如何？」狗蟻仔轉頭對看著遠距攝影機的妙琳問：「妳幫我們買中餐跟衣服好嗎？」

「買中餐沒問題，買衣服是？」

「這身衣服能看嗎？我跟鳖仔從今天凌晨鬧到現在，追趕跑跳碰，外加談判、K人，弄得這麼狼狽。」

「爲什麼不自己去買，我怎麼知道你們的 size 跟喜好。」

「我們現在走在士林夜市買衣服太明顯了，三金大哥那邊堂口一下就會發現我們了，所以得要妳幫這個忙。size 我寫給妳，喜好嗎？就看妳了。」

狗蟻仔隨手拿著房間床頭櫃上的便條紙跟紙筆，寫下自己跟螯仔上衣、褲子跟外套號碼，另外抽出自己的信用卡，遞給妙琳，「對了，那妳要睡哪？嘿嘿妳晚上可不要餓虎撲羊。」

妙琳拿出角利之前給她的警察證件，「想太多，我拿出這張時，櫃臺就直接在 505 也開個房間給我了。」

-†-‡-†-

妙琳突然驚醒，起身要抓醫院識別卡，卻只抓到一盒小藥箱，旁邊還擱著昨晚幫螯仔、狗蟻仔買的替換衣服。

壁鐘時間八點。

妙琳懊惱地抓了抓一頭亂髮，昨晚還說自己要不要分擔監視的輪班，螯仔說不必，狗蟻仔還在旁邊補了一句——怕妳靠不住。

妙琳不服氣，自認已在醫院實習練出鋼筋鐵骨，自己設了手機鬧鐘，要半夜起來在自己房間監視，沒想到鬧鐘響了，自己還是睡死了。

到了飯店早餐九點結束前半小時，妙琳還是趕來吃早餐。昨夜這樣一折騰，身體把自己餓醒。簡單梳洗後，拿著房間磁卡去吃「夢士林」附的旅館早餐。昨日入住時，櫃臺跟她說憑房間磁卡，可直接刷卡進入早餐廳。

在醫院實習雖然忙得團團轉，但至少讓妙琳養成大致時間吃三餐的習慣。終究工作的地方是治療人疾病的醫院，用餐成爲醫院給護理師基本的勞動條件。另一方面，在醫院看多了，因爲三餐吃得亂七八糟，不是沒吃，就是暴飲暴食，使得身體膽汁、胰島素分泌失調導致結石，必須割除胃膽的病患，讓妙琳也養成規律飲食的習慣。

早餐是Buffet，中式西式都有，晨間生菜沙拉區，豐富的美生菜、萵苣、紫高麗菜、芹菜、苜蓿芽、青椒、紅甜椒、玉米筍、小黃瓜、紅蘿蔔絲、花椰菜，加上小玉黃西瓜切片、柑橘、芭樂、聖女番茄……再加上日式和風醬、凱薩醬、千島醬，把buffet檯擺置地充滿繽紛的生命活力。

想擺脫醫院病房、手術房那些蒼白、慘綠顏色記憶，妙琳端著盤子，夾著生菜沙拉，把盤內擺置成一座熱鬧的兒童樂園。

妙琳吃著早餐，看著窗外的「一樂虎」，以及周遭老舊街道。睡著時，可能深夜至凌晨冬雨仍間歇性地下著，「一樂虎」外老舊騎樓套著車罩的舊車，被打溼的車罩，如膜般緊貼著車身，顯現了老舊車子過往方正缺乏流線的生硬輪廓。車下躲著幾隻因冬雨，而無處可去的貓咪。

狗蟻仔也進來，拿著一副餐盤，簡單逛了幾圈，裝了一大盤後，才發現妙琳，便先來打招呼。妙琳昨晚幫他們買好東西，早上梳洗好後，打了飯店內電話給狗蟻仔，約好一起在旅館早餐餐廳碰面吃早餐，順便拿昨天的衣服。

「我以爲你會睡眼惺忪跑來這裡。」

「都做五湖四海豆漿店了，早起習慣了。妳約我吃中餐，我想睡覺的機率還比較高一點。」

「不過你是怎樣？要跟生菜沙拉比賽嗎？」妙琳拿著餐盤夾指了指，狗蟻仔現在穿著比生菜沙拉區更色彩繽紛的衣服——帽T上是滿版馬賽克式彩繪的摩登女郎，白色騎士緊身牛仔褲腿側還鑲縫著俐落的黑線條。

「這才是我的風格啊。」

「那你之前在醫院既然要女扮男裝，爲什麼不假裝成妙齡辣看護……」

「這麼招搖、吸睛，在死氣沉沉的醫院，一定穿幫吧……怎麼樣，過來一起坐吧！」

妙琳順著狗蟻仔眼睛看過去，狗蟻仔座位旁的窗戶也能看到「一樂虎」的動靜，只是桌上除了放一杯檸檬汁醋飲外，還堆滿漢堡、炸雞、包子各種吃食。

坐在狗蟻仔原本這一桌，妙琳穿過山積般的食物，看著低頭喝湯的狗蟻仔。

「你一個人吃得了這麼多嗎？」

「順便帶回去給螯仔，他在房間繼續監視那個……」

狗蟻仔用大拇指比了比窗外的「一樂虎」。

「『蠶寶寶』這麼會吃啊？」

「等等，妳是說那個『殘寶寶』嗎？螯仔會跟妳說這個啊……你們『關係』很好喔。」狗蟻仔拿著叉子插向沾著番茄醬的雞塊。

「要我穿越到那時候，我一定打殘那些小屁孩。看誰才是『殘寶寶』，敢惹我的死忠兼換帖。」

「你們事情最好趕快結束，趕快帶螯仔把療程走完，不然先殘廢的可能就是螯仔，他被撞得其實還滿慘的。」

「螯仔眞是跟兩輪交通工具犯沖……」

「他爸小時候載他那件事？」

「還不只……他沒跟妳說？」

「還有？」

「可多了！」

邊吃早餐，狗蟻仔跟妙琳說了鰲仔從高雄上臺北的經過——

國小的鰲仔後來跟著媽媽從山區轉到海港住，投靠在海港的舅舅。鰲仔的舅舅捕魚外加批發魚貨，鰲仔媽媽便在魚市幫忙。經濟狀況不容許，鰲仔媽媽沒讓鰲仔去念幼稚園，魚市又忙碌，鰲仔跟撿來的小流浪狗阿強一同在魚市玩。鰲仔媽媽給了鰲仔一本兒童貼紙書，一本這樣被鰲仔貼來貼去，讓他幾乎背下每張貼紙該貼的位置，甚至輪廓。

鰲仔長大了一點，週三便會帶著阿強，跑去市鎮圖書館聽故事媽媽說故事。鰲仔邊聽邊努力記、努力背，回家後把聽到的故事盡量原封不動地，說給自己媽媽聽。把聽來的故事，背給媽媽聽，這可能就是鰲仔童年最甜蜜的時光。

鰲仔終究還是要去念國小，因為國小有段距離，鰲仔舅舅特別帶著他去二手腳踏車店，買了臺二手腳踏車。原本坐在腳踏車座墊上的鰲仔，停下時雙腳還無法同時搆到地，踩起車來，彷彿太空漫步一般。輪轉，輪轉，不知不覺鰲仔到小學五年級，整個腳掌便能貼到地。

鰲仔騎著腳踏車上下學，也弄不清何時開始，港鎮開始出現了投幣式電動玩具。放學時，鰲仔跟同班同學小胖子闊達，懵懵懂懂跟著同學混電動間。這群混電動間為首的，不是別人，是家長會長的兒子。

鰲仔舅舅兒子後來到臺中念大學，缺人手，鰲仔必須趕回去幫忙。家長會長兒子幾次放學糾眾去電動間，都被鰲仔拒絕，放學後牽了腳踏車，就衝出校門，直往漁市場騎。這讓他覺得沒面子，叫闊達警告鰲仔，鰲仔相應不理。家長會長兒子要脅闊達幫他牽制鰲仔，另外叫人把鰲仔腳踏車輪子拔走。

螫仔放學後，看到自己腳踏車輪子不翼而飛，二話不說直接衝到電動間，隨手抄了一張木板凳，就直接往家長會長兒子頭上砸，任誰也拉不住。

事情鬧大了，家長會長兒子縫了好幾針住院。螫仔在媽媽、老師帶著去醫院跟家長會長兒子道歉，家長會長兒子玻璃心，一看到螫仔就拿衛生紙捲、水果籃裡的香蕉、蘋果亂丟一通。

家長會長本就是地方政商土豪，要學校將螫仔退學，也施壓其他學區學校不能收螫仔。螫仔舅舅看這樣也不是辦法，建議將螫仔送到臺北讀書，避避風頭，臺北理論上教育環境更好，或許對螫仔也是不錯。

螫仔媽媽的一個伯母在士林夜市做捖面，螫仔媽媽請託她收容照看螫仔……

妙琳可以想像蠶寶寶吐的絲，被拉展成捖面的絲線，拉扯著螫仔的命運。

「哇，去圖書館聽故事，然後回家講給媽媽聽，會不會太 sweet 了點……是講什麼故事，你說一個來聽聽。」

「你是我媽嗎？」

妙琳拿起叉子假裝要刺狗蟻仔，「你也不是螫仔。」

「好像什麼螃蟹蝸牛什麼的……不知哪次跟他喝酒，他酒醉講了幾句……」

「看，他潛意識把你當媽欸……」

「你媽啦！」狗蟻仔白了妙琳。

「你沒出現在這段故事中？」

「欸，妳當我是螃蟹哥哥、蝸牛弟弟喔……」狗蟻仔一下會過意改口，「對啊！我們是在臺北認識的。」

「你們怎麼認識？」

「我們一樣是『院友』啊……」

「院友……醫院？」

「『聖伊甸園育幼院』啦！當我們那麼愛住醫院？我跟希鳳大姐、鳌仔是在李神父主持的聖伊甸園育幼院認識的。」

「不是說去投靠鳌仔媽媽的伯母？」

「她無法照應，年紀太大了，就麻煩李神父可否收容，不過她也很和善，我那時跟鳌仔有空也會去士林夜市找她……不過，後來她也過世了……」

「你為什麼也跑去育幼院？」

「說來不怕妳笑，我從小就開始當小偷了。我有記憶開始，家裡就不愁吃穿，但我國小三四年級，不知為何開始被家暴，家裡也沒再給自己零用錢，後來我知道家裡生意失敗了……國中放學，我的同學都去補習班，我家沒錢給我補習，我放學是去認識些三教九流的朋友。」

狗蟻仔看似滿不在乎的聲音，滲透了點不安。

「我跟朋友去珠寶店，順手行竊。由朋友跟老闆哈拉，我則要抓準時機，趁老闆不注意時妙手空空。沒想到老闆早是老江湖，故意配合我朋友，實際上早就盯上我啦！我一下手，他就按下藏在櫃臺下的警民連線……接下來的下場，妳也是知道的……」

「你爸媽去警局保你……」

「還去法院哩！珠寶店老闆要求高額賠償，說他的珠寶如何又怎樣……沒想到……我爸媽拿出收養證明，與我斷絕關係，我那時才知道他們只是我的養父母……所幸法官也算慈悲，勸退珠寶商……我也被社工安置在李神父那裡了。」

狗蟻仔吃完自己的早餐，準備把要帶給螯仔的早餐，裝到塑膠袋裡。妙琳也打開袋口，幫忙把食物夾進袋裡。

狗蟻仔邊夾邊說：「我還記得神父幫我提著薄到根本不能稱爲行李的包包，領我第一次走進聖伊甸園時，螯仔跟希鳳大姐一左一右，雙手擱在鐵窗欄杆，貼著紗窗面看著我。中間的紗窗，破了個洞，彷彿咧嘴試著要跟我說——歡迎來到一個更貧窮的生活，我想我這一輩子就準備這樣下去了。但是，神父不只努力維持、打理聖伊甸園，還盡可能的關心我們。螯仔跟希鳳大姐帶我轉去念的學校，我們能念的當然不是什麼好學校，一堆中二生龍蛇雜處，他們讓我這個『新生』有可以靠的朋友。希鳳大姐那時就超凶悍，學校的『兄弟』都敬她三分。顏希鳳如此剛強，如果有人故意踩她痛處，就是螯仔出面的時候。」

「痛處？」

「其實跟我差不多，她被父母丟在半山腰的產業道路，只不過她還是個原住民。我們上學上成那樣，不是去念書拿高分找成就感，只是去坐一個叫青春的牢。所以我們有空，就騎機車去淡水鬼混。」

「我以爲你們會騎腳踏車去。」

「螯仔自從腳踏車輪胎被家長會長兒子那個中二生拔掉後，就再也沒有騎腳踏車。那是他小時候第一臺，也可能是活到現在唯一的腳踏車了。應該說他對『會移動』的東西，沒什麼興趣。後來他移動的方式主要就是11號公車。」

「11號公車？」

「就是這輛11號公車啦！」狗蟻仔拍拍自己穿著緊身牛仔褲，筆直的兩條細腿。

妙琳看了看狗蟻仔，「你這什麼阿公梗……」

「反正在臺北穿街過巷的蜿蜒，是他的喜好，順道看房子。」

「看房子？他要建立自己的堂口？這是什麼黑道RPG養成遊戲嗎？」

「他想在臺北買房，你別看鳌仔這樣，他可是很孝順的。大約一個禮拜就要跟他媽視訊，閒話家常一下。」

「騎機車去淡水？你們怎麼有錢，弄到機車？」

「唉，後來我自己被班上朋友勸誘去當詐騙……車手，有時放學沒跟鳌仔、希鳳大姐一起走，就騎集團放在學校牆外的『公用』機車或腳踏車『出任務』，賺零用錢。我實在沒法過沒錢的日子，想買的東西太多。」

妙琳看了看狗蟻仔身上花俏的衣服、手鍊，「我知道。」

狗蟻仔假裝生氣，回瞪她，「看什麼！那時希鳳大姐居然被收養，收養人不是別人，就是老爺子，她情緒上也很複雜。我問鳌仔要不要也跟我一起去，那眞的滿好賺，領的錢可以抽一成。唉，他比我有天分多了，超會背的，去ATM都不必看紙條。這樣減少被注意的機率，領一次花的時間少很多，後來越來越冷靜，會看好周遭狀況、退路再下手……」

「你們不怕被抓嗎？」

「怕啊！但我們也窮怕啦！面對的只是冷冰冰ATM電腦螢幕，不像面對人的臉，是比較不會緊張。只是我超後悔跟鳌仔說可以存錢買房這句話……否則現在或許……後來，我還是失風被抓了，警察來聖伊甸園……鳌仔看我一個人被抓走，跳出來說自己也有份，要陪我去。希鳳大姐那時已確定被老爺子收養，居然也跳出來說自己也是車手，後來老爺子把這件事『處理』掉。我們被保了下來，而那個詐騙車手集團也被抄掉了。」

「警察抄掉的？還是老爺子？」

「啊知？說兩個都有抄，我都信。因爲那個詐騙車手集團眞的是澈底連個影兒都沒有，在士林夜市消失了。」

「你們臺北發生那麼多事，螯仔還想在這裡買房帶媽媽來住？」

「對啊……但若買南部的房子，錢可以很早存到，那之後呢？南部工作、薪水都少，怎麼維持下去。畢業後，我們也就加入了『士林組合』，保護希鳳大姐，收攤販保護費，兼顧『五湖四海』豆漿店，每天泡在煮豆漿的白煙中，就當作是洗白吧！其實螯仔想回老家給媽媽買棟房這個夢想，希鳳大姐也是知道的，所以特別在距離士林夜市有點距離的地方，弄了『五湖四海』這個堂口。螯仔也說過，買房的錢籌到，他就要退出『士林組合』了……」

狗蟻仔跟妙琳走回 504、505 房。

「所以螯仔跟我們混『士林組合』，有點倒數計時的味道在。不過，算了算，都倒數不知道N年了。買房這事就是在泥地鑽一個洞口，不斷挖阿挖，往裡面砸錢。錢還眞難賺，我們幫老爺子處理士林夜市保護費事情，這幾年也只不過多做了個簽大家樂、六合彩的業務。說老實話，這跟三金大哥做的有了重疊。」

「三金大哥，地位很大嗎？你們好像很忌諱他？」

「傅鑫野，老爺子士林黑幫中跟顏希鳳大姊平起平坐的另一個重要幹部。我們負責收保護費，三金大哥的堂口則是負責賭博。保護費跟賭博，是自古以來黑道最主要的生意。今天會跟傅鑫野發生這樣的衝突，感覺也只是遲早的事。只不過這麼多事情同時發生，殺的我們措手不及，看來也是有規劃的。」

「你們不是也是『院友』？」

「他很孤僻啦！那時每天都一個人在角落，沒啥跟人來往，不知道在裝忙什麼？沒多久就跟希鳳大姐一起被老爺子領走了……說眞的，像我們這種幾乎沒爸媽的人，能靠的就幾乎只有『兄弟』……『兄弟、兄弟』，誰只是江湖道上的兄弟，誰又是你眞正一世人的兄弟？就很難說了。」

第十話：一樂虎

「一樂虎」雖然是遊樂場，但這七樓建築已包山包海。至少從那張猛虎踏在金山的招牌旁，還掛著吳市民代表服務處與田律師事務所兩張招牌，就讓一般士林員警沒事不會來亂碰、亂問。

「一樂虎」位在士林夜市偏北的邊陲外圍，這七樓建築在二三十年前也算座高樓，但如今士林經過建商、都更洗禮，已不算高。夾雜在重重高樓大廈間，加上舊士林街巷蜿蜒錯綜，反而得到一份隱密。水清則無魚，這隱密，讓「一樂虎」總能藏著什麼。

這棟樓曾是個藥房，傅鑫野的父親傅勝從那藥房老闆那裡買來的。傅勝那時以士林角頭發跡，士林夜市還沒個影兒。

是不是藥房老闆欠了自己父親高利貸，傅鑫野不知道，只知道父親纏著金手鍊的手，明晃晃牽著還是自己年幼小手，領著一幫小弟們，刷拉推起鐵捲門，彎身進入藥房堆滿藥罐那帶著病氣的幽暗中。

那麼多年了，傅鑫野有時彷彿還會在「一樂虎」，聞到些、捉摸到些藥房特有的藥粉味。

士林街頭漸漸入夜後，林立的街燈，以及高低大小建築內外空間各種照明逐次點亮，逛夜市的人潮湧入，整個士林城市才漸漸活過來。

遠遠看過去，星羅棋布的各色建築以及街道，讓士林城市像是個電路板。人潮就像電流、電子，偶而擦身而過，一旦短路，就會引爆些火花。可能是鬥毆，也可能是愛情。

離士林夜市稍遠處的引流外環橋，弧狀截斷了高樓叢林，像把武士刀橫揮斬出的跡軌。

蛇般曲延的街巷並不特別熱鬧，主要也是因爲老。老公寓、老騎樓並排而生，有幾棟還雕著些簡單的巴洛克花飾。老建築有它往日氣派，只是都荒廢掉了。季風與鋒面來去臺北，盆地潮溼多雨，遺棄的磚瓦冒出樹莖枝芽。不知什麼方向來的風，吹來的不知名種子，就這麼落磚落瓦，半空生根。

昔日這些都是商行，一般人眼中看來荒廢的公寓騎樓，對持有者來說，不是衰敗，是投資。「那都是一疊疊等待兌現的股票。」不時約自己與民代摸個好幾圈麻將的田律師，今晚推著籌碼入桌心說。

政客們每逢選舉口中臺北再夢幻、光明的城市施政藍圖，到這裡都得止住。什麼社造青年、小文青，也別想來這裡孵什麼溫馨社區美夢。

圍著牌桌的，除了自己、田律師，還來了「市北榮醫院」董事執行長陳桑跟「慕鄰建設」建商王桑。

傅鑫野熟市北榮醫院董事執行長陳桑跟慕鄰建設建商王桑，但是在田律師面前不想顯露。這牌局是田律師約的，傅鑫野還不確定田律師的企圖。

王桑進來打麻將的和室時，還特別裹上大大的圍巾，不想讓人發現他的身分。傅鑫野冷冷的看著他進來。

傅鑫野在乎的，不是牌桌上的牌，桌上的籌碼他都輸的起；牌桌外的，他不想輸，不能輸。他猜的是老爺子可能派田律師傳話，看著田律師抽個菸，打個牌，喝杯酒，所可能傳達的訊息，時時想著怎麼見招拆招。

當初「一樂虎」將老舊建築重新外部拉皮、內部重新整修，掛上招牌，熱熱鬧鬧開工慶祝時，還是傅鑫野當著老爺子的面，向田律師邀約的。傅鑫野又是田律師看著長大的，所以兩人怎樣還是有個情分能講。

「瞧瞧，上次大家一起碰頭還是為了那個什麼鬼『都市更新審議委員會』討什麼容積獎勵回饋，好險田大律師幫我們合擬請願書，案子才能動……」麻將桌上，建商王桑三句不離本行，「你們看看，『一樂虎』外這些廢樓的擁有者，現在不少早就移民美國了，他們悠悠哉哉，蹺腳捻鬍鬚，等的是都更建商來喊價。士林觀光夜市發展成這樣，這裡只是遲早的事。」

王桑說話時，幾乎直覺的看牌、打牌，手沒停下來，丟出一張牌，「我轉承包下那個士林捷運站出口BOT的臺北文創藝術中心工程，現在就快要完工。政府跟投資商沒事又要我提出個什麼周遭市容翻新計畫，我可眞傷透腦筋啦！我說田叔，你可不可以幫我跟老爺子說說，喬一喬這些『市容』問題。」

田律師不避諱把自己一間法律事務所設在「一樂虎」，當然是看準了士林市場被政府這樣移過來，又移過去，胡亂改建瞎搞一通後，裡面有許多工程案需要進行各種法律諮詢。黑白兩道搶工程，多的是要請他斡旋，背背法律條文，讓那群窩在中士林分局的警察，沒事別來找碴。

田律師用這麼繞口的法律條文要維護的，只是刻板印象，而不是眞相。如果眞有眞相，那也是他為他的客戶訂作出來的。

「一樂虎」電子遊樂場發散的電子光源，以及遠方喧囂的士林夜市，兩相投放的光源，呈顯夾在兩者間，那排衰敗樓房建築凹凸不平的紋理。

這不是廢墟，這是幽暗的沃土啊……而「一樂虎」是一把曾熄滅的火炬，經過一番轉折後從父親手上失去，又重握在手裡的傅鑫野，想把它熊熊點燃。

一清專案後，傅鑫野的父親傅勝被抓去關。父親「瀛海堂」角頭的兄弟散了，特別是當時還是二把手的顏鼎。不知道爲何明明可以一起逃的，父親卻自己留了下來。風頭過後，躲在士林山區的顏鼎捲土重來。

士林夜市依照文林路、大東路跟大南路這三條路，交錯出夜市最熱鬧，商業活動最頻繁的黃金三角地帶。原本三條路各由包含父親在內的三個角頭所把持，在各自發展地盤時，特別是向內的夜市黃金三角擴張時，就會產生紛爭。

三方角頭在地盤爭奪上互有消長，不過一清專案後，士林夜市清新了一陣。角頭、幫派在這喧鬧市街的一切一切，都得重新洗牌。

顏鼎躲過了一清專案的風頭，重新回到當地角頭黑道被肅清一輪的士林，根本沒啥大咖跟他博弈拚鬥，他直接就重整了一清專案沒被抓走的小咖流氓們，也吸收、培養些了新生代。所以，談不上什麼腥風血雨，大約花了四五年，慢慢接收了文林路、大東路跟大南路這三條路地盤。

顏鼎歸位接管士林夜市，掌管三條路地盤，他不是把幹部依三條路進行分派組織。他打破了依路區分的方式，而是將幫派中最重要的三個業務：收保護費、管理賭場、仲裁幫中紛爭，分派幹部負責。這樣對內有效進行組織管理，對外則進一步透過田律師向外結合白道，在整個士林區打下「士林組合」的地盤基礎。

如今「士林組合」勢力龐大，幾乎可說是呼風喚雨，顏鼎也有了「老爺子」的稱號。黑白兩道都有「士林組合」的勢力延伸，黑道就不說了，白道的警界、律師圈跟新聞業都有跟「士林組合」

有緊密連結的人馬。

當年一清專案時，傅鑫野還小。父親傅勝垮臺後，樹倒猢猻散，那時的黑道兄弟，講情義，但一清專案後清洗瓦解了這結構。父親傅勝手下幹部被抓前，囑咐自己家人也照應老大的孩子。傅鑫野在父親幾個手下幹部的家屬間流轉，會混黑道的，大多數家庭也都是破碎，終究各有各的難念的經，沒有眞正能收容傅鑫野的。

確實社工在安排寄養家庭時，非常困難。

「黑道少爺，誰敢照顧啊……」理所當然，儘管社工有其專業性，但這些竊竊鼠語，是出生黑道家庭，儘管還只是小孩的傅鑫野，也能猜到的。

沒有「正常」家庭願意收留傅鑫野，這時田律師出現了，之前因爲一些案子跟傅勝、顏鼎有緊密接觸。一清專案時，他剛好出國度假，回來聽到消息，想想與傅勝的故舊之誼，還是來幫忙安排傅鑫野的收留問題。

傅鑫野被田律師帶到李神父的「聖伊甸園孤兒育幼院」。在那裡他過著不一樣的生活，聖歌、十字架、潔淨，對比以前傅鑫野住的充滿菸酒各式各樣賭具的樓。聖伊甸園儘管不大，但因爲容納著那些「光明」的事物，有著另一種寬敞感。

「我們生來有罪，但沒關係，耶穌是牧者，關愛著我們。」李神父帶著第一天來到聖伊甸園的傅鑫野，在後花圃種下一顆合果芋種子。神父希望傅鑫野在這裡，每天能來照顧這顆種子，澆澆花、拔拔雜草。

傅鑫野覺得丟到這麼光明的聖伊甸園，是另一間溫暖的監獄。

四處布滿的光明語言、符號、事物，傅鑫野覺得自己是獵物，有著到處被瞄準的孤獨。

傅鑫野澆花，也拔草，在不知不覺把花圃的花，也通通拔掉。

傅鑫野送田叔坐電梯下樓到地下室開車時，並肩站在電梯間。電梯隨著數字減少緩緩下降的時候，他發現田叔頭髮中冒出的白髮。

「老了，染髮劑都藏不住年紀了。」田律師發現傅鑫野似乎發現了他的白髮。

「晚了，田叔也累了，要不要我開車送你回去。」傅鑫野難以疊合年幼時第一次看到田律師的身影。

田律師：「你現在都是小弟開車，還會開車嗎？」田律師話頭一轉，看了看傅鑫野，意味深長：「老頭子有時跟我說，『車開快，可以，但車禍，就可有你錢賠不起的情仇。』」田律師看了看電梯內「一樂虎」形象廣告中，內部各樓層偌大的空間以及娛樂設施，「特別是你現在車開這麼大臺，Maserati 休旅車開出去像艘航空母艦，士林路這麼小條，你不會還派小弟騎機車給你開開路吧。還有，挑老爺子辦的感恩餐會，是要逼宮嗎？」

電梯門打開。

「對自己人不要出手那麼重。有一天你會上位的。」田律師拍拍傅鑫野肩膀：「上一句是老爺子說的，下一句是我說的。」

身子比田律師高上一個頭的傅鑫野，在日光燈下，只在田律師的臉上看到冷。

回牌桌，建商王桑跟市北榮醫院執行長陳桑坐著，還沒走，等著傅鑫野。

陳桑面無表情地問，「你要堵的鰲仔，逃了。我們還沒跟警察報案。要報嗎？還是怎樣？」

「當然不報案，我派手下去堵他。反正，擒賊先擒王，這王嘛……」傅鑫野不打算把話講全。

王桑小心翼翼，帶著偷偷摸摸的膽怯鼠聲，插話：「田律師要我來摸幾圈時，我嚇了一大跳，硬著頭皮來……剛剛應該沒被他看出我們的『合作關係』吧？要不要等下我請示大老闆……」

王桑舉起手，做了手刀短砍的動作，「你不是做事一向明快？所以老闆這次特別要我找你合作這次都更大案子。」

傅鑫野看著王桑，覺得這人連擺個黑幫手勢，都還能這麼獐頭鼠目，「你眞的知道這個都更案，是在誰的地盤上嗎？」

陳桑則拿出一箱注射針頭，放在桌上。

傅鑫野帶著沒有情感的微笑：「陳桑謝啦！新的貨要來了，現在已經不大用這個。」

一個人點著菸，回到「一樂虎」頂樓的個人辦公室，將菸擱在辦公桌的合果芋小盆栽旁的菸灰缸，合果芋帶銀白的葉面散射辦公室略顯慘白的燈光。傅鑫野坐在沙發辦公椅，輕輕盤轉。傅鑫野還在玩索田律師走前的這句話，是田律師的意思，還是老爺子的意思時，辦公室電話響動。

傅鑫野帶著思緒被中斷的皺眉神情，接起電話。

「Good night.」

——是魔術師烏丹．喬森。這種英式英語，傅鑫野一聽就知道。

「My guy，你已經有跟老頭子提過 sell『海妖』的事了嗎？」

魔術師烏丹．喬森還不知道其實地頭蛇已把「海妖」這個這麼希臘神話名稱的毒品，熱帶本土化暱稱為「荔枝」了。

「沒有。」傅鑫野努力平撫魔術師交雜著英文單字，帶著洋人特有的口音的中文。

「爲什麼?——叮咚——叭叭叭!」

傅鑫野心想聲音中夾雜著環境二十四小時便利商店叮咚開門，還有街頭車喇叭聲。看來魔術師也挺保護自己的，買電話卡打路邊電話給自己怕被監聽暴露身分。

「他的軍師田律師剛剛來找我打麻將，講話虛虛實實的，我不敢提。」

「麻將?你們這邊的撲克牌嗎?找天你教教我，接下來有商演，我可以試試開發什麼麻將魔術，拉近跟臺灣這邊觀眾的距離。不過……就這樣把那位美女『變不見』好嗎?」

「誰叫你之前手下不打聲招呼，就在她地盤上賣『海妖』。我叫手下幫你討討面子。所以說嘛，洋貨來臺灣都得找個代理商，代理代理。」

「是嗎?這樣效果好嗎?」

魔術師果然習慣從觀眾的角度看一場秀。

「有新貨要到，要接頭嗎?」

「多多益善。」

「『多多益善』是所謂的中文成語，那是什麼意思……」

「越多越好的意思。」

「這帳本你扛的起嗎? Are you sure?」

「Don't worry, be happy.」傅鑫野自信的說。

傅鑫野在桌面上，指尖彈著一顆「荔枝」。這血紅結晶，彈珠般，向前滾動，碰到裝著威士忌的酒杯，發出清脆的聲響。

冷笑，傅鑫野想，有天還得問問老爺子這些年的帳，等他用「海妖」讓「一樂虎」實力更上一層樓後，怎麼算，才公平。

傅鑫野按了電話，要小弟準備發車。

停在「一樂虎」地下車庫裡的Maserati，車頭上銀亮的海神三叉戟，隨引擎低吼，輕微震顫。

第十一話：炫技

妙琳帶著消夜跟藥箱到504室，窗前架著的長鏡頭單眼相機，像大砲一樣對準著「一樂虎」。鳌仔穿上昨晚妙琳買來的城市迷彩服飾，操作著單眼，按下拍攝鈕，幾聲相機喀嚓聲響，俐落地響起。給妙琳開門的狗蟻仔，重新坐回窗邊的沙發椅，下巴擱在放在窗檯上交疊的雙手，像隻無聊的哈巴狗，看著士林雨景。

「電話！先幫我打給角利，記得按免持擴音。」鳌仔將長鏡頭攝影機往下移，按了好幾下。

狗蟻仔趕緊從椅子彈起，拿起鳌仔放在電視前茶几的手機，按了按。響沒幾下，接通。

「喂。」

「有狀況了。田叔的車來了，傅鑫野接他。」

狗蟻仔跟妙琳也湊到窗前，遠遠從「夢士林」五樓這裡往下俯瞰，「一樂虎」大門口前，幾個如同原子筆一般大小的人，從三臺名貴的黑頭轎車正副駕駛座走出，撐傘打開後車門接人。走出來的人，被傘遮住，看不清楚是誰，傅鑫野迎接著他們。之後，黑頭車依序滑入「一樂虎」地下停車場的貴賓專用車道。

「剛剛傅鑫野車子回來，把他放在門口，好像在等人。接著另三臺黑頭車也來，其中一臺是田律師的車。」

「你怎麼知道？你看到他人嗎？」

「我看過他的車，車號碼也對。現在衝進去？」

「不可能。現在半夜去申請搜索票，本來就有點困難了。特別『一樂虎』這棟還混著民代跟田律師事務所辦公室。」

「你們繼續監視裡面，看有什麼動靜。我現在開車過去，先等在外面路口的十字路附近……」

螯仔剛按掉手機免持，妙琳抓住他的手腕，「換藥時間到了。」

螯仔嘆了口氣，手伸了出來。

「我猜傅鑫野可能今晚會有行動，我上角利的車，去跟監傅鑫野的車。狗蟻仔，若傅鑫野離開『一樂虎』，你就去『一樂虎』刺探他堂口兄弟。」

「我可以跟狗蟻仔去『一樂虎』瞧瞧嗎？我看裡面遊戲機臺好多，可以去見識見識嗎？」妙琳拿剪刀，把螯仔手腕原本纏捆了幾圈的紗布剪掉。

「帶她去刺探一下，沒問題嗎？不會危險？」狗蟻仔問。

「所以說只是去刺探啊！如果跟到他車，我會傳訊息給你，你再帶妙琳過去，三金老大不在，諒他們也不敢隨便出手。他們堂裡可是一個口令，一個動作。」

「那我出門準備一下，等下回來，要我幫你們買什麼？」

螯仔跟妙琳兩人獨處在504，妙琳繼續給螯仔換藥，房間中電視主播播報新聞的聲音，消褪不了房間突然安靜下來的尷尬。

妙琳：「說個故事來聽聽吧……」妙琳在螯仔手上傷口滴碘酒消毒。

螯仔愣了一下。

「狗蟻仔說你小時候會去聽故事……」

「欸，他怎麼跟妳說這些事……」螯仔故意裝作不在乎，眼睛湊上單眼相機，回了妙琳一聲，

「忘了。」

「總是會有印象深刻的吧！」怕妙琳死纏爛打，螯仔努力想了想，「那我講一個，好像叫做〈穿衣服的青蛙〉。住在沼澤的青蛙……」

「是很久很久以前的嗎？」

「妳要也是可以。」螯仔白了妙琳一眼，「很久很久以前，一個住在沼澤的青蛙，很羨慕天空中神乾淨舒服的池塘花園，每天不停呱呱呱的叫：『我好想到神的池塘花園玩啊！』牠的願望，神聽到了，讓青蛙飛到天上自己的池塘花園玩一天。快樂的一天時光就要結束，青蛙希望能再來神的池塘花園玩。神拒絕了，青蛙不斷地呱呱呱吵，受不了的神說：『那你必須幫我送兩張紙條，給人間那位受盡苦難，渴望我給她啓示的女孩。』青蛙滿口答應下來，可是當神拿給牠兩張紙條時，青蛙卻發現自己一手拿一張紙條的話就沒法好好跳，也沒法好好游泳。神知道了青蛙的困難，送給牠一件胸膛上有兩個口袋的襯衫。人間的女孩收到了青蛙送來的字條，一張好像寫著：『所有一切終是灰與塵』，另一張則寫……」

「寫什麼？」

「我忘了……」

「別吊我胃口。」

「我眞的忘了……」螯仔努力回想。

「不會是什麼神愛世人吧！不過，我記得狗蟻仔說的是……什麼螃蟹、蝸牛的？」

「蝸牛羨慕寄居蟹可以換殼，可是他卻不會脫殼，想換殼的他想瘋了，跑到樹上，差點沒命。寄居蟹嘲笑他天生沒換房子的這個命，故意不斷換殼，讓蝸牛繼續羨慕下去。後來環境汙染，海邊慢慢丟滿廢棄物。寄居蟹換過各種五彩繽紛的飲料瓶，但都太脆弱，又有洗不掉的化學甜劑味道……換來換去的寄居蟹，最後只換到……」

「換到什麼？」

「我也忘了……」

「很沒意思欸，你。」

「我出社會很久了……不能活在童年裡。」

妙琳給螯仔手腕捲上幾卷紗布，狠狠打上個死結。

不久之後，狗蟻仔帶著一包臺北市專用垃圾袋回房門。

「用這麼好。」螯仔綁著鞋帶。

「反正『五湖四海』店裡也要用。」

「角利已經到街口，我先走了。」螯仔抓起黑色長傘，「妙琳，妳看狀況，不想去就留在這裡。」

狗蟻仔把那包全新的臺北市專用垃圾袋，收進自己的黑色鉚釘側包：「其實我並不是那麼喜歡惹人討厭。」準備大顯身手。

妙琳在一旁有點摸不著頭緒。

-†-‡-†-

兵分二路，螯仔帶著不鏽鋼四腳枴杖撐傘，隻身前去角利停在「一樂虎」外那排老舊牌樓外十字路口的車；狗蟻仔跟妙琳繼續在「夢士林」504號房，監視著「一樂虎」的動靜。

摸到將近深夜狗蟻仔發現田律師的車從「一樂虎」地下貴賓車道上來，撥了通手機給鼇仔。

「跟嗎？」坐在角利車上副駕駛座，接著手機電話的鼇仔問。

「不。這樣目標太多，我們還是要抓原本的事主。再等。」角利看了看開出舊牌樓，彎過十字路揚長而去的田律師車子。

過了半小時左右，載著傅鑫野的Maserati，閃著車燈，流利地滑上軌道至地面。

狗蟻仔趕緊通知鼇仔，角利已在十字路口外街角埋伏多時的車，保持一定距離，緊跟著傅鑫野的Maserati車尾燈，奔馳而去。士林街頭短暫留下了兩束車燈軌跡，在路燈、紅綠燈間。

確定Maserati已走遠，原本負責監視的狗蟻仔整裝，帶著妙琳去「一樂虎」刺探軍情。

「一樂虎」的一樓建成環狀，頗具生意頭腦的把一樓隔成幾間分租給連鎖的鹹酥雞店、娃娃機店跟飲料店。雖已入深夜，但除了飲料店休息外，鹹酥雞店還賣著，娃娃機則二十四小時開著，兩家店都站著人。

狗蟻仔穿著城市迷彩陸戰隊外套，跟「夢士林」櫃臺借推車，取了個瓦楞紙箱。接著從側包以及外套口袋，拿出一頂印著「鼎豐食品」字樣的送貨員帽，以及一副超級粗框眼鏡戴上。帽子跟粗框眼鏡一戴上，完全掩沒了狗蟻仔原本的臉孔輪廓特徵。狗蟻仔接著在推車放上紙箱，加上這番裝扮，還眞像是送貨員。

「等下快到『一樂虎』時，我們分開，裝不認識，我先去鹹酥雞店『送貨』。妳看，要去逛一下娃娃店，還是先進去『一樂虎』也可以。」

推車上的空紙箱沒裝東西，在不平的磚瓦路上下震動，快掉到路面。狗蟻仔去扶紙箱，還假裝箱子很重，逗得妙琳忍俊不禁。

狗蟻仔發現了，比了比身上的城市迷彩外套，「你買這城市迷彩，是不錯啦，下午出門弄這些有的沒的時，我覺得我根本快跟街景融合在一起了。」

「我說你要穿的這麼韓系，要不要下次介紹什麼搖滾團給你。」妙琳跟著狗蟻仔走在彎入一樂虎的蜿蜒長街，對著狗蟻仔說。

「貝斯我也是略知一二啦！改天跟你組個 band 玩玩也是ＯＫ啦！」狗蟻仔跟妙琳亂哈拉，「不過，我的絕技在這裡比較吃得開。」

狗蟻仔指了指「一樂虎」，「嘿嘿，我可是士林夜市遊戲小天使呢！」

「一樂虎」電子遊樂場中混著拉丁舞曲音樂、小鋼珠滾動遊戲機的聲響，越來越明顯。狗蟻仔先拉著推車過去一樂虎一樓的鹹酥雞店送貨，躲在前面騎樓的妙琳等狗蟻仔走離自己一百公尺左右後，才往前走。

一樂虎正門上偌大踏在金山銀礦上的金錢虎招牌更顯巨大，虎視眈眈地看著妙琳。正門旁的兩座ＬＥＤ電子看板，跑動著店內最新機臺，以及高額月薪徵募新進人員的廣告。

妙琳繞到一樓賣鹹酥雞旁的夾娃娃店，兩排好幾臺香蕉黃的夾娃娃機並列，夾列出一筆直走道，走道上還有幾個人在觀察機臺內堆積各種琳瑯滿目的布娃娃、三Ｃ電子產品。走道盡頭是帶淡咖啡色的電動玻璃門，裡頭可以看到幾位穿著西裝背心，領口紮著領結的服務人員，在多角形電子牌桌跟高腳椅間來回走動。

妙琳看到一臺夾娃娃機裡，居然有「初音未來」的娃娃，投了幣，握著手把，小心翼翼地移到娃娃頭上，按下抓取鈕。沒想到爪子只是滑過初音未來的馬尾，整個娃娃一動也不動。

「小姐，妳是在幫初音未來『搔癢』嗎？」

狗蟻仔不知何時湊在妙琳身邊。

「你管！你那些送貨員家當呢？」

狗蟻仔秀了一下手上一大包鹹酥雞，「用這包當寄物金啦！走，帶妳去『一樂虎』見識見識……快一年沒來，之前三金大哥的『一樂虎』還有點破舊，沒想到今年就大幅翻新，現在還要招兵買馬？錢都不知道哪籌來的？金彈銀彈這麼多？」

進入電子遊樂場，裡面偌大挑高的圓拱廣場，一區是柏青哥，裡頭有幾組說著日文的日本觀光客，鋼珠滾動，螢幕顯示各種日本動漫畫面，以及聲優極具高低起伏聲音表情的配音。另一區則團聚著電子百家樂、賽馬電玩等賭博電玩，居然連古早的小瑪莉也有。

「跟電玩賭一定輸的啊……」妙琳看著賭博電玩聚著的人們。

「是這樣沒錯，但是他有一定的賠率……還有設計擦身而過的遺憾感。」

「擦身而過？」

「就是差一點就贏，再一次。」

「有人在操控電子賭局吧？」

「妳覺得呢？妳猜櫃臺那邊後面房間，有幾臺電腦螢幕？」

「那這些人爲什麼還一直栽進去？」

「有些人有錢沒地方花啊！有的是來大家聚在一起玩玩鬥嘴，最糟的是那種……」

狗蟻仔要妙琳看電子百家樂螢幕前的半圓檯桌前，坐著一位高腳凳的身形肥胖賭客，他面前的籌碼堆到超過他肩頭。

「有人啊，跑去廟裡打坐念佛，其實只是去滿足自己想當個清心寡欲好人的慾望，出來不到一小時繼續你爭我搶。我說賭場才是最能鍛鍊自己心性的修羅場，把持不住，就準備傾家蕩產。所以這種要走高級路線的電子賭場，一定要弄得有派頭，燈光美、氣氛佳，讓人舒舒服服忘了警戒，越玩越大，越輸越想翻本。」

一輪開獎後，那臺百家樂響起歡樂的音樂，旁邊的服務生也為他鼓掌。

「想也知道等下他就會輸。」

「是嗎？」

結果他身邊的籌碼繼續累積。

「嗯……可以進場了，妙琳幫個忙，幫我去換一萬元籌碼。」

「會不會太多？」

「妳要問的應該是，等下一萬元會變多少？來，籌碼我們各分一半。」

-†-‡-†-

「我來看看他是不是『本來就該贏』的賭客？」

「什麼意思？」

「如果是什麼黑道、白道大老，就不會輸啊，要讓他們贏得開心，作公關……」

狗蟻仔一手握著籌碼，走近那臺百家樂觀察。

胖賭客自然是「閒家」一方，跟「莊家」博弈。

荷官發給閒家、莊家牌，接著再補閒家一張牌。

百家樂單純來說是個比較牌面點數大小的博弈遊戲。

A牌爲一點，二到九點牌依原本點數計點，但10、J、Q及K則通通被算作零點。就遊戲規則，狗蟻仔推測，閒家應該是一到五點之間，因爲荷官補牌了。不過，莊家沒補牌，所以他第一張牌可能就是七點，甚至是「天牌」八點或九點。

狗蟻仔是老手，越是老手越純粹，像跑馬拉松一樣，每次下注都是布局跟調整，這一注只是觀察整個賭局的狀況，狗蟻仔馬上直覺買莊家贏。妙琳二話不說，跟狗蟻仔。

開——莊家輸。

妙琳碎嘴：「不跟你了啦……」

狗蟻仔看了一下賠率，低的。

幾次下來，狗蟻仔發現閒家低賠率下贏多輸少，接下來三次都跟閒家，贏了兩次。

但之前已被養足胃口的閒家，卻有點耐不住性子，狗蟻仔發現了，接下開始平均輪流跟莊家、閒家，勝率接近五成，雖然要給五%給莊家，但因爲其中一次加下和局，贏一賠八，籌碼也開始緩慢增加。但是閒家已經缺乏彈性了，可能累了，也可能開始賭氣，籌碼下降至接近剛看到他時的籌碼高度。至於妙琳亂下一通，早就已經灰塗塗了，只剩沒多少籌碼……正準備掏腰包去換籌碼。

狗蟻仔笑著看妙琳賭氣的臉，也發現櫃臺經理開始留意這邊了，把妙琳拉到一旁「可以走啦，像我們這種少來的，贏一輪就跑的，沒法鎖定，才是電玩遊樂場的頭痛人物。」

被「隔離」的妙琳，看到一旁賽馬遊戲機裡可愛的賽馬與騎士，吸引了過去，立刻投下代幣。「玩個遊戲，還要觀察那麼麻煩。直覺！直覺！」妙琳二話不說，在橘、綠、黃、黑、白色馬中，把所有籌碼都押在紅色四號馬，轉頭對狗蟻仔，「我很豪爽吧！」

電動賽馬場裡，令人雀躍的起跑槍響。

「『南丁格爾』衝啊！」妙琳握拳吶喊。

「妳的帶入感眞的很深……」

紅色四號馬起盤就殿後，中盤稍微掙扎一下，擠入了綠色跟藍色馬之間，最後進入尾盤加速，結果倒數第二個進入終點……

「『南丁格爾』是『白衣天使』，我就搞不懂妳，爲什麼要選紅色的？」狗蟻仔拍拍妙琳肩膀，「來來，要贏，還是要跟我一樣謀略、謀略。」

狗蟻仔一樣觀察兩輪後，「我跟妳說，這種機臺壓滿三十分，有機率會送bonus，妳不要一口氣押滿九十倍。這樣慢慢磨……積沙成塔。」

接連押，雖然有輸有贏，但確實贏多輸少，狗蟻仔穩定累積籌碼。

狗蟻仔押賽馬看跑馬時，發現有新的賭博機臺「城市大富翁」，發出敲金磚的聲響，賭客們拿著手機，不知道在掃什麼？

「唉，沒天分，有聽沒有懂，我還是去抓娃娃了，你慢慢玩……」妙琳負氣起身。

「妳又要去給初音未來『點穴』了喔~她都被妳點到變石頭了。妳先過去，哥哥等下去幫妳。」

狗蟻仔最後賺回兩萬多，走到一大排夾娃娃機，發現妙琳四處看著機臺，手上依舊沒有任何戰利品：「妳喜歡哪個『初音未來』，我抓給你。」

「這臺，我剛剛還眞想用拍的。」

「妳沒看到機臺裡面標示『禁止晃機』嗎？」

妙琳：「晃機是什麼意思？」

「就是搖晃機臺啊，不過寫歸寫，妳看這些機臺跟地面接觸的地方都鎖死焊起來，就算我跟鰲仔一起來搖，我看也是搖不動。」

「不過，都西元幾年了，晃機都是上世紀的老招了。」狗蟻仔觀察機臺內狗蟻仔鎖定的娃娃，喃喃自語：「現在都用『甩爪』了……」

爪子隨著搖桿轉了一圈，下爪，抓起，妙琳意外的，抓的不是初音未來，而是旁邊的麵包超人。

麵包超人被抓起來，才移動了一下，爪子力量不夠，移動到娃娃機內出口檔板旁的娃娃上。

「現在又是怎樣？這不會又是什麼策略吧？」

「對啊，這個娃娃機臺的臺主算是正派，這個爪子不會太軟，抓到東西算是會浮。」

「浮？」

「就是爪子還是有個基本力道，能把抓住的東西浮起來。臺主能去調爪子力度，這爪子力道的拿捏，可是一門生意藝術。調太軟客人試一兩次後，就放棄了，反而乏人問津。同樣的道理，商品的誘惑力、話題性，也要跟娃娃機內商品擺設方式相互搭配……」

「可是你剛剛『浮』的是麵包超人，你電子遊戲機打太多，近視了嗎？」

「就跟妳說玩遊戲要用腦啊！等下妳就知道了。只有再兩次，我就能抓出來，要不要來賭一下？」

狗蟻仔再投一次幣，將原本平躺的「初音未來」，用爪子捏，讓她立起。

再一次投幣，把立起的「初音未來」浮到最高，往洞口方向拉，只剩最後一點力量時，「初音未來」朝洞口掉了下來……

妙琳哇一聲驚呼，以爲又要失敗了。沒想到「初音未來」掉到剛剛立在檔板旁的麵包超人上，像掉到一個坡道上，滾入洞口。

「出貨。」狗蟻仔一臉這不過小菜一碟的表情。

「哇！掉寶了！」妙琳高興地從娃娃機拿出「初音未來」。

「小 case，螯仔在的話，抓的更穩。」

狗蟻仔想到國中住聖伊甸園，跟螯仔、希鳳大姐去淡水岸邊他們的廢船祕密基地放風箏的往事。

照著圖書館的工藝教本，他們合力做了一個堅固的風箏。在岸邊放著風箏，只有螯仔能對抗壯盛將入海的風，牢牢抓住風箏，讓風箏飛起來。而自己接手，在空中練習變化出各種移動滑行的花招。希鳳大姐則能預先判斷風向的轉換，讓風箏永遠有個大方向。廢船也有它的帆，狗蟻仔提議，放風箏代替「帆」。這是當時的他們，能完成的想像。

「來，妳這個初音控，我再來幫妳夾幾個『初音未來』公仔景品，當作妳今晚的工讀金好了……」

狗蟻仔開始逛，「來！這臺不錯，妳看，這個『初音未來』電吉他版，不錯吧！妳吹薩克斯風，應該會喜歡吧！還是金證的。」

「什麼是金證？」

「金證喔，保證日本授權的正版，做工品質沒話講。」

這個彈著電吉他的「初音未來」裝在包膜的光滑模型盒，那電吉他明顯是用金屬做的，使得整個公仔景品，看來頗具重量。

「這也能夾？」

狗蟻仔只使用四枚硬幣就出貨。

「差不多摸透這裡，該是叫人來問問的時候了。」

妙琳一臉疑惑。

「前面只是熱身，不要忘了我們今晚來這裡的目的，不是來看我炫技。」狗蟻仔活動一下手指，從黑色鉚釘側包抽出之前買的那包全新臺北市專用垃圾袋，「不知道把這裡全部清臺，要用幾張？」

狗蟻仔專挑裡面放著高檔三C產品，跟金證動漫公仔。平均使用五到六枚硬幣就出貨，兩張臺北市專用垃圾袋馬上被裝滿。

「這麼會夾，怎麼在『五湖四海』沒看到半隻？」

「拿去網拍啦！」

「你夾的這些金證公仔，我剛手機查一下，一個都要一千五以上，你才花不到八十元就夾一個，這很賺，爲什麼還要混黑道？」

「其實……不大好賺，出門抓要花時間，還得同時經營網拍賣抓來的東西，整理貨品，去便利商店寄。慢一點，訂的人就問東問西，特別是完美主義魔人，連盒況都挑。妳看出貨，都是掉下來的，碰到是難免……結果網拍賣公仔，弄得好像在賣水蜜桃，不划算。混黑道，還比較自由自在。不然，等下妳問一下會出現的人就知道了。」

「誰？」

「臺主，就算再怎麼便宜的娃娃被人清臺，一直要補貨也會造成物流跟人力的消耗，何況是這些……」

狗蟻仔像聖誕老人一樣扛起兩大袋戰利品。

「他們怎麼知道被掃臺？」

「機臺裡有監視器啊？妳不知道在這裡，到處都監視器嗎？」

妙琳順著狗蟻仔的眼光，上下掃看「一樂虎」，還眞的架了不少監視器。

不久之後，果然一個穿著花襯衫中年男子衝了進來。

「狗蟻仔，你怎麼穿成這樣？不在士林夜市，跑來這掃臺，高抬貴手吧！不然我推薦你玩裡面最新的機臺『炒地皮』，這種城市蓋大廈模擬遊戲現在可是很夯，連手機都有出ＡＰＰ版，可以連線……」

「管你什麼炒地皮，還是烤地瓜……你應該知道我們跟三金大仔開幹了吧！我還往『一樂虎』那麼裡頭鑽？你都在這裡擺這麼多機臺，我想問你知不知道裡面……」

「狗蟻仔，抱歉，老爺子現在禁止談這個……」

「那這幾袋怎麼辦？」

「我們這些攤販，交保護費就是要免去有的沒的小地痞跟白目找麻煩，結果現在夾雜你們跟三金大哥之間，我們這些攤販，眞的很爲難……」

「老爺子不讓你們說，你們可以讓我『自己去發現什麼』……」

花襯衫中年男子猶豫一會兒，「好。那兩袋都還我。」

「但只要是『初音未來』的都要留下來。」

「ＯＫ！」

花襯衫中年男子面向狗蟻仔，但眼神飄向『一樂虎』裡面的電子遊戲場，小聲說，「裡面角落貨箱堆後面有一臺娃娃機，你去摸摸。櫃臺會看，你自己小心一點。」

狗蟻仔與妙琳不動聲色，重回電子遊戲場，果然櫃臺前柱子有一臺娃娃機。兩人看了看娃娃機裡面，只剩孤伶伶的一隻小熊娃娃。

熊娃娃眼睛雙眼血紅，別著的正是海妖。

狗蟻仔深呼吸，不想讓自己露出緊張神情，心中暗恃：「嘿，逮到證據了。」

「現在要用什麼技術，狗蟻仔大師。」

「基本功啊，甩爪。」

轉了一圈，爪子旋轉晃動，向下打開爪子。三個爪子，準確地分別按到了小熊的脖子、手跟大腿。但小熊只輕微震一下，爪子什麼都沒抓到，撤回原位……

「軟成這樣，根本不能夾。」

夾子上貼著一行小字：八千元保夾一次。櫃臺有一次性代幣。

第十二話：上岸的海妖

角利開車，技巧性地跟著傅鑫野的 Maserati。

時常跟監不同聲色犬馬的夜店、毒品交易場合，角利熟士林的街。

士林車道沒過幾條街就是紅綠燈，路上有時竄出騎速克達機車、腳踏車，亂穿越馬路的白目。車根本不用跟得緊，在車陣中，駕駛就有閒暇看後照鏡，隔個兩臺車差不多。特別是現在冬雨仍下著，車況更顯得遲緩。

比較麻煩的是，上交流道、高速公路。車一快，左彎右彎，跟得緊就很明顯。好險傅鑫野的 Maserati 只在士林區走，開車的感覺好像沒有防備跟監。

「既然他開得這麼坦蕩蕩，我們就當作郊遊吧！」角利對著副駕駛座的螯仔說。

「都在市區繞？」螯仔成天在士林走，沒印象有什麼特別的地方，可以進行大批毒品交易的點。

角利跟車跟到一群大廈建築群，傅鑫野的 Maserati 在豪華大廈側旁的地下停車閘門停下來。

一看到 Maserati 打方向燈，拐入大廈地下停車場前，角利便直覺停下來找路邊停車

閘門旁的紅色警戒燈，燈光開始晃動。閘門打開，Maserati 以流利的弧度，滑入地下道。閘門關閉。閘門上牌子寫著：「禁止外車進入。」

「嘖！新招。」角利車跟不進去，這樣太明顯，

雖然可以在這邊等一下，等其他住戶進來再緊緊跟上，但是這樣太危險、不自然，不只容易起

紛爭，而且很難出來。太貿然過去，到時警衛用車道廣播警告，馬上會發現。

角利沒料到會這樣，問螯仔：「這裡你熟嗎？」

「沒印象這裡是什麼組的堂口，沒聽道上的人講過……」螯仔也打量著這棟大廈。在車內努力抬頭看一下大廈高樓，十多樓建物外掛著「德林寶騰大廈」的文字標誌。

「新巢？印象中傳鑫野不住在這裡。」角利想想也不記得這裡有什麼犯罪紀錄，這裡算是士林的高級住宅區。社會頂層上流階級的人住一堆，相對來說，對治安的要求就高，一有任何騷動，警衛、警察都會立刻前來處理。

角利將車停在斜對街口，這條街口短，角利已經有些擔心被發現。他的 Lexus IS250 雖是黑色車款，但終究不可能融入暗夜。

等了十分鐘左右，角利嘆了氣：「還是去大廈管理員室去問問好了，你在這裡等我，有動靜打手機給我。」

角利推開駕駛座車門，撐傘正準備穿過馬路，沒想到地下車道車閘門開啓警示燈又開始閃動。車閘門緩緩開啓，原本被車閘門擋下的車頭大燈光芒，奔騰竄射而出。

角利趕緊蹲下身，低頭假裝綁鞋帶，傘擱在肩頭上，蓋住半個頭。角利觀察柏油路地面水灘上，倒映著的紅色車尾燈，如何像危險訊號離去。

接著起身，角利卻又要開車門，立刻上車下排檔，轉動車盤，追趕這危險的訊號。

「會是在大樓地下停車場交易嗎？」螯仔猜測著在前方開始奔馳的 Maserati。

「說眞的，若是這樣交易，眞的是高招。警察不容易能進到社區地下停車場，這種不在光天化日下的場所，夠隱密。不過，既然是社區停車場，那很自然都會裝監視器，跟管委會調影片，雖然費點功夫，但是還挺具體的。若持續這樣在這兒交易，倒是可以在這裡佈線埋伏，來個甕中捉鱉啦！」

「難不成也在大廈生產？」

「這比較不可能，雖然不知道這『荔枝』怎麼合成的，但毒品都是一系列化學製程，那些異味，製毒的人都得帶防毒面具了，大樓那些上上下下、左鄰右舍不可能忍受。特別剛剛那裡還是上流社會住的高級大廈區。」角利跟著車，剛剛匆忙下車、上車，一番折騰，滿頭是汗，是冬雨，「我比較在意的倒是——那停車位哪來的？還是隨便在裡面看那個停車位有空，亂停一下，再電話通知？那磁卡是哪來的，不會還串通大樓警衛吧？」

「他們車不開回一樂虎？」鳌仔往前盯車，Maserati 繞出市區，上了高架橋，走高速公路，往北海岸方向而去。

傅鑫野的車在不同地方上了交流道，又在下一條交流道下去，繞了一陣，再上交流道。

角利判斷傅鑫野這時明顯有意識地，開始躲避追蹤。不過，上交流道之後，角利故意維持一兩車之間的距離，或是左右一個車道的幅度，幾乎不可能會被發現。所以與其說傅鑫野發現了角利的跟蹤，不如說這是他熟練的防備措施，也間接說明這不會是傅鑫野第一次去接「海妖」。

角利於是打起精神來開車，「弄半天，這齣戲現在才是開演時刻。但是，我們要確認一下主角在不在場，不會剛剛在那棟大廈，傅鑫野就窩在裡面休息，現在只是他手下去接頭批貨吧？」

「剛剛車從大廈上來時，我有特別看到正面車窗後座有出現傅鑫野的臉。」

「夠狠，夠幹練，你不來當刑警有點浪費。」

下了高速公路，傅鑫野的 Maserati 終於不再開上交流道。公路上迎向角利 Lexus IS250 車窗兩側滑過的風景，逐漸變爲海線風景。透過濱海公路的路燈，讓人可以艱難地辨認遠方的夜海。即使只是夜海，但對比城市內憋窄的街巷道路，跟高速公路的拚命趕路，在海線開車的車況路大車少，就是有一種悠閒感。

「雖說當一天兄弟，就準備當一輩子兄弟，不過我還是問你個老問題：你不會打算一輩子混江湖吧？」

「當然不會。我可能會到南部買房。住在這裡，不是辦法。」

「那你『院友』顏希鳳、狗蟻仔怎麼辦？」

「臺北房子太貴了，我沒法釘在這裡。不住臺北，也不會一輩子不相見。不會停止湧動著海的海岸線，也是一個讓人能回來的好所在。不過，看來你把我調查的挺仔細的。」

「雖然我快退休了啦，但是基本的線民還是有的，串個門子，抬抬槓，一下子就能跟上進度表了。你要去哪買，推薦一下，我退休也想到南部買個房，享享清福。」

「我們還沒那麼熟吧！要我跟個退休警察當鄰居……」

晚上的濱海公路人煙稀少，白天規律轉換的紅綠燈，都轉成了閃動的黃燈，角利必須保持著距離，盡量讓後方的車超車，增添了不少跟監 Maserati 的難度。

「也是啦！我們都還沒登出這案子。」角利轉著方向盤，「唉，不能說走就走的人，通常就會熬到最後不能再熬的時候。」

-†-‡-†-

海線逐漸開展，前行的 Maserati 沒打方向燈，一口氣拐入路邊的二十四小時便利商店 7-11。

臺灣到處都是各種二十四小時便利商店，例如 7-11、全家、萊爾富等等，不只是賣各種東西，能收取寄送網拍商品，還加設了桌椅供人用餐，甚至不少店還附ＡＴＭ提款機、洗手間，成為了一般市井小民生活重要據點，甚至成爲評斷一個地方生活機能好不好的標準。正因爲機能俱全，二十四小時便利商店除了有保險員跟客戶相約談保險契約，軟體工程師跟客戶溝通軟體，也成爲道上兄弟用來接頭生意的地方。特別是店門外加設露天咖啡圓桌椅的，更是兄弟哈菸喝酒談事的好所在。

在荒涼的海線地帶，這間二十四小時便利商店獨自在深夜黑幕中明亮。海線地帶遼闊，這便利商店外也整了一小塊地，劃上顧客停車格。即使在空曠的沿海地帶，這樣對開車人友善的空間設計，以及店內的一排餐桌椅，很能吸引人潮聚集，把這裡當作休息補給站。便利商店旁甚至還提供打氣設備，方便騎車環島的騎士整備腳踏車。

角利車不跟過去，遠遠停著。雖然在車裡，還是略低著頭，避免被注意，跟監跟成了職業病。鳌仔右手架在車門，也凝神觀察便利商店，店裡店外的一切動靜。

沒人下 Maserati 來買東西，倒是有三個人從店裡走出來上車。

角利發現了，「快，手機拿出來快拍一下。」自己則是握好方向盤，準備換啓動檔採油門。

鳌仔趕緊拿出手機，滑開解鎖，拍了幾張。不過有些距離，他們上車又快。鳌仔把手機丟給角利看，畫面略顯模糊。

「嘖！」角利瞇眼看。

螯仔看著便利商店周遭，有幾輛車，但沒有機車。

Maserati一載到人，開出便利商店前的停車空地，繼續往前奔馳。開到一個下坡道，側旁路邊停車，走向沙灘。

角利車無法跟下去，只能在上坡岔路候著。缺點距離太遠，優點是有高度，可以看到整體動靜。角利伸到後座，從一堆雜物中掏出望遠鏡，對準沙灘。

角利拿著望遠鏡，螯仔同樣也拿出原本角利放在「夢士林」的長距離單眼相機，專注朝前下方拍攝沙灘上的動靜。

幾個人矯捷地下車，看那身形，應該就是之前在便利商店載的三個人。

「那原本車上應該就只有兩個人，一個是傅鑫野，一個是駕駛。二對五，你可以嗎？」螯仔問角利。

「那樣先看看狀況。」

雖有望遠鏡、長距離相機輔助，但光線不佳，即使有公路旁的路燈，但不要說讀不到他們的嘴型在說什麼，連他們的神情變化都看不清。

不過很明顯地，他們從包包拿出配備，穿上潛水衣。穿著潛水服的三人，緊接著從後車廂拿出三個潛水瓶。

「答案公布。」螯仔說。

「好小子，下停車場是去拿潛水鋼瓶啊。」角利雙手交叉，準備看好戲。

三人向海走去，在海面上俯身，浮潛，像海面上懸浮的餌標，被前後左右翻來覆去的浪爭食，最後終於被吞沒，潛入海面下。稍遠處，一艘小型船微弱地明滅著燈號，上下浮沉，但沒有更靠近岸的意思。

「這船距離海岸大概十多海浬，還在開吧！」螯仔定眼注視。

「你還看得出是『海浬』，很專業喔。」

「我南部住漁港。」

「用這方式走私毒品啊！挺有創意的，不過這還挺吃技術的。」角利深感佩服，「傅鑫野眞的是要搞票大的，他可能眞的布局不少白道的朋友。」

那艘船距離岸邊十多海浬，大概就是在領海外界限跟緊鄰區的曖昧地帶。臺灣海巡原本由保七總隊負責，後來被改制爲海岸巡防署海洋巡防總局。角利的一位酒肉朋友老李，之前就待保七總隊，角利想想現在不知道他流落何方？

海巡主要分成岸巡跟洋巡，洋巡是海上巡邏，岸巡是岸邊五百公尺範圍內的巡邏，海巡則包括領海跟經濟海域。岸巡依照臺灣島方位，分成北、中、南、東巡區，每一巡區再細分大隊，大隊再細分哨所。

角利估量一下週遭環境，不確定這附近有沒有什麼漁港，不知有無漁港哨所。不過現在看來，應該只有一般哨所。聽說海巡招募人力不足，站哨輪班吃緊，深夜一樣站好站滿四小時。現在三更半夜，站哨的看海看到昏倒都有可能。而且雖然海巡署在全國海岸線有七十多座岸際雷達，但角利記得老李跟他說，審計部一查發現卻高達兩百多個偵測盲區。原本海巡雷達偵測盲區就不少，現在鋒面來襲，海況不一定，守望哨用肉眼是能觀測多遠距離？

有天時、地利，角利想，人和呢？——他記得老李說，「海巡調人、安插人很『有效率』。」

「海巡哨所該不會有人內神通外鬼吧？」海港長大的螯仔，說出角利現在心裡的疑問。

這時Maserati走下了傅鑫野，先走到車子背對海的那面，靠著車身抵禦冬季的海風，點菸；側身看著海，目送三條潛水者在海面上，直向遠海的游水痕跡，漸漸隱沒，等候著。

「我們的男主角終於現身了。」角利握拳，至少是今晚最重要的收穫，「給他拍幾張照吧！」

「是不是該下車去找他好好聊了？」蟄仔問角利。

角利繼續觀察動靜，「現在去？不如等到三個潛水伕回來，剛好人贓俱獲。不然那三個潛水伕發現苗頭不對，變成海洋漂流生物的話，可很難逮。」

蟄仔問，「這主意是不錯，不過流氓去？還是警察去？不會流氓、警察一起去吧！」

角利想了想。蟄仔去的話，突然變成黑道火併；我去的話，至少還是個警察，有警徽，有槍，他們還不至於對我動手。

「我去。」

在沙灘上的傅鑫野顯然不習慣海風，一直捱著車抽菸，側身關注海面狀況。蟄仔卻喜歡海風，現在都想略開車窗吹吹海風。

靠近海面的沙灘終於有動靜，三個穿戴著蛙鏡、潛水衣、氧氣筒的潛水員，踩著套腳潛水蛙鞋，左右腳一擺一擺走上岸。三人各自拖著一大包黑色PVC隔水布包裹的東西，連同三人足跡，眞如海妖的爪子，在沙灘上留下深深的爪痕軌跡——

傅鑫野跟開車的手下，趕緊向岸邊前去，幫忙扛三大包包裹。

「看來重量不輕，在海上還有浮力可以幫忙撐著。這樣的重量，如果都是海妖，市値會不會超過億元啊？」角利難以想像這些海妖流入士林夜市，甚至臺北會變成什麼模樣。

角利跟螯仔專注緊盯著右邊車窗外，坡崖下沙灘海岸動靜，看傅鑫野等人扛著貨，朝Maserati後車廂走。

「差不多了……來個人贓俱獲吧！」角利準備Call警網。

突然間，在沒注意之間，左邊車窗被敲了一下，那手指敲扣車窗玻璃的悶悶聲響，彷彿敲向太陽穴。

角利不動聲色地轉下車窗，但只露出一些空間。

「怎麼了，年輕人。」

戴著套頭黑色毛帽的人，脖子紮著軍綠色圍巾，聲音低沉帶著菸嗓：「走吧！這裡不是你們的場子。」

是顏興宸。

-†-‡-†-

螯仔看著窗外，不帶感情說：「興宸哥，你好。」

角利心想：

——為什麼這個士林黑幫的二把手會知道我們在這裡？難道老爺子真的消息神通廣大。老爺子到底要跟蹤的是我？是螯仔？還是傅鑫野？

——等一下，不對，螯仔剛剛在滑手機，不會是他call顏興宸來的吧？

角利快速回想一下從開始跟監，直到剛剛，鳌仔的行爲表現。

「如果我不願意走呢？大魚都在嘴邊了。」角利帶著笑臉，準備按下車窗升高鈕。

顏興宸從身後秀出一個長鐵撬。

「打架？興宸哥，我們這邊兩個人。」鳌仔冷冷說道。

顏興宸拿著長鐵撬，朝角利的 Lexus IS250 車輪胎比了比。

「傷腦筋啊……」角利捏了捏鼻子，也看了一下副駕駛座不鏽鋼四腳枴杖已上手的鳌仔，「那現在怎樣，冬天海風這麼透，大家僵在這裡做枝仔冰嗎？」

「讓我上車。」顏興宸回答。

再這樣，會引發衝突，驚動傅鑫野——角利把手放進外套口袋，不動聲色地確認槍袋匣中的手槍。

「槍呢……」角利再伸進去一點，才碰到德製 PPQ M2 手槍。

觸碰到槍的那份冷，讓角利心裡鬆了一口氣，還是之前的九〇手槍，用的習慣啊……

臺灣警察普遍使用的九〇手槍，是美製史密斯．威森九公釐手槍的簡稱。角利原本拿的是刑警專用的 M6904，M6904 比起行政、交通以及一般警察用的 M5904 來的小跟輕。不過美製槍原本是以西方人手型設計，亞洲人的手型對比西方人終究比較小，所以即使是爲刑警專門設計的 M6904，臺灣刑警使用起來普遍覺得不便。角利也曾經歷過換槍陣痛期，剛任警官時用古早的點三八手槍，後來一九九〇年代初換用九〇手槍，在保一總隊時又換用貝瑞塔九二手槍，轉至士林警界又用回九〇手槍。

一九九〇年代末警界內部流傳美國陸軍一九九八年的九〇手槍未通過「子彈射擊五千發以上的槍管中繼壽命」的測試報告，那時警政署就在討論換槍了。喊了這麼多年，偏偏在角利快退休時換槍，弄得角利自己都想去士林夜市慈誠宮拜拜關聖帝君，問問到底裡面有什麼隱藏的命運含意？

槍的大跟重是缺點，但跟世界所有的事物一樣，缺點跟優點其實只是可以彼此對倒、翻轉，一體兩面的事物。只是看人有沒有那個時間、能力與意願，去對倒、翻轉而已。

角利在自己的實務面上考量，槍身握把大，自己反而比較可以更快抽到槍；槍重，近身戰反而可以當成一個能敲擊對方的鈍器。特別在危及性命的時刻，大而重的槍，更能給了自己一個信賴感。

而且怎會沒事擊發五千發子彈？需要擊發五千發這個地方，根本沒有治安可言。士林治安雖複雜，但還是透過黑、白道的制衡，而達到一種平衡，讓經濟活動蓬勃發展，終究不是美國陸軍的戰場。

每一次後座力，都代表著一次瀕死經驗。角利早就數不清跟死神握過幾次手，想必還沒五千次吧！後座力在自己手掌的骨與肉間炸開，但自己要緊緊握住、消化，那死神之握的手勁。

角利試過自己現在的德國 PPQ M2 配槍，確實後座力比較小。角利不知道，是不是等下就要體驗一下，比較輕盈，但依舊是死神的握手。

他可不想爲這把還沒實戰過的槍寫報告。

這把剛新發，PPQ M2 手槍就會是在這時刻上陣了嗎？角利防衛性地注意車窗外的顏興宸，以及一旁的鰲仔。迅速評估後，決定讓顏興宸上車。

角利示意顏興宸坐副駕駛座後方的座位。

角利車發動，倒轉車身，離開海崖。

「離開這裡就是了。」

「去哪？」

「你待在這裡多久了？」

坐在副駕駛座的螯仔不轉頭，問著顏興宸。

角利透過車內後照鏡監看顏興宸，顏興宸沒有回答的意思。

「你們要動傅鑫野，也要問問老爺子。」

「那動希鳳，要問誰？」螯仔冷冰冰回道。

角利現在比較確定螯仔或者他歸屬的顏希鳳堂口，不是顏興宸一掛的，彼此大概就是處於一個相敬如賓的狀態。士林組合內部的接班人問題，看來檯面下還眞是波濤洶湧。

現在換成二打一，有優勢。得再聽聽顏興宸說些什麼，好猜一下老爺子在這些同時爆發的毒品、械鬥事上的資訊跟意圖。

「來，我來打個圓場。」角利轉著方向盤，「不然這樣好了，剛剛的事，我們可以拜見老爺子嗎？終究要有個討論，還有處理方法。」

顏興宸不置可否，可是螯仔在這裡，卻又無法拒絕。畢竟廣義來說，螯仔也是士林組合的人，他也看到剛剛的事，這事就不能當作沒有發生過了。

「螯仔，你手機號碼沒換吧？」

「沒。」

「我回去請老爺子決定。停車，把我放在這裡。」

這段沿海公路前不著村，後不著店，只有隔著護欄外，洶湧著的夜海與濤聲。

但又如何，角利想，顏興宸都能在剛剛海崖坡道旁監視他們了，自然有自己的移動方法，或許另有伙伴。還是顏興宸早就跟傅鑫野結盟？

回「夢士林」放下螯仔後，已經凌晨兩三點了。抓不成傅鑫野一夥潛海走私海妖的角利一個人，驅車到德林寶騰大廈，好好盤問了德林寶騰大廈的管理員。

孤伶伶坐在管理員室的大廈管理員起初不肯配合，直到角利出示刑警證件，說以後可以幫他抽一兩張交通罰單。貪小便宜的大廈管理員便調了錄影監視器，只是說不能帶回去，複製、翻拍，怕之後被查到是自己外流的，工作也保不住了。角利告訴大廈管理員今晚傅鑫野的 Maserati 大概進來的時間，看著他倒帶播放。角利知道這種套出來的證據，雖不能作爲呈堂證供，但對於後續布線，申請監視、搜索還是挺有用的。

Maserati 停到 B1 的八號車格，角利看到傅鑫野的駕駛下車，搬著放在停車格上用黑色帆布蓋著的氣瓶。

角利逼問這個停車格所有者，大廈管理員打死怎樣都不肯說。

角利假裝手機震動，接起電話，迅雷不及掩耳地把這正在倒播的監視器影像跟管理員同框拍照進來。大廈管理員這下鐵青著臉，賴也賴不掉。角利秀著手機上的照片，保證事情不會牽到他頭上。

大廈管理員轉過身子背對角利去整理快遞商品，嘴巴喃喃自語：「櫃臺旁立櫃有大廈的停車位所有人月繳停車費本子，你要繳費嗎……先找到你家停車格位置，我等下再幫你處理……」
角利笑了笑，快速翻了資料，才知道持有這停車位的不是大樓住戶，正是建這棟樓的建設公司
——慕鄰建設。

第十三話：石壁裡的惡托邦

傍晚，螯仔、狗蟻仔跟妙琳坐在慈誠宮正殿側門口階梯上，等角利來，準備一同前去拜見老爺子。怕有閃失，三人提早二十分鐘到，士林夜市正人聲鼎沸。

走到慈誠宮的路上，遇上幾個相熟的夜市店家、流浪漢，螯仔等還是問不出消息，即使是受希鳳堂口保護的店攤，亦是如此。那條由老爺子劃下的線，在言語中清清楚楚地還畫在那裡。

慈誠宮正殿側門口階梯上除了臺灣人，也坐著日、韓、東南亞觀光遊客，分別捧著紙碗吃著蚵仔麵線、甜不辣、香菜花生粉豬血糕。

角利穿著簡便黑西裝來了。

「穿這麼帥？」坐在階梯上的狗蟻仔調侃著角利。

「正義也是一門生意。」角利整了整西裝內的襯衫。

一位龐克頭穿著背心露出刺青的肥胖漢子，在廟口角落或坐或蹲，時不時去清理一下，廟口設置的超大型垃圾袋。遊客看到這看顧垃圾袋的漢子，也不敢亂丟免洗紙碗筷，廟前自成一飲食清潔秩序。遇到搞不清狀況的日、韓等外國遊客，龐克頭漢子會指著垃圾袋旁的簡單立排上的中日韓文：「垃圾丟這裡」、「　　　投　込　。」、「쓰레기는여기에던져진다」照著念一遍。

將四腳不鏽鋼枴杖擱在身後的螯仔看著角利，一臉「就是他了」的表情。跟龐克男打聲招呼，龐克男也不回應。螯仔跟他說：「想請你幫我們接頭，興宸哥說今天老爺子能見我們。」

「帶角利這條子？」

「我們想問老爺子，現在狀況這樣，我們要怎麼應對三金大哥，拼嗎？還是報案？」

龐克男打了手機，跟顏興宸確定，便帶往新士林市場去。

龐克男抽著菸，引鳌仔一夥進由原本士林市場古蹟紅磚短棟爲主體，重新設計改建的新士林市場。

新士林市場樓上是早午市，樓下則是B1地下美食街，所有士林夜市代表性的小吃蚵仔煎、大餅包小餅、烤香腸、炒米粉、小籠湯包，都可以在這裡看見。

往下通往地下美食街的電扶梯旁有兩列攤販，主要是遊戲類攤販。靠近B1地下美食街電扶梯入口前第一間攤販是對戰麻將攤販，顏興宸正坐在那裡，後面滿是各種可供兌換的禮品。而斜對面靠近樑柱處則是撈魚池，坐在小板凳上招呼幾個小朋友撈魚的，正是顏鼎老爺子。

若非道上兄弟跟熟知士林夜市黑道生態的刑警，一般人無法想像現在這個穿著一身藍黑厚棉唐裝戴著淺色墨鏡，慈祥地教著小朋友用紙圈撈魚的老人，居然就是士林組合的頭子——顏鼎。

顏興宸在斜對面，看似是領著好幾個兄弟，在四周作對戰麻將等各種遊戲生意，其實是自己爸爸——顏鼎老爺子的保鑣。若遇到不識抬舉的觀光客瞎鬧老爺子撈魚池攤子，他便會過去「好好關切」，而道上兄弟要跟老爺子談事情，也要經過他這一關。否則還眞的只能坐在那裡撈魚。

龐克男先帶著鳌仔一夥過去顏興宸那兒，沒想到妙琳，一看到老爺子的撈魚池，玩興大起，興沖沖地衝過去，角利跟狗蟻仔來不及攔，任她窩在小朋友間一起玩糊紙圈撈魚。

龐克男看了，口裡噴著菸氣，嗆鳌仔：「你們現在是要怎樣！」

熟知老爺子脾氣的顏興宸知道老爺子不會在意，制止了龐克男，帶著鼇仔、角利跟狗蟻仔到對面拜見老爺子。

鼇仔鞠躬九十度，「對不起！這位女孩是我們帶來的。」

狗蟻仔也陪著鞠躬，趕緊把妙琳拉到身邊站著。

妙琳莫名其妙，不就是來撈魚，是觸犯了什麼禁忌？

「沒關係，她不是道上人士，不懂道上規矩。」老爺子笑了笑。

站在顏興宸旁的角利，把握時機問：「老爺子不好意思，我們今天想要談傅鑫野的事。現在方便嗎？」

老爺子看了看角利：「幾天前歲末慈善晚會，我們有發邀請函，你沒來？」

「抱歉，那晚被死黨老李拖去喝酒，喝到血壓飆高去住院。」

「是鼇仔被撞前，還是被撞後，決定喝的？」老爺子意有所指，「哈，我們認識這麼多年，不過你終究是個條子，『士林組合』這次內部鑫野跟希鳳的衝突，我想先跟鼇仔談談……」

鼇仔聽到老爺子這麼說，站挺身子。

「走吧！」

「爸！你的眼睛……」一旁的顏興宸擔心。

「我雖然視力衰退，但還不是瞎子。我走在士林夜市這麼多年了，路熟得跟什麼一樣。在這裡，大家不一定會對我『尊賢』，但都得敬敬我這個『老』，何況鼇仔跟在我旁邊，他可跟我一樣提枴杖呢……哈哈！」

老爺子拄著枴杖，自顧自朝大南路走，往士林夜市中的慈諴宮去。鼇仔也帶著自己的不鏽鋼四腳枴杖，緊緊跟上。

「瞧瞧老爺子，就是不自覺透露著士林黑幫帝王的氣勢。」角利試著跟顏興宸搭話。

顏興宸恢復他的冷漠，走回斜對面自己的攤子。雖然現在人潮主要搭著電扶梯，往B1地下美食街下去。

老爺子撈魚池的攤子由顏興宸手下龐克男接替招呼，狗蟻仔在一旁幫忙。妙琳撈得不亦樂乎。

老爺子跟顏興宸的攤子，側對著電扶梯，所有士林夜市地面上、地面下的人潮、店家，都要通過他們的視線。

角利發現顏興宸攤子麻將桌旁的摺疊小桌子，擺著《地藏王本願經》抄字本，中間擱了一支藍色原子筆。地藏王本願經抄字本版面上方是佛經正文，下方則是稿紙格，字格中的佛經已抄了快一半。

「這麼有心啊，抄佛經要迴向給誰？」角利有點難以想像眼前這個壯漢拿筆低頭抄經的樣子。

顏興宸沒有回應角利，用推尺推出一副麻將：「等著也是等著，來摸個一圈對戰麻將吧。」

角利笑笑，坐在顏興宸對面。

-†-‡-†-

走到慈誠宮，將近年節，整個宮廟點滿的燈籠、燭火，洋溢著歡慶的氣氛。只是現在是晚餐時間，人潮還沒回籠。

老爺子走了段路，在充滿道地漳派木構架風格的三川殿下歇息。老爺子摸著單蟠龍龍柱上的龍鱗石刻，像在追索雕刻地活靈活現的龍，那盤旋飛揚的運動脈絡。

背對鰲仔的老爺子問：「你何時知道希鳳失蹤？」

「報告，前三天晚上深夜。」

「我前天一早才知道，知道的時間，居然還比你慢……看來幫裡需要田律師來問問，我來管管了……不然我可眞要瞎了……」老爺子扶了扶自己的墨鏡，「角利那邊應該是最早知道的，我聽到的電視新聞沒報，看來他有幫忙，這次要跟他合作了。他要查，你就幫。」

「是。」

老爺子走入內殿，「希鳳的堂口，是我們幫中的重要支柱。現在鑫野手下那天晚上，就這樣挑釁起了衝突，我已請田律師警告他。」

面對主殿金面媽祖聖像，老爺子接過鰲仔恭敬遞上的一炷香，虔誠地喃喃祈禱，親手插上這炷香。

老爺子轉身拄著枴杖，往側殿走去，邊走邊問鰲仔：「你爲什麼加入『士林組合』？記得當年我收養希鳳時，她第一個拜託我的事，居然是處理你跟狗蟻仔的事。收養她前，李神父、社工與田律師陪著我，跟她談了好幾次，我知道她個性剛直，沒想到也這麼重義氣。沒想到後來，你會加入『士林組合』，這麼多年也成爲希鳳左右手了……」

「報告老爺子，我待在這裡，是因爲我沒有什麼地方可去。」

「意思是說，會有個你想去的地方，只是還沒出現，還是你還沒準備好？缺錢？」

鰲仔不知該回答是或不是。

老爺子慢慢走到右邊護龍後殿的天井，天井中一座魚池，魚池中錦鯉自在往來浮游，不知歲月。老爺子坐在魚池旁的石階，臨池面對魚池中整牆面咕咾石，陡峭的巖壁中，隨咕咾石四處天然分布的凹穴，修鑿出交互連結的蜿蜒山道。其間擺置塔、樓、山檐別墅，甚至架設吊橋溝通山裡山外。池中錦鯉跟牆面造景動靜相融，這正是士林古芝蘭景象。

只是造景底部接池處，除了築堤，還擺了石龜、石鴨，比例上卻跟其上的塔樓別墅相同；而造景頂部兩邊分別刻著「長風助順」、「超渡眾生」兩排字。使得這整面古芝蘭山水造景，充滿連結現實與幻境，以及古往與來世的虛實意味。

「哈，走到這個歲數，我還在這裡，是因爲我也曾經走投無路過。」

老爺子臨池喟嘆，墨鏡中回映古芝蘭山水以及悠游的錦鯉。

鰲仔不可置信，士林組合的帝王也會有這樣的過去。

「這都已是一清專案前，恍若前世的事了。那時可不像現在，監視器到處林立。別看我現在一腳已經踏入棺材的模樣，年輕時候的我也是一副佛來佛斬，魔來魔斬的模樣。」

鰲仔聽著老爺子訴說一清專案時，躲走山區的故事……

-†-‡-†-

顏鼎老爺子娓娓道來，話語裡充滿著積澱的時間感——

士林組合的前身是顏鼎的角頭老大，也就是傅鑫野父親傅勝糾集眷村兄弟以及北上打拼的下港兄弟，所建立的「瀛海堂」。

那時瀛海堂還不過是個街仔幫，一九七〇年代中期臺灣經濟漸漸好轉，傅勝將新堂口設在人聲鼎沸、車水馬龍的基河路邊二樓。在田律師「建議」下，傅勝堂口隔間跟一般公司行號差不多，還用ＯＡ家具隔出三個助理辦公室隔間，四十幾坪的公寓，被弄得像什麼國際貿易公司，開始投入圍標、搶工程的工作。當時顏鼎年少氣盛，新堂口裝潢完工時，一幫兄弟一起在新堂口拍照留念，顏鼎坐在抱著傅鑫野的傅勝旁，心裡還納悶著，混江湖就是打打殺殺，怎麼弄得像耍嘴皮子的金融業？

士林夜市的紛爭源頭之一，就是攤販間的競爭，搶客人、搶攤位……什麼都搶，什麼都爭，那就需要有靠山。原本只是幾個攤販之間搶攤位的紛爭，後來其中攤販找了三支路另一條路的角頭豹子開始出手，去另一攤販那裡桌椅橫飛地砸場。被砸的攤商趕緊找瀛海堂，沒想到瀛海堂過去圍事的幹部也被打成重傷。如果當時瀛海堂沒有作爲，這個堂乾脆直接包一包收攤了。

年輕的顏鼎沒問當時堂主傅勝，直接衝去跟豹子對幹，砍傷了人。報了這仇後，顏鼎就準備自己去跟警方投案，怕扯到瀛海堂，害組織被掃掉。

沒想到豹子堂口馬上出手回擊，先派人到傅勝雲林老家開了整整十四槍，大門口滿滿彈孔。接著直接衝到瀛海堂口開幹，瀛海堂幾個幹部都被砍得倒地不起，連傅勝都被砍了幾刀。顏鼎趕緊先把老大兒子──傅鑫野藏好，塞了一筆錢在他書包裡，先去躲自己家。

這士林三支路幫派鬥毆事件可說是當時臺灣已趨嚴重的黑幫治安問題的縮影，政府已經準備出手整治。那時角利可能才剛到中士林分局新任警官，跟三支路其實都不熟，可是一清專案時，角利跑來跟傅勝通風報信，說「上面的人」說一清要開始清一清士林三支路了。三支路的三線老大都準備開始跑路，其實瀛海堂早在跟豹子的鬥爭中元氣大傷，傅勝被砍傷的傷勢都還沒好。

警察深夜來逮傅勝時，顏鼎騎著野狼機車載著傅勝穿梭街巷，往芝山岩逃竄。顏鼎騎著打循環檔的機車，要往山路跑，躲避後方追緝的警察時，匆忙間打滑翻車。傅勝飛跌倒坐在後頭，要顏鼎先走，請他照顧自己的小孩——傅鑫野。

顏鼎騎著野狼匆忙閃避警察，感覺左小腿涼涼的，低頭才發現機車漏油滲到小腿。他找個彎道停下野狼，檢查發現引擎上的油封、油杯壞掉，不斷漏油，顯然是剛剛摔車撞破油封、油杯。現在接近子夜，也找不到機車行修理了，一修又不知道要修多久，可能會被警察循線逮到。

顏鼎再騎了一段，野狼沒有起色，便把野狼丟在一旁，直接徒步往下菁礐產業道路上跑。

顏鼎摸黑跑上士林山區下菁礐產業道路，爬的時候，發現身上有著藍紅光閃動，警車已經趕到，看來還沒有上山的意思。接著隱約聽到，後面的擴音器模糊地傳來要他出來的喊聲。氣喘如牛地，他直往不是路的坡道爬。坡地都是落葉，爬過去盡是泥爛味，驚起了落葉與樹叢間的蚊蚋蟲子。

爬了幾段坡，不只累，手臂被蟲子叮咬地紅腫發癢，也不知在何時，被樹枝劃出幾道血痕。不知名的樹種叢聚，幾近交織的各種樹，因山峰迎面而接的季風，夜闇中虎虎活動，像因風而有了生命的生物，幽靈般。

這些活動，不知哪些是因爲風，那些是因爲自己，哪些是因爲可能已追上來的刑警搜查隊。後方的警察吆喝聲，時近時遠。顏鼎感覺四面如敵，他只能動物本能般，憑直覺一直爬，一直跑。被他腳踏過的蕨類、含羞草，收縮著自己，形成明確的足跡，那是老爺子不可能抹去的信號。氣喘噓噓，他現在不能停下來，必須加速通過這裡，尋找能掩沒他氣息的地方。

前方出現公墓區，顏鼎想都不想衝進去躲在墓碑後面。顏鼎躲在幽冷的第五公墓，後方追趕上來的腳步遲疑。顏鼎猜他們也在猶豫是否要繼續追下去，產業道路路況不良，警察人力不足，即使是管區，也不可能管到那麼深山的地方。

發現警察下坡，顏鼎走出公墓，在深山中伏著休息，星空群星，星羅棋布，但是不遠處卻出現噴濺的星芒。不會是流星，但顏鼎知道值得去那裡許願——那是電鋸硬生生準備砍動什麼鋼與鐵的事物，警察不會帶這種配備追捕人，那裡應該有著什麼山地工寮……。

顏鼎往前低伏身子前進才走一小段距離，猛烈的犬吠聲就在不遠處爆發。

「得力！過去看看！」一個渾厚帶著原住民口音的男子聲音，接著喊出。

顏鼎直覺趕緊起身跑。往上跑沒幾步，才感到地面崎嶇，跌了倒。顏鼎頭、手肘、膝蓋，著了地，才發現是巨大樹群在地面上隆起的氣根。

犬吠聲緊接著跟上，嗅著顏鼎的氣息，狗不一會兒便跟了上來。倒地的顏鼎，往後擺頭側看，發現腳邊伏著一頭德國牧羊犬，一臉土黑交雜，露著尖齒狂吠不止。

「好了！」男聲也跟上了，一個帶原住民立體臉孔，身子粗壯低矮的男子漢現身，喝止了德國牧羊犬。

顏鼎發現這男子穿著牛仔褲工作裝，應該不是警察，不打算抵抗。

「你怎麼了？」也不等顏鼎回答，便拉他起身。

看見主人的行動，聰明的德國牧羊犬得力轉身爲主人指引路。

「你受傷了？來！到我那兒歇歇。」

「多謝，我自己可以走。你叫什麼名？」

「馬耀。走吧！」

得力引著路，馬耀開路，顏鼎咬牙忍著腳踝扭到的痛楚，一跛一跳地，扶著周遭的樹跟上。在樹林草叢掩映間，顏鼎慢慢看到一團黃橙燈光，對已然絕望的人來說，此刻黑暗的意義就是為了讓人去發現這代表希望的光。終於走近，燈光為一處簡易工寮所包容。

地不是馬耀的，馬耀幫平地的老闆顧。在平地加工廠太吵，老闆買了這塊便宜的山坡地，搭了這座工寮。工寮裡頭放了加工機器，工寮上坡處，還有簡單的倉庫，放置老闆平日閒置的車輛、機具。工寮裡有簡易的房間跟盥洗室，馬耀就住在這裡，幫老闆做金屬加工還有倉庫管理員。工寮附近的小片土地，馬耀利用來簡單種些果樹、地瓜葉等，多少有點自給自足的味道。

有個性的馬耀在平地吃過警察的虧，聽到是被警察追，也不過問到底發生什麼事，便收容了顏鼎。

顏鼎在工寮打地鋪，雖然睡覺環境糟，但是昨晚洗了澡，也吃了飯菜，這一覺雖然睡睡醒醒，擔心接下來該怎麼辦？

工寮外德國牧羊犬吠吹狗螺，如狼，對深夜傾吐牠發自內心的歌。

顏鼎睡到八九點才驚醒，醒來的顏鼎在工寮找馬耀。

工寮內牆上釘著一排釘子，整齊地掛著一排鐮刀、開山刀、砍刀等工具，刀具與鐵器在牆上擁有著秩序。再過去的牆面，只掛著一副十字架，受難的耶穌被釘在十字架中。

工寮外傳來馬耀的聲音，顏鼎走出去看。

原來工寮的後頭有果樹，爬上其中一棵大王椰子樹，拿著割刀，在樹上回轉身子遞了一顆椰子給曾鼎。

兩人一狗，坐在一旁幾乎快要荒廢掉了的磚窯場，剖開椰子暢飲。坐在士林山區的制高點上，顏鼎看微霧漸散，彷彿在山巒間流竄形成迂迴的旋律。

顏鼎陪著馬耀上工，往山坡上頭的倉庫爬，一同搬各種加工物件。兩人沒有言談，只聽到馬耀輕哼著原住民的歌謠，歌聲經過山谷，彷彿經過另一座胸口肺腑的詠唱，而嘹亮。似乎也聽著歌的德國牧羊犬得力，跟在一旁輕快爬著坡。

馬耀突然改唱「墓仔埔也敢去」，顏鼎看到昨天躲藏，逃過警察追捕的第五公墓群居然只在附近。昨日這樣又高又低的亂爬，原來只不過離公墓不到五百公尺的距離。

第五公墓中幾塊墓地年久失修，馬耀跟顏鼎在山上搬原料下來時，半路在此休息。周遭一些墓地祠堂早無人掃理，只剩殘骸般的斷垣殘壁，空楞楞以其頹敗迎接破曉的晨日。徒然空立的樑柱，彷彿支撐的只是將消散的山嵐霧氣。

對於一個經歷過好幾次江湖生死的人來說，顏鼎自然不會在意這些。

除了自己的名字外，馬耀認不得幾個漢字，問顏鼎：「我一直很好奇，這些墓碑背後刻了這麼多字，到底是在寫什麼？」

顏鼎看了，兩手一攤，寫文言文，看不懂。

顏鼎尋檢了一下，發現公墓誌寫得比較是白話。簡單進行翻譯，「這是說……清代漢人開始開墾前，原本住在這裡的平埔族叫這裡是……『八芝蘭』……」

馬耀：「『八芝蘭』是熱水的意思吧？」

顏鼎：「上面寫是溫泉的意思，後來這裡山明水秀，經過慢慢開墾跟漢人居住後，開始有學校建立，讀書人變多，文風興盛，於是叫這裡『士林』，意思是『士子如林』。」

馬耀：「可以吃的柿子嗎？爲什麼讀書要種一大片柿子樹？」

石碑旁還彩刻浮雕了早期士林一帶的山水圖，中間河流被標上「雙溪河」，芝山岩矗立其上，永安橋跨過溪河，以及標著怪異的「魔神仔溝」小河，連貫著芝蘭舊街跟芝蘭新街，洋溢著山林田園氣息。顏鼎著迷地看著那跟現在士林有所不同的士林地景圖，彷彿過往士林眞存在著圖壁中那理想的士林自然與新舊市街交融的世界。

下了工後，對應著坡下的河流，顏鼎獨自在山稜坡地晃蕩。那日在公墓壁上浮雕古士林八芝蘭，那清朗近乎桃花源般地圖像，不知爲何一直深深烙印在自己腦海。

他所身處一貫打打殺殺的士林街頭，也曾有這樣的桃花源景象？

這次他逃出生天，躲過風頭後，重回士林，除了要查清是誰背叛老大，也要維護這段跑路空窗期，原本就被其他幫派覬覦的地盤。這自然又要帶來一連串打打殺殺。想想自己要住的，是這樣的士林嗎？

這樣的山上生活過了幾日，顏鼎的腳踝好轉。顏鼎邀請馬耀下山跟自己一起去「打天下」。

「山谷持續呼喚我成爲獵人，我都做不到了，我怎麼會接受你的邀請去山下殺來砍去？」馬耀反倒邀約顏鼎：「又要到山下打打殺殺啦！留在山上如何？我幫你跟老闆講一下，也叫他請你？」

顏鼎笑了笑：「現在山下風聲鶴唳，你老闆給我工資時，就會發現我是誰了。而且，我不能丟下山下不是受傷，就是被抓的兄弟們不管。」

「你現在要靠什麼？」

顏鼎敲敲自己的胸膛：「這個，還有這個。」

顏鼎從牛仔褲口袋中抽出瀛海堂兄弟在新堂口落成的紀念合照，傅勝坐在正中抱著小時候的傅鑫野。顏鼎壓抑自己心中的聲音——那些對照片中兄弟們的言語。

馬耀帶著顏鼎往山坡下雙溪河某處橋墩走，直接走產業道路回去，擔心太明目張膽，很快就會被警察發現。馬耀在橋墩下放了一只簡單的膠筏，趁清晨划筏送顏鼎回對岸。

「那有一天我可以上山謝謝你嗎？」顏鼎躲在橋墩下，看著馬耀拖著膠筏。

「『有一天』是『哪一天』？那一天我還會在這裡嗎，我自己都不知道了。我倒希望你也能幫幫我們在山下的原住民……你們平地人實在太險惡了，應該上山來調養調養才是啦！」馬耀看了看產業道路山坡上第五公墓的方向，「結果都是死後才來住太可惜了，哈哈。」

「我會試著讓山下的士林，變成一個還不錯的世界。」

「這也是黑道的江湖工作嗎？」

顏鼎笑而不答，看著盤旋的霧氣中江面橋墩上的巨橋，巨靈般向士林市街彼岸延伸。

馬耀忍不住謳歌起自己的族歌「老人飲酒歌」，划著短筏送顏鼎橫渡雙溪河。

到岸，馬耀回身再啓短筏，顏鼎爬上坡堤，回頭看著駕筏的馬耀，而溪河從山陵深處向下不住奔流……

-†-‡-†-

錦鯉靠近士林古芝蘭巖壁造景底部，向魚池池心遞送的築堤。

「所以後來您收養希鳳，也是因爲馬耀嗎？」

「對，田律師幫李神父育幼院做法律諮詢服務時，聽到那裡收了原住民孤兒……我一直記得當年馬耀跟我說希望我能幫忙平地原住民朋友……」坐在石階上的顏鼎老爺子，緩緩站起身子，鰲仔趕緊扶起他的手臂，「算劫後餘生吧！以前不去廟拜拜的我，開始跑慈諴宮，希望刀槍下的業障不要來找我。有一次我出廟門口買金紙，燒金紙時，裡頭送的一份隨身佛經硬卡，正面印著三寶佛，背後印著般若波羅蜜多心經。我把它當作護身符，重新闖蕩士林夜市三支路。不知道是不是神明不嫌棄我，冥冥中保佑著。雖然那夜經歷一清專案追捕，警察上頭一清專案瀛海堂部分就只提報我的大哥傅勝。我才能照應原本瀛海堂的兄弟們，特別是大哥的兒子傅鑫野。」

老爺子站直了身子拄著枴杖，環顧著慈諴宮點滿著的光明燈，「雖然是黑道，有一年我居然當了爐主，我想這可能是神明的暗示，我命令手下的將團，絕不碰毒品，什麼事都要留個餘地，維持士林夜市的地下秩序，管束各攤販維持街道的擺設跟清潔秩序。河流不是只有水面的水在流，有時水道深處的伏流，也決定了河流，我也想在現實中重現那在山上所看到的古士林。我也跟不少道上大哥、兄弟談過這件事，我知道許多人只是應付、應付聽我說說……難道我對士林的一點想法，對於黑道來說，眞的是太強人所難了嗎？」

鰲仔問：「您一定有跟傅鑫野講過這事吧？」

「當然。後來我的大哥傅勝，還是在綠島過世，我始終覺得虧欠大哥，所以對於傅鑫野……我始終包容著他。現在他說是他管不住手下對你們堂口兄弟出手，是不是他對希鳳動手，也沒證據。究竟是還是不是呢……我始終希望他能浪子回頭。我知道他可能心裡也在埋怨著什麼……或許這件事了結，就是我在『士林組合』最後謝幕的時刻。我已請田律師去打幾通電話，不過搞鬼捐血車運輸的事，我要你自己去查查、處理。道上的事，要用道上的方式去解決。」

螯仔心想：「難怪今天電臺完全沒有黑道捐血的新聞，通常這種新聞可是要炒個四、五天啊……」

老爺子正色說道：「你好好把裡面牽涉的人好好查出來，『士林組合』還是士林夜市你要找誰幫忙都可以。或許經歷這事，你也會找到待在士林的理由。你先在外頭等一下吧，我先去廟裡總幹事泡泡茶打聲招呼……」

走回夜市三支路上，螯仔看到角利雙手插進黑色西裝褲子口袋，身子背靠在郵筒上，等自己講老爺子剛剛的「裁示」，冬夜的風時不時吹亂他嘴上叼著菸的菸氣。

「走吧！開工了。」螯仔對角利說。

第十四話：夜市逌迌

鱉仔護送老爺子回新士林市場，老爺子當面囑咐顏興宸發簡訊通知「士林組合」地盤中的攤販、店家，若遇到鱉仔要問那夜被快車手撞，或傅鑫野、顏希鳳兩派手下起衝突的事，都可以「開綠燈」。

在一旁的角利知道這意味著什麼，在老爺子眼中，傅鑫野不再是一個不能動的人。看來老爺子下了決定，對整個「士林組合」幫內秩序的維護，是勝過他與自己大哥間的兄弟道義。角利猜目前看來由傅鑫野扮演角色的這一連串事件，是不是也帶有逼宮的意思？趁著老爺子今年眼睛手術後身體大不如前，逼他做出讓位……

鱉仔、角利、狗蟻仔、妙琳站在士林夜市頭，身後遊客不斷湧入後面五彩繽紛的店攤，店攤點亮的各色燈火，將各種團團冒起燒煮烹烤食物的煙氣，照得分明如騰龍。

鱉仔雙臂交叉，夾著四腳不鏽鋼枴杖，站著看著人潮。

妙琳開始嘮叨，「叫你拿枴杖，是要你的傷勢緩和……不是拿來擺 POSE 的……」

一旁的角利苦笑解圍，「好不容易解鎖成功，來吧！爲了爭取時間，我們兩人一組，分頭進行調查如何？」

妙琳聽到角利建議兵分二路提高效率，連忙呼應，確實要加緊調查，讓鱉仔趕緊回醫院繼續治療。

「怎麼分隊？」妙琳緊接著問。

「拳頭拿出來，用最原始的方法。」狗蟻仔對拳頭哈了哈氣。
「打架？我可是弱女子……」
「猜拳啦！」
四人於是在街口一番拳腳。
「會不會也太衰尾……你不覺得我們這組有點弱嗎？」狗蟻仔無奈，現在妙琳跟自己一組。
四人兩組相約分頭進行調查一天，約明晚半夜士林夜市快炒，進行資訊彙整。

-†-‡-†-

螯仔帶著角利，沿著士林騎樓重回那夜自己被撞的街頭現場。
在老爺子開綠燈下，現在終於能運用「士林組合」地盤的資源查這一連串事件。但到底是不是傅鑫野唆使這一連串事情？還是只是單純管不住自己手下，所以手下跟我們希鳳堂口兄弟起衝突？而綁顏希鳳的，另有其人……？畢竟以顏希鳳的火爆個性，得罪的人也沒少過。
只是等逮到證據，如果確實是傅鑫野，老爺子又會怎樣處置傅鑫野？螯仔猜想。
雖然角利跟在身邊，警察是不會來盤查。但傅鑫野畢竟現在仍是「士林組合」的堂口老大，螯仔依舊顧忌著。戴著冬季編織大套頭毛帽，避免聲張。
螯仔依舊提著四腳不鏽鋼枴杖，走在騎樓巷弄。偶而用了幾下，撐住自己跨過長排騎樓內各店家高低不一的樓層面。現在這枴杖幾乎已經跟他形影不離了。表面是因為妙琳嘮叨，實際上從市北榮醫院「越獄」至今幾天折騰，螯仔已經感到骨頭隱隱傳來的痛。

「相信他們很快就會知道。」角利雙手仍插在黑色西裝褲口袋，看了看蟞仔被撞的現場。

「我們要快過他們討論的時間。看來他們是黑、白兩道聯軍，雖然好像勢力龐大，但再怎麼樣，也不是二十四小時住在一起。」

「你賭他們是雜牌軍嗎？」

蟞仔沒回應角利這問題，他專心上下環看街頭現場，抓取可能的蛛絲馬跡。

角利拉開單手肩包的拉鍊，將之前監視器沒被破壞前的幾張照片，以及一些相關其他時候的檔案照片拿出來，遞給蟞仔。

「來！幫你回憶回憶！」角利拿出照片提供蟞仔記憶。雖然之前在市北榮醫院自己已經看過好幾次，但蟞仔希望重回現場。特別是現在，從新士林市場得到老爺子的首肯，士林攤販跟士林組合相關份子既然可以提供消息給自己，應該有新的可發掘的線索。

幾張蟞仔在市北榮醫院看過了，幾張則是這一兩天另外再從里長那邊調來的。管區警察就不用說了，即使像角利混士林這麼久，依舊沒有看出問題在哪。連綿的幾天冬雨已經暫歇，但恐怕早也將可能的證據下雨打掉了，或被公家清潔隊清走了。所以跟蟞仔回到這裡，角利並不抱太大的期待。

角利拿出監視器噴漆前幾分鐘間蟞仔被撞的照片，左看右看，地上完全沒剎車痕。角利之前偷空也開車，繞來看過現場幾次。不知是不是已經視覺疲勞，很難有什麼想法。

蟞仔被撞的這條街不算熱鬧，甚至跟「一樂虎」一樣，有幾棟屋主擱置不處理，等待臺北市都更的機會。這些擱置矮樓早期頂樓加蓋都已難擋臺灣颱風、地震的打擊，許多都已破損，半空中裸露著鋼筋、斷壁。走在這排騎樓，許多帶著斑駁鐵鏽的鐵捲門拉下，雖然鐵捲門上噴著白漆字樣營業時間 AM11:00 — 21:00。但現在已快到中餐時間，鐵捲門仍然沒有升起的意思。

螢仔接過角利遞來的照片，地毯式地比對現場，接著抬頭看被噴漆的監視器，監視器被警察保留現場，攝影鏡頭沒有去掉噴漆。從鏡頭上無法細數釐清的雜亂噴漆痕跡，從左右上下各種方向，都觸及到周遭的牆面。

角利要螢仔看，「他也沒丟棄噴漆罐，無法採集指紋。警察局辦到這裡就沒輒了。」

「他是直昇機嗎？爬上來沒指紋？」

「他可能就戴著機車手套，今年冷冬，從蒙古地區壓來的大陸氣團跟冷鋒面，都不知道來幾次了，騎車戴手套變得很正常，現在連我不騎車，都想戴手套了。不過，這個撞你的車手，很可能跟你們希鳳大姐的案子是同一夥人。如果是，他們還真是瘋狂趕場。」

螢仔聽著角利的話，沒有停下自己比對現場跟照片的腳步。他往後走，離開監視器，把視野拉廣，認真比對幾張角利給他的照片。

螢仔瞇眼觀察，突然，向監視器對面一旁騎樓二樓荒廢壁面，揮了一拳。

「焦點或許不是我跟他，你看這個道路廢墟二樓的邊邊角角牆面上有塗鴉。」螢仔向角利指出了端倪所在，在那個半空樓牆上的塗鴉。

「對，所以？」角利還沒反應過來，不解地問。

對面騎樓二樓上原本斑駁灰舊牆面上的塗鴉畫了一個京劇花旦上半身像，雙頰噴著漸層的淡粉色，頭飾典雅地綴以簪、釵、梅花石、耳邊花、七星額。這塗鴉花旦頭抬高四十五度，但弔詭的噴上了三對共六隻眼睛。

臺灣街頭塗鴉主要受到美國街頭塗鴉文化的影響，美國一九六〇年代末到一九八〇年代中期，在曼哈頓（Manhattan）、布朗克斯（Bronx）、布魯克林（Brooklyn）等區逐漸興起少年在城市建物跟地鐵，用噴漆、奇異筆塗鴉的風潮。後來跟嘻皮 Hippies 文化相合流，帶有濃厚的反主流文化的叛逆味道。由於臺灣青少年一開始看的，大多是美國街頭黑人 Hip Hop 塗鴉，所以在臺灣街頭移植的主要也是這類美式圖像，生硬地缺乏消化。

螯仔、角利站在士林街頭上，仰頭看得這個廢墟牆面上的斗大京劇花旦；或者換個角度來說，在廢墟牆面上如女王般睥睨著螯仔、角利的斗大京劇花旦，顯然是有想法的街頭塗鴉藝術家的創作。

「這到底是怎麼能爬上去畫？周遭的建築物都廢棄了，很難想像原本建築物持有者，開門讓他們爬上去畫。」

「放心，他們就是有能力這樣飛簷走壁，反正屋主房子都放在這裡，啥都不做，窗都破了，難道不能鑽嗎？重點是，你這張監視器被破壞前一刻所錄下影像，列印出的照片裡，這個京劇花旦的塗鴉只畫了快一半。」螯仔要角利仰頭看看廢墟二樓實際的牆面，「可是現在畫完了。」

「喔……」角利沉吟比對照片與街景，「確實……你的意思是說，這個塗鴉小子可能是你深夜被撞事件的目擊者？不過，也不一定是這樣吧，說不定他是前天畫到這裡，你被撞那晚他沒來『上工』，之後才『完工』的。」

「我也是這樣想的，不然我們來測試一下好了。」

「測試？要我請鑑識科的人嗎？」角利掏著放在單手肩包裡的手機。

「那還要多久？」鰲仔把停在騎樓內的一臺機車移過來，架起機車停車中柱，站在機車坐墊上，舉高不鏽鋼四腳枴杖，剛好搆著廢墟二樓牆面京劇花旦塗鴉的下擺。

「你看。」鰲仔先用不鏽鋼四腳枴杖，刮動照片上京劇花旦已塗鴉好處，接著再刮動照片上還未塗鴉的部分，兩部分用同樣的力，都差不多一樣可以刮動下來。

角利面露豁然開朗的表情，「可見這塗鴉應該差不多都同一晚完成的，這個塗鴉小子應該有目擊撞你的人身形，還有機車的模樣、逃逸路線……」

角利再抬頭端詳著這六眼京劇花旦塗鴉，「這麼多眼睛，如果都是監視器，事情說不定就簡單多一點了……抓這種街頭塗鴉的，還眞不是我們刑警的任務，都是巡邏小警察跟環保局的工作。」

「也許我們該找找其他監視器。」

「我們警局都調過這四周的監視器了，剛好這邊堪稱死角，就單單這一支。還是老話一句，這個撞你的人，很熟這四周。」

鰲仔看看這條廢街巷前街頭跟後街尾的商家。

「或許我們要換個角度來找，找不是『公家』或『設在外面』的監視器……」

角利順著鰲仔眼光，往外看，發現前方不遠處有一間「士都銀行」三樓建築。

「好小子！有你的，我懂了！」角利拍拍鰲仔的肩膀，「我先回警局，下次再請中餐……呃……不然晚上夜市消夜算我的。」

兩人在士林街頭分開，鰲仔走回士林夜市找狗蟻仔跟妙琳，角利趕緊上車回警局。

鰲仔午後回五湖四海，煎臺手阿盛準備收店中。

鰲仔問阿盛：「狗蟻仔？」

「中午就出去找妙琳了。」阿盛細心擦拭著煎臺回答。

鰲仔自己隨便吃個賣剩的豬排蛋餅、韭菜盒，配著半溫不熱的豆漿。想起了什麼，趕忙挑起豬排，走到店後小巷，呼喚小黑狗阿強。小黑狗還是沒回來。

鰲仔趴在摺疊桌上小睡一下，也出門徒步繞著街巷，去士林夜市跟狗蟻仔、妙琳會合。

-†-‡-†-

下午，士林夜市的店攤已經陸續開始準備做生意。

臺灣爲一亞熱帶島嶼，氣候白日氣候炎熱，傍晚後天氣才逐漸放涼。

夜市是對應這樣亞熱帶氣候的市集，並且常態化。有的夜市固定每週一至三天，有的根本完全日常化，日日開市營業，甚至成爲觀光據點，例如臺北士林夜市、臺中逢甲夜市、高雄六合夜市。繁榮的充滿這種新奇事物的士林夜市，更展現了另一種獨特的氛圍。

夜市是臺灣一般民眾傍晚後的休閒去處，除了有大量小吃，也有解決民生需求後的各種小遊戲，棒球九宮格、射氣球、對戰麻將、撈金魚等等不一而足。整塊士林夜市店攤類型，包括了地攤、流動式浮攤、登記有業的固定攤跟商家。士林夜市的店攤粗略統計大約七百多攤，而且絕大多數營運到深夜十點。若加上收攤，整個夜市摸到凌晨二、三點都有可能。

士林夜市無論是營運時間、所占空間還是聚集到這裡的人數，這不是公權力能完全管理的地方。龍蛇雜處的地方需要他們自己更爲靈活的秩序。有一個具輪廓感、組織結構的黑道，在這裡「營運」，也有利於警察管理，甚至布置線民。

原本該收集情報與調查新線索的狗蟻仔，現在卻在士林夜市的街道巷弄中找妙琳，終於在一個射氣球的攤子前找到妙琳。

雖然狗蟻仔熟士林夜市熟得跟自己房間一樣，隨口再問問希鳳堂口地盤上的店攤，找妙琳不算太費功夫，但找到妙琳時，還是沒好氣地對她說：「我不是跟妳說，士林夜市有帶狀，也有塊狀部分。妳要不是像個跟屁蟲好好跟在我後頭，不然就是迷路找不到我時，就二話不說往外走到大路，在外面等一下，我就會去找妳了。」

「沒辦法啊，各種招牌看得我眼花繚亂，滿街都在賣義大利麵……」

「看清楚，好嗎？不是招牌上寫個義大利，就是賣義大利麵！這家是『義大利鞋店』，這家是『義大利皮件攤』……」

士林夜市作爲臺灣重點國際觀光夜市，不少店家會在店攤招牌或廣告旗幟上列著些外國國家城市名字，使得整個夜市看來就是個聯合國——當然，義大利、日本、韓國這種有名的國，在士林夜市就好幾家。相對而言，幾乎不會有以非洲名不見經傳，那種像布吉納法索這樣國名拗長的國家，當作店攤名。

妙琳看了這麼多「義大利○○○」、「義大利╳╳╳」……，再加上士林夜市滿街都是美食，看到義大利都直覺是賣義大利麵。

「來，消消氣，我請你玩一場。」

妙琳哄著狗蟻仔，到一旁射氣球攤，狗蟻仔不置可否。

這家射氣球攤設計成闖關形式，共有三關。每關都限時，第一關限時兩分鐘，就是拿空氣槍射黏在圓形保麗龍板上的各種顏色氣球，一球兩分；第二關限時一分鐘，只能射同一塊圓形保麗龍板上的紅色氣球，一球四分；第三關限時半分鐘，圓形保麗龍板開始自動輪轉，只能射在上面的黃色氣球，一球六分。

妙琳舉起空氣手槍，一手扣扳機，一手護住槍托，保持穩定，大喊：「加油！」

第一關、第二關、第三關……空氣槍槍聲不斷……

妙琳不斷給狗蟻仔喊加油……

最後只有十分。

「謝謝妳！」老闆遞給妙琳一小包隨身面紙。

「妳爲什麼不管哪一關都能夠尖叫？」狗蟻仔拍拍妙琳肩膀。

狗蟻仔接過槍，右手舉槍瞄準，左手插在西裝褲口袋，滿不在乎：「就打個一百分吧！」

第一關他避開紅、黃色氣球，瞄準、扣扳機，一槍一個氣球命中，扣扳機跟氣球射破聲接替連續。雖然偶有失手，但狗蟻仔立刻調整呼吸，潛含一口氣，調整步調，再射擊。

「哇！你可以參加奧運了！」光看著保麗龍板上的氣球，以及電子計分板上已跳到五十二分的妙琳，自然沒有發現狗蟻仔在射擊時，細膩地的身體節奏調整。

進入第二關，信心滿滿的狗蟻仔更是駕輕就熟，因爲之前不是紅色的氣球，都被狗蟻仔清過一輪了。保麗龍板相對空曠，讓狗蟻仔可以方便瞄準。分數快速累積，周遭也開始聚集起人潮圍觀。但時間比第一關少了一半，加上老闆刻意把紅球放的比其他顏色球少，因此分數也「只」跳到八十分。

進入第三關，隨著「Are you ready? Go!!!」電子背景音樂聲響啓動，過度投入射擊賽局的妙琳，突然興奮地又開始尖叫，手舞足蹈。沒想到不小心碰著了狗蟻仔，狗蟻仔單手握著的槍，被這一震震偏，狗蟻仔另一隻插在口袋的手，趕緊伸出來扶住。但面對已開始輪轉如渦漩的黃色氣球，狗蟻仔節奏已失，匆忙之間三十秒只命中三球，分數最後是九十八分。

「看來你離奧運還差一步……」妙琳惋惜的看著狗蟻仔，也拍拍狗蟻仔的肩膀，表示安慰。

狗蟻仔看著這樣的妙琳，實在難以判斷她是故意，還是無心？而且狗蟻仔自覺自己的心情確實還不夠穩定。因爲現在自己握緊的拳頭，很想像敲地鼠一樣，往妙琳的額頭擂下去。

如此在士林夜市瞎闖瞎鬧，難以有情報上的收穫，大部分店攤只知道老爺子在士林國小圖書館辦歲末感恩祝福餐會那晚近半夜，傅鑫野手下們喝醉酒，或拿開山刀，或拿砸碎的半截玻璃酒瓶，如何從另一條巷口魚貫而來，衝到希鳳堂口……補充了不少對衝來的人樣貌以及衝突的細節。

至於那夜前晚，螯仔被撞那事，因爲是離士林夜市有點距離的街巷，目前還沒有聽到有店攤提供新的情報線索。

狗蟻仔靠在一家賣流行服飾店家外，一個穿著豔紅短裙，黑色長襯衫點綴銀鉚釘肩章的無頭模特兒模型，跟妙琳說話，「看來我們要換另一個方式了……」

「什麼方式？」

「找幫手。」

「你之前說的闊達要到了？」

「不是，我要『召喚』新的幫手。」

「什麼人？」

「扒手。」

「扒手？」

「釣士林夜市的扒手，或許能得到什麼意外的情報也說不定，他們做的是無本生意，靠得就是到處跑。」

「怎麼釣？」

「妳做餌。」

妙琳掏掏自己的口袋給狗蟻仔看，「你覺得我有當餌的『本錢』嗎？」

「所以妳要重新包裝。」

「爲什麼不是你把自己包裝成土豪？」

「我混士林夜市這麼久，是這裡的熟面孔了，扒手也不是吃素的。」

妙琳想了想，「反正我都走到這裡了，走吧！可是要扮貴婦我也沒戰袍……」

「看也知道，我們去借希鳳大姊的衣服穿……」

妙琳有點難以想像自己辦成黑道大姊頭是什麼模樣，「去她家？」

「她有放在堂口事務所辦公室的，臨時遇到什麼要參加的正式場合，可以直接在堂口替換。」

「她不會生氣？」

「大姐很大方，放心啦！但我先進去服飾店，妳等我一會兒，先去那邊看人玩吊酒瓶。」狗蟻仔從頭到腳，快速上下打量一下妙琳，慫恿妙琳到吊酒瓶的攤子區。

-†-‡-†-

打開希鳳堂口事務所內專屬辦公室大門，妙琳穿著顏希鳳的GUCCI長版獵豹紋針織洋裝，肩披黑色皮草，嘴巴擦著亮紅唇彩，手提著有著顯眼ＬＶ標誌的仕女手提包。因爲在市北榮醫院辛苦的實習，加上本身也有練團，妙琳修長的身形還帶有一份精實，雖不是專業模特兒，但也多少沾上了點邊。

「巨星架勢喔～」聽到辦公室開門聲，立刻從沙發彈起身的狗蟻仔，往妙琳身邊靠了過來。

「穿起來還算合身，但是胸口……有點空……」妙琳抖了抖洋裝領口。

「只能塞水餃墊了。」狗蟻仔打開肩包，「啊，我已經幫妳準備好了，剛剛女店員推薦這款。還有這個。」

「欸。」

妙琳這才看到狗蟻仔拎著卡其棕格紋鑲飾品的高跟鞋。

狗蟻仔領著一身名牌時尚勁裝，踩著高跟鞋的妙琳從堂口事務所下樓，重新深入士林夜市的「一級戰區」。

「先來夜市『亮相』一會兒，妳要把各種名牌，好好朝外擺啊……」

「這樣很土豪說。」

「沒辦法，總是要先吸引偷兒的眼球。希鳳的名牌都眞的，我雖然看不出來，但扒手都是識貨人。」

「偷名牌去賣？」

「那還好，應該說是要拿貴婦名牌包裡，通常會有的提款卡、信用卡、珠光寶氣的首飾之類的。」

「那你要好好跟在我身邊，演好小弟、跟班之類的。」

踩著高跟鞋已經略高過狗蟻仔的妙琳睥睨著狗蟻仔。

「妳不要沉溺在 cosplay 的思考領域好嗎？」

妙琳跟狗蟻仔逛了士林夜市幾圈，穿過一排賣藥燉排骨、士林大雞排等賣吃的店家。不時穿插著店攤「走過路過，不要錯過」、「來來來，來來來，晚來買不到」、「手腳俐落點，慢來搥心肝」的招攬話語。對狗蟻仔來說，麻煩的是妙琳好像對每句話都有反應，每樣小東西都很有興趣。

「來買，來買，來買神奇眼鏡布！這個眼鏡布眞眞厲害！」

偏偏妙琳就會走過去問老闆，「怎麼個厲害法，擦完之後，視力原本〇．七好像變回一．二嗎？」

即使士林夜市雜遝，妙琳一身名牌確實非常耀眼，即使雨又開始輕微飄下，不少人撐起了傘，仍吸引了不少走過身邊人的回頭。

跟在妙琳後頭，幫妙琳撐傘的狗蟻仔，暗暗觀察著，頗爲滿意。

「招搖夠了，可以開始『釣魚』了。就從這個小偷最喜歡的點開始吧！」狗蟻仔看著對面的籃球遊戲機攤販。

籃球遊戲機就是將籃球架結合電動感應計分板跟坡道的遊戲機，這個遊戲機擷取了籃球比賽中最關鍵的投籃部分，讓人方便拿球就投，比起一般的電動遊戲機，這種能讓身體動起來的遊戲，頗爲老少咸宜。

投幣以後，投籃機音樂響起美國黑人哈林音樂，念唱「投籃、切入、搶籃板、助攻」各種籃球術語編成的 rap。妙琳趕忙把LV皮包擱在籃球機的擋遮平臺上，雙手拿起一顆籃球，往前丟，投了一個空心大麵包——別說籃圈、籃板，連籃網都沒沾到。音樂不斷跑，時間不斷減少，妙琳接下來使出吃奶的力量，雙手用力把球丟出去，球打到籃板，卻沒反射入籃圈裡。

「唉唉，是投籃球，不是砸籃球。」狗蟻仔又開始損起妙琳。

妙琳禁不起激，「哼，我要開大絕了。」加快速度，不抬頭就把球拋出去，可是更加手忙腳亂。打中球框，電腦ＩＣ板吃了感應，就發出「得分了！」的聲音。

一球兩分，六分鐘後，妙琳面前的籃球遊戲機計分板，只留下可悲的十分。

狗蟻仔看了一下籃球機上的電子計分板，再看了一下妙琳，「妳是沒童年喔～不管玩什麼都只有十分。」

「它騙人，明明喊三分球時，我有進，它也沒算我三分。」妙琳在投籃機亢奮的哈林背景音樂中，對老闆大喊。

「老闆，不好意思，她護理師啦！成天窩在醫院沒見過世面。」狗蟻仔對老闆欠身，轉身用手指點一下妙琳額頭，「那只是背景音效，妳跟它計較這麼多做什麼？我還以為妳要怪高跟鞋太高，緊身裙太緊……」

狗蟻仔邊跟妙琳鬼扯哈拉，邊注意到已經有個男子在一旁鬼鬼祟祟。

「啊！我想到一招了！」妙琳靈光一閃，右手握拳，敲了左手掌心。

妙琳再掏了錢，投幣，籃球機又開始熱鬧地開始啓動兩分球、三分球的熱鬧背景音效。有了前面的經驗，妙琳左右手同時拿球丟，雖然手忙腳亂，但亂槍打鳥的結果，進步到十六分。

「雙龍吐珠啊，我也是略懂略懂。」狗蟻仔看了之後，一樣投了幣，一手各抓一顆球，快且穩地往投籃機丟，投十球大約進了九球。投籃機的鐵鍊球網不停發出唰唰聲。投籃超過了三十分，因此雖然三分鐘結束，但開始進入限時加分關，籃框開始左右移動。狗蟻仔卻胸有成竹的依舊左右手投籃，幾乎九成的球都命中。

「為什麼你這麼厲害?!」

「之前不是說過，玩遊戲，要用腦啊。」狗蟻仔在胸口前，用雙手拱成圓圈狀，活脫像個抱球的貓熊，「籃框雖然左右移動，但你回想一下，是不是很規律。這樣它轉到右邊時，你就用右手投，當你投進時，反正它開始往中間移，你就接著用左手投。接著它往左移，你繼續順勢用左手投。然後籃框到左邊底時，開始右轉，你就開始改用右手……江湖一點訣，說破不值錢。」

最後得分創下紀錄，獎品是特級波霸懸浮氣球跟擬眞空氣玩具槍一組。老闆不情願地把獎品遞給狗蟻仔：「來，獎品。」

「貪財，貪財，抱歉啦！」

「這槍不會是眞的吧?!」

「當然是眞的啊！還附槍套。」

「不會吧！」

妙琳把槍拿到手中把玩，槍把中明明還塞著一個迷你空氣壓縮罐，知道狗蟻仔又在瞎扯。

「雖然是模型玩具手槍，但多少還能在士林夜市區闖蕩啦！就送妳啦！」

狗蟻仔跟老闆借了充氣球機器，摺疊好的波霸懸浮氣球，瞬間膨脹，原來是一隻臺灣黑熊。狗蟻仔將臺灣黑熊氣球線頭交給妙琳，妙琳接過，臺灣黑熊氣球慢慢浮升。妙琳扯了扯線頭，在一旁站著鬼鬼祟祟的男子雖然有動作要拿包包，可是不知道是不是因為機會不好，手伸出來幾次，又收了回去。狗蟻仔瞄了瞄他幾眼，打定主意就是要設局逮到這疑似扒手的小子。

狗蟻仔帶著妙琳直往士林夜市人潮聚集的地方鑽，妙琳手抓著升起的臺灣黑熊大氣球，像放風箏一樣跟著狗蟻仔跑。

升起的臺灣黑熊氣球活脫是個胸口帶著新月紋的巨靈，在士林夜市半空中巡狩。

臺灣黑熊氣球胸口的半月紋，像是迴旋鏢一樣，被妙琳牽著在擠著水泄不通的夜市人潮半空中，繞來繞去，轉來轉去，倒像窮忙的臺北上班族。

在排隊人潮最多的巨無霸章魚腳攤子前，狗蟻仔在人潮中回頭問妙琳：「妳要什麼口味的？」

「有什麼口味？」妙琳在熱鬧的士林夜市街頭放大音量喊著，回狗蟻仔。

「幾乎妳能想到的都有，有香辣、咖哩、泡菜、迷迭香……」

「嘎……狸……好了！」

人潮聲讓妙琳的聲音模糊……妙琳甚至自己也聽不見自己喉嚨發出的聲音。

「什麼！咖哩對吧？」狗蟻仔轉身去跟老闆叫。

這時一直隔著妙琳一兩個人的扒手，泥鰍般鑽到妙琳旁，把妙琳手拎著的包包扒走，再往別方向的人群中鑽，無聲無息。

妙琳手上突然感到有一鬆，低頭看時手上的ＬＶ包已經不見了，四向找著是誰扒時，掌心一下又被放了什麼東西，重新被賦予重量。原來是狗蟻仔在她手心裡塞了張鈔票跟銅板。

「不用喊，妳等下去付錢，我追就可以了。」狗蟻仔立刻也鑽進人潮細縫，走了。

但妙琳不甘心，把錢給老闆，「我先付錢，等下再回來拿。」

妙琳手裡懸浮的臺灣黑熊氣球跟在後面，慢動作跑步，飄在滿是人潮與五顏六色傘花的士林夜市街道半空中。

第十五話：半夜圍一桌

鰲仔晚上八點多趕往士林夜市，雨仍飄著。

鰲仔沿著士林夜市外環的捷運走，芝山站與士林站間捷運高架橋的橋面，正好可以遮雨。對街的行人撐傘，有的走著，有的等著公車。幾輛公車過來，向公車站牌靠岸，但街景仍不斷遞補著人。臺北盆地聚來的人，不是一場雨能沖散的。

沿線走過幾個準備都更的工地，鰲仔微微仰頭看著宛如末日的廢墟內，所孤立著幾棟抗拒都更的釘子戶，暗夜中如何宛如水泥地悍然拔起的獠牙。架起的白布條文字都被雨打得爛溼，萎靡癱成一片，任工地閃爍的黃燈，以及紅藍交閃的警車燈投射。

鰲仔才轉入士林夜市外圍基河路上好幾家並排的十全排骨湯，便遠遠看到好像穿俐落獵豹紋裙裝，外披黑色皮草，踩著高跟鞋撐傘慌忙走動的顏希鳳。這套衣服鰲仔看顏希鳳穿過幾次，主要都是正式場合。

鰲仔趕緊衝過去叫她。

鰲仔心頭如被鐵鎚打中般，帶著發疼的興奮，一鼓作氣穿過人群，走近輕拍了一下她的肩膀。她轉身，竟然是妙琳。對這樣一身顏希鳳裝扮的妙琳，鰲仔有點看呆，但他仍不動聲色。妙琳將顏希鳳的這身名牌裙裝，出乎意料地，穿出了自己的仕女氣質……從好幾天前鰲仔認識妙琳以來，妙琳就是護士服跟大學生裝扮……鰲仔壓抑自己不知道是因爲希鳳，還是妙琳而起伏的情緒，問她爲何這身裝扮。

妙琳才一五一十要把前因後果交代清楚時，身體衣服已被雨輕微打溼的狗蟻仔，悻悻然走了過來，發現螯仔來了，小跑步過來。

「沒追到？」螯仔問。

狗蟻仔拿出顏希鳳的LV包秀了秀，三人邊走邊講。

「東西少了？」妙琳跟著問狗蟻仔。

「沒有。重點是我把那扒手拖到小巷角落，結果問不出什麼。」

「你爲什麼想把她套上希鳳的『戰袍』？」螯仔也問狗蟻仔。

狗蟻仔兩手一攤，「我用高跟鞋拖慢她亂跑亂逛的速度，不然光找她就花一大堆時間了。」

「除了這個之外，你們有什麼新消息嗎？」螯仔語帶體諒。

「沒有。」

「那我再去另外一邊問問，順道去跟老爺子請安，報告一下進度。」螯仔加快步伐。

妙琳跟上，「你不跟我們一起走……？」

螯仔看著一旁的妙琳，開始死盯著另一排夜市九宮格，向後頭狗蟻仔說，「我也怕被拖慢速度。你就當作犧牲吧！」

「噯，那待會老地方，熱炒攤碰頭。」

螯仔三人在士林夜市大東路、文林路交會口分手。

-†-‡-†-

快近深夜，部分延長店攤都拉起了塑料防水布，將店攤圍起來，那些展示等待販售的商品，彷彿謝幕，被防水布下的黑暗包裹。

延長店攤指的是夜市中既有店面的商家，爲了不讓生意被搶，或怕店前的小空地被流動攤販占了徒惹紛爭，所以多會把店裡的商品再往外擺，把攤位做延長。當然多是些看來炫目，但廉價兼顧話題性的卡通手機吊飾、耳機、文字帽T等，這都不怕扒手摸走，但也使士林夜市的街道更窄了些。

鰲仔、狗蟻仔跟妙琳在深夜的士林夜市大東路等著角利，周遭不時傳來鐵捲門拉下的唰啦聲響。

鬧了一天已經累著的妙琳，等得無聊，手指纏繞著氣球的雙手交扣在後腰，強打精神。

「忙了一天，沒有目擊目擊者的目擊者。」

「天，妳在說什麼，累到暈倒了嗎？目擊的目擊……我都快要被妳搞暈了。」當妙琳「保姆」快一天的狗蟻仔，半蹲在已拉下鐵捲門的店家前，玩著手中的 Zippo 打火機，清脆的金屬蓋開闔聲，在大拇指間像火般點燃。

「是『沒有目擊』『目擊者』的『目擊者』，還要我跟你分析裡面的詞語層次跟邏輯嗎？」

士林夜市大東路上的深夜快炒攤，已經把摺疊桌與塑膠椅沿著一列已拉下鐵捲門的夜市店攤擺起。快炒攤老闆拿抹布抹了抹後，擺上鐵筷筒。快炒攤上的招牌被幾盞暖黃燈泡打亮，店攤亮著的點菜招牌上，有用紅藍字分別寫下各種牛羊肉炒飯炒麵，以及蝦仁炒蛋、客家小炒、紅燒豆腐、麻油腰子、宮保雞丁、炒牛肉、炒花枝、炒劍筍、虱目魚肚湯等等各種臺灣經典熱門的快炒菜式。

深夜士林夜市散了的人潮，似乎又重新聚了回來。站在街頭等著角利的鰲仔，面對無比熟悉的士林夜市三更半夜街景，彷彿看到過去的自己與顏希鳳、狗蟻仔，就坐在那張在街角剛擺上的桌椅，堂裡兄弟拉著摺疊桌，提著金門高粱、臺灣啤酒過來併桌……深夜街頭地面因冬雨而繁衍的水漬，還沒有反顯這些往日情景，便被一輛快速飆過的機車，呼嘯碾過。

等在士林夜市大東路口轉角的螯仔三人，終於看到角利從幽暗潮溼地面透著霓虹微光的街角轉出。剛轉出街角的角利遠遠就看到螯仔三人，帶著微笑迎了來。

「這小妞怎麼才幾小時不見，就長這麼長的尾巴了？」角利仰頭看著妙琳背後伸起高過她快半個身子的臺灣黑熊氣球。

臺灣黑熊氣球在妙琳一兩下的輕輕拉扯中，飄盪半空中的身體也低著身子，端詳著站在他們面前的角利。

「今天夜市玩一遭，她現在變成氣球控了，跟這個氣球形影不離了。」狗蟻仔無奈搭話。

「就別光站在這邊，來！這攤算我的。」角利領著大家到對面的快炒攤。

「就約在這裡吃消夜，不怕你們的對手來尋仇？」妙琳牽著氣球擔心問。

「吃飯皇帝大，眞遇到了，只好借老闆的菜刀用用了！」狗蟻仔應著妙琳。

這攤快炒是專作深夜凌晨時段的流動性浮攤，攤位上擺滿烹飪工具，如菜刀、炸鍋、烤肉爐，攤位前擺著放滿各色食材冰櫃，新鮮看得到。

店攤就兩個熱炒師父，一個看來是老闆娘的中年女子負責點菜、收錢、送菜。

角利、螯仔等人挑了個擺在今日已結束營業的少女服飾店前的摺疊桌坐下，這家少女服飾店儘管一樓店面的鐵捲門拉了下來，但二樓的透明櫥窗仍微亮燈光，擺在櫥窗前的模特兒模型，仍穿著時下流行的少女格紋呢帽，各披著圍巾、兔毛披肩大衣，維持著翹首眺望、單手扠腰、側身沉思的姿態。

妙琳才一坐下，便把氣球綁在鐵筷子筒上，跟大家擠在一塊點菜。

店攤兩個熱炒師父，手上鍋鏟沒停過，不斷丟肉、菜翻炒，料理酒爆香食材，鍋下不時噴起烈焰火舌，火光輝映師父滿臉紅。所以即使已然歲末，兩個師父仍穿著短袖汗衫，根本不怕冷。

狗蟻仔拿著畫好的菜單到快炒攤，老闆娘低頭看著菜單問：「哪一桌？」

「那個很幼稚，在筷子桶上綁著氣球的那桌。」狗蟻仔嘆了聲氣。

螯仔喝了一口啤酒，問角利：「後來如何？」

角利笑了笑，打開隨身皮製黑色手拿包，用大拇指跟食指別著一張照片，向螯仔、狗蟻仔、妙琳秀了一下。

照片是一灰階街景，隱約在對面的牆上有著什麼……

狗蟻仔、妙琳兩人湊在照片前，狗蟻仔的鼻頭都快貼上照片，妙琳把狗蟻仔往旁邊推了推：「欸，你是近視幾度？這樣誰看得到？」

「這張照片一樣是螯仔被撞的街景照嘛！這有什麼差別？只是角度向旁邊偏移一點，東西比較小而已。」狗蟻仔不解地問。

妙琳已經意會到了，不等螯仔開口，搶著說：「當然有差，表示這張照片拍攝在的位置，在空間上，更後面一點，能拍到的東西也更多了一些。」

「對，而且這支鏡頭沒有被破壞，在時間上，也沒有限制。」角利接過快炒店老闆娘送過來的啤酒瓶，俐落地用桌面邊角撬開酒瓶鐵蓋，順手再從黑色手拿包拿出其他幾張照片攤在桌上。

「所以這鏡頭哪來的……我跟狗蟻仔也去過現場看了一下。」那裡在妙琳的印象中就是一片迷濛黑暗的街景。

「斜對面是整棟的銀行。」螯仔接過角利遞過來倒滿啤酒的酒杯，啤酒氣泡在杯中仍搖晃著。

「但不可能三更半夜還有人在銀行裡，不會有警衛住在裡面吧？」

「錄下這影像的攝影機，是對面銀行二樓的監視器。銀行的監視器，是商業用的，可不是這種街道鄰里能比得上的，清晰度一流。用來拍晚上是否有人敲撞銀行二樓窗戶，來盜銀行金庫。」

「薑還是老的辣，官兵跟強盜看事情的角度就是不一樣。」

夜下來的街頭，快炒店攤各桌客人靠著一旁閃動的店招牌燈光以及街燈，在半暗不明間聊天、吃飯，不時傳來划酒拳、碰杯的吆喝聲。不知道是不是這個原因，妙琳沒發現螯仔、狗蟻仔青她的眼神。

角利笑著順著妙琳的話講：「一般警察就只會從街道的監視器去查罪犯，可是啊……」

角利給自己倒滿一杯啤酒，仰頭一飲而盡，「像我這樣超級資深的地頭蛇，可還知道要從附近的店家內部監視器去查。」

角利發現螯仔也不辯駁，狗蟻仔也懶得聽自己鬼扯，兩人拿著桌上那幾張照片比對，只剩下妙琳當聽眾，打了個哈哈：「噯，不唬你了……是螯仔想到的。剛好在那裡附近就是一間銀行，銀行二樓的辦公室櫃臺有好幾臺強力的監視器往街頭照，當然晚上這些監視器也不會停，我透過『自己的管道』去找到銀行裡監視器的錄影，果然就查到了那天晚上的犯人。」

「不過還是要靠角利叔神通廣大的人脈，才有門路找到這支監視器……」妙琳仍舊帶著崇拜的語氣。

快炒的菜一盤又一盤，伴隨老闆娘「燒喔～」的爽朗喊聲，一口氣送了上來，鳖仔、狗蟻仔、妙琳趕忙各自拿了張原本放在桌面的照片。摺疊桌面瞬間被各種色香味俱全的炒牛肉、炒花枝、客家小炒、紅燒豆腐跟虱目魚肚湯，快樂的占領。

「而且還能這麼快，謝啦！」鳖仔跟角利乾杯。

「嘿嘿，難得可以得到老百姓的肯定，下次我競選模範警察，終於有資料可寫了。」

「所以看來這次的解題方程式應該是這個吧……」鳖仔拿起手中的這張照片，指了指。

虱目魚肚湯的湯氣在寒冷的冬夜更顯明顯，妙琳隔著桌面上蒸然翻騰的湯氣，瞇眼看著。

「你那張照片對面牆上的街頭塗鴉快畫完了……」

「換妳瞇瞇眼近視眼了吶，重點是這個吧……」坐在一旁嚼著炒牛肉的狗蟻仔，指著照片。

妙琳順著狗蟻仔所指，照片邊旁有個彎腰穿著黑色大衣的人。

「照片中這人駝著身子，穿著黑色大衣，只在照片邊角露出身形，確實不易辨認。小子你視力不錯喔。這世上很多事，看得太清楚不是件好事，來！多喝幾杯，讓視力模糊一下……」

「別再喝了吧！我看你都喝了N杯，把酒當水喝啊！」妙琳壓下角利的酒杯，「是多想再去醫院報到……」

一個拎著一包工具袋的身影，從街角轉過來，向鳖仔這桌靠近。

鳖仔一眼就看到是闊達，舉起酒杯揮了揮。

闊達小跑步過來，眼睛直盯著桌上的熱炒，提著的工具袋裡鐵工具撞擊的聲音，清脆地響著。

闊達終於到了士林夜市跟螯仔他們會合，

「你怎麼知道我們在這裡。」

「這裡香啊！」

闊達臉上帶著爽朗的表情，不過眞要說，應該算是天生嘴形就是上彎笑臉的漢子。特別是現在大快朵頤，拍下來，相信可以直接嵌入各種高熱量食品泡麵、熱狗的廣告中。

相對於臉，闊達身材比螯仔矮一個頭，但是卻更爲壯碩，即使凸著一個肚子，仍給人異常精實粗壯的印象。

若不是因爲「流氓夜炒一番」店攤位置靠近電動夾娃娃機，好幾臺娃娃機的燈光打了過來，妙琳還眞看不清送來的菜是什麼，只能憑嘴裡吃到的酸甜苦辣，來進行判斷。

快炒店攤本來就沿著騎樓，在深夜時段，排著幾張摺疊桌。現在下雨，騎樓正好可以避雨。儘管下雨影響人們吃消夜習慣，但現在看來也只受了一些些影響，打開的摺疊桌都坐了客人。

闊達坐在深夜快炒夾層板摺疊桌前，配著三杯雞、麻婆豆腐、牛雜湯扒飯，碗以非常穩定的速度一層層疊高。

「你現在是要來士林夜市蓋一〇一大樓了嗎？」狗蟻仔問，希望能破壞碗推高的速度。

「放心啦！我剛剛問過了，白飯不用錢。」闊達笑瞇著眼回答。

「我們去追蹤，你有什麼打算？」

角利透過市北榮醫院的人脈，知道衛福部已經調集各地血庫，彙整庫存血液，後天將要發車送到希鳳堂口兄弟分住的市北投、市內湖醫院。

「你有內線可以知道，表示市北榮可能跟傅鑫野勾結的高層也知道。」螯仔喝了口啤酒，想了想說道。

「來！別喝悶酒，做燒酒仙。逮人無非就是要知道時間、地點。對，雖然他們也可能知道了。但終究已經知道什麼時候蛇要被引出洞，只要再摸清蛇會聚在哪個洞口就好了。」角利抓了酒瓶給螯仔酒杯倒滿酒，要跟螯仔對乾。

「所以我們明天要好好把握這個線索，好好套出他的話了。」螯仔反倒手上的筷子，用筷頭敲點著印出的照片，「那你呢？剛上臺北，先安頓一下？」螯仔看著繼續扒飯的闊達。

闊達邊吃邊看著擱在地上軍綠大側背包，「先去找找水電臨時工，吃飯要錢啊。我問過，臺北現在還挺缺工的。」

螯仔牢牢將照片中穿風衣的塗鴉人印在腦海，但他知道這樣還不夠，因爲時間也已經快不夠了，「你去打工啊……到這裡去找找看。」

螯仔拿著深粉紅色點菜單翻面，在上面寫下「慕鄰建設」。

「讓他順道去建商工地那邊去臥底？你還眞會想。」角利在一旁灌酒，瞄著螯仔寫的字條，手一把抓起剛送來熱騰騰的塔香炒蟹腳，費勁地扭斷撕開螃蟹那鮮豔的螯爪。

第十六話：帶狼牙的羊

太類似的荒蕪，於泥灰工地的地面蔓延，在顏希鳳微弱醒來時被看見。顏希鳳恍惚中，以爲回到年少時光跟蟄仔、狗蟻仔鬼混的海灘……

但手臂傳來痛楚，迅速壓抑了那份稍湧起的溫暖感。

反手被綁在辦公椅椅背的顏希鳳疲憊昏睡而起，顏希鳳仍低著頭，挑染著微醺酒紅與黛紫色的長髮瀏海，多少遮蔽了自己的視線。

儘管垂首，但顏希鳳現在的目光如狼，搜尋著任何的可能。

細雨滴點，剛建好的樓，仍滴點生長出一圈圈大小不一的水窪。

不規則零星分布的水窪，倒映著深淺不一的鼠灰色。顏希鳳猜有的來自於窗外臺北連日冬雨的天空，有的來自於未修葺完工的天花板。深邃的黑在水窪投影中彷彿成爲黑洞，腳步輕輕踏上所有身體的重量就會被吞咽而入。

大樓還沒有蓋好，一旁可以看到外面城市風景的鐵窗，先用一長條又一長條的木板遮著，彷彿百葉窗。不修邊的鐵窗緣帶有鐵器的銳利感，這一排檔板蓋的不完全。顏希鳳努力從這幾則細縫，瞇眼去拼湊外面街景。

地面上一個水窪倒映著在斜對面被繩索半空吊起的任壯，他那右手手腕毛衣原本的掉線，經過昨晚打鬥，掉得更長，幾乎就要垂落至水窪。這樣看來天花板還沒被裝上裝潢天花板，繩索才能攀上裸露的鋼筋鋼骨。

「任壯怎麼了？他也清醒了嗎？我們等下怎麼逃出去？」顏希鳳急切地想知道，但手腳動彈不得，所以告訴自己要先冷靜下來，「這一次，跟過去與未來的每一次都一樣要冷靜。」

顏希鳳稍稍挪移頭的角度，發現另一邊靠近門地面的周遭，還有幾處水窪的水澤，帶著片段清晰的銀亮光澤。而這房間稍遠門外，幾束樓頂的光筆直地打入大樓內部如同洞窟般的景觀池造景空間。門旁幾張椅子，坐著看守自己的兩個人，一個猛打著呵欠，一個滑著手機。

大光在如同蛋殼壁室的大樓內部延伸著，景觀池水道吐露水流，像瀑布一樣從高樓層往下流。大樓中蛋殼壁室般的挑高內庭，凌空還有一道斜切連接兩端的景觀高架橋，看來是方便人在高樓層彼此兩端移動，同時也可以站在上面喝咖啡欣賞大樓景觀池。粗略觀察大樓內部弧度以及景觀池水道，顏希鳳猜現在自己被關的房間，應當是在六、七樓，看過去呈現挑高環狀的大樓內部，對面的房間也全部沒有安上門，再加上粗糙地面，應當是間快完成的大樓。但現在自己被綁住，無法轉頭看窗外風景，但如果這裡是士林的話，那這裡應該是……

或許找個機會，看能不能對任壯打暗號，或者自己就跟綁著自己的木椅，直接撞破後面的落地窗，跳出去……

垂首思索的顏希鳳沒注意到，傅鑫野從工地那一片慘重斑駁的深灰中行來。一直到斗室中，地面所垂落燈泡光上的人影開始走動時，才偷偷從門口外瞄到傅鑫野自還未安上門的工地那頭，踩著水泥地走了過來。

斑駁的鷹架影子放大布滿大樓的內壁空間，傅鑫野好像從籠子裡走來。在牆面只安上電線管路的樓層中，傅鑫野的腳步聲發出了悶而沉的空洞回音。

「不能裝死了！」顏希鳳心中湧起聲音，回應這回音。

被綁在椅子上的顏希鳳低首看到地面上，一個筆直走向自己的腳步影子。這個影子稍稍停在燈光之中時，顏希鳳果斷抬起頭，果然看到帶著職業笑容的傅鑫野，跟他的手下，就站在自己面前。之前看起來委靡的兩個看守人，站在門邊，腰桿打直，試著抖擻精神。

傅鑫野跟在後頭的手下，正是前晚在士林官邸外空中花園咖啡座的那位，看來是傅鑫野的心腹。這手下反手提著一把象牙白塑膠咖啡椅，靠在肩膀朝向半空的咖啡椅腳，讓他像個虛張聲勢的犄角龍。

顏希鳳咬牙，看著他們。

「睡得還不錯吧！人生如夢啊！顏希鳳，我們就來時光倒流一下。昨日在士林官邸空中花園咖啡座怎麼來著……好像我跟妳最後鬧翻前的那一刻，我是坐這樣吧。」

傅鑫野扣著食指輕敲額頭幾下，將身後手下遞來的咖啡椅倒轉跨坐，將雙手靠在椅背上，面對顏希鳳。

「來！妳瞧瞧妳跟鰲仔以前那麼喜歡去淡水，我現在特別給妳安排景觀池第一排的位置。」傅鑫野用大拇指比了比門外大樓誇張挑高的中庭廣場內的景觀池。

「傅鑫野你在演哪齣？放開我。」顏希鳳面無表情的說。

「要放開妳，不是取決於妳的表現。而是取決於鰲仔的表現。」

「他現在怎麼了？」

「逃出醫院。」

「這樣表現很好啊！」顏希鳳冷笑。

「對我而言，這樣表現很不好。如果他乖乖待在醫院，接受這樣的事實。」

「人會反抗，是因爲發現自己心裡有個不能放棄的東西。」

「誰跟你說的？」

「老爺子。」

「啐，這碗心靈雞湯還眞燙口。」傅鑫野拍了拍手，「那我來測試一下，現在這位仁兄是不是你能放棄的東西？如何？」

兩個看守人不知何時從外面提來一個紅色塑膠水桶，裡面不知搖晃著什麼液體，在燈光下，桶面內的水平面搖晃如不穩定的指南針。

手下半吊著，懸空下面放著不知道什麼的泡澡浴缸。

「妳雖然很喜歡開副業，但這次敢對我動手，這樣等於在毀掉原本『士林組合』的幫派組織結構，你知道老爺子不會坐視不管的。這不像你原本的手腕，怎樣，你是『荔枝』吃太多，昏頭了？還是，有人幫你出主意……是田叔嗎？」

「妳覺得呢？」

顏希鳳知道傅鑫野抓了機會在故佈疑陣……「但，田叔有沒有背叛老爺子呢……」還是引動了顏希鳳的疑竇。

「你從以前就很拗，一個人窩在角落不知道在想什麼？花園種個什麼的，也能拔個稀巴爛。現在會做排場是吧？但這是藏不住你想當士林組合會長的企圖。你是在急什麼，趕集嗎？我是有要跟你爭嗎？」

傅鑫野雙手抱在胸前，面無表情聽著。

顏希鳳一口氣丟了一堆問題，因爲她知道他會把每一個問題，都思考一次。

然後他就會猶豫。

延遲他的判斷，就累積一點點逃出的可能。

兩個人畢竟都在聖伊甸育幼院待過，先後被老爺子收養。顏希鳳知道，自己現在最大的優勢，就是知道傅鑫野之前的樣子。

即使只是停了個幾秒，就可以微妙感覺到傅鑫野聲勢被稍稍壓下來的沉默在蔓延。雖然不是很清晰，但至少談話中的傅鑫野、顏希鳳兩人知道。

「看，老爺子都把妳這個羊咩咩寵壞了，環境差，不能吃苦呀！他在妳士林夜市地盤周遭布下厲害的樁腳，其實只是把妳這頭羊戴上帶刺的項圈，防備著狼。」傅鑫野趕緊要打破這短暫的沉默。

「我不是綿羊，老爺子作爲牧者，鍛鍊著我，就算是羊，我也是帶著狼牙的羊。」

「我還以爲老爺子給妳上的是演講課，看妳平常召集手下精神訓話，把蟹仔、任壯、狗蟻仔他們訓得服服貼貼的，跟女巫念咒催眠一樣。」

傅鑫野敲了打火機，點菸。

傅鑫野走近顏希鳳身邊，朝顏希鳳臉噴了一口煙，「妳是不是有服侍過老大啊？不然他當年怎麼會把收保護費的工作交給妳。現在我靠賭博電玩翻盤了，好心邀請妳，妳還不賞臉。」

顏希鳳不躲避，頭偏也不偏，任菸氣在臉上散去。就算是自己現在被綁住，也不能示弱。

顏希鳳冷笑，「你不必虛張聲勢了。經過一晚，你覺得老爺子會多晚知道這件事？你的準備夠充分嗎？新的幫手夠給力嗎？小心不要先被滅團啊……對响，我忘了你以前是『默默讀書考試一百分』的高中生，聽不懂這電動梗……」

傅鑫野鎮定著表情，喊了聲「阿彪。」向後頭的保鑣手下阿彪，比出向下的手勢。

被吊在半空中仍昏迷不醒的任壯，低著頭下垂雙手，整個身子緩緩下降……右手手腕邊，超過任壯身子的毛衣掉線，先掉入浴缸桶，發出了腐蝕東西的煙氣。

任壯毛衣下邊掉線，在煙氣中被腐蝕而盡。

保鑣阿彪扯掉任壯的鞋子。

吊著任壯的拉高機慢慢下降，慢慢的，任壯的腳底浸入了浴缸桶。原本昏迷的任壯痛醒，環顧四周，看到了顏希鳳、傅鑫野，接下來往浴缸桶看，一臉驚恐，大叫。

「現在叫還太早了，等下才開始福利放送啊。」傅鑫野說道。

「那桶子裝的是什麼！」顏希鳳憤怒地喊。

「工業鹽酸。」

在強烈酸蝕的混濁煙氣中，任壯開始哀嚎，痛不欲生。

「停手！」顏希鳳向傅鑫野大吼。

吼聲跟哀嚎在房間中迴盪。

「妳是不是可以考慮跟我合作了？」傅鑫野享受著這勝利的一刻，哈哈大笑，「不然接下來換妳，可就會傷了我們士林夜市的黑幫門面。妳可是我們士林組合的顏值擔當啊……」

顏希鳳發出憤怒的低鳴，沒有回答，吊著任壯的繩索，仍緩緩下降，沒有停止的意思。

「看來妳是嫌我管教妳手下，管教的還不夠力唷。對啊……妳知道我以前化學念得不錯……」

傅鑫野伸手，保鑣遞上一罐白色塑膠瓶。傅鑫野對著顏希鳳輕輕搖了搖瓶身，擺出高腳杯乾杯的手勢，「來乾一杯硝酸吧！」

但傅鑫野跟著的保鑣手下阿彪，此時的空軍飛行員外套口袋裡，突然傳來手機鈴聲大作的聲響。保鑣把手機趕緊拿給傅鑫野，在一旁的看守人瞄了瞄震動的手機螢幕，「三金大哥，是田叔。」

傅鑫野表情嚴肅，朝看守人的眼睛，直接用力揮了一拳，才接過手機。

「你多嘴什麼！」保鑣阿彪大力巴著看守人的頭，直把看守人搧打到貼到牆面。

但顏希鳳聽到了。

傅鑫野拿著響著鈴聲震動的手機，走到門口時，回頭揮手要保鑣把任壯拉上，才走出門外。

手機響鈴在大樓中空的景觀池中庭迴盪著，響鈴伴隨著腳步聲逐漸變小，過一陣子才停。顏希鳳猜，傅鑫野應該走樓梯，往樓下樓層走，「還眞怕被我聽到什麼啊……」

不久之後，傅鑫野保鑣接起自己的手機，指示兩個看守人好好看著便也離開。原本被揍的看守人，按著自己烏青的眼眶，單眼恨恨地看著傅鑫野保鑣阿彪消失在樓梯口。

看著痛不欲生，帶著低沉呻吟聲的任壯，顏希鳳恨恨地低頭看著兩個重新坐回門口兩旁椅子的看守人。

「至少先搞清楚這裡是那裡……士林夜市在什麼方向？」

-†-‡-†-

「好呷飯了，都中午了。」眼神呆板的看守人亮出手腕的手錶看了一下，對著一直按著被揍眼眶，像檢測視力般，一眼無神滑著手機的看守人說。

「嗯。」

「誰買？」

「你。」

「爲什麼是我？」

「首先，阿成是你先說要吃飯的。再來，你看我只剩一隻眼，你不怕我出去被撞嗎？還是買個牛肉麵，買成蚵仔煎？」

眼神呆板的看守人嘆了口氣，無奈起身：「好啦！我去買，所以阿峰，你要牛肉麵？還是蚵仔煎？」

看守人只剩下這個叫阿峰的，顏希鳳發現反而更透顯著危險的氣氛，因爲這個阿峰一隻眼一直猛往顏希鳳胸口瞧。

阿峰起身，自顧自地碎嘴：「受不了，還是要鬆一下。」將原本擱在大腿上的開山刀丟到地面上，故意往顏希鳳的面前走去，邊走邊打開褲子皮帶、拉鍊，然後到顏希鳳身後的牆面，排尿了起來。

尿完之後，阿峰手開始不斷抖動，他焦躁不安走回自己椅子，翻找包包，拿出海妖跟針筒。

顏希鳳認得那鮮豔血紅帶著粗糙感的結晶體就是海妖，看著阿峰拿著海妖跟吸食器走向自己，帶有調戲自己的意思說：「大姊，雖然妳挺辣的，但抱歉，沒法一直看著妳。我吃一顆荔枝，不過，等下對妳做了什麼，請多多包涵了。嘿嘿，對面的等下好好欣賞啊……」接著自顧自地在自己面前席地蹲下。

「只剩半顆『荔枝』了啊……」阿峰拿出針筒，自言自語，「算了，這個任務就快完成，應該會有大筆的進來，還是來一次爽快的！」

顏希鳳知道有些毒品是用隔熱吸食或針筒施打方式使用，特別是針筒施打可以減少毒品的分量，來獲得相同的迷幻效果。毒品都以克為單位計價，只要成癮，成癮者就必須不斷籌錢、傾家蕩產。若沒有雄厚的「資本」，大多數成癮者就必須「變通」。尋找能用少量毒品量，創造更高能爽度的吸食方法，像這樣將吸食毒品打碎研磨，融入溶劑，以針筒施打就成爲吸毒者的「變通」方式之一。但是通常開趴，一群人使用針頭施打毒品找HIGH，就容易在共用、混用針頭時，血液交叉傳染得到愛滋。

照這樣看來，這個看守人是被傅鑫野用毒品控制的手下，也可能就是這陣子開始幫忙跑海妖交易的藥頭，顏希鳳猜測。因爲自己還沒在一些「士林組合」的場合，看過這個猥瑣的混混。

不過，阿峰看來還選擇採取燒的方式吸食。他取出吸食器，點了火。吸食幾口海妖之後，阿峰瞳孔慢慢空洞了起來，弓抱著自己的身體，慢慢縮成了一團。他嘴角慢慢流淌著口水，表情痴傻。

吸食燃燒的煙氣，多少擴散出來。顏希鳳鼻尖觸碰到了一些煙氣，便覺得身體有些酥麻疲軟，慵慵懶懶的。但意識到接下來身體可能遭受到性與疾病的侵犯，顏希鳳搖頭打散靠過來的煙氣，瘋狂努力扭開身上的繩子。

工地大樓房間傳來椅子，咯達、咯達敲撞粗糙地板的聲音，彷彿人受了凍，牙齒打著寒顫的聲響。

被吊起的任壯也咬牙忍著痛楚，努力晃動身子，在半空中打旋擺盪。

經過一番掙扎，顏希鳳雖然掙脫了一點點，可是距離鬆脫還是差太多。顏希鳳看到另一旁粗糙還沒打磨的鐵窗窗櫺，以全身力量移動。

椅子在水泥地上摩擦的聲音，像粗砂紙打磨原料的粗糙聲響。原本委靡在地的看守人阿峰，緩緩起身。摀著一耳，彷彿聽到什麼巨響，眼神轉而充滿慾望，半伏身如喪屍向顏希鳳蹣跚走來。他手伸向顏希鳳的臉，顏希鳳咬住了他的手腕，不管如何扯咬，似乎反而更虐悅了他，看守人阿峰帶著淒厲的笑聲，死都不放手。

對面被吊起的任壯目睹這一幕，抬起腳半空中揮舞亂踢，終於踢翻了放在自己身邊附近的鹽酸桶。鹽酸流了過來，順著地面上一小片一小片的水窪，流到看守人阿峰腳邊。

阿峰一手被顏希鳳死咬住，另一手則扯著顏希鳳胸口的鈕釦，顏希鳳縫綴黑色蕾絲的內衣露了出來。阿峰只顧著抓揉顏希鳳渾圓的乳房，完全沒注意到整桶打翻的鹽酸流了過來。衣著邋遢的阿峰腳下就只穿著夾腳托鞋，爲了侵犯奮力抵抗自己的顏希鳳，腳下動作也大，踩著地面同時，把鹽酸也踩濺到自己腳掌、腳踝。

鹽酸馬上開始酸蝕了看守人阿峰的腳，他痛得坐倒在地面上的鹽酸。顏希鳳看機不可失，立刻伸腳踹阿峰的臉，阿峰後腦杓也撞到地面上的鹽酸。吸食海妖本來就會讓感官對各種刺激產生巨大反應，感官混淆、神經錯亂的阿峰，痛得在地上滾動，無法承受腦中所示現的幻影，以及被海妖不斷放大到，他已無法承受鹽酸酸蝕的痛楚。

顏希鳳也開始感覺到自己鞋跟，被鹽酸酸蝕到鬆軟，趕緊扭動身子，往後蹬移綁著自己的椅子。她吃力的移動，所幸還是能慢慢靠近鐵窗。顏希鳳用椅背撥開架在鐵窗的幾片木板，用力搖晃，用鐵窗邊角磨掉背綁在椅背後，自己手上的繩索。

終於，鬆開繩索！

顏希鳳鬆開繩索後，立刻起身繞過地面上的鹽酸，拿起門邊的開山刀跟椅子，移到任壯旁，把任壯放下來。顏希鳳走到窗口前，從剛剛撥開的木板檔板空間往外看，臺北盆地陰慘的天空下，正是車潮漸湧的基河路，再過去那一頭正是士林夜市。

顏希鳳回身，拿起傅鑫野擱在地板上的硝酸，整罐倒在於地板不住哀嚎翻滾的看守人阿峰身上。

顏希鳳接著把空罐子砸在阿峰的頭上，「我管你鹽酸配硝酸是什麼！」

-†-‡-†-

「人跑到哪裡了?!」聲音在工地大樓內部，挑高的景觀池中庭迴盪；當顏希鳳辛苦地扶著任壯，才從大樓樓梯間四樓走到三樓之時。

顏希鳳扶著任壯走在充滿鋼骨，混雜著水泥、工人亂吐的檳榔渣以及隨意便溺味道的建築中。相對四樓到處是不平整的水窪，顏希鳳看工地三樓以下泰半都已完工，只剩下裝潢工程的收尾還沒做，傅鑫野把自己關在這裡，空檔抓得太明顯，應該是跟這裡都更建商明顯有掛勾。

「這裡是什麼工程……？」顏希鳳邊扶著任壯，邊努力回想，是該死的……什麼什麼文創中心……

但現在看來另一個出去買便當，叫做阿成的看守人回來了，樓上也傳來急促的腳步聲，明顯開始衝出去找自己了，顏希鳳猜。

問題是現在腳步聲聽不著，阿成可能壓低了自己的腳步聲。顏希鳳暗暗叫苦，看著自己的腳，沾了水窪的水，可能都留下自己沾水的腳步足跡，只能希望沾水的足跡早點乾。不過，看這潮溼的冬雨氣候，這個希望有點不切實際。因爲現在已聽不太到這個叫阿成的看守人腳步聲……他可能在順著自己留下的沾水足跡尋找，推測自己跟任壯現在的位置。

顏希鳳現在趕緊找了腳下附近乾燥的地面，用力地以腳掌摁捺掉鞋底的水漬，避開地面上的水窪。不過儘管三樓已經大致完工，但地面還是有不少水窪，加上扶著任壯，這樣幾乎寸步難行。

這樣不是辦法，顏希鳳心想只好先吃力地扶著任壯，躲進三樓逃生梯轉角走道附近的房間裡。遍體鱗傷加上之前被鹽酸腐蝕整隻腳掌，任壯點著腳，一跳一跳地走，雖然咬牙忍住痛楚，但仍冷汗直流，眉宇皺成一團。顏希鳳看在眼裡，或許先找間房間躲著，是目前最好的策略。

癱坐在地上的任壯痛楚地說：「通常工地都有管理員管制人員進出，傅鑫野跟這兩個看我們的，能這樣自由進出，看來跟整個工地的建築包商有勾結。希鳳大姊，我看妳得從這邊出去……」

顏希鳳順著任壯眼光，看了一下落地玻璃窗外，還架著鷹架。顏希鳳看了看，三樓對她來說，當然不算什麼，何況有鷹架，顏希鳳知道任壯要自己先走的意思。不婆婆媽媽，做事快狠準一直是顏希鳳的風格，「你再忍耐一下，我出去後，馬上叫鳌仔一幫兄弟衝進來救你。」

很久沒傳來看守人的聲音，顏希鳳窩在門邊側身看著大樓內部挑高的景觀池中庭。顏希鳳發現看守人在半空中樓層對角穿越梯正中間站著，由此可以上下左右看到四樓以下各環狀走廊，以及房間的狀況。

「會不會也太聰明了點？」顏希鳳把身子壓的更低，心想。

顏希鳳拿起地面的一顆紅磚頭，卻不往玻璃窗丟，往內庭方向走。

任壯忍痛好奇問，「大姊……這裡是？」

「我要聲東擊西，往景觀池丟得越遠越好，這樣他等下也比較慢才會找到這裡……」

任壯努力掙扎起身，二話不說從顏希鳳手上拿過紅磚頭，立刻往大樓內庭丟。紅磚頭半空落下，在空中畫出一條拋物線，發出巨大的一聲響。顏希鳳看，掉落距離仍不夠遠，頂多就是從現在這個房間外偏一、兩公尺位置落下。

任壯究竟受傷了，臂力受到影響，但現在沒時間懊悔了。顏希鳳關上門，漸漸地大樓內部的照明燈光打不進來，像在房間內隔出了一道全然的夜晚。但沒想到，偏偏門底發出刷動地上碎砂石的刺耳聲音。

「是有那麼衰嗎？」顏希鳳皺眉想。

顏希鳳趕緊轉身拿起磚頭，立刻要把玻璃窗砸破。砸了幾次，沒破……只發出好幾聲悶沉的聲響……

任壯喊：「大姐頭，往窗玻璃邊角砸！」

窗玻璃終於砸出裂紋，被打破。顏希鳳再咬牙吃力地用磚頭，清出自己能鑽出去，爬鷹架下去的空間。

當顏希鳳準備將身子鑽入窗玻璃上那星芒爆裂的圖樣時，聽見身後門口發出咿呀聲響……房間門緩緩被打開一道縫……重新被劃開的黑暗中，一柄明亮開山刀的刀眼伸了進來。接著遞送進來的刀面，倒映著冷酷的半截臉，與一雙無神的眼。

深夜的建築工地又出現一聲東西劈裂的聲響，以及長長的哀嚎。但一旁的士林夜市壅塞著熱鬧的人群，基河路成排違停交互穿插的機車來來去去，又有誰能有閒暇聽得到？

第十七話：追問

隔天一早，螯仔與狗蟻仔從「五湖四海」出發，去探望好幾天前被救護車分送在不同醫院，遭到傅鑫野堂口兄弟襲擊，火併而受傷的希鳳堂口兄弟。

螯仔與狗蟻仔怕被認出來，螯仔依舊穿著城市迷彩裝加上黑色厚套頭毛帽，狗蟻仔則換回他灰黑白條紋混搭的韓系衣服，脖子纏上一條多到可以遮住口鼻的圍巾。

醫院裡的希鳳堂口兄弟，有的稍稍脫離險境，但不少仍缺合適的血，其中甚至有需要罕見的Rh陰性血型的，還枯待在急診病房。儘管在老爺子「關切」後，不少家新聞臺已經不炒這個流氓缺血新聞議題了，但仍有好事者與相關團體拉著拒絕輸血給流氓這類的布條，站在醫院大門口。

只是醫院是病患治療的地方，所以被警察管制不能使用擴音器。缺乏媒體宣傳、推波助瀾的抗議團體，發現來醫院看病的人各自在醫院匆匆來去，少有人有空搭理，所以在表現上也顯得意興闌珊。

逐漸發現在「荔枝」的交易中，可能存在黑、白道交互糾結的關係，螯仔甚至懷疑這些抗議者是不是傅鑫野安排的，或者在背後煽動。離開醫院時，螯仔更壓低了帽緣，要狗蟻仔也不要太張揚，兩人盡量繞過這些人。

也是因爲這樣的緣故，螯仔、狗蟻仔沒跟妙琳說要來醫院看受傷的堂口兄弟，怕妙琳一到醫院，反而容易醫療魂上身，嘰嘰喳喳不停。螯仔看看自己手錶上的時間，妙琳可能還在自己租屋處睡大頭覺。

螯仔跟狗蟻仔回士林夜市一帶的鬧區，準備拿昨晚角利到手的銀行二樓內監視器照片，好好問出個線索。

士林夜市晚上雖然攤販熱鬧非凡，但在白天經濟活動則以大樓店家爲主。一些店家爲了趕搶過年前的年貨商機，不再守株待兔，直接派店員舉著招牌看板，帶著滿背包的試用商品到街上出去。大街上的行人廣場可說是店員招攬客人的一級戰區。

螯仔、狗蟻仔在一旁便利商店內靠著落地櫥窗的高腳桌，喝啤酒盯看廣場。

「今天他放假？」在螯仔一旁的狗蟻仔，等得有點不耐煩。

「不可能，現在就快要進入採買年貨的決戰期，他家的慣老闆不可能放他假……」螯仔喝了一口啤酒，再觀察一下街景，「嘖！我猜到他在哪裡了。」螯仔喝完啤酒，一掌把啤酒罐捏扁。

螯仔帶狗蟻仔彎入廣場旁的小巷。臺北小巷的經濟生態跟大街上不一樣。

「你瞧。」螯仔。

小巷裡一個單人咖啡師經營的小咖啡吧，因爲店面小，整個店面塞滿器具，用吧臺隔了店內空間，三分之二作內場放咖啡機、咖啡豆等；三分之一作外場，只留一張咖啡桌的位置，店外頭再擺了兩張簡易咖啡桌。這樣的空間設計主要是做讓客人點隨手杯咖啡的生意，但也保留一點讓客人坐下來喝咖啡聊天的彈性。

現在從斜角看過去，一個可愛超大型的牛寶寶娃娃坐在店內咖啡椅上。

螯仔讓狗蟻仔先進去，自己跟在另外巷口邊把風，省得他逃跑。

「想不起今年會是什麼生肖，這時候找你最好了……」狗蟻仔拍著有著大大牛頭的牛寶寶娃娃後腦杓。

牛寶寶娃娃沒有聲響。

「還裝。」狗蟻仔一腳踹開牛寶寶娃娃坐的咖啡椅。

「啊！這位客人……」原本忙著煮咖啡的店老闆，聽到咖啡椅被踹倒的聲音，這才回頭。但一看到是士林組合希鳳堂口的狗蟻仔，大概知道是怎麼一回事，也知道他的分寸，轉頭繼續煮咖啡。

牛寶寶娃娃倒在地上，沉甸甸的，甚至連轉身都沒有，只搖晃了一下，依舊沒有聲響。

狗蟻仔一屁股坐在撲街於咖啡吧地板的牛寶寶背上，雙腳抵住牛寶寶的肩膀，雙手開始扯著牛寶寶的頭。

「啊，別硬扯！頭會被你拔斷！」這時牛寶寶吃了痛，才開始喊出聲音。

牛寶寶的頭套被硬扯出來，出現一個中年男子的頭。

「阿源，早吭聲，就免皮疼啦！」

螯仔看到狗蟻仔已經算抓住阿源了，嘴巴叼著菸，從巷口邊慢慢走入店裡。

螯仔把菸壓在咖啡桌上裝著咖啡渣的菸灰缸，拿起阿源擱在地板的手持看板，像拿刀子般，俐落地對空劈畫了幾下，然後才交給阿源。阿源接過，故意把看板有宣傳圖樣的正面朝地面。

「你不怕你家的慣老闆修理你，在這邊打混……」狗蟻仔看了不禁笑道，「人家咖啡店放大型熊寶貝，你們只是年貨雜貨店跟人家學什麼賣萌策略……我說阿源啊，你們老闆年紀也老大不小，怎麼這麼有 cosplay 的嗜好，弄了一組十二生肖布偶，來搶年貨商機。」

「根本是在挑戰恥度好嗎？」阿源不屑說道。

「我以為你躲在布偶裡，沒有感覺說。我倒要幫你老闆說說話，他可是為你著想啊，你案底這麼多，這邊一有事，就找你……沒有警察會找這種布偶工具人的麻煩。」狗蟻仔說著說著，皺眉頭捏起鼻子，「好久不見，你依舊充滿『男人味』啊……不在士林夜市賣臭豆腐，太辜負你的天賦了。」

阿源之前是遊民，年輕時到處偷，終於被逮，留了案底，出獄後找工作到處碰壁。後來，終於被現在的老闆收留。不過老闆也吃定他有案底，所以給他的薪水非常少，幾乎付不起臺北房租。阿源「下班後」基本上還是回歸他的老本行——遊民，睡在臺北街頭各種只要能塞下自己的地方。臺北別說買房的房價了，對更生人阿源來說，連租屋都沒得談。阿源長年經常好幾日沒洗澡、沒換衣服，全身上自然充滿了濃厚的體臭異味。

反正他絕大部分的工作時間，都是像蟬蛹，把自己塞在龐大的布娃娃套裡。對阿源來說，給慣老闆「打工」，如果還有什麼好處，就是連老闆都受不了時，會叫他到店後面，夾帶蓮蓬頭的廁所洗洗澡。

「警察不會找我麻煩，可是你們會啊……每次遇到你們都很衰啊……放假還要被你們拖去刀光劍影，是在演古惑仔港片嗎……上次還陪你們去海港倉庫救被綁的攤販……」阿源小聲應道。想到那時他全身栽入碼頭海裡，被螯仔撈起，全身溼淋淋的又被狗蟻仔拖著去港口廢棄倉庫救人，現在鼻孔裡都冒起了連他都覺得臭的魚腥味。

「什麼可是，可是我們有好處也沒忘了你啊，之前希鳳大姊犒賞堂口兄弟去沖繩度假。」狗蟻仔搭著阿源的肩，另一手依舊捏著鼻子說。

阿源眼神飄忽，外表瘦弱給人靠不住的印象，但狗蟻仔跟螯仔說過阿源，曾經一個人爲了剛下海的年輕酒家女扛過事，讓螯仔對阿源的觀感有了變化。

因爲家裡債臺高築，那個年輕的酒家女高職畢業後就下海陪酒，當時臺灣景氣不錯，單單靠陪酒小費，就收到能幫家裡分期還債。

有點小錢，加上同事吆喝，便去酒家見識見識一下世面，嘗嘗小姐陪酒的滋味，也就認識了年輕的酒家女。因爲剛下海，坐檯費比起酒店的紅牌，還是便宜不少，偶而阿源有閒錢也去找，兩人還眞聊出了友情。

沒想到後來酒店老闆簽六合彩輸到脫褲，把店收了跑路，年輕酒家女突然沒了收入，才一個月也不寬容，討債公司的兄弟在年輕酒家女的家，又是潑漆，又是砸雞蛋，又是灑冥紙。

阿源聽了二話不說，就坐上野雞遊覽車，往年輕酒家女南部鄉間的老家去。

那時狗蟻仔說阿源的故事給螯仔聽，講到這裡，連螯仔都不自覺問：「跟他們打起來嗎？」

「你想可能嗎？」狗蟻仔搖搖手指：「他跑到老家前跪在討債兄弟面前，以自己一根小指做擔保，一個禮拜後一定還這個月的債。」

「他們後來有在一起嗎？」

「你覺得呢？」

平常是在士林夜市跟捷運廣場一帶，擔任大型布偶操偶師的阿源。雖然造型誇張醒目，但反而因爲太吸引人目光，不會成爲人所戒備的對象，可以正大光明地去監視這個世界。阿源就這樣莫名其妙，陰錯陽差地，成爲希鳳堂口兄弟「諮詢」街頭情報的對象。這是即使是像角利這樣勤混街頭的警官，也沒有意識到可以開發的線民管道。

也因此，阿源在提供情報後，常常被拖去「出任務」，反正事後顏希鳳再去跟阿源老闆說說就是。能跟顏希鳳這樣豔麗、威嚴的女王搭上話，老闆可樂著去賣人情。

畢竟希鳳堂口確實也幫他料理了許多故意來砸場的奧客，什麼故意喊出砍到見骨價格的觀光團，強迫他接受，不然就找一堆人塞滿自己店，又不消費。這時候比起找警察，找「士林組合」的希鳳堂口來幫忙，還比較俐落乾脆。還可馬上欣賞奧客被恐嚇修理時的嘴臉，出口怨氣。

螯仔懶得再浪費時間廢話，拿出角利從銀行內部二樓監視器調來的照片，秀給阿源看。

「這廢墟塗鴉不錯啊……想找我入夥嗎？我倒在街頭常看人摸黑來噴，早就手癢了……」阿源湊近瞇眼看。

「你知道這是誰嗎？」螯仔不搭理阿源的廢話，指著照片中站在二樓樓面上的角落，穿著風衣的男子身影。

-†-‡-†-

看到照片中站在廢墟二樓的噴漆人身影，阿源說是在附近工廠做工的移工，但他逃班還滿嚴重的，不是泡網咖，就是塗鴉，這附近街巷很多塗鴉都是他的傑作。

螯仔心想，才看側身就能知道，怕阿源鬼扯一通，好趕緊脫身，「你一眼就看出來？不會是胡亂找個人栽贓吧！」

「這很簡單啊，你看這個塗鴉的右下角落是不是有個 PE. 的字母？」

螯仔看還眞有。

「對吧，你這張片還算是灰階的，我跟你說，你到現場看這個PE.一定是用銀紅色噴漆噴的。」

「你是半仙，還是王祿仙，這麼神？」狗蟻仔在一旁插話。

「這很簡單，這附近高高低低的塗鴉，不少塗鴉右下角都有啊。你們也算是士林夜市角頭，熟士林。但我還是蹲趴在士林的底層辛苦人，比你們能看到的士林還多低了一公尺。」

問到了這個移工街頭塗鴉手大致的外貌特徵，以及常泡的那家叫做「電人」的網咖店，螯仔撥了電話給角利，約角利去電人網咖店堵人。螯仔同時則叫狗蟻仔繼續跟著阿源，免得他像泥鰍一樣滑不溜地的落跑，到時查無對證。

螯仔跟角利不久後在電人網咖店會合，網咖店門包括自動門都裝上了灰玻璃，裡頭電腦螢幕閃光不時打在灰玻璃窗上，彷彿電音夜店。有時自動門打開，客人進出，店內劇烈的聲光以及香菸味，整個衝了出來。

西元兩千年後臺灣幾乎人手一支智慧手機，每個家庭幾乎都有一臺以上的電腦，再加上隨身筆記型電腦、平板的出現與普及，使得原本興盛於一九九〇年代的網咖快速沒落。因此碩果僅存的網咖店，會吸引人，部分原因是電腦設備先進，標榜大螢幕、處理器多快、獨立顯卡多強。相對一般家庭、個人，不可能隨時換電腦，網咖店相對來說替換、更新的勤，自然能吸引人來玩各種線上遊戲，畢竟電腦網路遊戲越做越精細、龐大，對電腦設備的要求也越來越高。

但對另一些人來說，網咖店除了能提供高端電腦空間外，比較像是以電腦網路爲藉口，提供一個可暫時租用的地點。特別是三更半夜四處走跳的人來說，若不想花旅館費，就直接到網咖店，買時數上上網、不玩就趴著睡覺。網咖一小時三十到四十元就是中高價位網卡，六小時也不過一百八十到二百四十元，相較旅館一晚要一千五百元起跳，明顯便宜不少。

所以網咖店往往龍蛇雜處，不是青少年聚在一起打電動，就是眼睛發楞半睡半醒的人，當然有時也有人竊竊私語在交易著什麼。

鳌仔跟角利一會兒合後，不打算在「電人」網咖門口堵移工，直接進網咖店逮人。

兩人進網咖門，坐在櫃臺滿身龐克金屬裝飾，穿著白色套頭毛衣跟紅色皮短裙的辣妹店員點著菸，鳌仔看著她對著電腦打著社群交友軟體訊息。辣妹店員在櫃臺看了一下個頭高大的鳌仔，還不以爲意，但是看到鳌仔身邊的角利，嘴角動了一下，也不打招呼，直接起身轉到櫃臺後的小房間。

小房間的門被拆掉，方便進出，擺了好幾臺網路伺服器、電腦螢幕，另外還有簡易的小瓦斯爐跟冰箱，提供客人點些雞絲麵、泡麵的服務。

網咖店老闆手上拿著湯杓跟一把青菜，不耐煩的探出頭，「誰啦？」

小房間飄出泡麵的味道。

網咖店老闆發現鳌仔身旁的角利，臉色才和緩了些。

「怎麼？員警才剛來查過，你又來？」

「找人。」

網咖店老闆也不攔，手掌攤開向店內那排網咖電腦區一擺。角利跟網咖店老闆比了個ＯＫ手勢，表示這次不會動刀動槍，弄壞設備。

原本辣妹店員坐回櫃臺電腦前，準備繼續跟網友哈啦。

鳌仔拿出之前的監視器照片，指著照片中角落的人影，問女店員，「這個身形、穿著的外勞？」鳌仔大拇指比了比身後的電腦區。

辣妹店員瞇眼看了鳌仔亮出的照片後，直接指出外籍移工位置，「Ｆ區第三臺電腦。」

電人網咖用一般辦公室ＯＡ的組合隔板，格出一個個空間位置，多少保護顧客，同時也比較好管理。

鱉仔看了看，Ｆ區第三臺電腦確實坐了個臉形五官輪廓有異於臺灣人的人。網咖電腦螢幕不同顏色的光一閃閃地，在他略帶咖啡色的臉龐閃動。

鱉仔跟角利走到Ｆ區第三臺電腦位置，旁邊的電腦桌位置沒人，鱉仔把滾輪電腦椅拉了出來，移到Ｆ區第三臺電腦的隔間中。

原本專注看著電腦螢幕的外勞移工才警覺，看著已坐在身旁的鱉仔起身，「I'm……」外勞移工起身時，淺駝色大衣傳出鋼珠滾動的聲音，鱉仔一聽知道是噴漆罐裡的鋼珠聲。

「不要跟我烙英文。」鱉仔放大自己的聲音，緊緊把外勞移工從滑鼠移開的手，又重新壓回滑鼠上。另一隻手則把他大衣口袋中的噴漆罐，拿了出來。看了看電腦螢幕，果然是網路上外國城市的網頁內容。

狗急跳牆的人是不可預測的，何況他手上還有噴漆罐。鱉仔可不想被噴成滿眼油漆的瞎子。雖然起了小騷動，但是其他沉溺網路的網友繼續打網路遊戲，沒有什麼特別騷動。畢竟在網咖中警察來網咖抓人，或是黑道來堵人也不算太新鮮的經驗。除非傳來槍聲或刀械砍人的聲音，才可能會引發「反應」。

站著的角利亮出警察工作證，給外勞看，「幫個小忙，你若不幫忙，可能不是要找你，而是要找你工廠老闆的麻煩……」

角利威脅著外籍移工，移工趕緊點頭。外籍移工雖然會說中文，但原本就說得不怎麼樣，一緊張更是語無倫次，無法說清楚。

「用畫的。」螯仔打開電腦中的小畫家電腦繪圖軟體。

外勞移工畫出了撞螯仔的人的模樣。

「And then？」

「發到我 E-mail。」

外勞照辦，打開電郵網頁，螯仔敲上自己的電郵帳號。外勞移工趕緊把剛剛的電腦繪圖檔案，檔案夾帶上去。

「謝謝你配合，中士林分局感謝你。」螯仔拍了拍外勞肩膀。

「謝謝你幫我們中士林分局打廣告啊。」角利看看螯仔。

「還有什麼比警察局，更好幫忙分擔砲火的嗎？」

「怎麼列印出來？」

「用手機看就好了。」

螯仔把檔案守在自己身上，暫時不想交給角利。

螯仔撥了手機問狗蟻仔，問明他跟遊民打工仔在哪，便跟角利去找他們。

-†-‡-†-

螯仔點開手機，下載網路信箱中外勞移工畫的素描圖案。下半身還套著牛寶寶布偶裝的阿源，接過手機仔細端詳。

那外勞移工確實頗具畫畫天分，把那撞螯仔飛車手的背身跟面具下的側臉輪廓，畫得身形特徵都相當清晰，特別是那重機模樣。

「不愧是東南亞來的。」阿源拿著鳌仔的手機說。

「這跟東南亞又有什麼關係？」鳌仔不解。

「你不知道東南亞可是賽跑檔車的天堂嗎？東南亞人改車改到世界有名聲。」角利跟過去看鳌仔手機中的素描照片，「這麼會畫，幹嘛不連車牌號碼也順道畫出來。這樣我們警局電腦連線一下，馬上就能查到了。警察叫一叫，抓一抓，省事多了。」

「你忘了那機車車牌，車手先貼上螢光貼紙了嗎？」鳌仔腦海中浮現一次監視器影片中，那撞向自己的鬼面者。

阿源便從素描中的車手身形跟車認人，指出這是這一兩年出現在士林一帶的飆車手阿彪，偶而才會在市區晃兩圈。飆車手的「戰場」，在臺北絕不會是在市區，還是在淡金公路、山路。有趣的是，這車手後來好像被吸收入建商企業中，阿源說，自己在幾個工程企業與民眾衝突場合，看過他的身影。

鳌仔想了想，拿回自己手機，打給闊達。電話那頭闊達的背景，充滿划酒拳的聲音。

「下工了？」

「對，跟工地的人一起吃飯，喝保力達B。」

鳌仔要他去問工頭那裡，打聽有沒有阿源描述的這樣的人。

鳌仔、狗蟻仔放過阿源，跟著角利去士林夜市裡的藥燉排骨湯店攤吃飯。藥燉排骨、滷肉飯才剛上桌，鳌仔的電話就響起，闊達打來的。

闊達說，那個叫阿彪的，是建商企業中的『另類監工』，最近主要在幫工程公司看政府發包的河邊淤泥工程，偶而也開開怪手。

「一起去逮人？」螯仔掛掉手機問角利。

「還是交給你們處理好了，讓你們有機會發發『怨氣』。我跟你們追也是可以啦，但沒帶員警說不過去，但帶了，跟你們私下合作的事就會曝光。以前我還可以搓圓仔一下，偏偏現在局裡來了個年輕的新督察。年輕人就是這樣，事情不是分不清楚，就是分的太清楚。」

第十八話：河岸地怪手

日頭在天空中開始向地平線偏移，天地將暗，河岸地叢生的芒草，像是無數獠牙，準備咬齧日頭，似乎只要日一落，便會如群狼爭食。

身上穿著鼠灰色夾克禦寒的阿彪駕駛著挖土機怪手，懸浮在半空中的怪手向天高高伸展。阿彪極盡所能地拉展怪手機械手臂的可能，像一隻舒展翅翼的信天翁。

他曾在下海軍軍艦時，看到一隻信天翁停在舷梯扶手上休息，舒展自己的翅膀，翻啄整理羽毛。那伸展出的巨幅翅膀，像是可以把天地的一切全部收刮入胸懷。「牠一定能自由自在的飛。」那時阿彪心中著實羨慕。

這臺怪手現在浮在岸邊水面，阿彪想，站在遠處迎著基隆河出海的山上那高壓送電電塔，那樣夠遠夠高的位置看下來。現在自己開著的怪手，大概會像一隻浮在湖面上的黃色小鴨。

工人現在都下工去了，不知都散到哪去。名義上負責監工顧場的阿彪，自己手癢，開著怪手，離岸上工。

引擎發動，阿彪手握著開始顫動的操作手桿，怪手開始如活物般活動。

這臺怪手具有浮水功能，像坦克車的捲輪，開入河岸地爛泥再過去的河邊淺灘。

怪手比起自己的重機，慢到讓阿彪感到嚴重不耐。但是想到能玩玩怪手水上挖土，阿彪讓自己忍耐著。

升降的怪手啓動對河岸地的挖掘，原本停歇周遭的水鳥也開始不時飛起，要丟進去的工業廢土土方中，還偷偷混雜著千年不化的醫院針頭廢棄物。那些千年不化的針頭、敷物塑料貼面等醫療廢棄物，從怪手前推的剷子中，閃映著河岸餘暉，如星塵般灑落而下。

怪手身上噴漆著「広隼實業」，光是這幾個字就讓黑白兩道知道少來惹事挑釁。但阿彪知道，扛起這招牌的背後，歷經多少黑白兩道的口舌拳頭衝突，才能架出這黑白兩道必須敬三分的招牌。特別是黑道那部分，阿彪的拳頭、刀子沒替「広隼實業」少出過。

這裡是「広隼實業」從政府服務委託標案，長期包下的河濱地。士林、劍潭、唭哩岸、北投一帶數不清的廢土，都送來這裡囤積，準備作景觀腳踏車道。所以最不缺的就是土，阿彪再挖了一剷土，鋪蓋在那些混著醫療廢棄物的廢土上。

特別是都更後，廢土工程案子更是源源不絕。操作怪手挖掘、椿實廢土時，阿彪都可想到他曾簡單影過面的「広隼實業」轄下那些包商，合不攏嘴的臉龐。「要不是生意，這種人我在路上遇到，可能講不到幾句話，也會朝他們機車感十足的老臉，搗個幾拳吧！」倒是自己，可能就像現在已椿到紮實平整的地面一樣，也失去了原本的面目了。

-†-‡-†-

阿彪有時會想起剛從沒落眷村出來，失學之後，在車站附近跑計程車的日子。

那時他開始聚了些同樣跟自己眷村出身的少年仔，在車站不遠處，打殺搶了一個小地盤，做計程車招呼站。附近市場攤跟後火車站都有角頭勢力盤據，為了這個小地盤時常要跟這些角頭你來我去的衝突，阿彪覺得也是累。因為他也只是聚了幾個眷村同掛的小弟，比起土生土長的本省掛，終究是底氣不足。鬧了幾陣，除了要陪小弟上醫院，一般人也不敢來搭他們計程車。阿彪想想是不是該就這麼解散，畢竟自己就是不想受束縛，想自由自在，才跑出來混。

阿彪一次載客人，進來的客人穿著一身整齊亮眼的海軍水兵制服。邊開邊聊了才知道，他是海軍巡洋艦的水兵，負責巡洋與臺灣還有些關係的小國，宣慰當地僑胞，還眞是「變相」的環遊世界。特別是講到，船艦開往巴拿馬運河穿越中美洲那段，更是讓阿彪心嚮往之。

阿彪想想，這或許這就是個時機，把小地盤小幫眾散了散，自己去念海軍士官學校。

軍中的外省人可是一狗票的勢力，阿彪出身眷村，氣息自然一拍即合。說不上如魚得水，但阿彪抱著賺免費環遊世界機會的心態，在士官學校倒也算認眞訓練，本職學能跟戰技訓練都是名列前茅。當時，阿彪本想說，這樣穩了。沒想到自己被派往戰艦，有人跟他說，能被派去那種環遊世界、宣慰外國僑胞巡洋艦的士官，都先要經過「身家調查」。

不管眞假，來念士官學校的，之前在外面混過的也是不少。畢竟好男不當兵，好鐵不打釘，誰沒有過去？

阿彪想，都走到這個田地，反正就等著分發，看上了什麼艦再做打算。似乎是看中了阿彪能操持戰技的體魄，阿彪被派往海軍戰艦服役，就從班長做起。

軍中雖有階級、年資高低之分，但是體能戰技成績，可以突破這些，講話就是能比別人大聲。阿彪每次都是那艘戰艦體測成績前三名，很自然地被長官「看重」，特別還栽培他去受些戰艦機械修理的專業訓練。但阿彪作個班長，對手下這些雜毛小兵，操也不是，管也不是，還得怕菜兵逃艦跳海……覺得自己比較像是來當保母的，跟當初想要搭軍艦環遊世界的夢想差了十萬八千里，也不大想繼續「簽」下去，早早下軍艦，海軍退伍。

登出「海軍 online」的阿彪簡單就找了間機車改裝行的工作，畢竟自己連戰艦機具設備都會修了，機車修理改裝根本小菜一碟。阿彪很快就成爲店內的師傅，之前混火車站時的一兩個小弟也跑來投靠。阿彪將他們推薦到四周車行當學徒，大家平時有空就招一招，四處試車、飆重機。

阿彪有時回想起來，那段修車、改車，滿手油黑的機車改裝行日子，可能是自己堪稱平穩的日子。

會來改車的，除了一般愛車族外，三教九流滿滿是，改車引發的糾紛也不少。阿彪小弟幫人改車，被嫌拿二手貨當成新料來改車，引發了糾紛。阿彪小弟看對方好欺負動了手，沒想到對方可是竹聯幫堂口少主的死忠兼換帖。兩造在工廠倉庫談判時，阿彪小弟能烙的人也只剩下自己了。對方本來就是打算拳腳刀槍解決這件事，幫小弟出面的阿彪，二話不說也亮出原本藏在身上的西瓜刀，加上從海軍服役時鍛鍊的戰技，一陣砍殺後，倒也把對方好幾個兄弟殺退。

黑道是散了，就還會再聚。麻煩的是，竹聯幫堂口少主跑到阿彪待的改裝車行要一個說法。阿彪不想爲難改裝車行老闆，談妥自己加入竹聯幫堂口老大麾下，便不要再這樣拖纏其他人。竹聯幫堂口少主想想也是，讓阿彪負責堂口賭場的地盤。

堂口賭場藏在三層老舊建築的三樓，三樓上又加蓋一層鐵皮屋。三樓跟加蓋鐵皮屋上下打通，自成一個兩層賭場。阿彪負責的當然不是賭場的經營管理，是那些打打殺殺的事。有人來挑釁滋事、耍老千，就出來管管秩序。竹聯幫堂口的招牌夠硬，基本上一般人或小混混不會白目來鬧場，所以一有事就是大條的。阿彪也不是二十四小時便利商店店員，成天在賭場駐點，在賭場露露臉，小賭小玩個幾把，看看場後，便在賭場周遭騎車閒晃。一有事，賭場會有人 call 他來處理。

賭場是不管是景氣好，還是景氣不好的時代都會在的，有錢的能賭，沒錢的更想賭。所以賭場不會消失，只會像地下球莖，在正大光明的世界下默默生長、糾結，讓身陷其中的人越陷越深，不可自拔。

城市的地下賭場就隱藏在街頭巷尾間，有些甚至是流動的。阿彪待的竹聯幫堂口賭場是定點經營，自然需要跟黑白兩道互通訊息、人脈。阿彪就是在那時，遇到了傅鑫野。傅鑫野當時還是士林組合的賭場幹部，阿彪看傅鑫野瘦高白淨，但眼神銳利，知道他不是能打、能殺的那種黑道。有兄弟跟阿彪說，那小子可是落難少主啊……老爸可是一清專案前瀛海堂的老大傅勝，現在掛在士林組合吃關係。

但是能當上士林組合的幹部，阿彪猜傅鑫野靠得不會單單是血緣，動不動說自己背後的老大是誰。黑道幹部已經不是那種路邊的小混混了。

傅鑫野主動跟自己互通幾次消息，確實省了幾次麻煩，那些容易欠賭債的、要老千的，可以預先控場，省得生事端。賭場容易發生衝突、打殺，警察局的快打部隊來個幾次，就容易成爲治平專案的掃蕩目標。怎麼算，就算黑道開的賭場，還是盡量得「和氣生財」。

阿彪在賭場「維持秩序」，小紛爭能免，但大衝突還是不會斷。有一年還眞不知自己是不是太歲當頭，沒去媽祖廟拜拜，下港海線大哥大帶了一幫兄弟來光顧賭場。

那天賭場竹聯幫堂口老大不知去哪花天酒地去，海線大哥大一來，排場十足。那時阿彪在頂樓鐵皮屋外靠著天臺邊抽菸，看著樓下十字路口被沿著街道豎立的白熾行道路燈，打得如一柄慘白的十字架。阿彪在吞雲吐霧之際，好奇怎麼有一列賓士黑頭車如蟻隊，緩緩從十字路口的那一側，彎向賭場這邊。

阿彪才正在研究這些賓士車的型號時，駕駛座走出來的人準備打開後車門，後面黑頭車的人也紛紛走出列隊，個個看來就是江湖兄弟。打開的後車門，走出一個精壯戴墨鏡的漢子，看來準是大哥了。

這大哥個頭雖矮，但身材魁梧，墨鏡一拉下來，細長的眼睛透著精光。

賭場小弟從頂樓鐵皮屋快步出來報告，說有一夥海線兄弟想來賭場玩玩，老大今天不在，要請彪哥決定看怎麼應對。

阿彪揮手示意，讓他們進來吧！心想，又是一局要過的關。

憑著習慣，阿彪先打個手機簡訊，把海線大哥大出現在臺北賭場的訊息，傳給傅鑫野。再稍微跟對方小弟聊聊，探了一下底細。

阿彪示意賭場荷官盡量讓這海線大哥大贏，讓他賭得開心。他邊賭邊喝，已經給他贏了快要一、二十萬。

荷官向阿彪示意，是否繼續讓他贏？阿彪猶豫不決，不習慣作決定，讓自己覺得很煩。來的人得罪不起，但錢又是堂口老大的……

荷官看阿彪沒有指示，也就不控制賭局，就讓命運、牌技，順其自然去決定結局。

賭運站在這海線大哥大這邊，他已經慢慢贏到五、六十萬。已喝醉的他，賭興更是高昂。

不行了。

阿彪起身阻止賭局，海線大哥大旁的手下開始對阿彪嗆聲。

打架，才是阿彪擅長的。火線一觸即發，馬上對方幾個人躺下。

賭場老大這時才回來，看到這海線大哥大，臉色一變。另外闢室請海線大哥大參詳一下，被阿彪摺倒的人抱著肚子在地上作嘔呻吟。

兩人出來，醉醺醺的海線大哥大冷冷看了阿彪一眼，坐上小弟們畢恭畢敬送上的椅子，賭場堂口老大站在一旁，要阿彪當場下跪賠罪。

眾人眼睛看著阿彪。

士可殺，不可辱。阿彪直接轉身走出賭場。

阿彪開始四處藏身，跨上重機，山區、海線四處跑，做一個很難被堵到的人。

風聲傳來——這海線大哥大覺得削面子，要賭場堂口老大「給個交代」——傅鑫野傳的簡訊。

風聲傳來——賭場堂口老大說，最新的黑頭賓士車拿去開，跑路錢都放在裡面，等風頭過了，再回來賭場。

阿彪不知道該怎麼辦？

阿彪打電話給傅鑫野。

「那海線大哥大幾乎快準備『登基』為縱貫線老大了，你覺得你賭場老大惹得起嗎？」

「惹不起。那我去牽車嗎？」

「說不定是餌，你就變成上鉤的魚了。」

「那……」

「我載你去牽車。」

傅鑫野載阿彪去牽車，賓士黑頭車停在市郊的街巷。傅鑫野把車停在遠處，拿出望遠鏡，看了看後，把望眼鏡遞給阿彪，「來，你自己看看。」

阿彪拿起望遠鏡，遠處騎樓幾個兄弟蹲在角落抽菸。

「瞧，還知道你喜歡玩車，要用車釣你。」傅鑫野把車子排檔桿，推到倒退檔。

-†-‡-†-

阿彪開著怪手持續把各種建設工程廢土倒往河岸，河流帶出廢土的汙濁，比暗下來的天空還黑。河流浮泛著帶著惡臭的黑，一片片向出海口，大規模的移動。

阿彪這樣看著，想起當年那夜傅鑫野載他到荒涼的海岸邊，等著偷渡漁船接自己偷渡到菲律賓時，漆黑並夾帶海風嘶吼的風景。

傅鑫野說，風頭過了，會通知自己。不到兩年，傅鑫野給自己匯了錢回臺灣。

回臺灣後，阿彪知道傅鑫野已準備接下士林組合賭場的場子。

傅鑫野看出了自己的「潛力」，知道他海軍戰訓出身，能打能殺不囉唆，把自己推薦給「広隼實業」。自己主要工作，就是幫忙工程圍標。這工作拳來刀去，靠的是身體，阿彪早習慣了。

後來，隨著傅鑫野跟「広隼實業」的合作關係越來越緊密，阿彪變成直轄於傅鑫野。

傅鑫野把自己當成祕密武器，主要是特殊、困難的案子才會 call 自己出來。

這時基隆河向著入海的口岸傳來的風聲中，阿彪隱約聽到身後有人對他大喊。

阿彪駕著怪手，從駕駛座向外回頭看。

傍晚河岸又飄起微微冬雨，河岸地水氣蒸然，跟怪手噴吐的廢氣一起搖晃著風景輪廓。

阿彪瞇著眼看——

是那個人！阿彪還特別認得住他的背影。

第十九話：還不到捷運北投站

士林夜市上午幾乎是空下來的孤城，但在新士林市場早市卻相當熱鬧。螯仔拿著外勞移工塗鴉師畫下的飆車手阿彪圖像，去找在早市就已開始擺撈魚攤的老爺子。

螯仔抵達新士林市場時，老爺子坐在自己的撈魚池前，田律師坐在一旁，顏興宸警戒地站在兩老身後，彷彿保鑣。老爺子淺色墨鏡映著螯仔遞上的畫像，墨鏡鏡片上倒映的畫像周遭，也映著撈魚池的小金魚，似乎在爭食這張照片般，在照片周邊游動。

老爺子想了想，示意一旁的田律師出意見。田律師扶了一下金邊眼鏡，指派顏興宸開車，載螯仔、狗蟻仔過去，集體行動有個照應，也能隨時掌握狀況。

下午螯仔等人上了顏興宸的軍綠色吉普車，顏興宸戴上太陽眼鏡，面無表情的轉著方向盤。吉普車先繞到至闊達打工的工地，闊達把他一袋維生的工作機具放到後車廂後，吉普車一行人就前去基隆河河岸「広隼實業」的廢土場，去堵阿彪。

吉普車蠻橫地向臺北市邊郊的基隆河河岸地前進，周遭緊密高聳的城市大廈街景逐次退散，舒緩下來爲略帶老舊的公寓住宅。但沒有言語的彼此，讓車內氣氛跟外頭的冬日氣溫一樣凝結冷冽——各自自顧自地，顏興宸開車，螯仔觀察街景，狗蟻仔戴上耳機聽手機音樂，闊達早早打起瞌睡。

抵達河岸地，儘管是廢土場，但傍晚日光已是餘光，把冬日潮溼的河岸地照得冷淡而荒涼。螯仔瞇眼搜尋，這裡滿是廢土場布滿垃圾，參雜廢棄物的螺絲、水龍頭、針筒……

「等等，是水龍頭……」螯仔想起之前在醫院妙琳逼他講的童話故事，應該的結局。但螯仔來不及細想，因爲他看到噴著「広隼實業」大大字樣的怪手挖土機，對空噴吐焦黑廢氣。像一隻匍在地的殭屍，伸出怪手插入河道，把自己的機身拖入河上。

「我在這看著，你們上路吧！」顏興宸坐在正駕駛座，隔著車窗看著河岸地。

螯仔也不廢話，下車，手遮在額頭，快速掃視周遭，確認廢土場其他工人都不在。坐在後座的狗蟻仔撥下耳機，搖醒睡到嘴角朝天的闊達，兩人也跟著下車。

螯仔要狗蟻仔把守在坡道上兩邊，自己走下坡道到河岸廢土場。下車時，狗蟻仔遞給他不鏽鋼四腳枴杖。

「阿彪！」螯仔走下河岸地，舉起不鏽鋼四腳枴杖揮舞，就像河岸地揮舞著大螯爪的螃蟹一樣大喊，「兄弟賞個光，說句話！」

河岸地的風勢大，螯仔發出的聲音顯得沙啞。

阿彪探出頭，看了看不搭理。將怪手再掉頭往河心。怪手升起，向河心沉下，得到重心，下挖，正準備撐起快手車身，讓整個車身往河心水面移動過去。

螯仔甩掉不鏽鋼四腳枴杖，忍著腳痛加快速度，跑到逼近河心的河岸地，怪手駕駛座外隨著引擎不斷震動的遮罩玻璃，又再浮顯著螯仔低身跑動的身影。

螯仔半跑半跋涉，用力跳上了怪手輪帶上。阿彪操作著的快手，沒料到螯仔居然不只是嗆嗆聲而已，直接衝上怪手。

怪手輪帶持續轉動，螯仔跳格子般，跳過一格一格輪帶。螯仔心想，忙了這麼多天，該死的飆車打手八成就是這傢伙了。

螯仔不會放棄。

阿彪再怎麼會操作怪手，也不可能快而精密地，把螯仔撵下。也不可能像飛車一樣，透過加速，把螯仔甩掉。

轟轟隆隆的輪帶停了下來，螯仔抬頭看，注意到在駕駛座開始動作的阿彪，並沒有帶什麼可以作爲攻擊武器的工具，如什麼榔頭、鐵撬之類的。

停下來的怪手在河面上懸浮，不過本身的噸位，即使冬季高氣壓冷鋒面帶來強勁河風，也只是輕輕搖顫一下。

阿彪從駕駛座跳了下來，也跳到輪帶上，跳下來的重力只是讓怪手略略沉了一下。螯仔警戒地走了過去，看著阿彪面對自己擺出拳擊手的姿勢。

螯仔想剛剛跳上怪手時，如果也把不鏽鋼四腳枴杖也帶上就好了。想到不鏽鋼四腳枴杖，不自覺又快速閃現妙琳的模樣，「嘖！」螯仔揮了一拳右勾拳，揮掉腦中影像，壯了氣勢，也擺出打拳擊的姿態。

螯仔、阿彪兩人開始鬥毆，拳腳來去。

畢竟不熟怪手輪帶，在閃阿彪飆過來的刺拳時，螯仔被凹凸的輪帶表面稍微絆了一下，略微失去平衡，臉頰吃了一拳，接著肚子也吃了一拳。螯仔抱著肚子，蹲在輪帶上。阿彪乘勢跟上要踹螯仔。螯仔在士林夜市黑道鬥毆經驗豐富，早料到阿彪要來補這一腳，一把把阿彪的腳抱住，一扭，阿彪一倒身，才跌在粗糙的輪帶，另一腳趕緊踹開螯仔，掙脫。

額頭帶血，牛仔外套手臂跌破一大塊的阿彪翻身看著螯仔身後，螯仔也往後看，發現狗蟻仔跟闊達跳到河裡，半踩水半游泳過來，也要爬上怪手輪帶。

阿彪估量無法以一敵三，從輸送帶上縱跳而下，鑽入浮著廢土汙油的岸邊水面，游往對岸。

經過這番打鬥，怪手已要漂到對岸。

阿彪本想說這樣便能擺脫螯仔，沒想到螯仔也跟著跳了下來。

接近對岸岸邊，阿彪半起身，轉身半爬半跑，逃。

-†-‡-†-

阿彪跳下怪手，游上對岸，在河岸地上跑了起來。跳下怪手的螯仔，也游上岸，跟著百米狂奔。兩個受傷的人，一個新傷，一個舊傷，一個逃，一個追。

闊達才靠狗蟻仔拉著，吃力地爬上怪手，看螯仔在對岸追逐阿彪，又要倒楣地往下爬。他轉身看顏興宸仍在後面的車子沒出來，只是靠著車窗，抽菸。

阿彪不斷往前跑，螯仔才知道阿彪的重機停在那頭。螯仔看著阿彪跨上重機，揚長而去——

螯仔回首，揮手要停在對面坡道的顏興宸，把吉普車開過來。

顏興宸依舊抽著菸，不疾不徐地發動車子，等著在怪手輪帶上還沒到對岸的狗蟻仔跟闊達狼狽地爬下，沿著河岸淺灘半爬半走，回到坡道上車。

而螯仔從對岸，看阿彪逃逸方向的河岸地有座連接河兩岸的橋，向在對岸吉普車內的顏興宸，用力地指那座橋。

螯仔奮力跑向那座橋，當然還是顏興宸開的吉普車，先穿過那座橋，開到奔跑的自己身邊會合。螯仔打開副駕駛座車門，上了顏興宸的車。

吉普車引擎怒吼，衝去追阿彪。

「往那片工寮開！」後座的狗蟻仔喊著，「剛剛上橋時，我從河岸彎道還看到阿彪的機車往那衝！」

吉普車衝往工寮。殘破的工寮沒有阿彪重機身影，但過去只有一條路前往市區。

「他的重機不是越野車款，相信他不會狗急跳牆，往那邊開！」

果然不久就在邊郊市鎮街巷，掃見到阿彪重機的車尾燈。

顏興宸按了一聲喇叭。

在邊郊市鎮，阿彪重機蛇一般，盡往小巷鑽。但螯仔早打開手機地圖網路定位，估量阿彪下一步鑽出的地方，要顏興宸開過去。常看房子，熟台北街巷的螯仔總知道如何破解阿彪的鑽法，所以預先在巷口堵著。好幾次阿彪騎著重機，猛往顏興宸吉普車的邊縫，驚險鑽過去。

吉普車又堵到了機車，兩車在小巷口對峙。

阿彪又迎面衝向吉普車，炫技般略壓車，要朝吉普車旁鑽過去。

螯仔冷冷看著，冷不防瞬間推開副駕駛座車門。

阿彪急閃不及，機車在冬雨的柏油路地面打滑，犁田。

斜倒的機車撞到邊郊住戶，那違章延伸加蓋的鐵皮車庫，發出了鐵捲門撞擊尖銳聲響，地上深刻著倒掉的重機劃出的擦痕。

鰲仔下了吉普車，準備逮阿彪。倒在地上的阿彪，瞬間把被重機壓住的左大腿抽出來，勉力起身，轉身拔腿就跑。

鰲仔原本準備重新上吉普車，卻發現阿彪倒在地面的重機，剛好擋在吉普車後方地面。吉普車前方是停滿機車的防火小巷，過不去。傅鑫野的吉普車卡在小巷前跟倒地重機之間，進退不得。

鰲仔揮手叫狗蟻仔、闊達下車，把重機移開。轉頭看，發現阿彪居然已經跑這麼遠！鰲仔瞥向重機，發現重機裝著防倒球，可能這樣阿彪腳才沒受重傷，還能像隻活跳蝦一樣，跑這麼遠。

鰲仔也拔腿追上去。

鰲仔與阿彪在臺北市鎮邊郊的大業路狂奔、追趕，偶有卡車、機車從旁呼嘯而過。這只是平日的臺北城邊郊傍晚，所擁有城中心不曾擁有，那低溫的荒涼。

阿彪穿過分隔島，爬上了對面掛著「高壓電危險」、「捷運設施擅入者究辦」牌子的鐵絲網。跑在後頭的鰲仔，看到網面後是一片雜草叢，還有山積著一截截黃鏽鐵軌組裝工料的廠房。

阿彪爬上鐵絲網準備翻到對面時，鰲仔才趕到鐵絲網前。

鰲仔隔著鐵絲網充滿鐵鏽的網眼，飛腳踹向隔著鐵絲網的阿彪。沒想到阿彪順勢往前飛縱，落地倒了幾個踉蹌。阿彪原本塞在皮褲後口袋的手機噴飛出來，噴飛到碎石地，沒發覺，繼續往前跑。

衝過來的鰲仔趕緊往鐵絲網跳，急著爬上鐵絲網，也沒發覺。

鰲仔手指勾扣鐵絲網網眼，腳尖撐起，也爬上鐵絲網。鰲仔邊爬邊盯著阿彪，看他要往哪跑，發現阿彪已隱藏入廠房中。

爬上鐵絲網，螯仔有了高度，發現兩側廠房的夾縫後，居然是停著兩列黃色軌道工作臺車。

螯仔怕追丟阿彪，爬到鐵絲網頂端，便直接往下縱跳，低身跑往阿彪剛剛隱入的廠房。

摒息，螯仔努力在維修員下班後昏黑廠房中，找阿彪。

廠房內堆積了機具跟工料，螯仔在這高低錯落間，尋找阿彪的蛛絲馬跡。一無所獲。

廠房門口斜對面過去的彎道，好像有零星下班的工人走過，螯仔也得往廠房內的機具間躲著。被抓的人得躲，抓人的人也得躲。阿彪心裡苦笑，決定不走了，要用聽的。

……果然聽到前方角落有鼠步聲……往廠房原本入口移動。

螯仔皺眉，管不得什麼打草驚蛇了，決定往前先衝去。

螯仔腳步一快，腳步聲便大。原本前頭角落向入口延伸，窸窸窣窣的腳步聲，也同步放大。跑到門口，螯仔一看，不是阿彪，是隻流浪狗，看到螯仔還轉身對他吐舌搖搖尾巴。

「人呢?!」

跑出去一看的螯仔，趕緊回頭，咬牙握拳。但螯仔腳步沒停下來，假裝眞的跑了出去。因爲他發現維修廠一旁，也堆著一堆發黃鏽的鋼條。

天色已漸暗暝，螯仔決定躲在鋼條跟維修廠的間隙，守株待兔。

風聲虎虎，吹得維修廠鐵皮不時鼓躁；鐵絲網外被吹得飛舞的雜草叢，也掃動、鞭打著鐵絲網……這都不是人聲。螯仔希望這都能讓躲在維修廠裡不知道什麼鬼地方的阿彪相信，這裡已經沒人了。

沒有人聲、沒有人聲、沒有人聲，死命壓低自己氣息的鳌仔，希望連自己都可以不用呼吸。

廠房後面咿呀一聲。

「有後門？」鰲仔心想，看到阿彪俯身跑出來時，立刻追上。

阿彪似乎也發現了，腳步沒停下來，繼續跑向另一個廠房轉角。

鰲仔跟上，穿過廠房轉角幾輛停著的車子，看到阿彪爬上鐵絲網又翻了過去。

鰲仔跑過去爬上臺鐵絲網，發現視野突然開闊起來——

一排軌道上停著黃色工作軌道臺車就算了，更過去竟是一大片碎石地草坪，上頭是一大排又一大排的軌道，而幾條盡情延伸的軌道在交錯後，延伸入架著棚架的維修機廠。幽暗的維修機廠內，幾蕊燈光昏沉無力，似乎停著捷運車廂，

鰲仔沒想到自己追著阿彪，竟然會追到臺北捷運的北投機廠。

阿彪又在軌道上幾臺黃色工作軌道臺車之間消失，鰲仔趕緊跳下鐵絲網。儘管鰲仔穿著平常穿的黑色馬丁工人長靴，但跳下來身體的重力，跟工作臺車軌道密布冷硬尖銳，又帶著冬雨溼潤的碎石，仍刺得鰲仔腳底、頭皮發麻。鰲仔顧不得這麼多，也翻身進入捷運北投機廠。

鰲仔剛剛才看到阿彪閃入幾臺黃色工作臺車，還在臺車下的車輪間，看到他奔跑的雙腳。鰲仔氣喘噓噓地繞過第一臺工作臺車，左右上下沒發現阿彪，只得趴在地面找阿彪的腳步。但視線穿過臺車底下，只看見充滿黑色機油油漬的車輪、鍊軸、底盤，看不出什麼端倪。

鰲仔抬起頭，臉龐還紮黏著地面碎石，夾在前後兩臺黃色工作臺車軌道間，不曉得該繼續往再

前一輛軌道上工作臺車的前頭，還是後頭追？還是掉頭回去跟狗蟻仔、闊達們會合？都追到這裡了，賭一把，鰲仔咬牙心想，朝臺車後頭跑過去……

「賓果！」鰲仔暗喊，在心裡做出棒球投手三振打者，忘情拉弓的手勢。

-†-‡-†-

好不容易把阿彪的重機移到一旁，顏興宸開著吉普車載著狗蟻仔、闊達從防火巷脫困而出，繞了幾個偏僻街巷，才遠遠看到似乎是鰲仔背影，翻過鐵絲網。

開到臺北捷運北投機廠外圍的鐵絲網前，坐在吉普車的狗蟻仔看到在鐵絲網隔著的廠房過去，似乎又是一道鐵絲網……鰲仔的背影正穿出一排黃色工作臺車車尾，追向前方草坪後在一列列捷運軌道奔跑的阿彪。

狗蟻仔拜託顏興宸把吉普車停在鐵絲網前，吉普車輪胎輕鬆咬上與車道有不少高度差距的行人道。

顏興宸手放在駕駛盤：「剩下靠你們了。」

狗蟻仔、闊達跳下車，狗蟻仔二話不說，趕緊也爬上鐵絲網柵欄。看著狗蟻仔爬上鐵絲網，鐵絲網裡頭的鰲仔又往北投機廠跑進去，闊達猶豫要不也跟進去時，狗蟻仔已喊道：「還不上來！」闊達只好也跳上鐵絲網。

狗蟻仔爬了幾下，就快到鐵絲網頂，發現闊達太胖了爬不動，沒跟上。

狗蟻仔只得跳回原地，推著闊達的屁股跟大腿，自己邊爬邊幫闊達爬上鐵絲網。幫闊達爬上鐵絲網頂，狗蟻仔立刻趕過闊達，也爬上鐵絲網頂：「胖子，剩下跳下來總會了吧！不要跟我說你還有什麼鬼懼高症？」

狗蟻仔不管闊達，跳下鐵絲網，藉著勢，著地後往前，朝鰲仔追阿彪的方向跑去。

狗蟻仔這一跳，加上闊達的重量，整個鐵絲網搖搖晃晃。闊達怕驚動北投機廠裡頭的員工，也不管三七二十一了，接著往下跳。但落地時重心不穩，仆街式倒地，吃力起身，滿臉黏著碎石，也不管了趕緊追上去。

闊達吃力地邊跑邊嘟囔：「欸～我不像你們以前成天往淡水紅樹林河岸泥巴地跑，等我一下……」

顏興宸從吉普車下車，拿出登山望遠鏡，站在鐵絲網前，瞇眼從廠房、黃色軌道臺車間隙，聚焦看著這幾個人在昏暗中跑遠——鰲仔追著阿彪就跑在那頭復興崗捷運站後，臺北捷運北投機廠前的碎石草坪，身影若隱若現。狗蟻仔則在後頭跑著，剛穿出維修廠，努力慢慢克服距離。最後頭闊達拖著肥胖的身軀，儘管努力做出跑動的姿勢，但仍像是散步般，剛進入維修廠間的走道，與鰲仔、狗蟻仔的距離越拉越遠。

放下望遠鏡，顏興宸發現鐵絲網裡的工程車碎石地上，掉著一隻手機……

不久，闊達低身走了回來，看到顏興宸已將車子停在鐵絲網前頭車道，抽著菸看著復興岡捷運站那頭。

闊達吃力爬上鐵絲網，費了好一大功夫，跳了出來，也朝捷運北投機廠看，「眞不是人幹的！」

闊達發現鐵絲網裡的手機，「剛剛這裡有這隻手機嗎？不會是那阿彪掉的吧？」闊達伸手去撈，肥胖的食指還伸不到半截進去。

這時遠遠的復興崗捷運站那頭，傳來口哨聲。

臺北捷運北投機廠有一個駐場維修員走了出來，看到底發生了怎麼一回事。

顏興宸跟闊達趕緊上吉普車，避著。

北捷維修員往螢仔追向阿彪的捷運復興崗站那頭走過去時，闊達要顏興宸等一下，從原本擱在吉普車上的軍綠防水工作袋中翻出扳手，趁維修員背對他們往另一頭跑過去的空檔，穿入鐵絲網把阿彪手機撈過來。手機穿不過鐵絲網，闊達索性再從軍綠防水工作袋撈出老虎鉗，三兩下把鐵絲網咬斷，把躺在碎石的阿彪手機拿過來。

阿彪手機螢幕已經被摔裂出了裂紋，沒有畫面，闊達嚷嚷：「媽的！費了老子一番功夫，到底是壞掉，還是沒電？」

闊達把手機收入口袋，轉回停在路旁的車子，上車。

吉普車開始找路，沿線向捷運衝去。

-†-‡-†-

奔跑的螢仔，踩過臺北捷運北投機廠修車廠房前偌大草地上，好幾列交錯如背脊骨節的列車鐵軌時，那溼潤沙礫像要把他吸納入地心的沉陷感，這份熟悉確實會讓他想起年少一個人在沙灘奔跑的往事——他甚至會從天空的視角，看到微小的少年自己如何在落日中，看著南方沙灘上自己影子斜斜拉長，這麼像記憶中父親的身影啊……伸手去牽，但什麼都沒抓住……鰲仔在沙灘上總會快步，不斷地把自己的腳掌抽離沙灘，他不想陷下去，他不想面對自己的影子太久。

出身海軍的阿彪在服役時，少不了在沙灘上領著班兵做跑步訓練，他對自己的跑步頗有信心。沒想到身後追逐的腳步聲，像影子般一直甩不掉。阿彪邊跑邊回頭看，發現鰲仔俐落地跑在碎石地上，如跑步選手跨欄，跨過維修軌道與車輛調度軌道兩旁架立的白色護欄。而後頭還一個也要追上來的，應該是他的同夥。

叫罵聲，軌道震動，一列捷運維修車廂開了出來。阿彪完全不停下腳步，趕緊跨過軌道。捷運列車廂車頭閃起的大燈，一瞬間投影出阿彪的影子，並且把影子狠狠地釘在地面。

但影子一下就消失，像被揉入碎石中，他跑過了緩緩移動的捷運車頭。

跟在後頭的鰲仔趕不上，迎接他的是一排一樣緩緩移動的車廂——只能看著捷運車廂從左而右開過去。不可能攀上移動中的捷運車廂，想順著移動的捷運車廂往右、往左跑向車廂的頭尾，好像都不對。

往左？往右？他不會還爬上車廂，就這樣「搭捷運」走了吧？……鰲仔只能雙手扶著左右膝蓋喘息，狼般瞪視運動的車廂。

狗蟻仔這時終於跟上，兩人等待。

拉簾般，捷運車廂終於要開過去。兩人往整列捷運車廂後跑，鰲仔看著車廂另一面，阿彪沒有爬在上面。

螯仔感覺肩膀被拍了一下。

「那邊！」

狗蟻仔已往捷運復興崗站跑，螯仔直覺跟上。

在這一大片北投機廠修車廠房的車廂維修調度軌道草坪上，有一座孤獨的天橋，連結著廠房區與復興崗捷運站，方便廠區員工搭捷運上下班。這時天橋上只有三兩個人，撐起傘緩緩而行。傘面發出微光，傘下人低頭沉浸在傘下手機螢幕的微光，在這一橋的距離中，與世隔絕。

「不會吧～月臺那邊有走道可以直接上去！這哪招！」狗蟻仔氣喘吁吁地喊道。

不知是被微微飄落的冬雨還是奔跑的汗水，弄得全身溼漉漉的螯仔、狗蟻仔看到阿彪已經爬上鐵絲阻隔網，翻出捷運整修調度站。

爬過鐵絲阻隔網的阿彪衝上捷運月臺旁，對北捷維修廠房開放斜斜而上的工務走道，在走道欄杆上帶著蔑視的笑，看著繼續往前跑步跟上的螯仔、狗蟻仔。但阿彪沒往復興崗捷運站旁邊的月臺走，一不做二不休，又跳下走道，跨越兩排往來的捷運列車軌道，往對面站臺。

不知是不是有監視器，後頭的維修廠房中，已有一個駐守工作人員出來探看究竟。捷運車站開始響起尖銳的口哨聲。

比起身後已漸暗下的大片北捷維修廠區，燈火通明的復興崗捷運站像一座明亮的島。螯仔、狗蟻仔終於也爬過捷運復興崗站軌道旁的鐵絲網，衝過軌道，翻過貼著「高壓電危險禁止進入，違者最高可罰新臺幣五萬元」的透明坡道擋門。

兩人上復興崗捷運站臺時，發現在站臺向上的電扶梯前圍著一群參加學校淡水溼地校外教學的國中生。一個學生倒在地上，眉頭鮮血直流，阿彪也倒在一旁。顧月臺的捷運工作人員慌了手腳，進入站務臺撥電話。站臺電扶梯仍慢慢補入不少參加校外教學的國中生。

可能是剛剛在站臺狂奔的阿彪撞到學生的。

「扯平了。」鰲仔追上。

阿彪扶著太陽穴起身，眉頭也流下血，眼冒金星看到鰲仔、阿彪追了上來，馬上起身穿過校外教學的學生，在站臺上的人潮中追逐奔跑。鰲仔跟阿彪也拔腿繼續追。三個人像一列海邊沙灘憤怒的馬，跑出左右兩排浪花。

站臺上許多候車乘客，不少仍自顧自地滑著手機，突然看到三人追逐，還楞在那裡。跑向捷運復興崗站朝著捷運北投站方向的站臺，站臺終點一樣是貼著禁止標語的透明坡道擋門。幾個韓國裝扮女孩聚在前面，她們本來一起對著手機擺出俏皮的自拍 POSE，但看到手機後阿彪死命跑來，嚇得花容失色，閃到一邊去。

阿彪不放棄開始助跑，直接一腳跳上透明坡道擋門，在擋門上蹲下身子，再蹬跳下工務走道，再跑。

鰲仔、狗蟻仔追著阿彪，也準備跳越過透明坡道擋門時，後方月臺開始響起捷運列車進站音樂，接著傳來急促的捷運車廂關門鳥鳴聲電子警示音。

但鰲仔、狗蟻仔沒一個人回頭。

他們要搭的不是捷運。

阿彪繞過前方捷運列車警示燈箱，直接跑上捷運軌道旁的碎石地，旁邊是護欄擋牆。他努力甩開兩側種著的一排排樹林，以及區隔在捷運旁住家、工廠，這些高低起伏的風景。

但卻甩不開後面追著的螯仔與阿彪，那是甩不掉的影子，偏偏即將夜黯，影子就要消融入夜，變成整片巨大的夜，要吞沒著阿彪。

-†-‡-†-

這捷運復興崗站開往捷運北投站的軌道先是個彎道，再過去地面軌道就開始走高，變成鋪設著軌道的高架橋。

阿彪跑上高架軌道，往軌道旁的窄道走，像走上獨木橋。窄道旁樹木開始幾公尺才出現一棵，單純只是爲了點綴綠化，主要靠窄道旁升起的隔音牆來進行隔音。

三人在軌道外面上追逐時，對面後方的捷運車廂迅速跟上，迅速超過了奔跑的他們，往捷運北投站而去。

捷運內的幾個乘客發現，但還來不及反應是什麼狀況，只能任高速行駛的捷運車廂，帶著自己離開現場。

儘管不是他們身邊的軌道，但隔著一列軌道，從後頭而來捷運的帶動的風勢，稍稍打偏了他們跑步的身形。列車夾帶來的風，推著同樣跑往捷運北投站的阿彪、螯仔、狗蟻仔，三人都感覺到一股助跑的力量，但誰也都趕不上這列開往捷運北投站的列車。

這陣風，只能讓他們更快地，迎向接下來在高架橋上，就緊鄰他們身旁軌道，朝他們而來，開往復興崗捷運站的列車。

阿彪把身子貼著窄道跑，接下來呢?!他不可能掉頭往後跑，靠在身旁的軌道上捷運列車已迎面開來，他也來不及越過軌道，到對面的窄道了。

阿彪停下來，跳起，雙手扳上隔音牆，試圖撐起身子，要爬上隔音牆。

但是來不及了。

奔牛般的捷運已衝到身邊了。

阿彪雙手扣抓著捷運軌道旁的隔音牆上，不知道會不會變成肉醬，讓懸著的身子，極盡所能地，貼著隔音牆。

好冷的風，利刃般掃過自己的背，阿彪感覺身子涼了半截——

阿彪希望自己接下來還能有感覺——

-†-‡-†-

看到前面的阿彪要爬上隔音牆，在後面的鰲仔、狗蟻仔想也不想直接有樣學樣，幾乎同步模仿阿彪著跳上隔音牆。只是因爲在後頭，比阿彪更有時間眞的爬上隔音牆，趕緊墊著腳，走繩索一般，快步走到阿彪的位置去抓他。

捷運列車就這樣緊鄰著他們身邊掃過，列車廂車窗是一幕幕事不關己的人生換幕。高架橋震動著，夾帶冬雨珠滴的冷風，是一陣也朝鰲仔、阿彪掃來的槍林彈雨。

站在隔音牆上的鰲仔，低頭看著腳下手指還扣著隔音牆牆緣的阿彪。阿彪還閉眼雙手扳扣著隔音牆還沒爬上來，要撐起整個身體重量的手指出力發抖，手指上是一點點的雨滴。

開往捷運復興站的捷運列車終於開過高架橋，螫仔再往北投站看過去，車燈閃爍，似乎不久後又會有另一列列車要開過來。

寒風中的螫仔可沒打算把阿彪踩落到軌道。

螫仔示意走過來狗蟻仔，兩人蹲下來，握住阿彪各一邊手，把阿彪拖上來。

螫仔把阿彪推回高架橋後橋接的平面軌道區，螫仔押著阿彪，與狗蟻仔兩人一後一前，包抄著阿彪往後走。

螫仔喊著：「撥電話給闊達，講一下這裡是哪裡，要他叫顏興宸開吉普車到附近來接我們！」

走在螫仔、狗蟻仔兩人中間的阿彪，突然舉腳踹向狗蟻仔後腿膝蓋窩。手拿著手機的狗蟻仔，立刻重心不穩，從隔音牆上滑倒。阿彪往前衝，要繼續逃。

這突如其來的舉動，螫仔趕緊要拉狗蟻仔。

狗蟻仔大喊：「我自己可以爬上來！先去追他！」

螫仔追阿彪，幾步就追上阿彪，要逮住他後衣領。

不知道是不是聽到狗蟻仔電話內容緣故，跑了幾步的阿彪不往後跑了，居然看準高架捷運軌道旁的樹直接縱身，側身往高架橋旁的樹跳！試圖從軌道旁邊的樹上滑下去。

螫仔猛然伸手，緊緊往阿彪縱身而跳的腳抓去——

螫仔碰到阿彪的腳，但沒抓著。阿彪手雖抓到了樹，但被螫仔這樣一拍，重心不穩，直接從樹上跌到高架橋下的地面。

砰的一聲。

螯仔跟爬起來的狗蟻仔，趕緊往下看，發現阿彪整個側癱在地面，跌成重傷。兩人趕緊也跳往高架橋旁的樹，慢慢爬下去。

螯仔、狗蟻仔從樹上爬下去時，迎向他們的是臺北盆地的邊郊夜晚冬雨中，顯得荒涼街景——拉下鐵捲門的廠房、零星舊樓房住家、小雜貨店、冒著湯煙的小吃攤。

螯仔、狗蟻仔看著躺在地上因骨折而痛楚呻吟的阿彪，準備把他拖起來。

螯仔心中盤算，送醫？或者……

這時顏興宸的吉普車也趕來了。

面對漸漸向這裡圍觀指指點點的人，一腳踏下車的闊達看了看周遭電線桿線路與樹木，半截身子又縮回車內，從車廂裡拿出小型電鋸。

闊達操著小型電鋸，達達達地三兩下，鋸翻了捷運旁的樹。

半傾倒的樹幹，向一旁倒下，壓到了電線杆。

電線瞬間批哩啪啦跳動，爆出電線火花，一陣電光中散發燒焦味。

頓時捷運高架橋下周遭的社區突然停電，周遭陷入一片黑暗。

沒人注意到，螯仔等人如何把阿彪拖上車，揚長而去。

雨中冬夜的城郊，就這麼，失去了對燈光的依賴。

第二十話：一群鬢狗

拉下鐵門的「五湖四海豆漿店」樓下電鈴響了幾聲。

鳌仔按了對講機：「誰？」

對講機上的密錄式螢幕上，顯示穿軍綠外套、牛仔褲，一手抖著闔起來雨傘雨水的角利。

「我來解救犯人。」角利的聲音。

鐵捲門上下捲動聲結束，樓下傳來角利上樓的腳步聲。

角利上樓後看見關在內側房間裡的阿彪，被綁在木椅上，背對門口。

房間塞滿了重金屬搖滾樂的嘶吼聲音，阿彪被鳌仔、狗蟻仔、闊達團團圍住，可以說插翅難飛。

洗手間傳來水龍頭聲音，妙琳捧著塑膠臉盆，走入房間。

角利打開電視，把電視音量調到最大，背對房間，把自己丟入沙發中。

鳌仔從房間走出，坐到沙發：「你過得挺爽的嘛。」

「你們顏興宸老大不在啊……本來還想說跟他聊聊，好在士林夜市布個樁腳。」一屁股坐在沙發上的角利，拿著選臺器轉著電視臺，轉啊轉：「說我爽，我可忙得很，來給你們最新消息，聽說今晚輸血車就準備送血袋到士林各醫院，你們可要好好『加班』了……欸，之前你們的店犬黑狗兄還沒回來啊？」

鳌仔聽了，狠狠看著房間內的阿彪。

「還有，你們的捷運跑酷秀沒上警局，沒上新聞，你們覺得是誰的功勞？」

角利轉到連著各新聞臺的頻道，「你看。」

鳌仔看了看電視：「還是有。」

新聞臺螢幕上頭跑馬燈快訊——臺北北投郊區大業路一帶突然斷電，附近住戶一片漆黑，臺電正派員加緊搶修——

「我又不是你們家士林組合的老爺子，能蓋掉捷運站那邊的通報就不錯啦，要不要打開廣播，聽聽看警廣交通聯播網有沒有播？」

狗蟻仔從房間伸著懶腰走了出來，「在家裡聽什麼交通聯播網，會不會太瞎。嘿嘿，我們可還賺了新臺幣十萬元……」

「誰給的？」角利好奇。

「復興崗捷運站，翻過那軌道站臺坡道就要罰五萬元。」狗蟻仔回答。

角利：「所以你們翻了兩次？那你還少算鳌仔的，應該二十萬元。交通警察我認識的可不少。」

「發了！應該多翻個幾次，這樣就能贊助鳌仔的房子頭期款了。」狗蟻仔恍若未聞。

「照你們電話說的，阿彪可能是『広隼實業』的人，你們『士林組合』要跟『広隼』槓上？」

角利想要停止這個鬼扯的話題。

一個是實業集團，一個是士林黑道，在角利這個被延退，擠上士林地下分局長稱號的警官角度來看，是不希望發生的事。

「這人能代表整個広隼實業？広隼實業這麼多子公司……」鳌仔沉吟著，沒正面回應角利。

広隼實業是臺面上——或者說，是上得了新聞臺面上的企業。兩著相比，士林組合雖然這七八年，透過跟士林夜市攤商、行號的往來組織，變成能結合工商的組織，有著能於黑、白兩道間遊走的灰色空間。但士林組合終究擺明的，就是一個黑道組織。

「在廢土場撈到阿彪，在臺北能跟土有關的，十之八九是建設業。不會是搞什麼都更的吧？」

忙了一陣的妙琳，也走出房間過來沙發，聽到角利說的話。

房間內只剩闊達一個人看簡單包紮過後的阿彪。

「都更？」妙琳疑惑，「這是什麼藥的名字？」

「小孩子的成長不能等。」狗蟻仔搖搖頭，「連我這個沒念大學都知道都更。」

狗蟻仔起身，「懶得跟妳說了。」狗蟻仔拍了一下大腿，起身走回房間，一同跟闊達看阿彪。

「小妹妹，我跟妳說，這是很簡單的投資道理。」角利耐著性子，跟妙琳說：「城市跟人一樣會老，特別是現在臺北精華地段，之前的建築跟社區就是蓋的比較早，所以也快速進入要更新的狀況。那些企業、商人就是看準這個翻新機會，可以在這些精華地段插旗……」

「先占先贏的意思嗎……」

「政府也希望都更，不過世以民間自己的力量，自己完成都市更新……但誰來領頭呢？一個社區幾十幾百個住戶。所以舊社區建築雖舊，但只要有利可圖，建商就會介入，提出些『優惠方案』，什麼補貼，什麼以後用舊的一坪，換幾坪新的。」鳌仔也在一旁補充，「反正再怎麼算，都更後大廈蓋的更多層，建坪多個幾倍，土地也會因爲翻新而增值，一坪原本十幾萬，都能翻個好幾倍。」

「如果有人就是不要呢？」

「對付這種就算開拆，也要死守原住址的『釘子戶』，黑道就是很好的『幫手』啦！」角利意有所指的看著鰲仔說，「什麼灑冥紙，潑油漆的，都來啦！弄得我們這些警察很有事，偏偏現在士林也要都更了。」

「也可以倒打建商一耙，黑道也可以跟住戶說好，故意不配合都更，要建商掏錢，黑道再來抽抽油水。建商為了讓工程早早開工，不然會賠下更多錢跟時間，通常也會咬牙答應。」

「眞是有夠爾虞我詐……到底是要賺多少才夠啊，你們?!」

「臺北居大不易啊，不然你問鰲仔。」

「我看你們是人在江湖，身不由己。」對都更話題有聽沒有懂的妙琳，重回房間看阿彪。

「等等，所以現在，臺北的舊屋比新屋更有價值，囤越多舊屋，就像一疊疊巨大的股票，更有都更主導權，到時可以大翻一筆。」鰲仔露出似乎想通了什麼的表情。

「沒錯。」

「那傅鑫野的『一樂虎』外面，有一大片舊樓房……所以……」

「嗯……」換角利也陷入思考，思考這個「所以」。

想著鰲仔說的話而短暫安靜下來的角利，無意識拿著電視選臺器，持續轉換電視頻道。轉到了野生動物頻道，電視螢幕中一頭獵豹在非洲大草原高速追趕著羚羊，已經咬上羚羊的脖子。角利放下了思考，欣賞著畫面，問坐在旁邊的鰲仔：「阿彪人都在這裡，不然，你們有問出什麼嗎？」

「有她在，沒法『好好問』。」鰲仔大拇指比著房間裡面。

「我來幫你們『調虎離山』。」

角利笑了笑起身，故意把放在桌上的藥箱裡的雙氧水、優碘什麼的打翻，起身走向房間，跟裡頭妙琳說了幾句話。

妙琳聽了，出來，狠狠瞪著螯仔：「沒事幹嘛碰我的醫藥箱，你是嫌我沒把你包成木乃伊嗎？」

妙琳急忙收拾背包，對螯仔丟下一句：「你先把這裡擦乾淨，整理好，我買什麼都算你的。」準備下樓出門前，瞄到放在牆角的不鏽鋼四腳枴杖，「才沒說，你又沒用了！」

電視螢幕中的獵豹，被一群鬣狗圍攻，悻悻然離開已被牠撕咬得開膛破肚的羚羊，得手的一群鬣狗興奮地圍上羚羊，羚羊肚腹內臟被咬成血肉模糊的鮮紅盛宴，裸露著慘白而空蕩蕩的兩排肋骨。

-†-‡-†-

樓下傳來刷啦刷啦妙琳拉下五湖四海鐵捲門的聲音，鐵捲門聲音剛歇止後，螯仔拉了張椅子，坐在阿彪對面說：「剛剛是保護級，現在是限制級了。」

叼著菸的狗蟻仔把阿彪背綁在椅背上的右手鬆開，拉了一張矮木桌，「你不說，我就把你交給螯仔，會．很．痛．苦，別的不說，我只能跟你保證這個……」

狗蟻仔轉身把房間音響再調大聲一些，原本重金屬音樂貝斯聲刷弦嗚嗚大作。

不等阿彪反應，狗蟻仔就把阿彪的右手掌五指攤開擱在桌上。毫不囉唆，一道慘銀光襲來，螯仔把一柄小刀插在阿彪右手掌虎口，「咚」的一聲，阿彪身體直覺往後縮手……又一道冷冽銀光射來，阿彪趕緊收住右手……

又「咚」的一聲！

阿彪冷汗直流……右手手腕旁插上一把仍在搖晃的蝴蝶刀。

阿彪手收勢不及，手腕邊緣被蝴蝶刀刀鋒吻上，滲血。

血跟冷汗開始流了下來，在木桌上緩緩流淌……

阿彪想說什麼，卻說不出來。

鰲仔不等阿彪，示意狗蟻仔拔掉阿彪中指上的戒指，露出了刺在中指的鈴鐺。

鈴鐺細密地刺上黃紅綠三色，綠色部分有綠葉花飾。

「還是不說話是吧？」鰲仔看看手錶，「該煮豆漿，準備開店了。」一拳往阿彪鼻樑打去，將阿彪送入昏迷的世界。

「你從頭到尾是有要留時間給他說話嗎？」狗蟻仔這才把木桌上的刀拔起來。

角利也從外面客廳走進房間，看看情況如何。

「沒時間，要用沒時間的方法問。」鰲仔看了看手錶，「醒來他就會說他們那群飆車族聚集地點了。」

狗蟻仔搜了一下阿彪口袋，發現對折一張內湖美麗華百貨公司的宣傳單——一個金髮碧眼的魔術師站在摩天輪前，雙手伸展，抬頭閉眼對著夜空，身後列隊穿著低胸短裙的金髮美女。海報打上泛著鑽石光芒的一排字——「把摩天輪抬高一個美女的高度：烏丹．喬森的魔術夜豔」。

打開對折的宣傳單，折痕中間還滑動著幾顆紅豔的「荔枝」。
「抓包了喲，不過他跑半天，不會是要趕去看魔術秀吧？」狗蟻仔疑惑的問。
螯仔看廣告單上的日期，還差一個禮拜。
一旁的闊達滿不在乎地嚼著從樓下五湖四海豆漿店蒸籠箱裡的肉包吃著。剛吃完，拍拍手，嘴巴塞著肉包，口齒不清：「嗚欸……換我……了嗎？」掏著滿是水泥汙漬工作褲。
「還換你勒？那時跑都不知道跑到哪裡去了，你不會是溜到哪邊去偷休息吧？」
「不要說兩條腿，我恨不得全身的毛都攑起來當腳跑。」闊達扶著發疼腫脹的腿無辜地說。
「不然你是有什麼新家私，拿出來，好好喬一喬他的嘴。」狗蟻仔伸手朝低頭昏迷的阿彪比了比，示意可以換你了。
闊達從工作褲口袋掏出阿彪掉的手機，拿給螯仔。狗蟻仔才準備去浴室捧一盆冷水，沖醒原本打死不說背後指使人，現在則沒時間說的阿彪。
「不用。」
阿彪手機螢幕雖然摔出裂紋，也沒電了。螯仔仍想試試，拿著延長線給手機充電。阿彪手機螢幕亮起，要輸入指紋密碼。螯仔把昏迷的阿彪手指觸按手機，過關。
螯仔翻查阿彪的手機電話簿，「讓我瞧瞧他的那幫小弟都有誰吧？」
像頭獵犬嗅到突破案情味道的角利，趕緊跟著狗蟻仔湊過去看。闊達沒自己事情一般，溜下樓去豆漿店找煎臺手阿盛要吃的。
狗蟻仔納悶：「現在是怎樣，這麼會防人，有心機喲，打的電話都沒輸入到手機電話簿裡，打給誰都不知道。」

角利還在想怎麼辦時，螯仔問角利：「你上次說，希鳳失蹤應該是上週六凌晨是吧？」

「嗯。」

螯仔快速滑動阿彪手機的通話記錄，到上週五的位置。

「瞧！那天 0925467XXX 這隻電話重複出現了好幾次，特別是週六凌晨一點前。」螯仔也拿出自己的手機比對，希鳳打了好多通電話的時候，0925467XXX 這隻電話的通話記錄，也出現在阿彪手機上好幾次。

狗蟻仔摩拳擦掌，「現在怎麼辦，直接打給 0925467XXX，call 他出來解決一下恩怨嗎？」

繼續翻查，確實阿彪不時會跟這個號碼聯絡。

「這不是你們現在最主要目的吧？」

「不是他們要來找我們，是我們要去找他們現在窩在哪……」

「別忘了，現在你們兄弟還被分在士林好幾家醫院『進修』呢？輸血車都準備要開了……」角利在一旁盯著螯仔手上阿彪的手機螢幕。

「我們的拳頭要揮對地方。」螯仔繼續查著阿彪手機，沒打算把手機給角利的意思。

「所以現在是要怎麼辦？跟這個 0925467XXX 視訊？還是給他們開直播先？」

螯仔把阿彪手機拿給狗蟻仔，「手機還能敲簡訊啊，你假裝阿彪打簡訊給這個 0925467XXX，套出他們聚集點……」

狗蟻仔接過手機，想了想，敲了訊息——「我還要烙人，看一下老地方的地址轉給我，我再轉過去給他們。」

狗蟻仔打完簡訊後，角利想去接阿彪手機，狗蟻仔笑了笑，一臉「你想的美」的表情，仍舊把阿彪手機交給了螯仔。

螫仔接過阿彪手機繼續檢查，發現下午阿彪從河岸地亂竄亂跑到捷運站時，中間居然還打了一通02開頭的室內電話。

這通電話依舊沒有輸入在手機電話簿。

狗蟻仔瞄了一下：「室內電話不能打簡訊欸，就直接打過去給『広隼實業』可以嗎？怎麼跟接電話的人說？」

螫仔：「你怎麼知道這電話就是『広隼實業』？我先把電話號碼，丟到網路上網查查看。」

螫仔拿起自己手機，把號碼輸入手機網路搜尋。螫仔看了看搜尋結果，嘖了一聲，把自己手機秀出來，角利、狗蟻仔趕緊湊到螫仔身邊看。

慕鄰建設。

「好呀！不能當呈堂證供，也可以知道這幫犯罪集團是哪些組織串在一起的。」

「慕鄰建設」是臺北的建商，是不是「広隼實業」的子公司，螫仔不知道。慕鄰建設主要就是在搶臺北市、新北市的都更建案，螫仔大概也聽過道上一些兄弟幫慕鄰建設圍事的風聲。

「這『慕鄰建設』花招可多了，沒事把我們警察當外賣一樣叫……」

「啥，怎樣你們中士林分局不會也跟他們混一掛的吧？官商勾結？」

「他們沒事就要我們到他們處理的都更基地『管秩序』啊……你以爲我們很想跟他們混嗎？」

自從上次角利跟螫仔深夜去跟蹤傅鑫野，追到慕鄰建設大樓時，角利就找時間收集了些慕鄰建設的消息，「『慕鄰建設』說來也是奸商啦，也設了不少空殼公司，像禿鷹一樣，看到哪邊有控制社區都更的機會，就空降……」

狗蟻仔從冰箱拿出三瓶啤酒，給角利、螫仔各丟一瓶，「成天炒地皮，他們爲什麼能掌控這些土地重劃委員會，每個都送錢？如果只是幾戶送送錢能了事就算了，雖然最後都會被獅子大開口。」

角利拉開啤酒罐拉環，「還有更好的絕招啊……你們有在 update 最新檔案嗎？」

「什麼方法？」這引起了鳌仔的好奇心。

「複製地主大軍啊……這樣就可以主導各地重劃會了。」

「複製？什麼意思？」

「炒地皮的先買一塊要重劃地區的一筆土地，還眞不用買太大，然後再登記幾百個人頭戶名下，就算是只分到Ａ４紙張大小的地也可以。這樣就平白多出了好幾百票，可以去取得各地重劃會的理事、監事席次，你覺得這樣有票在手，理事、監事又是自己人，還不能控制重劃會嗎？甚至還可以變更變更工程設計書、圖與工程預算書，跟地政局虛增好幾十億地上拆遷物補償費、公共設施工程費呢！再加上都更後的賣房、租房，嘿嘿……」

狗蟻仔拍拍鳌仔，「難怪你怎麼湊錢都買不起房子。」

鳌仔知道這些手法後，更知道自己處在多麼畸形的房產銷售購買局勢，不禁暗自算了算自己的銀行購屋存款。

「看來這果然不是國外毒梟跟國內士林黑道的毒品犯罪，這麼簡單……」角利繼續邊想邊說，「不過，國外毒梟跟國內士林黑道其實就很不簡單……再加上建商。黑道包工程是不會奇怪，但建商又混到這裡跟毒品弄在一塊，是？」

狗蟻仔：「你不是門路廣，直接上門去問這建商，我看比較快。」

鳌仔：「開建案的，不會擋客人。」

角利：「那也只會是業務接待我們吧，他祕書八成會賞我們吃閉門羹。」

鰲仔：「他總要出去談都更，什麼說明會之類的吧？」
角利：「我們去現場堵他？」
鰲仔：「對，你回去動用一下人脈，查一下應該會知道。還是我們先處理那群飆車族？」
角利看看手錶，「謝啦！這業務發包給你們了，我們中士林分局這個月的業績就靠這攤了。」
不久之後，阿彪手機響起收到簡訊的清脆聲響，簡訊寫著士林邊郊山區一個荒廢加油站的位置……
「到樓下跟阿盛說，火關一關，鐵門拉下，今天不做消夜生意了。」鰲仔披上自己的皮衣，對狗蟻仔說。
「你們條子慢點再去。你先幫我們看家。」
「麻煩你們了。」角利笑了笑，看了周遭，「你當這裡是『家』？」
鰲仔沒回應，起身，開門，狗蟻仔、闊達跟上，一同下樓離去。

-†-‡-†-

穿著藍色防風外套的飛車手嘴巴叼著菸，背靠著廢棄加油站臺上，還掛著加油停車熄火嚴禁抽菸警示牌的機臺，滑著手機遊戲，避雨等待阿彪。
半山腰的雨勢雖然停了許久，大家仍選擇窩在這裡，山道因爲山上四處狗啃般亂滿的檳榔樹，山地落下的雨水沒有深根樹木吸收，從土壤直接排出到山道。不少山道路段像小瀑布般，奔流著小河。躲在這半山腰下的廢棄的加油站，還順道可以避冷。歲末了，少有人煙的山，更冷。

其他兩個同夥把重機 Honda CRF250L、CSC RXR 停在龜裂的柏油地面，打開重機大燈，照向加油站臺。打開手機電子音樂，尬起街舞，像是要驅趕臺北市少有人煙山郊過份寧靜的山林黑暗。不一會兒，加油站臺上滿地都是亂七八糟沾滿油汙、泥水的腳印，錯雜凌亂得可以。藍色快車手滑手機遊戲，遊戲跑 LOADING 時看著他們跳街舞，好像隨便自己跨出一步，就會吻合上之前不知誰留下的舞步。

好幾輛重機投放出光束，車輪深深的輪痕還咬齧著帶雜草的泥巴。束起藍色外套衣領的飛車手，不太敢看往開著大燈的重機。因爲後面是荒廢加油站中一樣被棄置的廁所，陰森森的，彷彿飄著屎尿惡臭。想到這裡，他移了移身子，好讓全身被車燈照滿。

藍衣飛車手記得用過這臺加油機臺，自助加油好幾次。幾年前這個臺北城市邊郊的山區路段，因爲幾個彎道漂亮，聚集了不少愛跑打檔重機的業餘車手。平日晚上就有人在此約跑，假日更不用說，從中午到晚上，雖不到絡繹不絕，但也熱鬧到讓一些烤香腸、炸熱狗賣小吃的攤販車，也就是俗稱「小蜜蜂」，繞著山路上山，就停在半山腰間的加油站前。這可吸引了這群跑重機族，也吸引了不少人來「朝聖」看重機，加油站就這樣成爲了現成的賞車區。

小蜜蜂快餐車們樂了，車潮人潮就是錢潮。但這可苦了加油站，聚在這裡的重機雖會就近加油，但聚集的人潮又是借廁所，又是亂丟菸蒂、垃圾，甚至還有熱情的情侶檔按捺不住，就跑到加油站後面的樹林摟摟抱抱辦事……不然就是各種俗氣改裝車拔掉消音器，不時就在加油站前的彎道尬甩尾，吞不下輸贏的就直接在加油站前開幹。

衛生局、環保局、警察局都來開過單，小蜜蜂、重機族一哄而散，帳就算在跑不掉的加油站。再加上幾次甩尾犁田的死亡車禍，加油站成爲警察局重點站崗點，加油站重機車潮雖散了，但衰尾道人上身的加油站老闆已被弄得精疲力竭，無心經營，怕哪天自己加油站又成爲重機天堂，也就把加油站收一收。

加油站拔掉地下油管後，就廢棄了，站臺、休息室、廁所什麼地上建築物都懶得拆了。地主怕有人侵占土地，下次承租有糾紛，花了好幾萬，請廠商在加油站周遭都架上鐵皮圍欄。但這幾年下來又是颱風又是地震，鐵皮圍欄的支柱是沒什麼問題，但一塊鐵皮則是搖搖欲墜。有心人士把這鐵皮一塊兩塊的拆了下來，這被圍起來的廢棄加油站，便成爲黑道談判、毒品交易的地點之一。

幾個叼著菸的飛車手故意穿上黃色連身雨衣，跑到滿是雨水水灘的地面，就著街舞 Hip hop 音樂，做起街舞大地板鞍馬動作 flare，掃起了一大片水花。那水花潑濺到了藍色飛車手，他看著他們要白痴般的街舞，好不熱鬧，彷彿忘了等下就要去堵輸血車……

突然間，傳來吉普車飆車的緊急煞車聲。

一陣強光襲來，整個蓋住廢棄加油站，強烈的光芒一時間抹消掉了原本所能看到的事物。

藍色快車手轉頭瞇眼看，從身後強勁如箭鏃射來的燈光，光亮中阿彪低頭走來。藍色快車手放下手機，準備走過去相迎。沒想到後面一個魁梧男子，一手推著阿彪，一手不鏽鋼四腳枴杖上肩。在背光剪影間，彷彿一個有著異常如螯爪粗壯手臂的異形男子。慢慢後面也出現三個男子，分別手握鋁棒、老虎鉗……

荒郊野外，一陣械鬥聲，砸爛重機聲。

接著世界又安靜到，能聽到山林雨滴聲，交雜著汗、血滴落至廢棄加油站水灘的聲音。

雖然，山下又微微傳來另一陣警笛聲，盤旋著上山。

妙琳在士林夜市的日式藥妝店買繃帶、藥水等藥品，她聽從角利的建議，特意不去藥局去買，因爲這樣反而比較容易被警察鎖定。警察絕大多數是男生，雖然叫藥妝店，但那光鮮亮麗的模樣，還是直覺那是女生去的彩妝店。

「我們分局那個新來的督察陳銳正，自然不會相信我剛好發現阿彪的……」妙琳心中響起角利在「五湖四海」樓上對她說的話，「所以他可能會調查，士林各藥局的藥品購買記錄。所以，妳去日式藥妝店補一下這些藥品的貨……」

確實一般警察辦案很機械、直覺，受傷就去醫院、藥局，不知道女孩家愛逛的藥妝店，其實已經有大多數的醫療用品的。

-†-‡-†-

買完藥品的妙琳稍稍放下了心，才發現忙了鬧了一晚，肚子餓的開始抗議了起來，她轉進士林夜市的小吃攤買吃的。

已經深夜，之前去的士林夜市擺攤快炒，廚師已經開啓大火，手拿毛巾甩起黝黑鐵鍋，鐵鍋裡帶著醬油焦香味的米飯、蝦子、蘿蔔丁、蔥蛋片，像揚起的海浪。

等老闆快炒時，妙琳手機的社群軟體ＡＰＰ，傳來死黨的貼圖，問快過年了，一些團練室有在打折，要不要去團練薩克斯風？

妙琳看了看手上提的一袋藥品，敲了敲文字訊息：「再等幾天吧～」

妙琳訊息才剛丟出去，手機馬上響起叮咚聲，收到各種失望的可愛動物貼圖，又是流淚熊貓，又是搗眼臺灣石虎，又是憤怒的螃蟹……

看著這些動物貼圖，妙琳想了一下，撥起電話。

「等下我就回去了，你要不要吃消夜？」妙琳打電話問螯仔，「不對，應該問你吃藥了沒？」

「吃什麼藥？」螯仔問，「這麼多種。」

「我不是分類分好了嗎？在藥盒格。」

「哪一格？」躺在五湖四海樓上套房床上的螯仔，弓起身子，要拿擱在床頭櫃的幾乎要跟一片磁磚一樣大的藥盒，壓迫到了腹部的傷口，發出疼痛的低聲呻吟聲。

「這什麼聲音，你不會找人在『辦事』吧！」

「妳指的『辦事』，是床上的那種事吧！妳覺得呢？」

「要不要我再幫你看看，包紮？」

「再包下去，會變成木乃伊。」

妙琳很想衝過去，不知道是因爲想照顧螯仔，還是確認他身邊有沒有人？

「啊，不對，現在那裡只有那幫臭男生，他們總不會抱在一起吧……」妙琳心中升起一群男生冒著粉紅色溫泉蒸氣的奇怪畫面。

「老闆，再加三份海鮮炒飯，一份青菜！」妙琳用力大喊，努力讓聲音蓋過老闆鍋鏟翻炒聲，以及自己的心裡話。

她沒看到老闆身後桌上的小電視，播送的新聞快報——「深夜凌晨車禍發生，造成醫院輸血車翻車意外，警方、士林醫院正……」

第二十一話：空殼模型

螯仔將角利的 Lexus IS250 停在麥當勞對街騎樓黃線，已經一會兒了，在麥當勞大門前仍沒有看到妙琳人影。螯仔腦海中浮現妙琳那些過分有效率的形象，想妙琳不是會遲到的人，怕是不是傅鑫野又出手了，成爲下一個希鳳……

螯仔趕緊準備下車去找。

副駕駛座的角利遞給他傘，螯仔接過傘，一點也不想跟他說聲謝。

從角利的 Lexus IS250 的正駕駛座下車，螯仔撐起黑傘，快步穿過夜黯的馬路到對街，到也開始張燈結彩貼春聯，布置的像過年一般的麥當勞要去找妙琳。螯仔收傘，衝入麥當勞四處找妙琳。這才在二樓親子遊戲區的紅色溜滑梯前的座位，發現妙琳雙手疊在桌上，趴著。

螯仔想說妙琳怎麼了，趕緊衝過去，搖了搖妙琳。

妙琳緩緩抬起頭，從雙臂交疊的溫暖間。

螯仔鬆了口氣，看著妙琳因爲感冒，發紅的鼻子。

憋笑的螯仔看著妙琳猛打著噴嚏，「還沒去，就皮皮銼成這樣？」

「瀟什麼……宵……咳咳……#$G#$GG#」妙琳硬扯著沙啞的喉嚨，對螯仔模糊的說話。

「誰叫妳死都要跟，現在誰是病人？妳說。」螯仔順手背起妙琳擱在旁邊座位的醫藥箱以及書包，拎著妙琳下樓。

妙琳拿著原本螯仔的傘，打開撐起。兩人一同穿過聽得到冬雨落地聲響的臺北車道。

螯仔、妙琳上車後，車內氣氛重新凝結。雨刷百無聊賴的聲響，清晰無比。

鳌仔把Lexus IS250車飆到「慕鄰建設」前十字路口的紅綠燈，才路邊停車。急剎車的後座力，並沒有把坐在後頭因重感冒昏睡的妙琳驚醒。

對著酷著一張臉的鳌仔，一手還緊緊地抓著Lexus IS250車窗上手把的角利依舊帶著職業笑容：「所以我讓你開我的車啊，飆飆車，消消火，超速被拍算我的。怎麼樣我的Lexus IS250尾速帶勁吧！」

鳌仔才意識到剛剛自己油門踩足，也不太知道有沒有闖紅燈。從後照鏡，看到妙琳雖然昏睡，但手也高掛握著車窗上的拉把。

「都到這裡了，怎樣，你還有什麼招？該打的電話，該查的網路，拜託先打一打，查一查。」

「小兄弟，講話不要那麼衝。輸血車車禍，我們警察還是趕緊調派警力，血還是送到，只是比較慢而已……還有，我不也是讓你找到阿彪那群飛車手，出出氣了嗎？」

「血送遲了，馬上又被醫院調用給其他病患，何況我們還需要Rh陰性的血，你還眞把我們當成給你們條子衝業績的打手？」

「唉，不能怪我，誰知道……不過，那臺輸血車本來就沒有Rh陰性的血吧？這種血，你後面那個……」角利大拇指往後朝妙琳比了比，「不是說，很稀少……」

鳌仔不想再說下去。

前晚鳌仔在臺北邊郊山區荒廢加油站敲掉阿彪一夥，通知角利調派警力來接手後，便回五湖四海休息。深夜凌晨，樓下顧店的煎臺手阿盛衝了上來，把鳌仔、狗蟻仔搖醒，打開電視，發現深夜運送的輸血車，還是出了車禍，陷入車陣的警車，無法跟好輸血車。這新聞又鬧上新聞臺，電視新聞畫面下的字幕跑馬燈不斷輪播著。

角利腦中也浮現原本準備去士林夜市喝一攤慶功前，卻被通知到分局長室，打開門，分局長鐵青著臉，那粗框眼鏡都藏不住，震怒到要噴火的眼神……

角利揣測是不是分局長開始懷疑起自己的身分，估算自己遊走黑白兩道，可能已經成了黑道臥底了，「到底是誰走漏了消息？或者他們本來就是打算兵分多路？」在臺北當警官這麼多年都快退休了，角利還眞第一次懷疑——這裡是臺灣嗎？

現在這個狀況，角利當然無法申請到「慕鄰建設」建商王桑的搜索令。角利決定先拉著鳌仔，私下去堵王桑問一問。

鳌仔經過昨晚，原本就依現在的線索，直接打算找王桑，兩人一拍即合。角利打聽到王桑最近在忙都更建案地說明會，兩人便直往都更建案地去。

-†-‡-†-

在都更建案地說明會上，鳌仔與角利站在被怪手、釘搥機夷爲平地的樓房廢墟外緣，準備要堵建商王桑。沒想到建商王桑與他建商公司的團隊，被大樓原本反對都更的住戶團團包圍就算了，而警察與公務員則將兩方隔開。鳌仔早打算趁亂衝過去，教訓王桑，偏偏被角利拉住。因爲，在那公務員跟警員中，還有年輕督察陳銳正。

角利一看到警員陣中有陳銳正，趕緊把鳌仔拉回街道角落，繼續監視。

鳌仔懷疑角利跟這個督察陳銳正，是不是在唱雙簧？

角利則懷疑是不是分局長把自己行動消息給了陳銳正，準備用陳銳正牽制自己？

鳌仔把車停在「慕鄰建設」前的十字路口的紅綠燈，在落下的細雨中，觀望了一下。雨刷來回刷動不知幾回，大約在晚餐時間過後，終於看到掛著建商王桑車牌號碼的黑頭賓士車，從十字路另一邊開來，滑下公司掛著「歡迎光臨賞屋」的車道，到地下停車場。

這塊賓士車上的車牌號碼，可以說是鳌仔、角利到都更建案地說明會堵王桑，唯一的收穫了。鳌仔再等了個紅燈，才跟著下「慕鄰建設」地下停車場。

鳌仔把車停好在「慕鄰建設」地下停車場停車格，角利轉頭對妙琳說，「妳先留在車子給我們照應，妳會開車吧！」

妙琳拿出皮夾裡的汽車駕照給角利看，「我不用進去？」

當鳌仔、角利上建設公司跟建商談判時，角利希望妙琳一個人留在車內。

「爲什麼……我不能跟上去?!」儘管發燒，一向不服輸的妙琳，撐起因發燒沙啞的嗓子，燒聲抗議。

「妳是我們的『可用之兵』啊！」角利安撫著妙琳，「想想看到時怎麼了，誰幫我們接應或通風報信？」

「妳幫我們在這邊監視，來，我跟妳說，剛剛車子進來，那邊管理階層停車位，停著應該就是建商王桑的車，妳看著，如果發動了，趕快傳簡訊跟我們說。」

「那我就一個人在這裡？」妙琳的問題，多少表示了自己的答應。

「她可以坐前座吧？」鳌仔知道角利的用意，怕妙琳上去，兩人有所顧忌伸展不了拳腳。

角利攤手，點點頭。

螯仔下車，妙琳坐上駕駛座，握了方向盤，重新感受這輛車。因爲她還眞沒坐過像 Lexus IS250 這樣高檔車的正駕駛座，更別說有機會開了。

副駕駛座的角利，開車門前丟下一句話，「妳坐駕駛座，把座位放倒，躺著身子，別人就不會注意到妳了，妳就從後照鏡跟左右側鏡監視四周。」

-†-‡-†-

角利按電梯樓層按鈕，不往一樓大廳按，直接往五樓會議室樓層按鈕按，對仍面無表情的螯仔說，「我查過了總裁辦公室在這層。」

出了電梯，走近「慕鄰建設」建商公司的走道，是巨大誇張的圓拱水族箱隧道，周遭有著彩色的水族景觀，巨大的光源安在水族箱裡的最上方，使得整個隧道帶著異樣的昏藍光色調。往前走的角利、螯仔頭頂上方，一條黑鰭鯊游過好幾次，鯊魚的輪廓剪影像一片不祥的烏雲，幽靈般掃掠、籠罩著角利、螯仔。

往前走去，一邊巨大的柱子掛著公司標語「數位文化新建城」，另一邊柱子則貼上「捷運重新定義城市」。

角利看了看：「兄弟，你看，還少了個橫批啊……」

螯仔不假思索：「吸血吸到乾。」

走道前方頂端從旁走出了一個儀態端莊，穿著西裝套裝短裙的女祕書，向他們傾身行禮，「歡迎光臨，我們這層今天沒有會議，有什麼我可以爲你服務的？」

鳌仔看了看角利，角利不慌不忙從黑色西裝外套內袋抽出一張名片，開始鬼扯：「上次都更建案地說明會不是發生抗議衝突，我們分局想跟你們王桑老董簡報這次的處理流程，順便討論一下之後跟警方問的SOP……」角利將名片遞給女祕書，「畢竟『慕鄰建設』現在包了這麼多都更案。」

女祕書讀了讀角利的名片，表情開始愼重起來，先請角利、鳌仔到會議室休息。鳌仔在前往會議室的走道上，發現董事長室就在會議室旁。

女祕書離開時，角利對鳌仔露出一臉「我還是很罩吧」的表情。

鳌仔不理會角利，女祕書一離開會議室，立刻貼牆要聽隔壁董事長室的動靜。鳌仔聽到牆的另一邊傳來，時下電子賭博遊戲「炒地皮」嘩啦嘩啦錢幣灑落的電子音樂聲。

角利也過去貼牆聽。

角利、鳌仔兩人對望一眼，角利：「哼！連打電動，都在炒地皮蓋大樓。」

角利發現會議室有監視器，比手勢要鳌仔離開牆，眼神朝監視器方向動了一下示意。會議桌上堆疊了好幾疊紙卡跟簽字筆。兩人只好先朝偌大會議室角落的沙發椅區走去。

眞皮沙發椅前放置了一個透明展示櫃，裡頭是幾組「慕鄰建設」都更建案的大廈等比例縮小模型。

鳌仔仔細研究著建商的建案模型，角利則看著牆上印著繁華城市圖景的海報，好奇的問，「這海報在寫啥？什麼『臺北六本木，一起種大樓』？我只知道『種瓠仔生菜瓜』……」

時常收集購屋資訊的鳌仔，終於忍不住脫口回答角利的問題：「『六本木』就是日本東京最著名的都更區域，『森大廈』建設在『六本木』主導都更的企業。森建設的六本木之丘，現在已經成爲東京的娛樂重鎮。森建設創辦人森稔最著名的說法，就是要以耕種高樓大廈，代替種稻米，讓日本經濟發展。」。

「想不到都更還要做這麼多歷史功課……功課作這麼多，難怪可以掰那麼多計畫，跟政府單位申請都更，吃下士林這麼多都更案。」角利蹲低身子，看著透明櫃中的建築模型，「看起來建築物不錯，這臺北士林街景是他想像出來的吧？」

「當然，你們那幾樓高的中士林分局，都能掰成像一〇一大樓。」

角利認眞找了一下中士林分局，「跟現實也差太多了，這修圖會不會也修得太嚴重了點……這些大廈蓋成這樣，售價應該沖天般的高吧，不會買了住進去，都沒其他人，跟像住殯儀館沒兩樣。」

「放心，有錢人很多，只是剛好不是你跟我。反正這些都是對我們來說，看看就好的空殼模型……」

「等等，這不會也是慕鄰建設的吧？」角利指著那半球狀設計的「士林藝術文創商運中心」建築模型。

「嗯？」

「『慕鄰建設』也有參加這個ＢＯＴ？那不是掛『広隼實業』嗎？」角利與蟄仔一同鎖上眉頭。

-†-‡-†-

在角利 Lexus IS250「待命」的妙琳，因爲重感冒，睡眼惺忪。

突然，妙琳好像聽到有人靠近的腳步聲，從後方。

妙琳驚慌之間，透過後照鏡發現，後照鏡中有兩個男子穿黑色飛行員夾克，手裡握著扁鑽，走過來。

妙琳無意識地想尖叫，重感冒的喉嚨卻喊不出聲音……妙琳倒吸一口涼氣，告訴自己要冷靜，趕緊摸摸看駕駛座旁有沒有排檔大鎖。結果摸了個空，只摸到螯仔留在副駕駛座的不鏽鋼枴杖。

「反正到時自己可能也拿不太動，難以揮舞。」妙琳這樣安慰自己，趕緊再想辦法。

兩個男子拿出扁鑽，準備刺破 Lexus IS250 的輪胎。

車子警示鈴大響，妙琳也猛按喇叭。

兩個男子，只是起身，看見原來駕駛座坐著妙琳，朝車頭走過去。

妙琳不想被動，直接打開車門，走了出來。

妙琳與兩個男子對峙。

「從監視器，看兩個人已經上樓，沒想到還有個弱女子啊。」

站在妙琳面前的男子，不懷好意地對著妙琳，晃著手上烏黑的扁鑽。

妙琳強自鎮定，亮出了外套裡的槍夾，即使在地下停車場，槍身的黑亮，仍讓人不容忽視。

「誰曉得這是不是眞槍，妳是誰？」沒拿扁鑽的男子不懷好意地試探著。

妙琳二話不說，俐落地從外套內袋，亮出之前角利給她的警察手冊，再拿警察手冊比了比附近的監視器，「反正從剛剛到現在，錄影器都有錄到，這附近停的車可能也內建錄影器。所以……就算是在你地盤，你也敢襲警奪槍嗎？」

一個男子表情開始猶豫，另一個則拿著扁鑽，仍要趨前試探。

「夠了！」掏出手槍，對天花板「砰！」的一聲。

聲音在地下停車場震動迴盪。

足。

巨大槍響，讓兩名男子自覺跑走。妙琳站在原地，站得直挺挺的，看兩個惡少跑走，把戲演

看著兩個惡少從走道階梯消失，妙琳趕緊打開後車門，側背起帶來的醫藥箱，想開門上樓找角利跟螯仔。但，她又不知該往哪層樓去……會不會剛好撞見那兩個惡少……

-†-‡-†-

螯仔、角利等了一段時候，時間將近晚上九點，女祕書仍沒來會議室，兩人懷疑自己是不是被耍了時，女祕書敲了門進來。

女祕書拿了兩張ＤＭ紙張，稍微判斷了螯仔、角利的長相，分別把兩張ＤＭ各遞給螯仔、角利：「剛剛跟老闆通過電話，他要我把這張紙列印給兩位。希望看過之後，好好考慮一下……」

「這什麼？」角利仔細一看，竟然是慕鄰建設預售屋ＶＩＰ優惠方案，上面的開價，遠低於市價快要一百萬的行情。

「哈哈，我已經快退休，準備去鄉下。你們有沒有鄉下買地方案……」角利看著祕書皮笑肉不笑地說，「而且誰曉得你們老闆是不是開芭樂票給我們。」

螯仔瞇眼研究手上的這張ＤＭ，把ＤＭ放在會議桌那堆高的紙卡上細讀。

角利瞥頭看了看螯仔的那張，並觀察螯仔臉上的表情，對女祕書說：「怎樣，會不會兩張優惠價格不一樣？」

女祕書笑而不答，轉身準備開門。

「好，我會跟你們老闆聯絡聯絡的。」螯仔將單子折起來收到口袋。

重新穿過水族箱隧道，晚上九點多整個「慕鄰建設」公司燈光調得暗，水族箱內的水藍色更顯得明晰亮麗。螯仔、角利跟著女祕書穿過這片寶藍，走到電梯口。等電梯時，角利請祕書帶話給建商。

祕書虛應故事地從電梯旁的接待櫃臺，拿紙筆出來，角利故意看向建商的辦公室：「妳就寫──麻煩沒找你時，就不要去自找麻煩。」

-†-‡-†-

角利、螯仔兩人搭電梯，重新回到慕鄰建設地下停車場。

「怎麼樣？你心動了啊。」角利走出電梯，往地下停車場通道走去，邊走邊問螯仔。角利觀察螯仔，有點擔心螯仔的決定。

螯仔沒有答話，看了一下自動門外的停車場，旋即快步衝到自動門前。自動門叮咚一響，門還只開一點縫，就拉開門，快跑。

角利還沒反應過來，晚幾秒才從停車場車陣中，發現自己的車閃著警示燈號，也馬上拔腿跟上。

角利、螯仔兩人衝過去，才看見妙琳坐在角利的 Lexus IS250 正駕駛座，臉色慘白，左手緊緊握著方向盤，右手把士林夜市玩遊戲拿到的獎品手槍，按在方向盤。

看見角利、鰲仔的妙琳，努力想要說什麼，卻說不出口。

鰲仔打開車門，輕輕拍著妙琳肩膀，「沒事了。」扶著妙琳，坐到後面位置，陪著她。鰲仔接過假槍，發現妙琳右腳腳掌鞋底被踩爛了。

角利閃身入正駕駛座，俐落地開著 Lexus IS250 揚長離開慕鄰建設，離開前重搥了幾下喇叭。

重新衝入臺北盆地繁華夜景的 Lexus IS250，車內寂靜。角利從後照鏡，看到妙琳強忍著淚眼汪汪。坐在後座陪妙琳的鰲仔，不知如何安慰妙琳，看到城市霓虹如何閃爍在妙琳眼角。

鰲仔終於不顧前面駕駛座的角利，開口試著緩和妙琳：「妳知道……寄居蟹後來怎麼了嗎？」妙琳對鰲仔突然拋來的話，一時無法反應：「什麼？」但旋即想到是在「夢士林」旅館，自己凹鰲仔說的童話故事。這一注意點轉移跟好奇心驅使，確實使妙琳情緒平穩下來。

角利：「我還以為你要問我說……」角利從後照鏡感受到鰲仔如刀刃般，冷冷的瞪視。角利側過頭吹口哨，但沒發出聲音。

鰲仔靠在妙琳耳畔輕輕說：「只換到一個被丟在海邊，空心的廢棄水龍頭。但我們不會再丟下妳了……」

-†-‡-†-

怕妙琳被盯上，刻意把車繞過士林藝術文創商運中心看看的角利，建議驚魂未定的妙琳，先去住螯仔家。到五湖四海豆漿店樓上的螯仔、狗蟻仔住處，大家彙整分析一下訊息。

從五湖四海端著熱豆漿、米漿、蛋餅、蘿蔔糕的狗蟻仔問：「所以你們跑到王桑老巢，弄得如何？」

看到狗蟻仔端上一堆吃的、喝的，剛從工地回來的闊達趕緊接過。

「吃了閉門羹啦！」角利拿了一杯豆漿喝。

「你落漆很久了。」狗蟻仔看出妙琳臉色不大對，拿了一杯米漿、一盤蛋餅，要螯仔接過，拿給身旁的妙琳。

「不可能再這樣耗下去，希鳳這樣失聯太久。」

「確實紙包不住火，希鳳被綁架的消息也不可能再擋住……」角利接過螯仔的話，從外套口袋拿出慕鄰建設女祕書給他們的VIP優惠DM，意有所指地說，「那你怎麼看這張啊……而且你跟我這張『數字』還不一樣勒。」

「確實不一樣。」螯仔也拿出DM，打開，裡面夾帶邀請函，還散發著禮卡特有的香水味。

眾人好奇，圍過去看，是幾天後士林文創建築的上樑大典邀請卡。

角利才會意到剛剛在「慕鄰建設」會議室，女祕書轉身之際，螯仔如何在電光火石間，把邀請卡夾在DM摺起來。不過，螯仔應該先發現那些邀請卡有些訊息……角利覺得自己好像沒有螯仔那獵狗鼻子般的靈敏，不知是自己老了？還是？

「所以，我們要用這張邀請卡，做什麼？」狗蟻仔拿過去讀了讀。

「這上樑大典他總不會不到了吧。」

「直接到上樑大典給他難看，是很有『創意』啦……」狗蟻仔考量螯仔的說法，「問題是……只有一張，我們這幾個人該怎麼辦？」

「通常上面都會寫『闔家光臨』……我打開看看……」角利也不是很確定，角利拿過邀請卡，「看，這張有。」

「我們還要帶你混進去？」

「怎麼看我們都不像一家人吧？」角利認同螯仔的懷疑，「來，你把邀請函用手機拍給我，我回去找找看分局長有沒有收到？」

-†-‡-†-

「我也弄到了這週末……這什麼……『士林藝術文創商運中心』的上樑大典邀請卡了！分局長轉給我的。」

當角利電話打來時，螯仔把手機通話按到免持。

「叮咚……」角利把自己從分局長那拿到的邀請卡也拍了過來，順道還接著傳來洋洋得意的卡通捕快角色貼圖。

螯仔將角利傳來的邀請函，迅速轉傳到狗蟻仔手機，比個手勢要狗蟻仔確認。時間、地點跟角利剛剛說的沒錯，當然「闔家光臨」的字樣也牢牢印在那。狗蟻仔也把士林文創上樑大典相關訊息丟在網路，確實有相關活動的趨勢。狗蟻仔在一旁比ＯＫ手勢。

「就這麼剛好？」螯仔假裝懷疑。

「就跟你說，我是地下分局長啊……雖然都是我在跑，他在讀書……」角利毫不在乎的說。

「你是他的遠端遙控棋子吧！他就這麼信你？」

「反正這樣我就不必用你的邀請函一起『闔家光臨』了，省得我們的合作關係曝光……現在我們都有一張了，這是在發廣告單嗎？」

「那我們給他們多A了一張，會被發現嗎？」螫仔推測。

「應該不至於，這種東西本來就會多印一些YOBI（預備）……」角利也想了想回答。

「倒是我們要怎麼堵建商？」

「高官都在這裡，你要當場給你們分局長難堪？他會不會也帶自己其他人馬去？」角利光是聽螫仔的話，都能想像他現在冷冷握拳的狠勁。

螫仔、狗蟻仔、闊達研究邀請函上的典禮活動流程，發現士林藝術文創商運中心上樑大典中間還有「慶鳳翔」的舞獅陣串場。

「『慶鳳翔』啊……這我們之前有跑過這舞獅團。」狗蟻仔插話。

「這間舞獅團你們熟？」

「熟啦！」狗蟻仔打包票。

「我們參入舞獅團的方式來逮王桑，如何？」

「意思是你們要扮成舞獅團的人混進去？」螫仔手機那頭的角利語帶懷疑，「你們也會舞獅？」

「比賽得名的呢！」狗蟻仔在一旁吆喝，「就算『三金大哥』也要靠我們罩呢……我跟妳說，有一年過年啊，我跟螫仔多上進，過年前打零工，到處扛獅頭，到各賣場衝買氣，結果傅鑫野……」

「你就係愛講，講袂嫌呢？」螫仔青了一下狗蟻仔。

「我覺得你們舞獅時先看一下狀況，這上樑大典，王桑一定會待到最後，我們趁典禮結束時的buffet，再找時間把他撈起來。」

「嗯。」鰲仔回答角利一個單音。

「那你們這邊也不用那張邀請函，那張怎麼辦？」

「不然寄回去慕鄰建設好了。」

「郵資我出，中士林分局統編我等下傳給你……」角利知道狗蟻仔鬼扯，不以爲意的亂回，「先這樣。」

角利掛斷電話。

「狗蟻仔，你去查一下『慶鳳翔』，你那邊認識的人多。」鰲仔斟酌著，「弄清楚，不要弄到最後慶鳳翔，是跟角利？還是傅鑫野？我們都不知道。」

鰲仔想了想，「我看我們不用等到典禮最後，中間就可以攔截逮人了，省得夜長夢多。」

「那怎麼做？都是滿滿白道的人。」闊達好奇的問。

鰲仔沒有答話，大家圍坐，想著辦法。

坐在一旁聽著的妙琳好奇，「你們到底在忙什麼，角利叔說什麼就是什麼啊？」

鰲仔：「因爲我們確實不是一家人。」

-†-‡-†-

「所以你睡哪？打地鋪？跟狗蟻仔抱著睡？」妙琳自己也開始主動開玩笑，緩和自己的心情，多少也要螯仔他們放心。

螯仔從自己房間拿出一個厚實的粗布，拿到狗蟻仔房間，綁在狗蟻仔房間兩端的掛勾上，變成吊床。

「大仔～你這麼念舊……當作傳家之寶收啊。」狗蟻仔笑著說。

妙琳疑惑看著。

螯仔：「這是我們當年在紅樹林跟竹圍祕密基地那艘廢船裡的吊床。」

「好懷念啊～」狗蟻仔喊著，轉頭對妙琳說：「妳要不要睡睡看……我跟螯仔進房間啦！」

-†-‡-†-

滴點……滴達滴……滴滴……

妙琳睡不好。

不知是不是因爲這層樓是頂樓加蓋，還是昨晚隻身面對兩個凶神惡煞，還是什麼幻覺，妙琳耳畔一直傳來不規則的雨滴聲。

雨滴擊打著鐵皮，傳來帶著鏽味的冰冷金屬味道。

妙琳無法把頭深埋到有螯仔男子氣息的枕頭。她怕陷下去。

妙琳起身到客廳，察看是否哪裡有漏雨。才來沒幾次的妙琳還不熟這層樓，找不到電燈開關，好像隱約看到有人在挪動東西。

妙琳終於摸到按鍵，電燈亮起，才發現螯仔蹲在地上，正拿著紅色塑膠臉盆去接。

螯仔看了看妙琳，拿起咖啡杯、奶茶包，示意妙琳要喝嗎？妙琳點點頭。

兩人各看著自己手上咖啡杯的熱氣飄盪、上升，消失在冬夜的霜冷中。

妙琳開口：「除了海邊換殼的寄居蟹，你還少講青蛙後來怎麼了……」

螯仔楞了一下，「什麼？」

妙琳發覺螯仔似乎想要裝傻拖過這一回合，「就是那個想賴在天神花園的青蛙，神把青蛙派去人間送兩張紙條給一個苦命女孩作爲代價。結果青蛙送的第一張紙條，你說……我想想，你說是第一張是『所有一切終是灰與塵』，那第二張紙條是……？」

螯仔：「『整個世界爲你創造著』……神要告訴女孩的是，妳並不用到什麼地方去，因爲『整個世界爲你創造著』。」

妙琳拿起擱在茶几上「慕鄰建設」的ＶＩＰ購屋優惠ＤＭ，「有了那張ＤＭ，你還會丟下兄弟，到南部買房嗎？」

「價錢還是差了一些，但確實值得考慮。現在士林組合我們希鳳堂口狀況這樣，可能也要好一陣子才能恢復元氣，老爺子也不知道會怎麼安排……」

「說到底，問題不是『買不買的起』的問題，而是『值不值得』的問題……」

「可是我媽，一個人在高雄……」

「接來臺北。」

螯仔想到母親在南部漁村，可能無法適應臺北生活，表情猶豫。

「房子沒人住，也就只是空殼模型。人也差不多……」
「我不太懂。」
「我問你，到南部，就沒有不幸的人了嗎？」
鳌仔沉默不語。
「你媽媽不一定只是個你要保護的人。她是你媽媽，她也會爲你堅強。」

第二十二話：等我一會兒

傅鑫野自己開車過了雙溪河橋，大清晨上了臺北士林邊郊山區的產業道路，認明了第五公墓附近那山林隱密的步道，停車撐傘下車。傅鑫野沒帶任何手下，因為那山林步道深處，有他不想給任何人看到，自己混合憂悒與憤怒的面目。

清晨山林大霧裡仍有微弱冬雨，山林霧雨中，彷彿猶有螢火蟲微弱閃爍，但那應該是山腳下臺北城的大廈燈光或街燈。傅鑫野走到山林步道深處，終於看到那廢棄的簡易工寮。

工寮早就沒人，從老爺子第一次帶自己來時，那時傅鑫野決定加入士林組合，不去升學。老爺子私下要田叔，約了自己過橋上山。老爺子在這裡告訴他當年一清專案，傅鑫野父親，也是自己老大的傅勝，成立的瀛海堂被警方肅清的往事。確實，這是一條亡靈的路，對傅鑫野而言。

後來傅鑫野會在一些時刻，重新依著當年一清專案時，老爺子帶著父親，躲避警方追捕的路線上山，抵達這廢棄工寮。好確定自己是否眞的活下來，是一個眞實的生還者。

傅鑫野走入廢棄工寮避雨，這裡早已沒有電，傅鑫野找出之前擱在工寮的蠟燭。掏了掏外套暗袋，掏出打火機，點起蠟燭，也給自己點起一支菸。傅鑫野吸了口菸，向半空吐菸。至於那包鮮紅如荔枝的「海妖」，則被他丟到一旁。

不必依靠海妖，傅鑫野記憶中的父親亡靈，也會在幽暗火光中來到這裡。雖然在現實中，這是他不會抵達的地點。因為這裡是，當年警察包抄「瀛海堂」時，老爺子丟下父親，自己躲進山林產業道路的藏身之處。

傅鑫野在蠟燭火光中，從皮夾中抽出照片。照片中有兒時的自己還有父親，一旁是當年父親

「瀛海堂」的兄弟們。這照片另一半角，早被傅鑫野撕掉，因為靠在父親身邊的那半角是當年的老爺子。看著照片中的父親一嘴叼著菸大笑，傅鑫野不確定父親有沒有要讓他走上這一途？可能沒有吧！不然怎麼會讓老爺子得勢。傅鑫野心中咬牙切齒。不能再撕了，會撕到爸爸……。

每次來到這工寮，這個老爺子奪取士林夜市地盤，成立「士林組合」的起點，傅鑫野都下定決心，要把原本屬於父親的，跟屬於自己的士林地盤搶回來！他不覺地拿起了擱在一旁的海妖，一顆顆鮮豔的海妖，就是他的籌碼，讓他可以抗衡士林組合幫裡，分別掌管士林組合重要堂口的顏興宸、顏希鳳。

這時廢棄工寮裡的雜物器皿間，傳來窸窸窣窣老鼠聲響，傅鑫野拿起地上的鐵條亂砸一通，憤怒：「都是鼠輩！」

-†-‡-†-

傅鑫野再次提醒了自己該要討回的一切，從工寮中起身，心裡莫名躁動著，頭低著撐起傘，快速走下產業道路，卻又好像扛起了一個很重的包袱。

直到把車開回「一樂虎」，走進地下停車場電梯，要到自己的頂樓辦公室。不知道是不是那看不到的隱形包袱，今天一樂虎的電梯上升好像慢上許多。但是，要現在就在這裡解開那包袱，也來不及了，傅鑫野無意識摸了摸口袋內的海妖。

一樂虎是棟ㄇ字形建築，宛如王座般，傅鑫野的頂樓辦公室，就在整個一樂虎的頂樓正中間。傅鑫野在頂樓辦公室內，開了兩面各向大樓內外的落地窗，一面朝向一樂虎內裡各層，他像君王坐在至高的王座上，君臨著一樂虎內在的世界。下面樓層上下的手扶樓梯持續跑動，電子賭博遊戲機閃爍如霓虹。另一面落地窗則朝向臺北城，再怎麼貪心，現在還不可能把整個臺北納入自己的地盤。但是他想至少要成爲他目前目光所及之處——士林的地下帝王。

傅鑫野拿出血紅的海妖，點起，讓自己沉浸無限的光怪陸離，不知所終的幻象中……幻象鼓漲著如發紅的蜜桃，傅鑫野決定鑽進去，好好玩上一會兒……

落地窗外強烈的日光，把傅鑫野帶離「海妖」的無邊幻覺。窗外天空，飛向南港機場的飛機悄悄向彼方降落。即使在這明亮快近午的白日，仍穩定的閃爍信號。把雙腳交疊翹在桌上的傅鑫野看得清楚，嘴裡刁著菸，數著那一明一滅。傅鑫野吸了吸菸，起身，把抓亂的頭髮整了整，起身走向對著臺北城的落地窗。

眼前嶄新的樓，新的讓人看起來舒服，也讓人難以想像是靠多少髒事才能養起來的。傅鑫野參加多少件都更案的圍標、恐嚇，自己早記不得，可能在第一線刀裡來槍裡去的阿彪，會比自己清楚許多。

打從第一天「光復」這父親時代堂口據點「瀛海堂」改建的賭場，傅鑫野就不斷投入資源，終於有了現在一樂虎的規模。傅鑫野把一手按在向外望的落地窗，靠近窗面細數因爲臺北的都市更新計畫，漸次蓋起、翻新的大廈。有意無意間，將自己浮泛在玻璃窗面上的身影，貼合臺北盆地中那些矗立的大樓，彷彿眼前的高樓大廈，都成爲他染指的玩物。

傅鑫野知道其中那一塊夾身在高樓大廈間，異常低矮的那個角落，是自己當年曾待過的「聖伊甸園育幼院」，就要隨這次「士林藝術文創商運中心」BOT案跟周遭的士林都更案的推動中，在彈指之間消失。傅鑫野戴著藍寶石戒指的中指，在玻璃窗面上留下按痕。

指紋成爲一小枚帶著漩渦的霧景，傅鑫野猶豫要不要擦乾淨。

傅鑫野心裡盤算，等會就是士林藝術文創商運中心的上樑大典了。慕鄰建設的王桑沒將邀請卡寄給自己，打電話預先跟自己說聲抱歉。

表面說是不希望自己跟他合作的身分曝光。上樑典禮冠蓋雲集，各家新聞媒體都會過來，幾十臺電視臺攝影機就這樣拍。現在士林都更案是當紅議題，新聞臺的熱血記者都準備寫這個來拿新聞獎，就怕沒文章作，一定會把出席人物都仔細拍一遍，電視臺隨時都可以數人頭做文章。

「你的黑道背景馬上就會被查出來，不利於後面工程推進。」王桑最後撇下這句話。

實際上，說不定王桑要搞什麼鬼，跟広隼實業邀功還是賣掉自己什麼的……傅鑫野放心不下，決定撥個手機給阿彪，叫他去現場監督一下狀況。

阿彪手機沒通，再打了幾次，傅鑫野情緒開始不安。

終於，手機接起。

「喂。」

傅鑫野一聽，就知道是鳌仔的聲音。

「喂！我知道是你……」

傅鑫野聽到，立刻大力掛掉桌上電話，電話旁擺的合果芋小盆栽吃了震，輕柔翠綠的枝葉輕輕搖顫。

傅鑫野原本不安情緒，轉爲亢奮、憤怒。

傅鑫野咬牙，咒罵他們爲什麼不好好待在自己別過頭的地方，永遠不要出現！

-†-‡-†-

因父親傅勝被移送到綠島，而剛被社會局緊急安置到聖伊甸園育幼院的傅鑫野，剛被收容時，是一個每次開口都不超過三個單字的少年。

那時就已有年紀，仍努力維持育幼院的李神父，一開始讓傅鑫野獨自住在育幼院一樓的角落邊間，希望讓他先適應環境。沒想到傅鑫野像得到一座城堡般，更向外在世界關上窗，鎖上門。

李神父想到一個法子，傅鑫野住的一樓邊間外剛好有一小塊荒廢的地，李神父整理出一個生命教育園丁區。就讓育幼院的孩子們種種東西，寫下整理觀察記錄。

「來！這是你的。」

傅鑫野將李神父交到自己手上的合果芋種籽，虛應故事地，種到土壤中，接著澆水，然後忘掉。

直到有一天，傅鑫野突然發現窗面玻璃突然綻放新綠。看著合果芋對自己的呼喚，傅鑫野靠在窗緣，領略合果芋從土壤破土的毅力。

傅鑫野趁人不注意的開始整理園地裡的合果芋，後來嫌麻煩，總趁夜闌人靜月光滿地時，直接打開窗，爬過窗，跳到生命教育園丁區整理自己的合果芋。

傅鑫野栽種的合果芋越長越茂盛。

李神父知道不能當面稱讚傅鑫野，傅鑫野就是個有好幾個空格的櫃子，現在好不容易填補上了一塊，怕傅鑫野又退卻。李神父只在育幼院的院刊中，特別拍了一張傅鑫野照顧的合果芋照片放上去。

後來希鳳也被送到了育幼院。

傅鑫野不確定她是不是把自己的哀傷埋的太好，還是天生就這麼活潑。希鳳看起來不像是經歷過什麼不堪回首的過去，而必須活在育幼院的人。

但傅鑫野並不想挖掘希鳳面目的背後。

可是希鳳那樂觀氣息，像陽光般一直向傅鑫野的沉默逼近。

爲了隔絕心中那往日當瀛海堂少爺的美好記憶，那微微噪音般所發出破冰船絞碎裂解冰層般的聲響，在聖伊甸育幼院的傅鑫野自己逐起了一道隔音牆。他想起所有之前的情節，他人對那麼小的自己畢恭畢敬，並不是理所當然的。現在他必須自己用實力贏回來。所以對育幼院一切，他默然以對。

希鳳的熱情，很快地讓她在聖伊甸園育幼院中，跟大夥混熟了。甚至成爲育幼院中一大群小鬼頭的大姊頭，連後來被送到育幼院的少年螯仔、狗蟻仔也不例外。樂觀其成的李神父也得請這位他口中的「小姊姊」，帶院童們一起進行日常作息活動。

希鳳帶大家玩耍打鬧的聲音，開始滲透到傅鑫野建立的隔音牆內。特別是通常育幼院晚餐後，大家還捨不得睡，就在育幼院唯一，也就是傅鑫野房間窗口對著的小空地，奔跑、騎腳踏車，玩抓鬼遊戲。

傅鑫野搭建的隔音牆震動，他看著窗外，懷疑希鳳能這麼樂觀是怎麼一回事？明明就是個五官稜角分明的番人臉。他不知道怎麼面對沒什麼可以失去的人，雖然他現在什麼都沒有，但他曾經什麼都不缺。

「一群一無所有的人，憑什麼這麼快樂。」

有天深夜傅鑫野翻過自己房間的窗，跳到窗外的花圃拔草，邊想邊拔……不知不覺間，把大家種的合果芋拔掉。

傅鑫野發現時已經來不及了。面對光禿禿的園地，他不知道該怎麼辦，也不打算怎麼辦。他從窗口，重新爬回他的隔音牆。

傅鑫野忘不了，隔天下午顏希鳳穿著廚娘圍巾，手上還拿著鍋剷，衝進自己房間，指著自己，還有窗外光禿禿的花圃：「你是中邪喔！現在還沒七月半！先算你一敗，我趕著幫阿姨煮大家的晚餐，再找時間跟你討。」

當晚，傅鑫野儘管餓著肚子，但仍找藉口不去餐廳跟大家一起吃晚餐。晚餐後的活動時間，傅鑫野在房間抱著凹扁的肚子，遠遠隔著綠紗窗，看在庭院的顏希鳳「調兵遣將」，吆喝著螯仔、狗蟻仔等人，撿拾被拔起，亂丟在地上的合果芋。

傅鑫野高中畢業後，決定離開育幼院加入士林組合時，李神父送給他一盆被救活的合果芋。

「這是你的合果芋，重新復活。」

傅鑫野看著李神父手上遞給自己的合果芋小盆栽。

「你也可以不用謝謝希鳳。」

「合果芋本來就是很野的植物，隨便種就能生一大片。你要去的地方……未來可能……但是終究是你父親好友領頭的地方……合果芋也能作盆栽，甚至還能淨化菸氣。或許把他當成把這裡的時光的紀念品也不錯。」

傅鑫野這才發現，自己是這麼討厭她的樂觀，不知不覺地就要去破壞她的樂觀。

傅鑫野咬牙，皺眉，別過頭，讓那記憶消散。

傅鑫野把視線從聖伊甸園育幼院方向移開，看向「一樂虎」左近的那排緊鄰的舊樓，其中一個就是自己發跡的劉鴻堂口。一想到那個堂口，即使到現在，傅鑫野都會聽到劉鴻「哭枵！」的喊聲。

-†-‡-†-

選擇加入「士林組合」後，老爺子把自己就派入父親原本的據點的士林賭場資深兄弟劉鴻手下。劉鴻的堂口約有十來個手下，在當時的士林組合已經算是個中型堂口。劉鴻是打手出身，專門出拳出刀出槍，幫士林組合處理難搞的。所以很快就進出監獄幾次，獲得了「黑道勳章」，有了自己的堂口。

入堂口時，劉鴻的手下多少已經知道傅鑫野的「背景來歷」。劉鴻對傅鑫野，不知道是不瞭解傅鑫野的過去，還是天生白目，還是接到士林組合上層的意思，對傅鑫野「一視同仁」，成天哭枵來哭枵去的使喚。傅鑫野一樣是顧堂口，看賭場，跑腿買飲料，只是堂中一些兄弟在劉鴻沒看到的時候，會幫傅鑫野做一點。但另一些兄弟，則開始冷嘲熱諷。

在當時，傅鑫野在有些人面前，是花瓶；在有些人面前，則是準備被砸破的花瓶。

「哭枵，叫你停個車，停這麼久。」、「你懂不懂規矩，大哥上座開賭，你不會趕快幫他拉椅子，哭枵。」、「你是來念臺大，還是來當兄弟的？剛剛叫你朝他頭砸下去，哭枵，你還猶豫！」

傅鑫野聽在耳裡，越來越覺得劉鴻在偷酸自己。

「是！」但傅鑫野努力大聲回應，因爲未來，還有日子要過。

老爺子讓傅鑫野加入士林組合，傅鑫野從老爺子的排場，還有眾堂老大對老爺子畢恭畢敬的舉止，見識到了老爺子的威嚴。但傅鑫野同時也忘不了，當年老爺子不過是父親小弟的模樣。但他努力把老爺子在瀛海堂時幹練的形象，往自己身上疊合——這次換我來翻轉士林黑道了，傅鑫野無時不刻暗暗賭咒。

有一天晚上，傅鑫野接到電話，要他趕快開車到臺北中山區的欣欣夜總會。傅鑫野車開到中山區的夜總會，才發現劉鴻一身酒氣，手拿著砸破的半截酒瓶，跟對面的夜總會兄弟叫囂對嗆，前方已經倒了一個腦袋開花鮮血的人。

劉鴻身邊的堂口兄弟趕緊把劉鴻拖上傅鑫野開來的車。車開走前，劉鴻扭開車窗，把剩下半截酒瓶，往夜總會門口站著那群兄弟死命丟去，「哭枵！來輸贏啊！」

中山區欣欣夜總會兄弟與士林劉鴻堂口正式對上，準備火併。欣欣夜總會開始調人調槍，臺北市刑警隊發現異常，開始跟中山分局合作盤查，果然查到好幾支「中共製黑星」槍械子彈，還上了社會版新聞，欣欣夜總會自然門可羅雀。欣欣夜總會當然懷疑是劉鴻堂口給警方報的消息。不久之後，劉鴻停在堂口附近的車子被砸了，在這節骨眼關頭，劉鴻要不懷疑是欣欣夜總會做的也難。雙方相約「好好談判」，關係更是緊繃、白熱化。

「情治機關」接獲密報，給兩方放了話，誰先開打，就先抄誰。雙方的焰頭，才稍稍壓了下來。

某夜，劉鴻正跟士林組合的其他大哥打通宵麻將。傅鑫野隻身離開堂口，前往欣欣夜總會。傅鑫野窩身欣欣夜總會附近暗巷，點燃裝著汽油的啤酒瓶。傅鑫野利著眼，看火煙升起，暗暗念著：「你準備哭都哭不出來了，還哭什麼枵。」

著了汽油彈的欣欣夜總會大火，警方抓不到縱火犯。

劉鴻後來倒是被欣欣夜總會的人找到，在按摩油壓店，被開山刀殺到沒命。

劉鴻大體在醫院的器官捐贈，還是傅鑫野處理的。

幾個月後，傅鑫野上了位，取代劉鴻成爲堂主，經過老爺子、田叔測試後，默許傅鑫野整合收編了士林組合附近的堂口。傅鑫野慢慢把賭場經營起來，重新接收父親以前的據點，終於攻回就在左近，以往瀛海堂的大廈，成立了「一樂虎」。掛起「一樂虎」招牌那天，老爺子特地安排田律師等士林組合要角一同來參加。

「一樂虎」掛起招牌時雖風光，其實無論裡頭建設，還是外面黑白兩道的事，都還需要「打理」。

這時，傅鑫野也發現希鳳、螯仔也加入士林組合。

有晚傅鑫野從一樂虎後門走出，準備到小巷抽菸。

沒想到才打開後門，看到螯仔一手拿起磚頭，一手抓起倒在地上燙頭髮壯漢的頭。地上一旁角落，一把被打掉的開山刀，在街燈下明晃晃。血從磚頭流到螯仔手上不動明王的刺青，彷彿噬血修羅。

似乎殺紅了眼的鰲仔眼神銳利帶著狠勁，朝自己瞪上了的這一眼，就像砸過來的一塊磚頭。

傅鑫野知道不能示弱，若無其事，繼續抽了一口菸。

一旁緊急的跑步聲靠近，田律師、顏興宸也趕了過來一樂虎。

那次是田叔要去「一樂虎」附近談判，因爲南部有角頭找了些女外勞、外籍新娘，要做陪酒KTV，看來也有意思在士林發展。這在士林組合地盤上的生意在要怎麼算，老爺子要田律師跟顏興宸去談判，特別指派鰲仔跟去。

談判時爆發衝突，鰲仔緊緊直追著角頭老大，跑過好幾個街頭。

傅鑫野原本只是想這鰲仔還眞是初生之犢不畏虎啊！沒想到，後來鰲仔就這樣闖出名號，幫著希鳳領導的堂口壯大起來。傅鑫野依稀從他身上看到當年跟著父親顏鼎時老爺子那模樣……

傅鑫野發現他扮演不來的人，現在陰魂不散的寄居在另一個人身上。

-†-‡-†-

傅鑫野把「一樂虎」當成洗錢中心，一樂虎裡各種遊戲的、賭博的機臺這麼多，傅鑫野叫廠商更改主機板。透過在後臺操作賠率，就能讓那些黑錢，假借賭博這個管道，源源不斷注入一樂虎。所以有人說一樂虎是咬錢虎，也不爲過了。

「一樂虎」開始壯大，賭場、電子遊樂場、休閒館在這棟樓，開始營業。

有年過年期間，由於希鳳堂口主要「業務」是士林夜市地盤的攤商。過年回高雄老家還有一段日子，鰲仔沒工作做，想再賺點收入，看傅鑫野的一樂虎生意不錯，來拜託傅鑫野可否介紹？被傅鑫野訕笑拒絕。

偏偏後來那年過年時候，傅鑫野招待無處可去的外國廠商去酒店玩，過年氣氛加上生意談的順，傅鑫野有些鬆懈，喝了個大醉，要走時，讓酒店經理叫了計程車。不知是不是消息走漏，來開車的竟是以前跟劉鴻的虎仔。傅鑫野被載到冷僻的街尾，劉鴻的虎仔開了後車門，朝醉到不省人事的傅鑫野頭上就是一記汽車駕駛盤鎖頭！

「我老大可能欠你爸人情，但我可沒有啊，我入幫時，你爸的骨頭都可以敲鼓了！」

笨重的鈍器讓傅鑫野頭部鮮血直流，傅鑫野猛拍自己流動酒精的身體，按著頭，逼自己在街頭逃竄……最後體力不支，倒在已貼上各種春聯的士林深夜街頭。傅鑫野這時都已經放棄了自己……

劉鴻的虎仔在對街正要過街給傅鑫野最後一擊時，一列舞獅團、八家將團坐著發財貨車開了過來，拎著獅頭的鼇仔，穿著舞獅褲的狗蟻仔跳了下來，護住了傅鑫野。

「眞令人感到不爽啊……」

被鼇仔救了的傅鑫野，讓他們看到自己放棄的一面。傅鑫野想要強大、再強大！去掉任何曾看過他不堪一面的人。

年後的地方立委選舉，一個臺北市立委辦公室的主任，找傅鑫野來談合作。

「三金大哥，立委說，如果這次這邊再當選，他這一帶的工程，他可以通知你去工程局標。前提是你要先贊助他這次選舉經費的缺口。」

「立委大人辦公室的網路還在用撥接嗎？士林組合的頭子是老爺子，他不知道嗎？他可以直接去找老爺子談這件事。」

「他知道老爺子處在半退休狀態，許多事變得很保守……不，變得很『慈善』了起來。立委覺得他找士林組合，不是要找聖誕老公公，做慈善他有合作的，可以上報露出加開發票的慈善單位。找士林組合是為了……」主委對著傅鑫野比出錢的手勢，「你知道的……」

傅鑫野之前主要跟黑道、商家談生意，第一次遇到白道。他想想或許年節時大難不死，可以試試看。這還眞是用金磚，撬開金庫大門。透過立委辦公室，傅鑫野開始接觸「広隼實業」底下子公司都更圍事的案子，希望藉此得到金流，再壯大「一樂虎」。

傅鑫野把自己的幹將阿彪安插在広隼實業，各種都更現場狀況他都瞭如指掌，傅鑫野一回生二回熟，隱身在臺北市各區都更圍事的幕後下指導棋。這次終於要碰到士林夜市都更跟「士林藝術文創商運中心」這個牽連甚廣的大案子，社造、社福、居住正義各種可以想到的民間團體對広隼實業抗議的兇，特別把這大片都更分包給了慕鄰建設的王桑，要王桑跟傅鑫野搭線合作。

傅鑫野知道這個大局是關鍵時機，老爺子正考慮交棒，自己的「一樂虎」聲勢正盛……趁這次，傅鑫野混在「士林組合」的翻轉之夢就能眞。

就黑道角度來看，王桑雖然不過是俗辣鼠輩，但做個「広隼實業」的傀儡，倒是非常盡職。畢竟王桑是從公關出身，什麼黑白兩道都大概能講上話。王桑跟傅鑫野說，光靠我們倆要處理完這個士林ＢＯＴ跟都更案，太勢單力薄了，拉了市北榮醫院執行長陳桑後，還有……

「士林夜市可是個國際觀光夜市啊，當然我們也得找些國際幫手……」

「王桑這張狗嘴，還眞能吐出我們黑道吐不出的象牙」，當時傅鑫野聽到後這樣想。

-†-‡-†-

突然間桌上電話響起。

傅鑫野接起電話，先不出聲，聽到是王桑的聲音，背景聲音有點吵雜。傅鑫野直覺轉身看往士林捷運前興建中的大樓，再也熟悉不過的方向——BOT招商興建中，那半拱圓狀的「士林藝術文創商運中心」大樓。

「哈，我說我們的大老闆王桑啊，你改變心意了唷，要快遞邀請函，讓我給你再壯壯聲勢嗎？」

「別開玩笑了。不好了。」

「怎樣。」

王桑電話掛斷。

傅鑫野想，鳖仔要在這公開的公家典禮上出手？

鳖仔對要做到的事，是有狠勁的，但這麼敢，雖然有點超乎他預料之外，但一定是弄了什麼法子。

傅鑫野靜下心來盤算一下，這是白道場合，中士林分局肯定會有人來。誰會來呢？分局長，嗯，還有地下分局長角利。

傅鑫野在動士林都更案時，把可能會入局的黑白兩道人物當想過一遍，當然也包括角利。傅鑫野打聽過角利，知道他是「無敵」的警察——明明就要退休，偏偏留下延退，聽說現在幾乎是中士林分局的地下分局長了。這種待退的警察，跟軍中待退的兵一樣，老到連士官長、隊長都管不動。油條成精，不知道用錢買不買的動？

傅鑫野無意識再打電話給阿彪，想想不對，沒按完就切掉，趕緊調了自己堂中的兄弟。辦公室門發出清脆敲門聲響，「三金老大，我們都準備好了。」

「你們先下去停車場發車，我等下過去。」

傅鑫野起身穿上西裝，扣上扣子。看了看桌上電話旁怒放的合果芋，折了一片合果芋，當作幸運符。

走向電梯時，傅鑫野突然動念，「如果……現在回去士林夜市那跟老爺子坦白一切，會如何？」

「難爲你了，接下來就交給我吧！」老爺子會這樣說，同時以父親的姿態，開始指揮一切。但你不是我父親。你只是因爲機緣，好吧，還有抓準了機緣，向一切做過鬥爭的男人。你不斷強調努力，但你沒說過機緣。說到底這道上江湖起起伏伏，都是機緣。

走入電梯，對著透明玻璃，傅鑫野看那被折射的有點模糊的自己。這次就能努力擺脫掉自己給自己，那復仇者身分了吧？

傅鑫野雙手在胸前交叉，給了自己一個擁抱。

隨那直墜而下的電梯，下樓。

第二十三話：鋼與血

「士林藝術文創商運中心」正面嵌著巨大半球體，彷彿再現了巨大隕石砸入地平面的那一刻。在挑高的一樓大廳廣場，公關公司的工作人員則忙進忙出，布置著上樑典禮會場。螯仔在紅色布縵隔出的會場後臺，側身看著前場大廳狀況。

現在終於可以擺脫枴杖了，螯仔覺得行動清爽不少。

從「五湖四海」出門前，暫時寄住螯仔、狗蟻仔那兒的妙琳，原本還是要塞枴杖給螯仔。

狗蟻仔跳出來：「欸，妳不要這樣『愛之深，責之切』好不好？我老大早就腳好了。拿著枴杖要做什麼？拿來扛龍頭？還是拿來拄龍珠？妳嘛拜託欸，我們是要去舞獅，不是要去舞龍！」

螯仔、狗蟻仔跟「慶鳳翔」醒獅團的團長打招呼後，便在一旁簡單活動筋骨、蹲樁步，以及蹓腿。熱身結束，也大概熟悉後臺後，螯仔跟狗蟻仔穿上舞獅裝，把目光放在舞臺前臺跟廣場。

整個「士林藝術文創商運中心」因爲是市政府跟広隼實業合作的ＢＯＴ案，所以空間分配上結合著百貨公司跟辦公大樓。這些企業營利的商業文創區，跟政府規劃的公眾藝術展演區，以一樓正中的圓形大廳廣場爲輪軸連結中心。

士林藝術文創商運中心的一樓大廳廣場整個挑高，地面做了一個水流瀑布軌道，接著上面樓層的景觀池。樓上景觀池接著一條裝潢優雅流線形的河坡道，清澈的人造河流宛如有形可見的旋律，蜿蜒而至一樓典禮大廳。

螯仔抬頭看，樓上一些未完成的部分，還頗有美國工業風空間設計的感覺。一樓大概也才剛建好，因為上樑典禮，努力收拾了一下。公關公司聰明的把典禮臺放置在挑高景觀池瀑布前，並適時適地鋪上紅地毯，把場地布置的夠新聞媒體攝影師在拍攝時，有話題發揮空間。

把自己肥胖身形塞進西裝的王桑，人現在就站在紅毯上督軍，看著周遭公關公司逐漸佈置起來的現場，點頭表示滿意。

鰲仔以目光梭巡一樓大廳廣場，規劃等下挾持「慕鄰建設」王桑的路線，看要怎麼跑。

一樓大廳廣場左右兩側，有A、B兩個上樓處。B上樓處那裡開始有餐飲公司設置一排buffet，放了酒水跟餐點；A上樓處還尚稱暢通，似乎是等下政要上臺致詞的走道。

「嗯……」鰲仔發現，A、B上樓處的斜後方，則另外還有一個看來是輔助對應的逃生出入樓梯，還有大面對應正面的通道大門。只不過門關著，不知道是不是能暢通的跟各樓層接上？

因為歲末冬雨，儘管清晨臺北天空無雨，但看起來陰鬱，公關公司在大廳的貴賓下車進場紅毯區，搭了紅色萬用遮陽遮雨棚。前後大門除了停了幾臺新聞電視臺的SNG車之外，好像有些民間反臺北市都更計畫，以及聲援釘子戶團體陳情抗議團體，開始舉著抗議看板聚集。

鰲仔邊緊盯著外場「士林藝術文創商運中心」一樓大廳廣場狀況，邊撥手機給在外頭駕著車的闊達，在後面出口一帶隨時待命。一有狀況，會打電話給他，趕快開車過來接應。

這時鰲仔看到外場顏興宸大剌剌地，不管會場佈置，就從外面跨走過紅地毯，從會場外走到後臺，不在乎已經陸續架好攝影機的新聞媒體。

鰲仔皺眉，不確定王桑有沒有看到，重新隱身入布縵後。

顏興宸依舊冷漠，對鳌仔丟了一句：「老爺子要我來的，我作『獅鬼』。」

顏興宸跟慶鳳翔醒獅團團長打過照面，混到舞獅團成員中，自顧自地拉筋。

慶鳳翔醒獅團幾個師傅還特別過來，感謝鳌仔來幫忙。接近過年，許多公司尾牙場都邀請醒獅團去商演。現代醒獅團不只吃宮廟喜慶場，也吃公司娛樂場，如此才能維持生計，但這些場子在旺季時，醒獅團未必能消化得了，有些獅團也會相互借將彼此支援。顏鼎老爺子主持的「士林組合」是本土角頭起家，對直系堂口組員非常要求拳腳功夫，訓練堂口組員將團、醒獅團功夫，便成爲鍛鍊的好方法。同時也成爲組織士林組合的方式，建立起與地方廟口勢力的人脈。

由希鳳領頭，主管士林夜市攤商保護的堂口，作爲士林組合重要三角底幹組織之一，鳌仔跟狗蟻仔自然有將團、獅團的嚴格「武術歷練」。特別是高中時，狗蟻仔還比鳌仔先混將團，後來才受利誘爲車手。後來，鳌仔、狗蟻仔在一年重要的廟會、年節，如果有空檔，都會接不同醒獅團的約幫忙，持續訓練身手。

在後臺大樓對外的落地窗玻璃前，醒獅團師傅開始請金，請示神明起馬相助。鳌仔將威武的臺灣綠面紅鬃鈴眼，額頭刻著「王」字的獅頭恭敬地放在臺上，秉香默禱。

插上香，鳌仔看著落地窗灰黑玻璃，發現自己的臉——眉頭緊繃著，有點咬牙切齒。雖然等下就會扛起獅頭，把這張臉抹去，但現在這麼明顯地帶著復仇的臉，或許會被政府高官的維安人員鎖定也說不定。鳌仔假裝揉眼睛，手掌按摩臉龐肌肉，讓臉褪卻掉原本的表情。

舉鳌般舉起獅頭，把自己埋入八卦獅頭面具裡的黑暗，舞著獅頭，沒入一樓大廳舞臺打滿的燈光。

-†-‡-†-

角利趕到「士林藝術文創商運中心」一樓大廳廣場時，獅團已經跳了一小段熱場，內政部長正好應上樑典禮主持人邀請，上臺致詞。

穿著西裝的內政部長站在公關公司搬來的精緻演講桌麥克風前，看著臺下面露微笑，「過去八年，交通部幫臺北市政府每年開通一條捷運，讓臺北市市民的交通願景成真。這當然也是因為臺北市議會議員、各里長，大力協助的緣故。但我們要給臺北市的夢想絕不只這些……」

後頭出口有抗議都更的民眾開始舉牌喧嚷抗議，中士林分局警察趕緊架起封鎖線，公關公司趕緊把講臺麥克風、會場音響調更大聲。

內政部長假裝沒聽到，清了清喉嚨繼續說，「有現代捷運還不夠，所以我們還要有現代的街景，現在士林的專案住宅主體工程正在推動，代表士林都更是個可以實現的夢。『士林淨化』這不單單是城市亮點，更是我們要追求的願景里程碑，你們說對不對！」

主持人帶頭呼應喊道，「對！」

角利啐了一聲，心想，「還眞是來作文的。」

角利看到中士林分局長劉一昇跟自己揮一下手，趕緊過去，才發現劉一昇跟自己的座位，安排在中央政府部會首長、立委後頭。這些有頭有臉的政要、立委、大老闆們，在舞臺前排排列座。舞臺周遭被各家電視臺記者與攝影機占滿，準備好好捕捉這些人舉手投足的政治語言。

內政部長是近年的政壇明星，由於年底即將進行臺北市長大選，內政部長可能辭官參選的消息一直繪聲繪影。各家媒體無不推測內政部長將利用這個可視爲他任內最傲人的政績，涉入金額高達數十億「士林藝術文創商運中心」建案的上樑大典，作爲他宣布投入臺北市長大選的最佳時機。

因此不少家電視臺爲了搶獨家，一些記者跟攝影師完全搏命演出，爬到挑高大廳將近二樓處的鷹架上，捕捉內政部長跟各政要間的互動。政治就是一場演出，好的演員就是有許多令人足以揣摩的動作。也正因爲如此，所以政府目前已開始部署維安特勤進行保護。角利看著環繞內政部長周遭幾個臨場對人員進行管控的隨扈維安警官中，看到幾個當年在警備隊的同梯，角利眼神盡量避過他們，因爲怕自己想起太多當年。

角利聽到周遭的新聞臺記者在傳，爲了強調士林藝術文創商運中心建築的在地性、本土性，開工大典當天舞的是獅頭華麗的臺灣北部獅。

一般請獅團表演，有分兩廣醒獅跟臺灣獅。爲了強調藝術中心這個建案在臺灣士林，建商特別請的是臺灣獅。臺灣獅以單隻獅子進行表演，雖不似兩廣醒獅以一對全圓體獅頭的獅子進行表演，但半圓體獅頭獅面威猛，頭頂八卦，舞獅者的舞動與腳法需要武術底子，才能展現臺灣獅的威猛風格。

內政部長由隨扈陪伴下臺坐回位置後，在粗獷有力極富節奏感的鑼鼓聲中，第二段舞獅開始。獅鬼手執著燒起的金紙，跳入廣場。這獅鬼雖然戴上面具，但角利看身形，認得出是顏興宸。

「這次行動也有顏興宸嗎……好像沒聽螯仔他們說到過？」角利心想。

接著踩著七星步進場的舞獅，比一開始的熱場獅子，明顯更具精神，動作有力。看這充滿力度頓點的武打身段，這明顯是螯仔在舞獅頭。在螯仔紮馬步，躍縱身形，倒捲獅頭紅鬘威武掃動之際，角利發現，這舞獅身段，似乎有北投洪來旺獅團系統的影子。

「螯仔、顏興宸跟北投洪來旺獅團也有關係，今天會有北投獅團的人，也來入這一局嗎？」角利觀察左右，手心緊張握拳，怕事情鬧到無法收拾，自己身旁可是坐著正牌的中士林分局長啊……

-†-‡-†-

「開始動手四海皆兄弟！」螯仔舞起獅頭喊著。

狗蟻仔應著，「剎！」。

對面的獅鬼手持燒金，武打套路打下來，空中炫動的金紙煙氣，裊裊如遊蛇。

螯仔舞獅低伏，開始起手紮馬，走七星步，捲手勢捲著獅頭虎虎生風。接著丁步探看，獅鬼的武打，一條馬追應，打起獅節。獅耳靈巧顫動，配著綴飾的鈴鐺，錚鏦作響，在獅鼓鑼鈸隨之搭配，螯仔把獅舞得氣勢磅礡。

獅鬼與之對陣，轉踩八卦步引導舞獅，螯仔轉手勢步行。

一旁慶鳳翔獅團已經在會場，布上一柱一柱梅花樁。

獅鬼接上一旁獅團拋來的梅花樁，橫向對著舞獅。螯仔見狀，與狗蟻仔一同低身蓄勢。舞獅弓箭步，短躍跳抓住梅花樁。獅鬼不囉唆，藉著舞獅躍來的勢，一口氣撐起舞獅。舞獅於是隨著立起的梅花樁，在半空中調整身形，亮相！

原本在外抗議的反都更團體，也不禁看得入迷，忘了是來抗議的。

整個「士林藝術文創商運中心」無論會場內外，響起一片如雷喝采！

舞獅在半空中，由最左邊的梅花樁，一樁一柱地，跳到最右邊的梅花樁。在最右邊梅花樁的舞獅轉身，要回躍回最左邊時，沒想到獅鬼一個掃腿，把正中間的梅花樁掃倒……

現場直播嗅覺靈敏的攝影師，畫面直接對準直播著這舞獅畫面，準備做報導素材。

這突如其來的舉動，全場一下子鴉雀無聲。主持人趕緊看向慶鳳翔獅團，發現獅團成員也是面面相覷，知道這不是預備安排好的橋段，正想該講什麼話，來 cover 過這突然尷尬安靜的一刻。

面對這突如其來的狀況，卻只見舞獅，繼續縱躍。眾人驚呼，怕就這樣跌下去。站在舞臺上主持人與王桑，更是冷汗直流，怕典禮就這樣跌股出包了。

舞獅跳到倒樁處前，鳌仔舞著獅頭低看，對後面獅尾的狗蟻仔打個 pass。兩人舞著一獅，飛縱過倒掉的梅花樁，一口氣越過兩個梅花樁，穩穩地站在前頭的兩個梅花樁。

看到這一幕，全場又響起如雷的掌聲。鳌仔繼續八字捲舞獅頭，在掌聲中，從獅頭吐出「上樑大吉」的紅色春聯。

典禮主持人見狀，趕緊喊道：「上樑大典，上樑大吉！」

獅鬼趁眾人不注意時，接過獅團遞來的上樑金樑，往獅頭高拋而去。獅頭原本含的春聯，也往下拋。獅鬼接住春聯，張開；獅頭張著獅嘴則咬住了金樑，躍下。

鳌仔高舉獅頭接到金樑，已獲得眾人歡呼，沒想到動作順勢下蹲，安穩跳回舞臺地板，更博得滿堂彩。獅頭咬著金樑，舞向內政部長，低著身子點頭向他示意。笑得開懷的內政部長像輕撫貓咪般，伸手輕拍獅頭。

舞獅再舞，躲在獅頭後的鳌仔，向後方掌獅尾的狗蟻仔示意，接著單手撐起獅頭，另一手將金樑拋高。接著兩人合力在地上打了個俐落地滾獅，恰恰於隻身站在舞臺旁想控管典禮狀況的王桑臉孔前，舞獅接到金樑。

現在舞獅整個開口，幾乎緊貼著王桑臉舞動，獅尾則繞圍著王桑。咬著金樑的舞獅再張了些口，鳖仔露出雙眼，瞪著王桑低吼「『結樑子』，上樓去。」鳖仔冷冷說，獅口中遞一小截隱密的匕首，藏在金樑後，「不然場面現在就會被弄得很難看。」

舞獅獅頭咬著暗藏匕首的金柱，托了幾下王桑雙臂，要王桑一同上頂樓安樑。

這時臺下的內政部長起身鼓掌，其他相陪的政府官員跟企業老闆跟著掌聲四起。偏偏典禮主持人也想順勢創造典禮的高潮效果，舉起麥克風順勢喊道：「祥獅獻瑞上金樑！就讓舞獅陪這次典禮承辦與文創中心建案承攬『慕鄰建設』老董王桑，一同到頂樓安放金樑！」稍微頓了頓，再意有所指的看向內政部長，「登高升官發財，討個吉兆，大家說好不好！」

典禮主持人領著大家鼓掌，並點頭示意獅團放鞭炮。如此一來，建商更難拒絕，在眾人如雷的掌聲與掀翻天的鞭炮聲響中，只能順勢在舞獅的拱動下，往A側樓梯，上樓。

這時內政部長在祕書的催促下，準備趕下一個行程，於是起身向大家拱手致意，部長跟各政商名流名媛合照過後，媒體蜂擁而上。

其他政商人士則各自前往 buffet 臺，取用紅酒，獵取想要 social 建立關係的對象。

角利本想趁亂，尾隨上A側樓梯，卻被局長拉住，因爲內政部警察署也派代表出席，想詢問之後就緊鄰士林夜市的中心建立後，警局的治安因應政策。

「人不會被他們弄死吧……」角利心想。

粗糙的泥地，牆上預留的管線線路裸露著，加上冬雨，螯仔挾持王桑逐層爬樓梯上去，空間回繞充滿著的腳步聲中混雜著雨滴聲。

螯仔一手恭敬地將獅頭面擱在肩頭，另一手隨意提著金樑。狗蟻仔跟在後面，一手提著王桑的後領，三人上樓。

-†-‡-†-

還沒完工的A側樓梯間，還沒架上扶手。狗蟻仔看看沒有扶手的樓梯，往下看，催促王桑快上樓，「別想東想西想搞鬼，不然，我會讓你在哪裡跌倒，就在哪裡躺好。」

二樓帶著新蓋好建築的味道，景觀池美輪美奐，投影著「士林藝術文創商運中心」內部宛如圓拱蛋室的建築風貌。但上了三樓，這沒有向媒體開放的樓層後，地板充滿著冬雨在工地大樓浸潤的溼氣，地面隨處散布著還沒整理的外露管線，以及隨意亂冒出的鋼筋。

爲讓今天上樑典禮體面，王桑早在一個月就先請公關公司、設計公司設計裝潢。由於電梯還未裝設，因此預先沙盤推演，也跟官員的祕書都說過，千萬不要把長官們帶上三樓。若長官臨時要演出「視察秀」，也請祕書示意長官不要超過到二樓，否則恐怕會有「反效果」。

螯仔、狗蟻仔押著王桑往上爬樓梯的腳步聲，以及王桑的哀求聲，往上面樓梯間迴盪。

螯仔邊爬樓梯邊束耳，他知道這樣的回聲，會是一種訊息，樓上若有人，那麼就會有所反應。螯仔要聽他們反應的腳步聲往哪走，才有改變行動路徑。

王桑走在螯仔身後，不敢說話，也不敢回頭。在他後頭押著他的是狗蟻仔，狗蟻仔手裡拿著手電筒，沒事踹建商幾腳，嫌他爬樓梯爬得慢。

到三到四樓的轉折處，王桑蹲在地上氣喘噓噓喊著：「殺了我也不走了……」不管狗蟻仔怎麼踢，王桑就是賴著也不走，「要裝死是吧？來，剛好四樓，看你怎麼裝死。」鰲仔、狗蟻仔半拉半拖，把死賴在地上的王桑拖到四樓。

王桑拖行在階梯上，額頭、鼻子、膝蓋吃了粗糙的水泥階梯，一下子不是擦傷流血，就是烏青。王桑哀嚎，知道鰲仔、狗蟻仔是來眞的，直喊：「好好好，不要拖了，讓我起來……」

鰲仔、狗蟻仔不管，兩人把弓在地上王桑拖到四樓一間由一道長牆格出，門還沒裝上，可能是要做成大型會議廳的地方。

內部還沒蓋完、裝潢完的「士林藝術文創商運中心」，今天因爲上樑大典工人沒有上工。所以現在除了一二樓全部打開照明設備外，三樓以上幾乎只有逃生樓梯間有燈光，各樓層由向外落地窗提供光源。大樓外還架著鳥籠般的鷹架，落地窗現在引入的，只有臺北陰霾。

狗蟻仔就地拿綁裝潢木料的麻繩，將王桑綁在椅子上，手心拍拍他的右臉，又反用掌背，賞了他左臉一巴掌。鰲仔把窗戶打開。

狗蟻仔看了，「也是，讓他好好吹吹風淋淋雨，看腦子會不會清醒點。」把綁在椅子上的王桑移到窗口，「來，拍ＭＶ嘍！」

王桑驚恐喊道，「不要把我丟下去！」

「我們怎麼敢呢？」狗蟻仔把垂在椅子後，綁王桑沒用完的繩索，拿到王桑面前甩啊甩，「這裡是『文創中心』，當然要有點創意才行，不知道從這裡高空彈跳的感覺怎麼樣？」狗蟻仔把頭探出落地窗，「這樣應該今天的什麼上樑典禮，馬上就能報給大家知，免廣告啦！」

鰲仔將獅頭恭敬地放靠在牆壁，自己蹲坐一旁，面孔冷峻，如另一頭陰鬱蓄勢的獅。

「時間寶貴，怕你一張嘴胡累累，鬼扯得天花亂墜。現在，我們問什麼你答什麼，知道嗎?!」王桑猶豫了一下，狗蟻仔二話不說，抓著王桑的頭，伸出窗外。王桑的脖子被壓在窗源，宛如上了斷頭臺。

狗蟻仔就要把他丟下去，王桑斜眼也瞥到鳌仔身形在動，趕緊掙扎，「好！好！好！」

狗蟻仔把王桑拉回來，王桑喘氣說，「做這麼久的品牌形象廣告，我掉下去不就都全毀了……」

狗蟻仔大力拍王桑後腦杓，「我們有問你嗎？」

王桑吃了痛，眼冒金星。王桑低頭瞄看自己被綁的這間長數坪預計要做會議室的房間，想尋找機會，地上擱著長形薄木板跟牛皮紙箱打開的紙箱片，看來暫時是被權充工地工人中午休息的地方。

王桑恐懼，害怕接下來是自己準備要躺在這裡。自己混建築業，說沒有黑道經驗是騙人的，只是沒想到這次會在這樣公開大場合中，被擄。

「那天我們去你老巢『慕鄰』找你，你爲什麼裝死不出來。」鳌仔起身問。

「撞你的，又不是我……找我，我也不能……」王桑膽怯回答。

「你又是知道，我那天是要問你誰撞我？是誰給你通風報信嗎？不然你也是滿常打電話給那個叫什麼阿彪的？」

「阿彪是傅鑫野手下，可不是我的。難道你們沒有想過，爲什麼臺北醫院這麼多，偏偏救護車就把你送到剛好就沒有血的市北榮醫院嗎？」

「欸，講沒幾句，換你問我們問題啦！」

鰲仔稍稍止住狗蟻仔，示意讓王桑說沒關係。

「傅鑫野也不知道怎麼跟市北榮醫院執行長陳桑接上線的，可能阿彪撞了你後，叫誰馬上打給市北榮待命的救護車。我說，三金老大，你也要派手下去市北榮看著啊，不然……陳桑卻龜縮怕死，說黑道在這邊看著，我們醫院還要開嗎？會被看病民眾投訴。只說醫院配合派個保全當眼線，保全又不是黑道保鑣，果然離離落落……」王桑頓了頓，「所以，讓大哥你能逃出……」

「你果然很會凹，怎樣，是不希望我們鰲仔老大出來嗎？還害我那陣子還要 cosplay 歐巴桑！」

「先別講這個了，希鳳在哪？」鰲仔繼續問。

「聽說就藏在這棟？」狗蟻仔亂猜亂講，發現王桑竟不置可否，用力逼問，「幾樓？」

「好像在樓上……」王桑眼神游移。

「哪一層？」鰲仔冷臉問。

「我也不知道。往上走找找看，不知哪一層？」

「剛剛為什麼不講？！」狗蟻仔大吼。

「因為你沒問……」

狗蟻仔又好氣又好笑，鬆綁王桑，要他領著上樓去找。

「休息這麼久，你這次會走路了吧？」狗蟻仔押著王桑繼續往上五樓的樓梯間走，「搞半天，這大樓到底幾層。」

「十層。」

「那你要好好加油了……」狗蟻仔推了王桑後背，喝斥，「走！」

鳌仔壓抑著情緒，「希鳳就在樓上了嗎？」

鳌仔提著舞獅頭面具、金樑，走在前頭爬上五樓。後面由狗蟻仔手提著王桑的後領口，跟著。五樓以上施工更不完善，逃生樓梯間的燈，有一盞沒一盞，一片濃重近於黑的鼠灰。狗蟻仔另一手握著從四樓工地找來的手電筒，光束在水泥牆面上掃動，彷彿試圖刮落這一片幽暗，要爲眾人引路。但半昏不暗地，只是讓建商極其忐忑。

這時外頭冬雨驟下，槍林彈雨般，打得建築物盡是鼓點迴響。攀爬在這片灰暗中，彷彿只是在老鼠臟器中抵抗被消化的命運。鳌仔有點想念起海邊耀眼的陽光，港都的也可以，淡水的也可以。

雨點——鼓點——雨點——

從五樓爬到到六樓交接處時，突然有人影竄出——鳌仔瞬間吃了痛，看，是鋼條。鳌仔馬上以舞獅面具護住自己的頭，低身箭步，舞獅衝擊，撞得藏身攻擊的壯漢，人仰馬翻。壯漢倒地，鋼樑脫手飛出去。鳌仔發現他另一手還握著鋸子刀。

「還沒起身，好解決。」鳌仔心想，立刻衝上去，踢飛他手上的鋸子刀。鋸子刀在地上打旋，彈到了另一邊樓柱。

同時，鳌仔坐在壯漢身上，鳌鉗般提起他的頭，搗蒜般，猛撞地面。強大的衝擊，壯漢瞬間暈倒。

雨點——鼓點——雨點——

樓梯間中，下頭狗蟻仔看到鳌仔打入六樓樓層，抓著王桑，要爬上樓幫忙。突然埋伏在六到七樓樓梯間的兩個人提著刀械，衝了下來。狗蟻仔本能地把抓著的王桑，往前砸。王桑抱頭，滾倒。

首先衝下來的壯漢，被撞倒，倒在樓梯。

樓梯沒有扶手，狗蟻仔趕緊死命前踹，把壯漢踹落至上下迴轉樓梯中懸崖般的縫隙。壯漢就要翻落下去，雙手攀著樓梯，全身在上下樓梯中的縫隙，半空迴盪。原本手上的刀械，直直落到樓下不知哪裡，發出哐噹一聲。

後頭壯漢情急之下，趕緊去扶自己的兄弟。

狗蟻仔看這壯漢還算講兄弟義氣，不打算偷襲，就看這壯漢如何拉起自己的兄弟。

雨點——鼓點——雨點——

料理完自己面對的壯漢後，螯仔要趕回到樓梯間去看狗蟻仔、王桑狀況。

突然，樓梯間，一聲槍響！

螯仔趕緊衝過去看狀況，看到狗蟻仔、王桑倒在地上，不知有無中彈？抬頭，看到傅鑫野拿槍，從七樓樓梯一步步走下來。

傅鑫野怎麼會出現在這裡？剛剛到現在沒有任何時間讓王桑碰手機？裡頭也有監視器跟「一樂虎」連線？還是他本來就常駐在這裡，知道今天上樑典禮可能會出事，預先來這裡？有人先通風報信嗎？

螯仔同時迸出這麼多問題，但，現在要先解決眼前這一個。

「才第一發子彈。」螯仔心想，不打算舉手投降，瞪著傅鑫野。

「別裝死，把他弄起來。」傅鑫野冷冷道。

狗蟻仔緩緩起身，幫著壯漢把懸在樓梯間半空的另一壯漢拉起。

傅鑫野拿著槍，對著螯仔比了比六樓，「你，轉身，進去。」

螯仔轉身，背對傅鑫野，走進六樓。傅鑫野跟上。

才剛踏進六樓，螯仔立刻撿起剛剛擱在牆面的舞獅面具。傅鑫野發現有異，立即開槍。螯仔以舞獅面具護住身子，往左橫躍，滾身到牆邊樓柱。

再一槍，傅鑫野有恃無恐。

螯仔牢牢躲在樓柱後，心跳劇烈。

傅鑫野腳步聲穩穩靠近。

螯仔離剛剛壯漢掉的鋸子刀，還有兩三步。

「要去撿嗎？」螯仔心想。

「拿得到嗎？」傅鑫野隔著樓柱，彷彿都能讀到螯仔所想的，不帶任何溫度地說。

螯仔側身探出一眼，遠遠看過去，下了決定，「再靠過來一點啊，混蛋！」

-†-‡-†-

躲在樓柱後的螯仔，將獅頭面具輕輕往走道拋出來。傅鑫野見狀防備，停下腳步，後退，舉槍。

螯仔接著出聲，「三金老大，有話好說……」雙手舉出投降手勢，緩緩走出。

傅鑫野冷笑，看著螯仔。

螯仔知道傅鑫野在思考，暗想——「這就對了，好好想一想吧你。」

突然樓層B側跟A側區塊連接處的方向，一個身影欺上來，舉起槍托，立刻往在猶疑之間的傅鑫野後腦杓猛敲，傅鑫野被敲暈，「你這算現行犯喔。」欺身上來的人，頭戴頭套，只露出一雙眼睛。

螯仔知道這雙眼睛是角利。

螯仔趕緊到樓梯間「料理」傅鑫野的兩個手下，將他們綁在六樓。事已如此，等傅鑫野醒來。螯仔等人押著傅鑫野、王桑上七樓。七樓在設計上，顯然是要轉租給各公司行號做商務辦公室，隔間複雜宛如蟻穴迷宮，幾番轉折，才抵達關著希鳳的隔間室。越往上樓層爬，樓層蓋得更粗糙。水泥凸出來的樑柱、鋼筋，如殘骸。連月冬雨，工地樓層中四處是蓋著防水塑膠布的建材、袋裝水泥。王桑眉頭、後頸發著冷汗。爲了趕工，到處堆滿垃圾，四處不是黏著口香糖就是檳榔汁。傅鑫野一臉無所謂的，被押著領路前行。角利、螯仔、狗蟻仔警戒，怕還有埋伏。隔間室灰濛濛一片，樓層滲水，滴答滴答，卻洗不掉整間隔間濃濃的鹽酸味。地面上的積水水灘泛紅，不知是血水？還是被稀釋的檳榔汁？

希鳳就被綁在角落，低著頭。

螯仔立刻衝上前去，確認狀況。被解開繩子的顏希鳳，悠悠轉醒，發現是螯仔，虛弱吐聲，「我很狼狽吧……」

「不會，很像我剛認識妳的樣子。」

顏希鳳想起了國中時在洗手臺前第一次見到螯仔的事，淅瀝瀝的水龍頭開水聲幾乎都要在耳邊響起。

「可是這次面對的是一整座該死的景觀池。」

「任壯呢？在哪？」把傅鑫野、王桑分別綁在兩張椅子上的狗蟻仔四處探看。

希鳳狠很瞪了傅鑫野，螯仔起身，朝傅鑫野肚子打了一拳。

希鳳阻止，「留給老爺子發落吧！」

角利一旁，「就怕是從輕發落。」

螯仔不知道角利是不是激將法，又不知道有沒有中計？又該不該中計？決定還是聽希鳳的，停手。

傅鑫野、王桑兩人，各綁在一椅上並排。傅鑫野別過臉，不願意看螯仔、角利等人。王桑緊張的擠眉弄眼，想跟傅鑫野傳遞訊息，想辦法脫逃。

仍蒙著面的角利走過去，對王桑說，「我知道你很會說話啦，但我們『三金老大』口才也不會輸你。怕你們坐在一起開『研討會』，我看兩個人還是分開一下比較好。」

避免他們互相影響串供的角利，示意狗蟻仔移動王桑位置，狗蟻仔粗魯地拖著王桑所綁坐椅子的椅背。半後仰的王桑被拖行到後面，接著被轉過椅子，背向傅鑫野。

被綁在椅子上的傅鑫野，現在一個人對著布滿鷹架的落地窗，面對臺北城市的風景線。

王桑知道靠傅鑫野沒有辦法了，之前從傅鑫野那裡知道螯仔要籌錢買房，轉而開始言語誘惑螯仔，給他新蓋好的都更建案插乾股的好處，「一成怎麼樣？……不然三成好了？」

「我看要十成。」狗蟻仔代替螯仔回答。

「啊……小哥，不是我不答應你，已經給你們三金老大插了三成……」

角利過來拍拍王桑肩膀，粗啞著聲音說話，「好啦！終於可以好好拜見你了，大老闆。」

角利手施勁，王桑吃了痛，知道這蒙面的，或許可能是最狠的。

「我說王大老闆啊……你甘知影三金老大在賣『海妖』，或者應該用我們的話來說——『荔枝』，這個毒品嗎？」

王桑趕緊否認，「我只介紹烏丹．喬森給他，剩下我都不知道。」

角利想想，「不對啊，我也只問你知不知道，三金老大有沒有賣荔枝？你還加碼一個阿豆仔的名字，什麼丹丹還是烏丹的……會不會劇情跑太快了吧……」

王桑看狀況，知道三金老大已經崩盤了，自己要先過這關，於是決定和盤托出，「各位老大，我也是身不由己……都更計畫在議會通過，政府都更單位公告後，計畫條文冠冕堂皇到都自帶『斯巴賴』了！欸，可是眞正是誰要來做？人多都會嘴雜，何況住在一起的左鄰右舍？大家又不是以前就認識，約好一起買公寓、店面擠在同一棟樓，準備手牽手一起來都更？」接著指了指樓下，「爲了大廳那都更政策宣傳海報那繁榮光明的景象，你以爲誰要來擺平背後的那些骯髒事？」

沒人回應。

王桑繼續說道，「是吧，之後還不是要我們出場？広隼實業上頭的人要我接，都更承辦人就開始照三餐打電話跟我講——記得要『士林淨化』喔～要記得『國際化』喔～接到我都會怕了。什麼『士林淨化』？我還以爲是什麼空氣淨化，想說是不是要買個幾百臺空氣清淨機瞎搞？後來才知道要我們『淨化街景』。」

狗蟻仔疑惑，「是要組阿爸阿母的愛心街掃志工隊嗎？」

「對吧，小哥，不是只有我聽不大懂吧！後來經過部長祕書『翻譯』，才知道要我們趁機針對流民、攤販多的地方，策動住戶主導推動都更。讓街景也可以『清淨』一下。」王桑清了清喉嚨，「確實啦，以我的『專業』來說，要來這些投資的客戶，當然希望看出去的街景要夠現代，要有紐約的fu～這樣才配得起他們的身價。這棟都叫……什麼表藝中心……」

「婊你的頭啦！」狗蟻仔一掌打向王桑後腦杓，從樓下四樓開始，狗蟻仔打王桑，打上了癮。

「士林藝術文創商運中心。」在一旁照顧希鳳的螯仔冷冷說。

「對對對，大哥說的好！」腦滿腸肥的王桑雖然後腦杓整個發麻，仍努力奉承著，「『士林藝術文創商運中心』前該有的是『上流社會』風景，可是偏偏這中心是士林夜市景觀第一排，小老百姓跟攤販在那邊一百塊、五十塊的掏錢買東西，乞丐流民在那邊左躺右跪，能看嗎？」

「我知道，以『你的專業』，你也覺得『士林夜市』應該淨化一下。」戴著頭套露出雙眼的角利，啞著嗓子應著，希望藉此讓忘形的王桑吐露更多。

「不過經過『翻譯』過後，我還是頭抱著燒，不知該怎麼著手？那些攤販後面有士林組合保護，乞丐流民可能也有那些勢力每天送他們來那邊跪躺要錢抽油水……果然我平常也沒少去慈諴宮上香，那部長祕書引介了這個丹丹魔術師……欸，不，烏丹．喬森。說這個阿豆仔，剛到士林天母發展跨國娛樂產業，最近已風生水起，可以合作看看。看能不能透過辦些形象行銷企劃，達成國際化的KPI指標，帶帶新聞跟政論節目的話題風向。把士林另一頭的天母，那上流社會的氛圍，也帶到老舊的士林夜市。讓士林夜市這邊的人也能『覺醒』，接受都更。」

「那你又是怎麼跟你的『三金老大』搭上線的？」角利繼續問。

「是『広隼實業』前些年叫我跟傅鑫野接觸的。」

角利聽了，心想——「這俗辣眞是個牆頭草、西瓜派，看到傅鑫野現在被我們制住，就不再喊傅鑫野『三金老大』了。他也是算準我們不可能惹得起「広隼實業」，倒是很大方的說出來……」

王桑讀到了角利猶豫思索的眼神，他知道這時候要加緊趁勝追擊，催動自己的三寸不爛之舌，來打開活路，「來！看一下落地窗外現在的士林，你看到那排舊公寓了吧，八年這個計畫完成後，士林可就不得了。想像一下晌，到時把現在腳下那邊老舊雜亂的鐵皮樓房拆一拆，那些臭的要命，不知被哪送來『上班』的乞丐、攤販趕一趕。打開路面，撲上紅磚道，景觀樹種一種，一直連到。搭配我們這棟『國際級』外國建築設計師團隊設計的『士林藝術文創商運中心』，一直可以寬寬敞場看到流動的基隆河，還有陽明山，這不就是我們士林的巴黎香榭大道了嗎？」

鳖仔順著王桑所指看過去，士林夜市鐵皮街景中「一樂虎」就在那一帶附近。冬雨中仍顯得老舊的綠藍紅大樓屋頂鐵皮，像錯雜濁汙的浪。把自己困住好幾天的市北榮醫院大型文字看板招牌，遠遠也在那頭。

從鷹架看出去，王桑說的美好遠景，都像是被囚禁著的。

角利一樣怕想買屬於自己房子的鳖仔，被王桑牽走，趕緊補上一句，「有了白道『指導』，又有黑道『靠』，瞧你得意的……打著『士林淨化』、『國際化』兩個旗號，跟政府挖錢很爽晌，還可以一直挖一直挖。結果你的『上流社會』都大發利市了，才給我們抽一成，是怎樣？」

王桑急忙解釋，「我們蓋房子成天也是要四處融資，成天也是要跑銀行三點半，弄不好就要組旅遊團跑路。現在也是広隼實業的建設公司承包下，再轉包給我們做，到時完成後再由広隼財團下的保全公司、裝潢公司、文創行銷公司優先承攬相關營運。我穿梭其中，要自掏腰包，做些回扣，打通打通門路。」

「鬼扯，我看是你想抽成吧！」角利邊說邊想——「又是『広隼實業』，又是部長祕書，這一查下去，我看我們家分局長也準備包一包了……這樣根本沒法辦下去。」

角利：「所以天母『荔枝』流通到士林其他地方，你也有『資金調度』一下吧？」

「大仔，我的專業只在『建築業』而已，他怎麼弄你們，可不關我的事！欸，我也是『下游』而已，之後什麼市北榮醫院、飛車集團都是他找的。」王桑接著稍稍壓低聲音說，「傅鑫野啊，當初找這『市北榮醫院』董事會的陳桑，說要尋找『便宜的地』，可以埋醫院廢棄物的地，省去醫療廢棄物處理成本。我說正好都更時整地填土時，剛好可以把廢棄物偷填入，這樣醫院入股，我也可以處理承包広隼實業案子要繳給広隼實業回饋金呢……誰知談得好好，傅鑫野一聽要都更那塊『聖伊甸園』的地，就在那邊攔路作梗。」

王桑儘管壓低聲音說，但話仍在陰暗鼠灰的會議廳迴盪。

一旁的鳌仔、希鳳，一聽到「聖伊甸園」，兩人警然相視。

背對這群人，獨自綁在椅子上，對著落地窗外士林冬雨風景的傅鑫野，突然仰首大笑數聲，迴盪中滲透著恨意。

有人不知道爲什麼傅鑫野爲何狂笑，有些人則知道……

-†-‡-†-

螫仔知道傅鑫野的笑意，但他隱然在笑聲中聽到遠遠的腳步聲。趕緊跟角利使眼色，要他也聽。

腳步聲在這層彎曲的迷宮走廊間，並同時帶著重物拖動的聲音。這隔幾道牆的腳步聲，似乎聽到了傅鑫野的狂笑聲，停頓，並朝往這兒來。

突然身後的牆面「咚．咚．咚」發出撞擊悶響，牆面上出現一條巨大的裂紋，就像是之前螫仔痛毆建商，建商哀嚎的聲波，被具體地潑墨爲一道道鞭痕。

搥聲繼續一下又一下，敲著。

「嘖！我忘了奸商是會偷工減料的……」角利拍了拍建商的臉，

大概猜到是誰了，知道再假就不像了的角利，立刻下判斷，拉下面罩。

站在王桑身後的角利，要狗蟻仔把上樑典禮的金樑指紋抹掉，丟過來。

角利對王桑說，「想活命，順利下莊，知道什麼該說，什麼不該說吧。等下，先叫那條子給你送醫。我會安排田律師過去……」

角利敲昏王桑，示意螫仔、狗蟻仔趕緊從另一側樓梯下去。

牆裂了，露出陳銳正獵豹般的眼神。

角利心想，「看來他不是個厲害的賭徒呢……」接著對著已沒入樓梯陰影的螫仔背影大喊，「你們還跑！老弟，我去追，這兩個身上有槍有『荔枝』，給你作業績！」

角利轉身隨手把金樑塞到陳銳正剛敲出的牆壁裂紋，擋住了陳銳正視線。

往A處樓梯間跑，雖然連層樓梯還沒架設，但現在，只能快，不能慢。
狗蟻仔立刻要闊達趕緊飛車來接。
希鳳努力走，還是得扶著牆。扭傷的腳，讓她冷汗直流。
螫仔發現了，背起她，急急下樓。

「希鳳——」
「嗯？」
「會好起來的。」
「我的腳……」
「不只腳，是我們在這裡的一切。」
不斷下著樓梯，螫仔的聲音卻平穩地，像巢般承載著希鳳。
希鳳下巴輕輕擱在螫仔肩膀上，慶幸這工地這麼幽暗，讓自己能夠隱藏自己現在的表情。

-†-‡-†-

老爺子依舊面對的是他擺在新士林市場電扶梯前的魚池，午餐時間開始，人潮都到了士林夜市周遭的吃食店。新士林市場地下夜市下午三點才營業，使得一樓的市場顯得冷清，幾家早市賣菜的攤位都陸續在收菜跟洗刷地面，偶而傳來店家吆喝收攤打折的叫賣。
戴著深茶色墨鏡的老爺子，儘管視力嚴重退化，但仍數得清魚池中魚隻——他們的游動有著打水聲，有得輕微，有得因為遊戲，因為想要逃離，而帶著青春的莽撞。

老爺子隱微聽到一個如貓躡步的輕微腳步聲，快速靠來。

終究是移動，空氣被帶著，向這裡流動，一股外國男子所習慣噴灑的香水味靠過來——先是前調的西西里佛手柑，基調則是阿特拉斯雪松，嗯……中調卻是略帶辛香的琥珀，跟——法國鳶尾花。

老爺子想起兩週前，士林國小感恩餐會，傅鑫野好像也些微有這樣香水氣息……

戴著套頭毛線帽跟墨鏡的魔術師烏丹．喬森坐在水池對面的顧客塑膠小板凳：「Hello！我兄弟傅鑫野一直說你很神，今天有空特別來跟你打招呼。」

能直呼出傅鑫野名字，看來這人跟他有一定關係……老爺子心想。

「聽你口音，你應該是外國人吧！遠來是客，來，我請你撈撈金魚。」老爺子遞給烏丹．喬森三個撈金魚的紙糊網子，還有一個鋼碗。

「Thank you very much！來臺灣，還沒到夜市過，我早想玩了。」

「You are welcome.」

「老爺爺，你也會說 English，好親切啊！」

「士林夜市是國際觀光夜市嘛，市政府都有來推廣英文。」老爺子指了指新士林市場外的看板標語。

「老爺爺請教一下，這池子裡有幾隻小金魚？」魔術師手持金魚紙糊網子。

「二十五隻。」

「那魚池這一半大約幾隻？」

「十四隻。」老爺子低頭靠近魚池，感應著魚池中的水流。

烏丹．喬森俐落地，一次就撈起一隻金魚，放入小鋼碗——老爺子聽見。

老爺子甚至聽到金魚群整齊同時聚集到魚池左邊，四隻平行並列，從左邊整齊游到右邊的游水聲。

「你是做什麼的？」

「魔術師。剛剛就算送你欣賞的魔術，你看得到嗎？哈哈，不過，接下來不是魔術。Good Bye.」

烏丹．喬森從袖口滑下一個小罐子。

老爺子才剛聞到一陣刺鼻的石油味，竄出原本那陣鳶尾花香水味中。

突然，魚池整片一陣烈焰揚起。

魔術師像鯊魚般，低首咧笑，游出新士林市場中洶湧聚來的尖叫聲、打火聲，消失。

顏興宸才回士新士林市場，遠遠發現消防車、人群圍聚，趕緊衝入市場。

混著魚池水的髒汙血水，夾帶著黯淡無鱗光的魚屍，泊泊流出封鎖線，警車燈光閃動，彷彿閃動紅藍光澤凝固的閃電。

第二十四話：瞳孔對準摩天輪

摩天輪每個座艙都綴滿華麗燈飾，即使是白天，看來依舊耀眼。摩天輪開始輪轉，緩緩移動的各座艙輪流上升爲臺北盆地白晝天空中璀璨的星座。座艙中的人們，不知道自己已經成爲現代星座神話的一部分，他們會看臺北盆地，也可能只是與座中人，共享這暫時拋離現實的沉默時光。

今晚與百貨公司商場相結合的摩天輪園區，魔術師烏丹．喬森以抬高摩天輪作爲主秀的魔術秀隨夜空煙火開始了。雖然冬夜細雨漸歇，但摩天輪秀場仍搭上遮雨棚，並布置的美輪美奐。夜空難得出現上弦彎月，似乎是天空降下的勾子，就要代替烏丹．喬森抬高整座摩天輪。

舞臺上烏丹．喬森戴著半截面具，面具鑲滿水晶。在烏丹．喬森盡職的魔術中，他把自己分身出三個自己。將撕碎的紙片，灑上半空，成爲煙火。

守候在舞臺下圍欄擋遮的座位中，顏興宸虎睜著眼死盯著，要看清楚的不是烏丹．喬森的魔術，要找的不是烏丹．喬森魔術的眞相，而是他不斷變換手勢的手腕上，是不是有那該死的罌粟刺青。

「幹！就是他。」

顏興宸看到刺青，與腦海中的罌粟對著。立刻起身，拔出甩棒，頭也不回，翻過圍欄，衝上臺！

「那是左手……」螯仔追在後頭喊著。

-†-‡-†-

在中士林分局會報室，分局長劉一昇表情嚴肅，讀取四方匯集來的案情報告。投影機的光線打過他身上，在簡報布幕投顯出凝重的剪影。

坐在一旁的角利，等著分局長劉一昇判斷案情下指示。長年的經驗，角利知道，這時候話要說的少。

陳銳正也坐在一旁，維持一貫的高冷，滑著平板電腦，在判讀臺北文創藝術中心案件現場照片。他本來就話少。

有人話少，是因爲無話可說。有人話少，卻是因爲要準備一開口，就刺中要害。角利盤算如果陳銳正等下開了口，自己該如何招架。

傅鑫野跟他的手下是陳銳正押回警局的，但報告是角利做的。陳銳正還在事件狀況外圍，所以角利可以決定大家能知道多少，至少是現在。

角利現在對警局的報告，故意讓「慕鄰建設建商王桑綁架案」跟「新士林市場縱火案」這兩件事，還是兩件沒有瓜葛的事。螯仔在報告中，還被隱藏著。希鳳在另一個案子中，則持續失蹤。角利希望陳銳正不要太有靈感，把三個案子合在一起想。

「角利警官。」分局長劉一昇在公開場合就不叫角利爲學長，以維持整個警局的職務位階關係，「你沒順便追到兇手，要過年了，我們局裡要發績效獎金可沒手軟。」

角利心領神會，「他們一下樓就打散，一片烏暗暝，我還眞不知道先追哪一個，一遲疑，就慢了一拍。畢竟我也有年紀了……」

「別這麼說，薑還是老的辣。昨天文創中心上樑典禮，只有你能警覺到不對勁，跟上樓，省了很大的麻煩。現在新聞媒體也不知道這個消息……」

「也要謝謝陳銳正警官，他也是『英雄出少年』，跟上幫我完成後續的處理工作，要計嘉獎或發獎金也要算他一份。」

聽到角利如此說，陳銳正只是點點頭，沒有特別的喜悅。

角利知道陳銳正還是一座沒有鬆懈下來的海上冰山，對案子保持冷靜理性的觀察。

「也是，畢竟搜到槍……」分局長劉一昇將簡報畫面跳到從傅鑫野跟他的手下身上搜到的東西照片。

「『槍砲彈藥刀械管制條例』第七條：『未經許可，持有、寄藏或意圖販賣而陳列第一項所列槍砲、彈藥者，處五年以上有期徒刑，併科新臺幣一千萬元以下罰金。意圖供自己或他人犯罪之用，以強盜、搶奪、竊盜或其他非法方法，持有依法執行公務之人所持有之第一項所列槍砲、彈藥者，得加重其刑至二分之一。』」陳銳正反射般根據狀況，背起條文。

「……還有俗稱『荔枝』的『海妖』。」

「根據『毒品危害防制條例』第四條：『製造、運輸、販賣第二級毒品者，處無期徒刑或七年以上有期徒刑，得併科新臺幣一千萬元以下罰金。製造、運輸、販賣第三級毒品者，處七年以上有期徒刑，得併科新臺幣七百萬元以下罰金。』」陳銳正再補了一句，「現在法務部內部還在依相關化驗報告，討論要將『海妖』訂爲第二級還是第三級毒品。」

「但眞正麻煩的是，另一頭的新士林市場電扶梯前也發生縱火案，火點就在『士林組合』老爺子的撈魚池……」分局長劉一昇皺眉按著簡報筆，投影布幕上縱火現場照片不斷跳動轉換，各種角度被消防水柱打溼打亂的撈魚池凌亂現場照片調動後，最後停在最後一張對著新士林市場的監視器照片。

照片是火光中，幾個人衝出新士林市場出入口的照片——幾張驚恐的臉中，一張即使低著頭、戴著墨鏡，也認得出來是外國人的臉。

「想裝作沒看到都不行啊……」角利心想，腦海中響起昨日王桑，在士林藝術文創商運中心高樓上，報出「烏丹・喬森」這個名字。但角利維持靜默，不讓這名字發音。

「我想不用我們警察找人，士林組合各堂口現在都在尋仇了吧！現在要防的可能是黑道火併。怎麼會有人有膽在士林黑道的太歲爺上動土呢？」

敲門聲，大塊頭、小個子警察回報。

「緊急送市北榮醫院的王桑似乎驚嚇過度，呼吸困難，話都說不清楚。市北榮醫院給王桑安上了氧氣罩，目前要等他身體恢復，才能進一步跟他收集案情資訊。至於士林組合的老爺子……也被送到市北榮醫院緊急加護病房，只知道還在急救手術中。田律師鎮守在那裡……」小個子警察說著，與大塊頭警察無奈對看一眼，「我們兩個小警察，根本不敢去招惹。可能要……拜託各位警官了。」

聽到這，陳銳正開始準備收拾文件。

分局長劉一昇細細思索判斷後，開始分派任務，「『士林組合』這邊包括老爺子顏鼎、傅鑫野交給角利警官。」劉一昇將簡報重新轉回之前新士林市場縱火照片，拿簡報筆按了按，在那戴墨鏡的外國人頭，掃了幾圈紅光雷射點，彷彿牛仔向奔跑的牛拋出套繩，「至於縱火案這邊這個外國人看起來就是頗有嫌疑，陳銳正警官你英文不錯，這就交給你查，就從士林天母開始查。必要時，角利、陳銳正兩位警官要資訊互通，彼此幫忙。鑑識科則持續調查相關證物、毒品，進行科學鑑識。好！大家開始上工吧！」

分局長劉一昇制式性的小鼓掌幾下，以示鼓勵警局同仁行動。

陳銳正俐落起身，離開會報室。

幾個警官、警察則倒了咖啡，抓幾把零食，陸續走出門。

角利在座位上伸了個大懶腰，打呵欠起身。

分局長劉一昇朝角利丟了一包洋芋片。

角利伸掌像棒球一壘手般接住，洋芋片塑料包裝袋在掌心作響，「嘿，打寶啊？我還要一罐臺啤。」

「現在是上班時間。」

角利撕開洋芋片包裝袋，原本鼓漲的包裝袋，像洩了氣的氣球。

被請來幫忙的藥毒物鑑定專員也還沒走，跟分局長劉一昇一起走到角利這邊。

「學長，你怎麼看傅鑫野在這個案子的角色？」

角利看了看門外，在分局裡那一頭的傅鑫野。傅鑫野垂高的左手以警察手銬銬在欄杆上，右手則抱著右腳膝蓋坐在警局木椅，低著頭，陰暗著臉，不言不語。似乎在知道老爺子緊急送醫進加護病房後，就這個樣子。

「不是我要幫他說話，傅鑫野擁有絕對的不在場證明，所以絕對不會是親手殺老爺子的兇手。不過是不是他指使的，我就不知道了……不過你看他現在這個樣子，現在你問他是不是要選總統，他都會承認。」

「這樣詢問還符合法律效力嗎？合法嗎？」分局長劉一昇拉下百葉窗拉出一點細縫，斜看打量著傅鑫野。

「說正經的，現在這兩案看似攪和在一起，但是線頭倒是可以從『士林組合』這邊來抓。就如同之前我說的，就傅鑫野動手的動機跟時間點來看，現在正好就是士林組合老爺子準備退休交棒，進行世代交替的時候……誰接著來當頭，已經開始在明爭暗鬥了。那麼，現在再從都更角度來看，就更能搞懂他針對顏希鳳的原因。傅鑫野的地盤主要就在『一樂虎』那棟樓，而顏希鳳的堂口範圍呢？則是在管士林夜市街道攤販的保護……」角利開始嚼起洋芋片，「那我問你，現在都更，搞什麼『士林淨化』，對誰影響最大？」

「當然是顏希鳳，地盤都被白道『合法』拆了，沒攤販，就沒有保護費可收。」

「所以傅鑫野跟『広隼實業』就能連上線了。」

「不是『慕鄰建設』？」分局長劉一昇好奇。

「慕鄰建設是広隼實業的下游包商，查一下就知道。」

「『広隼實業』的政商關係可是……」

「對，所以現在士林組合的問題還簡單點，這『都更』跟『士林淨化』所牽涉的白道才麻煩。我們要追到哪裡？還是等檢察官『自己動手樂趣多』，自己慢慢挖？」

「而且，還加了外國人……這外國人是哪一國？」

「應該是西歐，我看這歪國人臉型。」

「都戴那麼大片墨鏡，你還看得出臉形。」分局長劉一昇拱手做出佩服的手勢，「這外國人只是派來縱火？他不會還供槍？供毒品？」

「毒品機率高些。」藥毒物鑑定專員接話。

「不要你是鑑識科，就什麼答案都毒品？」

「黑槍不用搞到要找歐洲人買吧？」

沒人否認。

角利不答腔，是因爲他從王桑那邊知道的不少線索……外國人叫烏丹．喬森，王桑幫傅鑫野牽線，傅鑫野扮演英國走私來的海妖在地接頭的角色。幫烏丹．喬森打開海妖的士林夜市市場，然後再回攻入天母……

角利決定在這個私下場合仍不說出來，以免分局長把訊息給了陳銳正。給陳銳正好好從零開始查，讓子彈飛一會兒，時間就能站在自己這邊，他才比較有彈性去處理案子，甚至扶植新的士林組合接班人。

「所以看這樣子，又有外國人，又有槍、毒品，又有都更，我們要怎麼辦這糊在一起的案子？」分局長劉一昇試探角利。

「不然來用排除法好了。先看我們惹不起，一辦立委民代就會把我們分局電話打爆的『広隼實業』，這當然先不要碰爲妙。」角利間接暗示這兩個案子只能辦到哪裡，「不過，広隼實業他們什麼時候也搞販毒？」

「他們子公司這麼多，雖然他們也不是吃素的，但是弄到販毒？應該不會是他們董事會在談的事。」藥毒物鑑定專員想了想說。

「所以，你覺得販毒集團是另外的？」

「對，而且應該是國際販毒集團。」

「怎麼說？因爲這個歪國人嗎？」

「不然你覺得他像是來搞都更，搞房地產的嗎？」

投鼠忌器，分局長劉一昇可也不想讓案子搞到連外交部都參一腳。

「這幾年美國直接捐了不少錢給能種古柯鹼原料古柯樹的玻利維亞政府，消滅了不少種古柯樹的田地，確實讓古柯鹼原料價格提升。這像捏氣球一樣啊，你壓了這邊的氣球，他就往另外一邊膨脹。毒販也要朝亞洲國際化啊！不然泰緬金三角怎麼來的？」毒品分析專家扶眼鏡一下：「而且海妖用了微量古柯鹼，就能產生這麼大的毒品效應，他們毒品提煉的製程明顯優化了不少。」

「還製程勒，這是在做 iPhone 嗎？弄這麼專業？」角利打個哈哈，角利轉頭問劉一昇，「我們這次『會議重點』，你會跟少年仔陳銳正說嗎？」

劉一昇沒有直接回答，「別忘了，他曾擔任督察，這裡能督導一下，那邊可以查一下。而且，他年輕。」

「年輕好麻煩。」

「不要忘了你也曾經中二過？」

「分局長你念的教科書有寫嗎？」

「學校老師有教過，可是把你的過去當成案例。」

透過「委婉」的排除法，現在中士林分局長與地下分局長都心知肚明了，這次辦案的範圍在哪裡——辦案要辦的「有焦點」，要「集中」辦在傅鑫野身上。幫派火併、槍、海妖，都盡量往傅鑫野身上堆。絕不能碰『広隼實業』、士林淨化都更，外國人能讓他失蹤就失蹤……

所以中士林分局長與地下分局長都知道，儘管傅鑫野被抓到，但「荔枝」還是會士林流通。所以怎麼把被抓到的傅鑫野，包成結案大禮包，成為能搪塞上級的獵物，成為重點。

角利也明確跟分局長說，這事不會那麼容易了結，要做好心理準備。雖然目前收到大禮包的上級可能會給中士林分局一些肯定，但不要太得意，免得到時被打個回馬槍。

角利一個人留在會報室想想。撥了通電話，要組員再回「士林藝術文創商運中心」蒐證。

中士林分局長剛離開，毒品分析專家也回去實驗室，獨自去忙。

角利猜是檢察官系統打來的。

分局長手機響起，他起身接起，走出門外。

-†-‡-†-

傅鑫野已被送入偵訊室，角利隔著後門的毛玻璃擋窗觀察傅鑫野。

傅鑫野不坐椅子，低頭，雙掌交握成一個不成力量的拳頭，獨自枯坐在偵訊室角落地面。

角利把偵訊警員叫出來問，「現在狀況是怎樣？」

「自從知道老爺子出事送加護病房後，他就是這樣，陰著臉，問什麼話都不應。老大，他是在行使緘默權嗎？」

角利知道，現在偵訊室裡面關的，是一個突然間就結束一切的，自己不知道要往那裡去的人。

既然分局長讓自己全權處理這事，角利自己也把他解讀成分局長對自己跟士林黑幫鰲仔、顏興宸合作的事，予以默許。

傅鑫野還有利用價值……角利心想，傅鑫野的過去讓他有避開悲傷的本能，現在只是還需要給他時間。角利決定等下再找傅鑫野談事。

角利讓偵訊警員先去休息，自己在偵訊門外看著。看偵訊警員轉去警局外抽菸，角利撥手機給鳌仔，手機不一會兒就撥通，「你們『五湖四海』那邊現在狀況怎麼樣？」

「希鳳安頓好，顏興宸衝來，說要去堵縱火的阿豆仔魔術師。我們知道老爺子出事了。」

「他怎麼知道縱火的是那個阿豆仔魔術師？」

「不知道。他現在火氣很大。這不會也是傅鑫野搞的？」

「我也不知道。」

手機那頭傳來捶桌子跟臺灣國罵聲，應該就是顏興宸了。

「傅鑫野現在怎樣？」

角利舉起手機，假裝找手機收訊位置，朝偵訊室裡傅鑫野方向拍了張照片，傳過去給鳌仔。

-†-‡-†-

從「士林藝術文創商運中心」闖出來，鳌仔、狗蟻仔、闊達先護送希鳳回「五湖四海」。再回到「五湖四海」，希鳳儘管虛弱到要鳌仔扶著才能下車，但仍四處看，奇怪怎麼沒有小黑狗阿強的身影。

上樓，妙琳趕緊幫希鳳手臂、膝蓋簡單包紮，所幸希鳳只是虛弱，身體沒有什麼重大傷害。

「妙琳，妳要先『搬家』了。」闊達沒頭沒腦說。

狗蟻仔拍闊達後腦杓，卻也不知道該說什麼。

希鳳掙扎起來，「送我回我家……這個小女孩比較需要被保護。」

「妳留下來。」鳌仔說，「我跟狗蟻仔趴在五湖四海店面桌子睡一睡就可以了。」

妙琳正在希鳳身旁包紮。沒人知道鳌仔說的「妳」，特別指的是誰。

「狗蟻仔你去房間收一收，外套、盥洗用品拿一拿。」

狗蟻仔吐了吐舌頭，進自己房間收拾。

鳌仔手機這時響起，是田律師打來的電話。

「喂，鳌仔嗎？」

「是，田叔，您好。」鳌仔恭敬的回話，「我們剛救回希鳳。」

「太好了！不過我卻要跟你說個壞消息……老爺子出事了。」鳌仔一聽，臉色大變，立刻開手機免持擴音。

「有人到老爺子的場子灑油縱火，場面整個……」田律師的聲音在「五湖四海」二樓迴盪。

「那老爺子現在在哪?!」希鳳趕緊湊到鳌仔手機旁大聲問。

「市北榮醫院，緊急手術，還好這裡血庫剛有新血補充。」

「顏興宸怎麼顧老爺子的！」希鳳不滿。

「當時他跟我們去救你，我舞獅，他扮獅鬼，只是他後來沒上樓就是。」鳌仔在一旁解釋。

「我現在就過去！」妙琳掙扎起身，立刻準備要衝出去。

「不用，這邊有我，幾個堂口要角也在這。」

「田叔，『市北榮醫院』有些問題……」狗蟻仔擔心的說。

「沒辦法，救護車就把人就送來這裡了。我們在這邊看著，諒他們也不敢動手。」

「兇手是誰？敢動我們『士林組合』，不想活了。」希鳳此刻咬牙切齒，完全看不出之前虛弱的樣子，「顏興宸現在人呢！」

「中士林分局兩個小警察送來幾張縱火現場照片要我們看看，他看了一張照片後，就衝去了，我攔不住他。」田律師冷靜的說，「希鳳，你們先靜下來，大家先別急著尋仇，大家按兵不動。老爺子現在身體狀況危急，不知能否救活。老爺子的安危是現在首要重點，

電話掛掉。

妙琳對螯仔說：「事情已經告了一段落，你也該照之前約定的回市北榮醫院報到了吧！反正順便看顧你們老爺子。」

「妳傻啦！什麼『事情已經告了一段落』，明明是『一波未平一波又起』！妳實習那家醫院都跟三金大哥、建商都有勾結，我們還去?!」狗蟻仔轉頭問螯仔：「我們跟不跟興宸大哥去幫老爺子報仇？」

「興宸大哥來了。」樓下顧店的煎臺手阿盛對樓上喊著。

「妳在樓上靜養，我們下去。妙琳妳陪希鳳一下。」

螯仔、狗蟻仔跟闊達到樓下，顏興宸坐在板凳上，桌前一張被握皺的照片，被勉強攤平，被一柄短刀釘在桌上。

「幹！就是這洋鬼子，走，去跟他算帳。」

螯仔正想應他時，手機又響起。螯仔怕是田律師打來，看也不看直接附耳通話。一聽，卻是角利的聲音。

鰲仔問在中士林分局的傅鑫野如何，角利傳來傅鑫野在偵訊室樣子的照片。

一旁的顏興宸看了更加怒不可遏，大聲嗆聲、飆罵。

角利問鰲仔：「你會跟顏興宸去「處理」烏丹・喬森嗎？我建議是緩一緩，釐清一下這到底是怎麼一回事？」

角利意見跟田律師不謀而合。

鰲仔遲疑：「我想這要問顏希鳳。」

角利：「那大概你們是會去了。但，鰲仔你聽我的勸，若要動手，盡量私下找烏丹・喬森解決。若找不到他，非得一定要去他搞的什麼摩天輪魔術會，麻煩先跟我說一聲，不然至少在最後一個魔術那裡，這樣至少媒體比較少一點。」

「你別囉唆了！鰲仔跟我走！」顏興宸拍桌，桌上的黑豆漿搖顫，接著拔刀，起身踹飛自己坐的板凳，頭也不回的出店。

板凳在水磨石地板上打旋，發出刺耳刮動聲。

鰲仔與自己的一幫兄弟狗蟻仔、闊達沒有起身。

在店門口傳來顏興宸的喊叫聲：「看來你們都已經報名當中士林分局的線民了。」接著傳來油門催動汽車憤怒的引擎，輪胎急摧摩擦柏油路的唧唧聲。

鰲仔等人無奈上樓，把傅鑫野留下的照片拿上樓，給希鳳看。

狗蟻仔看了照片，也把之前從阿彪口袋搜出的「把摩天輪抬高一個美女的高度：烏丹・喬森的魔術夜黜」宣傳單找了出來。

照片跟宣傳單兩相對照，同一個人——烏丹・喬森。

希鳳想起什麼，指出傅鑫野在士林官邸外的空中花園咖啡座，曾帶這個洋人魔術師烏丹・喬森跟自己見面，自己就是拿了這魔術師沾有「海妖」粉末的名片，才會昏迷……

「那時看到他左手腕刺了個罌粟花刺青，我就該警覺了……」希鳳指認著照片跟宣傳單中烏丹・喬森的模樣，也點出了這兩張文件拍不出的細節，「聯絡顏興宸吧，一起去教教外國人『道義』兩個字怎麼寫。」

在濱海公路上駕車急馳，要穿過冬雨模糊風景的顏興宸，握著方向盤的手，不知道因爲車身引擎，還是情緒，還是什麼，微微顫抖……

-†-‡-†-

顏興宸應該找不到烏丹・喬森，螯仔也沒聽到相關烏丹・喬森「被制裁」的風聲，士林夜市歲末熱鬧無比，但道上卻因爲老爺子送緊急手術、傅鑫野送看守所，有著暴風雨前夕的詭譎氣氛。

螯仔推測，顏興宸應該還是會直接去烏丹・喬森在內湖美麗華的那場公開演出堵人。

螯仔主動打電話跟顏興宸聯絡，跟他說了他們這邊所收集烏丹・喬森的情報，顏興宸答應一起行動。

「白天去？」顏興宸不可置信，「烏丹・喬森的魔術秀是在晚上。」

「老爺子說過我們不能有勇無謀，我們是扛起『士林組合』的幹部，我們先勘查地形，要一擊中的。」

「我白天若看到烏丹・喬森，就直接給他好看了，不必等到晚上。」

隔天到內湖美麗華商圈外，顏興宸卻看到角利捲著好幾張「把摩天輪抬高一個美女的高度：烏丹・喬森的魔術夜豔」廣告宣傳單當作望遠鏡，看著美麗華摩天輪。

顏興宸冷著臉，「你來抓我？螯仔你還眞在當條子的線民？」

「我是在調查、調查。」角利試著跟顏興宸解釋，「這案子複雜到不是打打殺殺就能解決的。你知道你的對手，是黑、白兩道混在一起的集團嗎？這樣你拉我這個白道來，打起來才算公平。」

角利發現了什麼，指向摩天輪那頭，要顏興宸、螯仔往那看過去——正是烏丹・喬森。

角利看著戴著墨鏡，穿著白西裝的烏丹・喬森拿了張摺疊椅，擱在舞臺下。先上臺由近而遠，由左而右，細細檢視著長方形的觀眾席空間，隨意簡單變了幾個空中抓出花卉的魔術。接下來拿起拿起摺疊椅，走下舞臺，轉從舞臺下觀眾區觀察舞臺各種角度，以及舞臺後的美麗華摩天輪。

戴著墨鏡的烏丹・喬森抬頭看著摩天輪，摩天輪倒影在他的墨鏡上，宛如另一枚華麗的眼瞳。

顏興宸直接衝過去尋仇，卻被角利、螯仔拉到一旁。

這時幾個金髮、褐髮壯漢走上來，遞上毛巾、瓶水，看來是烏丹・喬森的保鑣、助理之類的。

「你現在衝過去，不知道是誰把誰撈起來。」角利叫顏興宸冷靜。

烏丹・喬森跟保鑣們聊了一會兒，便獨自往摩天輪走去，準備排隊坐摩天輪。

「機會來了，走！」螯仔領著顏興宸跟角利跟上，好縮短他們跟烏丹・喬森間的距離。顏興宸卻停步不前，不跟上。

螯仔、角利緊跟烏丹・喬森，假意排入人群中，要去搭摩天輪。排隊的隊伍有點長，角利邊排邊猶豫著最後到底要不要坐上摩天輪，隔著三四人的排隊安全距離，持續前進。

有人朝他們前方的三四人走來，要他們別排了，到另一邊看電影、吃飯。

摩天輪工作人員示意角利等人直接遞補上去往前走，竟就排到了烏丹・喬森後面。空下來的位置，一個人快速衝過來插隊，是顏興宸。

工作人員發現顏興宸脖間刺龍刺虎，而後面的人也顧著聊天，看來不以為意，就放任顏興宸。角利看顏興宸兇狠的眼神，就知道他打算直接進摩天輪座艙，跟烏丹・喬森算帳。

「還空兩個位置，你們要接上嗎？」摩天輪工作人員問後面也在排隊的情侶檔。

「當然要，這可是 520 號車廂。」情侶檔中的女孩喜孜孜地說。

烏丹・喬森、顏興宸、角利、鳌仔跟這一對鬧雜情侶，就這樣進到 520 座艙。一進座艙，鳌仔、傅鑫野就發現裡頭有監視器。而角利則露出叫苦表情，他少算到摩天輪的座艙內都設有攝影機，摩天輪營運公司怕乘客在座艙發生什麼事，或座艙硬體發生什麼障礙，都可以迅速調轉座艙進行處理。為避免有偷拍爭議，座艙內也架有播放同步監視畫面的小螢幕。

「來！年輕人，給你們邊角位置，比較好看風景。」

鳌仔知道角利真正的心思，即使是在辦案，還是盡量少被拍到成為影像紀錄。

角利讓情侶檔坐在攝影機前方拍最滿的角度，自己則坐在攝影機正下方的位置。鳌仔看了一下螢幕，整個角利就只有後腦杓進畫面。

鳌仔若無其事地，坐在角利身旁，左手旁則坐著靠窗的顏興宸。烏丹・喬森則毫不介忌地坐在顏興宸對面，一樣靠窗。

520 摩天輪座艙，氣球般緩緩浮起上升，離開地面上的等候高臺。

「攝影中請保持微笑」座艙螢幕旁這麼貼著標語，但情侶檔一進座艙後就打情罵俏嘰嘰喳喳，彷彿沒感覺處身在四個彪形大漢之間的無話可說。

烏丹．喬森專注著看著座艙觀景窗外，研究摩天輪的結構，跟舞臺間的視角關係，嘴巴模糊暗念著：「Don't rain……」咒語一般。

與烏丹．喬森對峙的顏興宸，一樣側臉靠窗，觀察外面的世界。窗外此刻看來，萬物如蟻。臺北盆地有著帶冷的灰濛，鋒面威壓這城市林立的高樓大廈，也在座艙間籠罩。鰲仔、角利關注著烏丹．喬森、顏興宸，怕就在座艙中引爆衝突，沉默戒備。

爲了緩和氣氛，同時也想試探一下烏丹．喬森這個人，角利拿出筆，還有原本對折放在西裝胸口口袋，今晚美麗華的魔術廣告宣傳單，「欸，請問一下……」角利對著斜對角的烏丹．喬森打招呼，「你是今晚的魔術大師嗎？」

沒人會拒絕這樣的開場白，烏丹．喬森微笑，操著還帶有洋人腔的中文說，「對的，啊，很榮幸……」接過廣告節目單與筆，在自己的肖像旁簽上英文名字，「謝謝，你的西裝要不要我也幫你簽？」

角利知道烏丹．喬森在開玩笑，「哈哈，可惜我的西裝是黑的，簽什麼都看不到……」

烏丹．喬森將廣告節目單與筆遞回給角利後，才看到了坐在對面顏興宸的臉，「我之前好像看過你喔，不過我剛來臺灣，其實你們臺灣人對我來說，看起來都很類似。」顏興宸瞪著烏丹．喬森，不搭話。

「萍水相逢，我幫你來個塔羅牌占卜吧，如何？」烏丹．喬森對顏興宸說。

眾人還不知如何反應時，烏丹．喬森俐落地解開原本圍的圍巾，攤放在大腿上。接著從手拿包中抽出塔羅牌洗牌，開始俐落地花式洗牌。炫目的洗牌，吸引了情侶檔中的女孩目光。

「免費？」顏興宸冷冷問。

「Of course！」烏丹．喬森從隨身公事包中抽出一副塔羅牌。

「Thank you……」

「這裡沒有桌子啊，不能算『賽爾特十字陣』，就簡單抽三張牌吧！」

「等等，什麼是賽爾特十字陣？」情侶檔女孩忍不住隔著自己的男友問。

「十張牌，可以談核心問題、助力、阻力、希望跟結果……幾乎想算什麼都能算了」

「那三張牌是？」女孩又問。

「要開摩天輪算命攤了是吧？現在是你要算？還是我們要算？」角利感覺好笑，不禁虧了一下。

隔壁情侶檔的女生頗感興趣，似乎躍躍欲試。原本靠窗，乾脆跟男友換了座位，湊身過去看。

「由左而右，簡單代表著你的過去、現在跟未來三張牌。」烏丹．喬森帶著職業微笑解釋，對顏興宸說，「來……同時專注默想自己的過去、現在，以及對未來探知的意念。」

洗牌時，螯仔關注著烏丹．喬森的手腕，要尋找希鳳說的罌粟花刺青，但烏丹．喬森花式洗牌手法太快，加上內裡穿著長袖襯衫。螯仔只看到烏丹．喬森中指刺著黑色鬼牌 Joker，十足透露黑色神祕氣息。

角利則發現顏興宸表情專注，可能真的在默想著什麼過去、現在與未來。

洗牌停止，顏興宸開始抽牌。

第一張抽出，是「聖杯二」。

第二張抽出，是「聖杯國王」。

第三張要抽出前，情侶檔女孩太想知道抽出什麼牌，整個起身要靠過來看顏興宸抽出的牌。螯仔怕這情侶檔是不是有什麼問題，跟烏丹．喬森串通好，立刻擋住女孩，身體略微傾斜，另一手也碰到顏興宸正要抽出的牌。

烏丹．喬森看在眼裡。

第三張牌，是「錢幣九」。

「所以這三張牌是什麼意思？」情侶檔女孩彷彿就當作這是自己抽出來的牌一般，期待回答地問。

「第一張牌『聖杯二』象徵的是你的過去，你在牌面上看到什麼？」

「一男一女乾杯。」

「這是聖杯，牌面上準備對酌的男女，好像是另一張大牌『戀人』。這張牌則不侷限在戀人關係上，你看牌面中的背景不是有個小山丘？小山丘上蓋了間房子，所以這張牌也指的家庭和諧關係……或許這張牌中的女性，指的是你的母親？但你在過去抽到這張牌，這一切，都只是過去……」

烏丹．喬森的解牌，像催眠一般，顏興宸若有所思地聽著。

「第二張牌也有聖杯？」顏興宸主動問。

「對，這聖杯的聯繫，代表這張牌跟上一張牌穩固地延續關係。『聖杯國王』成爲了你的『現在』，如果前一張牌

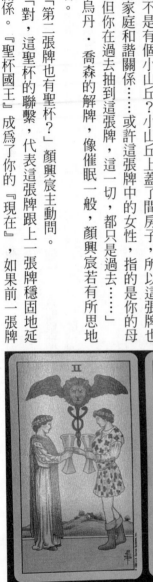

你與母親處在和諧、對等的關係，那現在你只剩下唯一的父親。瞧瞧聖杯國王，你看他坐在寶座之上，寶座又在哪裡？」

「海上。」情侶檔女孩搶答。

「江湖。」顏興宸則回答。

「無論如何，聖杯國王掌握了聖杯，也掌握了水元素。你看那海浪洶湧，聖杯國王表情悠閒，穩固坐在寶座上。寶座右下方是揚帆的船隻，左下方是一條跳躍而出的魚，這代表聖杯國王不是固守疆域之人，他有自信地揚帆，有自信地收穫。他是個永遠迎帆，前往遠方之人。你看看，跟上一張牌並看，聖杯國王的背後是家，但他的牌面世界，卻又沒有家。你父親是這樣的人嗎？」

顏興宸，甚至螯仔、角利，都聽出了什麼，懷疑烏丹・喬森是否已經調查過了什麼，動了什麼手腳，他說的話，都暗暗相符著顏興宸的「現在」。但牌，就是顏興宸親手抽出來的，任誰也無話可說。

「那最後一張代表『未來』的牌，是指他以後會『發大財』嗎？唉呀，要對我們興宸大哥多巴結點了……」角利看了看牌。

「可富有了，牌中女子可是站在長滿葡萄的莊園中啊……瞧這葡萄，釀成葡萄酒之後……牌下還有一隻慢慢爬行的小蝸牛，這代表這女子的富有，是一步一步穩定累積而來的。不過，你們有沒有覺得這牌哪裡怪怪的？」

「哪裡？」顏興宸直接問。

「這女子手上停著一隻老鷹，老鷹……」烏丹・喬森提示到。

「戴著頭套，不就看不到了嗎？」情侶檔女孩回道。

「老鷹應該自由遨翔，現在卻只能矇眼，牢牢以鷹爪抓牢女子手臂，被迫停在所謂的富足世界，還真違反老鷹的本性。我問你們，有錢，跟本性，你們『未來』要選擇哪一個？」
面對這突然拋出的問題，沒人能回答。
「而且這三張牌都是正位。」烏丹．喬森繼續解牌。
「正位？」女孩好奇。
「就是你抽出來的時候，牌的內容正向對著你，而不是畫面顛倒。」
「所以？」換顏興宸問了。
「它們說的，都是真的。」烏丹．喬森果決說。
靜默……
「如果剛剛抽牌最後你兄弟沒碰一下的話。說不定第三張，有一些是屬於他的命運。」烏丹．喬森緩緩收牌。
此時摩天輪座艙外的臺北灰濛風景開始緩緩上升。
從座艙下透明的玻璃看下去，地面風景放大，螯仔看到自己雙腳慢慢降落至摩天輪平臺。如蟻的人，恢復形狀。
座艙一停，艙門打開，情侶檔珍惜約會時間，立即便起身出座艙。烏丹．喬森也起身跟上，踏出座艙……
看到烏丹．喬森背身自己，顏興宸也無聲起身，跟上。
螯仔豁然懂顏興宸要做什麼，趕緊起身。
跟著烏丹．喬森下座艙的顏興宸，伸手要將烏丹．喬森推下摩天輪懸空的站臺。
這時顏興宸的手腕，被螯仔牢牢抓住。角利發現了也趕緊跟上，在顏興宸耳邊說，「先走，你不希望兩個男人制住你，這樣難看的場面發生吧……」

烏丹‧喬森背影走遠。

在美麗華摩天輪另一側開放式觀景臺，顏興宸點著菸，寒冷的氣溫，讓吐出的菸異常的清晰。

顏興宸看著菸氣，「爲什麼要阻止我讓他消失？」

「你要讓他消失？」拿著廣告單的角利回答。

叼著菸的顏興宸揪住角利的衣襟口：「我再問一次，你們剛剛爲什麼要阻止我？」

「他這場魔術不是公園那種街頭藝人放個贊助箱的表演，是有大力宣傳，有跟美麗華百貨公司簽約的大型表演。他突然消失，你覺得多少人、多少媒體會要找他?!昨天美麗華摩天輪出入口的監視器有多少支？你以爲是醫院那些聊勝於無的那種陽春監視器？他們隨便一報案，新大直警局都會把他當成天大的事來辦！畢竟那可是內湖商圈的地標。」角利伸手把顏興宸嘴上叼的菸摘掉，丟向天臺積累的冬雨雨漬。

菸熄了，毫不苟延殘喘。

「我問你，你有空在這邊打打殺殺，爲什麼不去醫院看你爸？」

顏興宸垮下臉，轉身離去。

「我來。」螫仔示意，要角利別跟上來。

角利看著兩人離去，看看陰霾中的美麗華摩天輪，無奈的拿起手機。

-†-‡-†-

「把摩天輪抬高一個美女的高度：烏丹．喬森的魔術夜豔」這場辦在美麗華摩天輪前的魔術秀，名字「夜豔」既然跟「夜宴」有諧音之趣，自然有相關的場地空間設計。

表演舞臺架在美麗華圓環正前方，美麗華圓環恰好成爲舞臺背景，而舞臺的正前方區域設了一區貴賓搖滾區，這區擺了十來桌典雅的咖啡木圓桌，每張圓桌圍著四張椅子，椅背各披著繡著黑桃、紅心、梅花、方塊的絲綢。

搖滾區在宣傳單跟劃位網站上標示的價格逼近兩萬，明顯是專設給政商名流的位置，而且票務系統一開放，便瞬間秒殺。

一方面是烏丹．喬森本人極爲俊帥，另一方面他前幾次魔術表演都極具話題性，在中正紀念堂中變出走也走不完的樓梯，彷彿讓人走不出的歷史事件迴廊；讓大稻埕碼頭憑空掀起五公尺的海浪，弄得船無法靠碼頭的船家們跑來抗議。

接近傍晚狗蟻仔、闊達也跑來跟鳌仔、顏興宸會合，角利則不知去向，但。顏興宸一行人自然是不能去貴賓搖滾區，也不可能拿到公關票。

「第一次遇到堵人要自己先付費的……」狗蟻仔碎嘴。

顏興宸這一群人聚在百貨公司太過醒目，也怕被監視器鎖定，一群人先打散。

顏興宸拿出手錶，要大家對時，時間是下午四點十八分，離六點三十分入場，還有二小時十二分。

「大家先各自去晃，先吃個東西，或隨便怎樣。另外，人都到這裡要給老爺子報仇了，可別晃點我，跑掉。」顏興宸一個接著一個人的眼睛說。

「這百貨公司人這麼多，空間高高低低這麼複雜，我根本很少去過百貨公司，我怕到時迷路。」闊達接著問，「所以小吃街在地下一樓對吧？」

「反正只要時間快到了，不管你在哪裡，就記得眼睛對準摩天輪，跑過來就是了。」說著話的顏興宸瞳孔注視著美麗華摩天輪，摩天輪軸心與擴散輪軸，幾近烙印般，反顯在他的瞳孔之中。

夜豔伊始，摩天輪原本黃暈燈光轉向霓虹。烏丹．喬森的魔術秀，隨著摩天輪閃動燈光，開始展開。

螯仔眾人分開坐，螯仔跟狗蟻仔換票，坐在顏興宸後面一些的位置。

在爵士樂團的藍調音樂中，舞臺上豎起平掛一面又一面直立布。烏丹．喬森從直立布登場時，從舞臺左半側直立布幔只看到下半身細長的腳走出，舞臺右側則爲頭顱上半身的身影走了過來。走著，走著，上半身與下半身影子向舞臺正中間相會。爵士鋼琴下了一鍵高音，上半身與下半身的身影輪廓合而爲一。

合而爲一的身影，在一陣爵士鼓聲中，衝出布幕，正是一身巴洛克刺繡銀亮片西裝，戴著華麗面具的烏丹．喬森！

烏丹．喬森一出場，撕碎紙張拋向空中，天女散花般，變成亮片，隨之天空綻放煙火。接著烏丹．喬森從口袋掏出一元銅幣，握在掌心變出一隻鴿子。鴿子朝觀眾席飛去，正當觀眾看著飛來的鴿子時，烏丹．喬森又掏出一枚五圓銅幣，變出五隻鴿子……

螯仔心想接著不會拿五十元硬幣時，沒想到烏丹．喬森卻從西裝拿了百元大鈔，折成紙飛機。

「一百隻鴿子?!」前方貴賓搖滾區的名媛交頭接耳。

烏丹．喬森以雙指別著百元紙鈔摺的紙飛機，輕巧地將紙飛機拋飛至摩天輪輪轉的夜空。

百元紙飛機在慵懶飄揚的爵士樂中，在空中輕轉幾圈後，似乎失去動能，筆直下墜。正當大家以爲魔術就要穿幫，有人有人緊張，有人捏把冷汗，有人等著看好戲之際，直線下降的紙飛機變出百隻白鴿。

在眾人仰手嘩然驚呼間，魔術仍沒停止。這時夜空出現一架遠遠飛來，準備降落至松山機場的飛機。烏丹．喬森高舉伸出手掌，讓百隻白鴿飛行對應在飛機之下，跟著飛機從舞臺左側，一直緩緩飛向舞臺右側。直到飛機飛過舞臺右側，百隻白鴿才各自紛飛，消散在夜空四處。

魔術秀現場爆響起如雷般的掌聲！烏丹．喬森彎腰向觀眾行禮。

螯仔才恍然大悟，為何上午烏丹．喬森不斷在舞臺上下，甚至親自坐上摩天輪去考察舞臺現場狀況。同時，也暗暗佩服烏丹．喬森掌控表演時間的準確，畢竟飛機不可能是他變出來的，他一定先去查過松山機場飛機起降時間。

魔術仍未停止，舞臺兩側各走出一位金髮美女，走向舞臺上的烏丹．喬森。

烏丹．喬森看了看兩人，透過隨身麥克風，「嗯，好像還缺一個人？」接著示意觀眾拿出廣告單，「可以幫我看看哪一位沒來嗎？」

螯仔看手上的節目單，發現海報上正有三位金髮美女，其中兩位已經在臺上，剩下一位是金髮中挑染粉紅的女郎。

兩位女郎一左一右向烏丹．喬森附耳。

「什麼？她塞車塞在高架橋上？」烏丹．喬森手指別著下巴沉思，「不然我們先跟她視訊一下好了……」

兩位女郎帶著笑容，從臺下推上好幾臺平板電腦。架起來的平板電腦，分別顯示著混粉紅挑染的金髮、眼睛、手臂、小腿、胸口、腹部等身體部位。其中眼睛的部分，還一眨一眨的……

臺上兩位女郎邀請臺下觀眾上臺檢視，把套環傳過這幾臺平板電腦，確定平板電腦後面沒有藏東西。

接著，烏丹．喬森開始像組裝積木一樣的開始組裝平板電腦遲到女郎的身體各部位，組裝完成後，烏丹．喬森面帶微笑，一樣向觀眾彎腰行禮。這時，原本遲到缺席的挑染粉紅的金髮女郎，從拼組在一起的平板電腦後以曼妙的身姿走了出來。

在觀眾掌聲中，烏丹．喬森示意觀眾們打開手上的節目單，每個人節目單上相片中原本挑染粉紅的金髮女郎，消失了。

頓時全場陷入莫名所以的驚訝與驚喜中，久久不止，爵士樂依舊慵懶……

「厲害歸厲害，可惜等下我們就要去拆穿他的魔術了。」鰲仔隱微聽到顏興宸拗著自己拳頭指節。

三位美豔的金髮女郎聚在一起，合力拖曳著一條巨大的黑色薄紗。黑色薄紗落下，不知何時美麗華摩天輪前架起了五十二根希臘神殿的愛奧尼亞柱式立柱。這並列的五十二根愛奧尼亞柱式立柱，帶著一對鸚鵡螺形狀的捲渦，正與美麗華摩天輪遙相呼應。

舞臺後方鑲貼著一大片鏡子，在烏丹．喬森的手勢下，向前緩緩傾斜。摩天輪也漸漸消失在……

在烏丹．喬森打直手，向觀眾做出魔術手勢時，顏興宸終於看到烏丹．喬森手腕上的罌粟刺青。

壓抑許久的顏興宸立刻起身，大喊，便衝上臺，不顧身後的鰲仔喊了什麼。顏興宸突如其來的舉動，舞臺工作人員來不及反應。烏丹．喬森便被顏興宸踹倒在舞臺，鰲仔也跟著跳上臺。在舞臺下的尖叫聲中，顏興宸往下再補了烏丹．喬森幾拳，並扯出烏丹．喬森西裝內袋裡的一小包「海妖」……

遠遠的在舞臺外的角利，放下望遠鏡，嘆了一口氣，打了個手勢。埋伏在後臺摩天輪的便衣刑警跳出，一擁而上，把顏興宸瞬間制服。

被光線吞歿的摩天輪，瞬間慢慢顯現，在一些人的目光中重新綻放。

第二十五話：誰是我

角利跟中士林分局長劉一昇匯報案情，桌上放著一張美麗華摩天輪魔術夜魅魔術秀節目單，以及一小包「海妖」，旁邊牆上電視新聞也播送著美麗華摩天輪魔術夜魅事件。新聞畫面上，SNG現場連線的記者拿著麥克風，站在美麗華摩天輪前，急促的報導聲傳來——「魔術師號稱能將美麗華摩天輪懸浮起一個美女的高度，結果在最後一刻的分身魔術表演時，卻被突如其來的兩位男子轟下臺。當時場面一片混亂，但是魔術盛宴會場，需要貴賓邀請函，才能入內欣賞。我們正積極聯絡活動發言人……」

劉一昇手指扣敲著電視螢幕上的摩天輪，「這是怎麼一回事？」

角利兩手一攤，一臉無奈：「我那時在後臺有努力攔他們，雙手難敵四拳，所以找了助拳人。」

新聞畫面中——角利隨著穿著繡著「新大直警察分局」字樣的夾克背心的警員衝上臺。陳銳正在一旁冷靜地說，「依照『各級警察機關通報越區辦案應行注意要點』第三點規定，『各級協助偵查犯罪人員，於管轄區外執行搜索、逮捕、拘提等行動時，應通報當地警察機關會同辦理』進行跨區逮捕，否則視爲濫捕。」

這時電視新聞畫面，傳來記者指著背後的巨大的摩天輪的播報聲：「究竟這會不會也是一場秀，或是行銷手法？我們拭目以待……」

警局警員敲門，「報告分局長，警局大門口那邊已經擠滿了記者，要我們問烏丹・喬森在偵訊室有什麼話想對觀眾說，或者直接進警局開ＳＮＧ連線。」

角利看監視器螢幕：這新聞陣仗，娛樂版記者也有，社會版記者也有。

分局長劉一昇怒斥：「這根本不行，還要問。」

警員無辜回道，「但他們希望分局長能出去跟他們說明案情……」

「所以接下來？裡面那個烏丹・喬森問他什麼都只會用英文回答，不然就是不回答……現在連英國臺灣辦事處都打了通電話來『關切一下』了。」劉一昇扶了一下眼鏡問角利。

「眞是裝死啊……昨天他在摩天輪上還能用中文講解什麼鬼塔羅牌的。」

烏丹・喬森仗著拿外國護照，關於海妖如何從第三世界偷渡來臺，船期如何安排，一概裝作不知。

角利希望烏丹・喬森繼續這樣堅持，至少陳銳正在這裡的時候。

電視傳來新聞主播情緒亢奮的聲音，「現在爲各位觀眾安排一則緊急插播：應該在中士林分局的烏丹・喬森現身了，他現在同步自己在社群網站平臺進行影像直播！」

新聞畫面中——烏丹・喬森似乎站在山上，對著螢幕說話，「這也是一場魔術，我在中士林分局搭建了一個越獄的蟲洞。」變著簡單的魔術，並且比了比身後山下的美麗華摩天輪……

警局眾人趕緊看向警局拘留所監視器——一模一樣的魔術師烏丹・喬森，枯坐在拘留所。

「這裡是哪？」分局長問。

甚至比分局長還晚來士林轄區服務的陳銳正，當然更不熟士林，答不上來。

「在劍南山上。」角利看了一眼。

在這一眼中，角利也一下就懂了，弄懂了這兩個禮拜多來的所有事，「這不是假的，這是眞的。」

「眞的魔術？」陳銳正疑惑問道。

「不是魔術，他們兩個都是眞的。」

「什麼意思？」

「雙胞胎的意思。你以爲在拍電影嗎？有什麼人皮面具、超強整容手術？裡面這個叫烏丹・喬森，現在外面這個的本名一定叫什麼碗糕喬森。」

「現在該怎麼辦這案子？」分局長問。

角利收斂自己，裝傻混入各警官間面面相覷的氣氛中。

-†-‡-†-

一走出中士林分局會報室，原本故做驚慌的角利，鬆懈下來，恢復原本銳利表情，心理盤算自己在維安特勤、情治單位還有什麼人脈，也打個電話打給外交部出入境管理局『關切』一下。查跟烏丹・喬森一起入境的還有什麼碗糕喬森……

角利拿著提袋，邊想邊走至隔離偵訊室看顏興宸。

角利將帶上的獅鬼面具擺在桌面。獅鬼面具像一個被砍掉的頭顱，維持生前的微笑，只是被擱在桌上，成爲另一個活物，與所有看到它的人，咧嘴對望。現在，獅鬼面具看著顏興宸，牢牢地。

顏興宸抽菸，角利也點起菸，點燃的菸頭火心，隨呼吸幾次膨脹、萎縮，菸氣漸起，慢慢在桌案上的聚光燈下鬼魅般翻滾擴散。角利將菸盒與打火機俐落地滑到桌子對面的顏興宸前。

「先聊聊掉在捷運北投機廠鐵絲網外的手機吧！」角利哈著菸，從提帶拿出另一個東西——阿彪的手機。

顏興宸些許愕然，吐了口煙，讓表情被煙稍稍遮掩。

角利知道一箭中的了，繼續說，「所以那時是你守在鐵絲網外，先看到爬過鐵絲網的阿彪手機掉了，趁螯仔他們去追阿彪的空檔先把手機撿起來，然後回你車裡先看過他手機裡撥打過的電話號碼跟通訊錄，在刪去你的電話後，再趕緊打上慕鄰建設王桑的電話。導引我們朝慕鄰建設那邊去辦案。怎樣，這麼好心。讓我們團團轉，做運動？還是——要借刀殺人？」角利哈著菸。

「螯仔那時也從闊達那，拿過那支手機，你就不會懷疑到闊達、螯仔身上嗎？」顏興宸滿不在乎的抽菸。

「我埋了個小護士在他身邊當眼線。」

「那個叫妙琳早就被你收買？」

「說不上收買，但小女孩你知道的嘛，就是很容易嘰嘰喳喳。像士林夜市裡賣的兒童泡泡噴槍，按個一下，泡泡一直噴，點她一下，她自己就會把她所有知道的，全部都拿出來分享。」

顏興宸的菸熄了……

「不過你當我吃素的嗎？這手機的撥打記錄狀況，實在太刻意、太不自然了。他還眞像海岸邊的螯一般，揮著那不鏽鋼四腳枴杖，將獵物牢牢地追的那麼緊，不可能有那麼多時間打電話。」角利滑開手機，「而且，打電話的時間不太對。那通打給建商電話的時間，他們還在那邊追趕跑跳碰。」

顏興宸不想回應，角利笑笑繼續說道，「你會知道慕鄰建設王桑電話，看來滿常打這電話的，就算沒背電話號碼，拿手機查也得花時間呀！你能短時間想到要弄慕鄰建設王桑，看來彼此平常也有些交情。爲什麼你要我們去朝慕鄰建設王桑辦案？你要害他？還是害了他能什麼好處？要這樣兜圈子，你一開始就跟螯仔直接衝去痛扁他們那幫人了就好了，何必如此？聽小護士描述，你之前都懶洋洋、要動不動的。印象中，這和你在士林組合的『專業表現』不大相合。老爺子並不是一個徇私用人之人，你能直轄於老爺子本堂當頭頭，不可能這樣沒衝勁。」

角利打開電視，放著所錄下新聞臺昨晚美麗華摩天輪夜黜事件新聞，畫面中顏興宸衝上臺，任誰也攔不住。

「這樣表現才比較像『士林組合』的招牌啊！所以我就想，爲什麼你之前那麼消極，後面倒是這麼積極過頭。說你要爲老爺子報仇，但怎麼好像看你沒那麼想去醫院看老爺子的樣子。加上傅鑫野被抓後，海妖還是不斷有黑市供貨，顯然另有貨源，還有其他的盤商，在士林夜市跑。檯面上的人越來越少了，我就試著把你帶入這個角色，還眞的什麼都說通了。」

也不等顏興宸要不要回話，有沒有什麼反應，角利自顧自地說，「慕鄰建設王桑的頂頭上司推薦烏丹．喬森跟一樂虎傅鑫野合作談『海妖』，而開始打入士林，認識士林的烏丹．喬森，怕被控制，則順道買了第二個保險，向你推銷。你也幾乎同步開始以你堂口下的直轄成員販賣。看來你也跟傅鑫野一樣需要錢，搞你的組織是吧？」

講到這裡，角利也順道弄懂了，同樣是在老爺子退休交棒的時間點，顏興宸也是有動作的⋯⋯

「既然誘導我們『處理』傅鑫野，也是要借我們的手弄垮傅鑫野。所以，你可以載螯仔、狗蟻仔這夥人，去堵傅鑫野、王桑，但是絕對要『保持距離』，因爲你不知道傅鑫野這邊人到底知道多少，以免被指認出來。可是，老爺子出事了，而且是烏丹．喬森下的毒手，所有直屬老爺子堂口的兄弟，當然包括你管的那幾個都被抽走，去保護老爺子。田律師也會直接調查這件事⋯⋯你孤身一人，當然怕一下子就查到你身上。你的憤怒很直接，不管我們怎麼阻攔你得趕緊先解決掉烏丹．喬森。你，就是要把現在還在外面趴趴走，知道你也參與海妖的人滅口，才能自保。」

「你故事編的不錯，不過，我問你……」顏興宸終於反問角利，「你一開始用來作文的阿彪手機上面，有我的指紋嗎？」

「當然，沒有。」角利不慌不忙說道，「我知道你不會承認。真正的重點是這個……」

角利指著桌上的獅鬼面具，「在『士林藝術文創商運中心』上樑大典，這面具你戴過吧！」

顏興宸冒冷汗。

「我去找了『慶鳳翔』醒獅團，把這獅鬼面具拿去請鑑識小組化驗……」角利笑著說，「結果不用我說，這獅鬼面具你戴過，你最清楚了，有『海妖』的毒品反應。而且你看……」

角利放著下一段剛剛錄下的新聞——在劍南山上的烏丹．喬森，還有相關報導。

顏興宸放棄了，敲敲香菸盒，點火，點菸。

「雖然我猜得到，不過還是親口問問你，確定一下——所以，那時你在海岸邊攔下我們的車，並不是跟蹤我們。」

「沒錯，我早就躲在那邊等，我特別早到，也想觀察一下狀況。傅鑫野看來不知道他第一批貨後，接著是我。當天烏丹．喬森叫我來接貨的，我不知道他弄這是什麼意思……所以……」

角利轉念一想：那動機呢？顏興宸一開始接觸或賣海妖的動機是什麼？於是問道，「你真正想要的是什麼？……你想獨斷士林的荔枝經營權？自立門戶？」

顏興宸沉默不語。

「現在老爺子都死了，你還有什麼無法說出口的嗎？」雖然不確定老爺子真正手術狀況，不過反正手術危急成那樣，角利決定先演一場戲。

顏興宸臉色變化，瞬間被痛擊般，陷入不言不語的憂傷。

角利知道這話，塌陷了顏興宸心中某個部分。因老爺子之死，最後一道心防也被擊潰的顏興宸坦白：「反正我最熟悉他的，也只是他給小弟四處開來開去的車子。在他每天闖黑道做大哥的一段路到另一段路中，偶而想到我們母子，把我們接上車，陪他一段，然後再把我們母子放下車，要我們自己搭車再回家。我媽說，我們不能，我們都不能哭泣……這會讓他在小弟面前無法維持大哥的模樣，爸爸是只能贏，不能輸的人……」

顏興宸用「他」給出了自己與自己父親顏鼎之間，所存在的距離。

角利腦海中浮現烏丹．喬森手上那張塔羅牌——「聖杯國王」，那個坐在漂流海上王座的聖杯國王，心想——連被綁架的人都會犯斯德哥爾摩症候群，認同綁自己的人，何況是對給自己這樣如監牢般命運的父親？

「所以，你這麼需要向老爺子贏回自己嗎？」角利只能這麼說。

「我現在找不到人，可以贏回自己了。」

「這不是贏不贏回的問題。說正經的，你爲什麼要老爺子關注你，而且他還是個盲眼的老頭，當你拒絕他的關注那刻起，你就不是你自己的奴隸了？」不擅長處理情緒崩潰犯人的角利，有點後悔自己按下了顏興宸心裡情緒的按鈕，開始鬼扯一通，指指上空，「反正現在，老爺子在那邊了，你還在這裡。你已經是你自己的了。」

「所以你看看到底跟你接觸賣荔枝的是哪一位？」角利把剛剛電視畫面跟分局內看守所監視器畫面中的魔術師樣子列印下來，把列印紙拿給顏興宸。「要不要我們順便把兩人側錄聲音也給你聽聽。」

「區分出他們兩個人，對我很重要嗎？還是對你的工作很重要？」

角利吐了吐舌頭：「看來回家功課還是得自己做了。」

「我是不是也該回家去做什麼了？」顏興宸開始一點一滴地重整著自己。

「任憑你了。」角利似乎嗅到了顏興宸扛起「士林組合」的野心。

在顏興宸隔離偵訊室外的走道上，清脆迴響著角利走向關著鰲仔的偵訊室的腳步聲。

角利在自己皮鞋腳步聲中琢磨著——

顏希鳳、鰲仔當然相信傅鑫野是這一連串由海妖、都更交混事件的主謀，他們之前早就有摩擦了，新仇只是讓舊怨可以了結。這次衝突讓一切問題有了最棒的敵人跟答案，卻也模糊了他們對事件的判斷。

顏興宸就把這些新仇舊恨當成掩護，根本就不必煽風點火，就站在一個安全的位置。他要將所有箭頭都導向傅鑫野，以及背後那將海妖引渡來臺的烏丹．喬森，就能脫身。所以他有別之前的冷淡，開始鼓動大家去給老爺子報仇。反正傅鑫野已經失勢，準備到監獄好好「進修學分」。他只要面對顏希鳳了。

一旦鰲仔、顏希鳳他們發現顏興宸在海妖這件事，也扮演角色的話，會引發怎樣的衝突，那還眞會是場好戲……但這戲該不該演，怎麼演，才對現在的「士林組合」好，或者說，把「士林組合」變得比較好管理、操控，自己就得花一番心思。

角利這樣想了想，發現老爺子拉拔起來的男流氓，顏興宸、傅鑫野、鰲仔，其實一個個都有冷靜的基因在，反倒是顏希鳳的火爆個性，看來比較異類。

田律師趕來幫螯仔跟顏興宸交保候傳，他估量這大概就是傷害罪，自己cover的過這種案子。

螯仔跟顏興宸先到中士林分局地下停車場，等著車。

「憑什麼，要我跟你一起去。」顏興宸約螯仔再去堵另一個烏丹・喬森，螯仔拒絕。

†-‡-†

現在面對顏興宸的螯仔仍不及細想，剛剛角利在隔離室跟自己說的——

「臺北雖然這樣，但你『士林組合』的兄弟都在這裡，至少能跟你一起改變臺北……」

「我又沒要去選舉？」

「那現在至少改變一下這裡。」角利拿出新士林夜市老爺子堂口燒毀照片，食指輕點了一下。

「你這隻螯，或許能抓牢一些事，但成天四處無頭蒼蠅一樣掙錢買房。我跟你說，沒有方向的老鷹……要抓準的不是有形的事物，而可能是方向。」

到了現在，雖然把顏希鳳找回來，但老爺子出事、到底自己要不要阻止海妖在士林夜市販賣……螯仔已經不想猜測角利跟自己透露顏興宸早在一開始，就跟傅鑫野幾乎同步開始販賣海妖這件事，到底有什麼用意。

「憑我的拳頭。」顏興宸揮揮手，冷冷說。

螯仔、顏興宸兩人對峙。

這一拳是真的，顏興宸右拳揮向螯仔。螯仔向一旁避開，顏興宸收回自己的右拳，再出右拳，鳌仔慣性地朝同一方向閃，但這拳是假動作。鳌仔吃了一拳，眼冒金星。

鳌仔勃然大怒，握緊拳頭，手臂上的不動明王刺青隨肌肉勃然鼓脹。這拳顏興宸不打算吃，隔開彼此的距離。

這拳不是結束，緊接著連續動作，鳌仔右腳前踢，顏興宸向後退。鳌仔繼續追擊，右腳踢完後移向一旁當作重心，轉身背對顏興宸，左腳大腳後蹬，準確踹中顏興宸的腹部。顏興宸因爲之前已經向後退，這腳的勢道，沒吃這麼足，但仍抱著肚子乾嘔一聲。

顏興宸接下來每一拳都是假動作了，朝鳌仔身體輪廓差個一兩公分處揮拳。每拳鳌仔都輕鬆閃掉，鳌仔輕鬆抓住了顏興宸的拳，前傾，足掃顏興宸腳踝。顏興宸下半身重心瞬間崩毀，倒在地上。

「看來你的拳頭不太想給你靠。」鳌仔一腳踩在顏興宸肚腹一旁的地板，「勝負很明顯，接下來我可以山形壓制鉗住你，看要把你的頭提起來砸向地板，還是前肘臂抵住你脖子，都可以……不過我也沒錢，你不必把自己當成士林夜市的投幣揮拳機的沙包。」

鳌仔拍拍身上的灰塵，「我不是你化解罪惡感的機器……要贖罪，我陪你找牧師，還是，魔術師，都可以。」

地下停車場樓上向下的車道，滑入車燈光束。一輛豔紅的賓士 E400 Cabriolet 快速停在兩人前面，顏希鳳開門下車，跑向他們。

-†-‡-†-

顏興宸床上躺著，在沒開燈的昏暗房間，不成睡眠，開著沒看的電視螢幕屏光，努力在室內綻放。電視上綜藝談話節目的老梗臺詞、罐頭笑聲，在那邊自說自話，塞滿房間。

擱在床頭櫃的手機響起，像是要跟空洞的電視聲光對話。

顏興宸起身拿手機，螢幕顯示：鳳。

「找我做什麼？」

「喝酒。」

「去哪喝？」

「附近公園。」

「妳在哪？」

「樓下。」

顏興宸踩著慢跑鞋到樓下，顏希鳳一個人提著兩瓶五百五十CC的清酒綠瓶，坐在騎樓間一臺並排停靠的機車上。看到顏興宸下來，顏希鳳離開機車坐墊。

顏興宸、顏希鳳走在臺北士林區街巷，顏興宸幫顏希鳳提著咬霧處理的清酒玻璃瓶身，在街燈中，帶著幽幽的綠。

一人一邊，顏興宸、顏希鳳各自側坐在公園小小蹺蹺板的兩端最外側，一高一低，顏希鳳將自己的包包放上自己旁邊的座位，兩人維持著微妙的平衡。

「鳌仔沒陪妳來？妳才剛被救出來。」

「別把我當成英雄救美裡的公主角色。哼，我可是 BOSS 老大的角色。」

「我爸才剛離開，妳就要搶老大來當了。為什麼找我喝酒？」

顏希鳳剛從市北榮醫院出來，沒特別揣摩「離開」這一個詞的意思。

「陪你聊聊他，來，這是他最喜歡的清酒。」用蹺蹺板的不鏽鋼握把，撬開酒瓶瓶蓋，顏希鳳將酒瓶遞給顏興宸。在蹺蹺板兩端的兩人，拿著酒瓶伸向蹺蹺板另一端，輕敲瓶身，乾杯。

「喝酒就好，幹嘛沾染『海妖』？」

「妳知道了。」

「我問鰲仔爲什麼對你拳腳相向？」

「烏丹．喬森當初拿海妖給我時，我本來不屑一顧，但他該死的偏偏加了一句話……」

「什麼話？」

「一開始他把海妖拿給我，問我要不要試試？」顏興宸喝了口酒，「我不算太好奇的人，但他說……試了之後，海妖會告訴你，什麼是你最想知道的事，什麼是你最想遇到的人。」

「從小在士林夜市混黑幫，現在，妳知道妳的目標嗎？」顏興宸喝了一口酒，看著顏希鳳問。

顏希鳳無法回答，規避了他的眼神，直看著前方。

「看來妳跟我一樣，都不知道現在成天自己在瞎忙什麼？何況分清楚自己最想知道的事。」

「那你碰到什麼事？還是，遇到什麼人……」

「媽媽……」顏興宸回答。

顏希鳳沒想到聽到這個答案，看著顏興宸低頭凝視地面的側臉，那太陽穴內的大腦正劇烈地翻滾著、搜索著什麼吧。

「伯母……啊……興宸，抱歉，雖然老爺子收養我，但我實在沒法對一張照片裡面的人，叫她媽媽……」

顏興宸對顏希鳳晃晃了酒瓶，示意沒關係。「我媽媽在我小時候過世，我其實也都快忘了她……」顏興宸口語模糊，「但我想念她……清醒的我將『海妖』鎖在保險櫃，但不管幾次，身體最後還是不自覺地打開保險櫃……」

顏希鳳從蹺蹺板這一頭，走向另一頭的顏興宸。

坐在蹺蹺板上的顏興宸緩緩下沉。

「我將自己鎖在房間吸食海妖時，所有感官收縮，陷入很柔軟、很舒服的黑暗感中……慢慢好像聽到海妖在唱歌，我媽媽浮現……重複著曾對我說過的話，照顧我……我於是不斷不斷吸食海妖……海妖給我的，讓我無法上岸。」

「在迷幻中所出現你最想念的人，並沒有給你指引，反而讓你陷溺在毒品之中。你覺得那是她的願望嗎？」希鳳問興宸，「你現在幾歲？」

「三十八歲……」

「你不會打算三十八歲就這樣死掉，八十三歲才埋葬自己吧。」

第二十六話：跳舞市集

角利透過自己境管局人脈，知道跟烏丹．喬森幾乎同時入境的，是大衛．喬森。從後續他有名字的資料看來，大衛．喬森在接近石牌的天母邊界一個名叫「跳舞市集」的夜店，有定期魔術表演秀。但用的名字應該是烏丹．喬森進行演出，角利這樣猜測。

這段期間烏丹．喬森所以有這麼多魔術秀演出，急急竄起聲勢，應當就是有個一模一樣的打手代勞趕場。說真的，若不自己主動提及，誰會注意雙胞胎誰像誰，誰是誰？

角利估量，烏丹．喬森、大衛．喬森這對雙胞胎兄弟，一開始就打算只以「烏丹．喬森」這個名號現身在臺面上走動，另一個隱名藏身行動，讓集團活動充滿彈性空間。這有沒有效呢？別的不說，就讓傅鑫野、顏興宸著了道，製造了「士林組合」的分裂。

盤算好走「跳舞市集」一趟的角利，撥了電話。

改戴起厚框眼鏡，幾天沒刮鬍子的角利穿著黑皮衣、機車騎士褲，坐在顏興宸吉普車上，幾乎混雜入車窗外的黑夜。除了顏興宸、鳌仔，角利也約了妙琳，要她也一身勁裝，帶著自己的高音薩克斯風 Soprano Sax，一起去探探「跳舞市集」。

臺北市雖是高度發展城市，但也有自己緊密稀疏的空間地理韻律感。「跳舞市集」雖在天母，但再過去一些，也就是石牌了。吉普車滑過像小山丘般，有著明顯的起伏的街道，停在幾排老舊大樓間。大大「待售」以及寫著房仲電話的各種看板，彷彿壁虎、爬藤般，爬上了老舊大樓上下各房樓鏽蝕的鐵柵欄陽臺。

妙琳往兩棟舊樓間看到「跳舞市集」隱密的招牌，順著招牌打量，「這種夜店開在這裡不會有人抗議嗎？」——沒人答理她。

城市中這些被時間放逐，而混亂錯雜下來的老舊樓房，提供了許多縫，讓無法負擔一個月數十萬店租的小商家入駐。例如小吃攤、便利商店，還有破舊到懷疑還會有人去的棉被店、草藥店、挽臉攤……往往便交錯叢生於陳舊市容中，讓不同階層的人，找到另一種平民消費可以各取所需。當然這些舊樓，也可能藏汙納垢，讓這些夜生活行業竄進去滋生。一旦這類店家不斷在城市中擴散，抹平了現代城市空間所強調的次序、階級，讓市容失去焦點，便會成為都市計畫中「被計畫」的對象。

看著「跳舞市集」隱身其間的破舊大樓，角利心想，這裡八成也已被搞都更的黑白道看上。都市更新就是要「整齊」、「清潔」這樣混亂，但仍混雜著生活可能的地方。

「為什麼要這麼麻煩？我們幾個兄弟衝去夜店把他海扁一頓不就好了。」坐在後頭的鰲仔說。

「把他扁一頓，他就會跟你說他的『荔枝果園』，蓋在哪嗎？」角利持續觀察著跳舞市集外的巷口動靜。

「打到他說為止。」握著方向盤的顏興宸，呼應鰲仔的說法。

「他所代表的不只是一個魔術師，是一個集團，而且會用腦的。你們要去找他，把他海K一頓，可以。但接下來現在就坐在你們旁邊的我，就有義務要抓你們。而你們被抓後，給檢察官偵查一下上新聞，英國臺灣辦事處就會過來跟外交部抗議。外交部你知道有多大嗎？現在的國際政治氛圍，外交部大到可以去施壓內政部，內政部是警政署的頂頭上司，警政署是我們中士林分局頂頭又頂頭，不知道頂頭到哪的上司。這事不是我們能消受起的。」

「他們只不過是在表演臺上變魔術的……」已經在美麗華摩天輪打過烏丹‧喬森的顏興宸不打算放棄。

「他們作『海妖』可不是魔術，不是真的就吹吹氣，那些化學藥劑、什麼鬼的植物就變成毒荔枝。一定有個國外集團，在做組織運作，我們得要放長線釣大魚，調出背後的組織狀況，在哪製毒，工廠、原料這些資訊……這遠比兄弟血氣方剛賣弄拳腳，逞義氣之勇，重要多了。我問你們，現在要是走錯一步，誰回去好好重新打理你們的『士林組合』？就不怕其他縣市角頭趁機來占你們的地盤？別忘了，輸血車才好不容易開到你們兄弟們住的醫院。」

怕鰲仔、顏興宸已經被針對，角利跟妙琳上樓去探「跳舞市集」，鰲仔、顏興宸兩人則到舊樓外圍街角等著接應。

眾人往舊樓前去時，一輛車則俐落地滑入顏興宸吉普車不遠處的停車格，靜候。

-†-‡-†-

這排老廢的樓更擋不住冬雨，冬雨打溼了樓巷間擱置的貨箱。

從樓上走下喝醉的洋人男女，逶迤而出樓巷時，腳踏過人行道與行車道間凹凸不平的地面上，還沒排掉的冬雨積水。菸蒂以及從垃圾桶滲出惡臭液體濁汙著的地面積水，被落下的足印踏裂了，原本浮漾其上的霓虹燈影，一圈圈漣漪般擴散，至地上壓不扁的塑膠杯、碎玻璃瓶而停止。

在對街往樓巷走去的角利看著，猜測跳舞市集的洋人客群應該不少。這種外國人消費多的夜店，警察多少不會去盤查，一方面外語能力，另一方面則是因為背後可能的政經勢力。

跳舞市集旁就是防火巷，在掛著「此路不通禁止停留」牌子的幽暗防火巷，還插了臺深藍色發財貨車，擋住了巷口，只容人側身而過。荒廢的小巷道，孤立的街燈也苟延殘喘，燈光乏力的小巷幽暗中擴散，作用只剩下讓人在燈下僅有的銀亮燈光中，細數絲絲的冬雨與盤繞的蚊蚋。

樓巷外站著操持東南亞口音英語的東南亞大學生，招呼攬客。他們幾個同夥蹲在藍色發財貨車後面抽菸，不知是輪班？還是純粹相陪？

不勝酒力的女子，蹲靠著在跳舞市集那排拉下鐵門久不營運的店家騎樓，帶嘔、瘋笑、狂歌聲響在其間不時傳來。這條廢騎樓，這條撿屍路。

一個醉漢被從樓梯口丟了出來，在放大的夜總會重低音音響聲中，撞出碰然一聲，奄奄一息倒在巷道。樓梯口探出一個壯漢，喊了一下，示意東南亞打工仔把人清到別的地方，以免妨礙「跳舞市集」生意。東南亞打工仔向卡車後面喊了一下，兩個同夥叼著菸，邊打鬧邊從藍色發財貨車後斜著身子走出，幫忙扛醉漢。巷口外，隱微閃動傳來夜間垃圾車的燈號。

一隻老鼠直立身子短暫端詳這一切，接著奔跑入角落，角利或許應該要聽見那窸窣鼠聲，但此刻樓上跳舞市集的不斷鼓脹的重低音，吸引著他。

角利稍微拉了一下妙琳，示意低首靠牆，讓扛醉漢的東南亞打工仔過去，避免不必要的衝突。角利可不想還沒進入跳舞市集，就先卡關。

牆面粗糙的磚痕弄得不忘先護住自己Soprano Sax的妙琳有些不舒服，麻煩的是，剛剛東南亞打工仔大剌剌的踏過的積水，飛濺到妙琳的鞋子。那油膩汙濁的冰冷溼氣，蛇般從妙琳襪子、腳底直爬而上。

「跳舞市集」在二樓，狹長筆直而上的樓層長梯盡頭，有個帶燈飾櫃臺，亮著一男一女櫃臺服務員的臉。女櫃臺員帶厚底妝，被強光打成幾乎平整到沒有輪廓，只有擦上鮮豔口紅的脣，才能明確她面目的存在。女的上身西裝，下身熱褲，纏捆著戴著繁複鐵鍊、水晶。男的則一副保鑣樣，下半身黑色銀絲條紋西裝褲，上半身則穿緊身無袖襯衫，露出有著極端肌肉輪廓線的粗壯上臂肌。

這樣一男一女當櫃臺領班，使得跳舞市集從入口處開始就帶著力與性的魅惑力，吸引著對力與性有極端好奇與渴求之人，上樓、入甕。

角利滿臉不在乎熟門熟路地上樓，妙琳在後頭跟著。出乎意料地，進場並沒有太大的阻礙。壯漢只問：「這妞未成年？」

角利笑笑回了一句：「你是太會說話，還是這裡燈光太暗？」

一旁女孩在兩人手背上，俐落地蓋上戴半截面具詭異舞者的夜店章。

-†-‡-†-

進入「跳舞市集」，從圓拱門先惡狠狠地竄出五顏六色的閃燈照明，以及栓釘般打入內心的電音，一個刺目，一個震耳。

角利花了點時間適應，初步看來這間夜店內部將近七十坪，加上是樓中樓建築，頗有挑高效果。周遭牆面漆成暗色，偶而噴上大大的豔紅玫瑰點綴。除了一樓的吧臺跟圓形舞池，以其爲核心還有周遭向上建起，高度近一樓帶著坡度的圓拱俯瞰座臺。這個圓拱樓中樓座臺，僅以透明玻璃作成護欄。另外，漩渦般有三個對應的斜梯，可以上樓中樓的二樓。

角利先帶著妙琳到酒吧觀察狀況。

酒吧站著時髦的酒保正在調酒，他後面是琳瑯滿目上下排列的各種酒瓶。

角利手指輕敲吧臺桌面，笑著對酒保點酒：「給我杯『馬丁尼』，後面這女孩給她『自由古巴』。」

一旁吧臺前座幾個女孩互相拿手機拍照。豔紅的雙唇細嚼咬碎冰塊，其中一塊從胸前乳溝滾落，另一個女孩調皮地拿著彩色吸管射向她。

角利跟妙琳稍酌酒杯裡的酒後，便下酒吧區，到舞池一帶的站桌。

舞池畔的男女，爲了壓過舞臺的音樂，附耳在彼此耳邊大聲扯著喉嚨說話，放肆自己青春的音量。

「他哥是配爵士藍調樂表演魔術，他弟的口味倒是很電音大眾。」角利也大聲問妙琳，「這些音樂，妳行嗎？」

「OK，Maxi Kingdom 中都有，我張張都買，以前團練有名的曲子大家都大概玩過。」

角利要妙琳先在站桌待命，自己進舞池。跟妙琳約好手機調成震動，自己打給她時，就直接上臺。

角利心臟感受到音樂的撞擊，原本在店外就聽到作響的重低音，現在就在舞池中，直接打入身體血管。

舞池中的人們衣服散發菸味、酒臭味，甚至有點大麻味道，角利懷疑著。這些異味在舞臺燈照射下，更顯濃烈。

一陣一陣的閃光打在舞池中的眾人，所有肢體能向四方的動作，在一閃一暗的燈光中，都變成一格又一格的停格片斷。

舞池旁的高腳桌上擱著幾瓶捏皺的啤酒瓶，還有兩瓶對立的 RedBull 跟魔爪能量飲料。

舞池中看來已經喝茫的幾個女郎拿著酒杯舞動，酒杯裡的酒潑到地面。兩個年輕小伙子，不知是爭風吃醋還是什麼原因，互相叫囂著。舞臺上的ＤＪ似乎發現了，音響轉爲充滿挑釁意味的鬥舞音樂。鬥舞的兩人，各出大地板動作，汗溼的衣服緊貼著他們身上的肌肉皮膚。

角利出舞池拿著酒在跳舞市集一樓晃著，逐漸熟悉環境。角利發現這裡除了洋人，年輕臺灣人也不少，之前抓過的藥頭在角落鬼鬼祟祟，不知在做啥，「這市集還眞不是只是來跳舞而已，還有不少交易呢？」角利心想。

在下面巡過一輪後，角利爬上樓中樓的斜梯道。角利正要上樓時，ＤＪ將舞池音響逐漸放緩而至停止安靜。

角利轉頭一看，想說看發生什麼事。突然間，一陣白霧上沖竄起，嚇了角利一跳。只看見大衛．喬森翹腳坐在華麗的皮沙發上，戴著鑽戒的食指支著下巴，從舞臺中一陣噴起的乾冰，浮升而起現身。

今晚大衛．喬森穿著一身雪亮，肩膀上縫著銀色軍肩章的西裝，戴著跟哥哥烏丹．喬森一樣的半邊面具。

濃重乾冰帶來的臭氧味道，嗆得角利難受，妙琳早早拿出手帕摀住口鼻。

乾冰久久不散，從舞臺後傳來一陣陣霜氣，角利懷疑現在乾冰是都不用錢了嗎？氣溫眞的太低，「跳舞市集」比外頭冬夜飄雨街頭的氣溫還冷，只差沒有下雪了。

眾人期待，大衛．喬森上場表演魔術，整個跳舞市集安靜無聲。

「讓我們歡迎『越獄』成功的烏丹．喬森登場。」ＤＪ透過麥克風大喊。

看來最近美麗華摩天輪的新聞，確實讓「烏丹．喬森」聲名大噪。作爲雙胞胎弟弟的大衛．

喬森依舊把自己藏在自己雙胞胎哥哥的名字下，利用一大堆歪樓成吹捧魔術怪盜的新聞，招攬客人一探究竟。角利擔心，是否會加速海妖的銷售擴散。

舞臺上只聽到大衛・喬森清晰的皮鞋鞋跟敲著地板聲，從沙發起身，一步一步走到舞臺中央。這種場合不適合變撲克牌這種小巧的魔術，大衛・喬森配合著電音，把妙齡女郎放到的肢解箱。魔術啓動——大衛・喬森拿著女郎肢解的手臂當球棒，將她的頭顱打擊出去——

角利毫無意願追究大衛・喬森如何辦到的。趁眾人瞠目結舌，將目光放在舞臺之際，角利重新爬上樓中樓二樓。

角利順著從穹頂天花板直落而下不斷掃動的燈光，再巡視一次，才轉身看樓中樓設備。一區一區的人圍坐交頭接耳，不少是醉翁之意不在酒，在物色獵豔對象。來酒吧貪圖酒色的客人，特別喜歡到這樓中樓二樓，靠著欄杆看著舞池中，擠得像沙丁魚一般男女。有些似乎是業務招待客戶，看來是工商招待來談生意的。倒是沒看到黑道兄弟。不知是這種洋味秀，不大合臺灣兄弟口味，還是最近「士林組合」的風風雨雨，已經在道上傳開可能會在天母有火併，大家還是少來蹚渾水爲妙。

「樓中樓二樓看來就是賊窩啊……」角利踏了踏地板心想，很多的改裝都不算穩，有點空空的。這裡順著環狀空間，隔了好幾間環狀包廂。門關著，裡面八成也是聲色犬馬。

樓中樓二樓有服務生從廚房送出各種快炒熱食，角利看了看，不可能是從士林夜市叫外賣的，「連快炒鍋爐都有啊……」

這完全不合建築安全法規的裝潢，還能營業，市政府工務局有人放水這樣的改裝嗎？角利不確定在「建築物公安取締要點」這樣要怎麼罰，這時候倒是需要陳銳正來背一下條文來聽聽。來之前角利做過功課查過，這棟廢樓的土地持有權狀，經過不少次複雜轉讓，建商集團跟其他白道應該已經在這裡染指，那這跨國販毒集團已經也找到在地的其他合作對象了嗎？

環狀包廂其中一個特別華麗，幾個保鑣看著，看來應該就是跳舞市集的後臺倉庫休息室之類的。

角利心裡鎖定這個目標，但身子卻轉向別處，避免意圖被發現。角利假意看著樓下舞池……

樓下舞臺上的大衛．喬森手勢舉高，接著雙手交握，彷彿教堂默禱的信徒，跳舞市集穹頂開始降下一小顆一小顆珠子，眾人仰首張口，甚至有人伸出舌頭接。

角利訝異細看，應當是什麼口香糖的東西，嘴巴接到珠子的男女開始咀嚼，貪涎地吹出泡泡，神情詭異……

舞池男女吹著口香糖泡泡沉溺在妖樣鬼魅的氛圍中，從正面看過去整個大泡泡極度膨脹，粉紅色的泡泡，隨著泡泡鼓脹極其稀薄，變成微微淡紅，幾乎可以從快大過臉的泡泡中，看到吹著泡泡像章魚一般的嘴脣。

這時 David Guetta 的夜店神曲——Where Them Girls At 響起，大衛．喬森身後的落地電視牆MV中的泡泡飄向比基尼辣妹，比基尼辣妹好奇用指尖一觸碰泡泡，像觸電一般，變成電子彈跳娃娃。

「So many girls in here, where do I begin?」音響音樂嘶吼。

舞池中的男女失神亂舞。

角利見狀，趕緊撥手機，叫妙琳提著 Soprano Sax 上舞臺。

一身勁裝的妙琳俐落地翻身上舞臺，跟著Where Them Girls At的動感節拍，揚首吹起高音薩克斯風。「跳舞市集」瞬間一時沸騰，舞臺上的大衛．喬森、DJ等雖然訝異，但看到宛如高潮的舞池，連夜店工作人員也因爲跟以往不一樣的橋段，目光被吸引過去。這是任何舞臺表演者不會拒絕，突如其來的驚喜時刻。大衛．喬森示意DJ跟舞群配合妙琳，繼續這場魔術秀。

妙琳揚起高音薩克斯風，吹鼓著銀製石森吹嘴，飆著高音，吹奏出整場夜店最閃亮的超高音。

在這跳舞市集眾人魔幻最High的時刻，角利微笑，心裡暗想：「魔術秀的橋段，眞的不該每晚都一樣啊……」正準備轉身看有無機會靠近樓中樓的後臺休息室包廂時，突然感覺肩膀被重重拍了一下！

角利戒備，急忙轉頭看，居然是陳銳正，「你爲什麼會在這兒？」

「你境管局有人，我財政部、金管會也有人，我透過財務系統掌握『慕鄰建設』王桑的金流，從一筆可疑的轉匯帳戶，追到這裡。」陳銳正看了看「跳舞市集」樓中樓的裝潢。

「嘖！我的人脈可能被陳銳正摸透了一些……」角利瞬間推斷，「這樣看來分局長將我放在分局的檔案資料，讓陳銳正也有調閱權。分局長放任我使用警局資源，但規定都要留下記錄。這是檔案收集基本法規，原來他不挑戰這個法規，是最後能督管到我的意思……欸，我不知道被摸透多少啊？」

角利開始狡黠地想故布疑陣，拖慢缺乏經驗的陳銳正……

不知何時兩側夜店人員拿出二氧化碳鋼瓶噴槍，噴出七彩粉塵，在夜店燈具照射下，更顯五光十色的妖豔，強力的光夾帶高溫，夜店開始灑落的七彩粉末，瀰漫成帶燙的霧。

「現在這是？」陳銳正俯瞰著在七彩迷霧中扭動的人們。

「現在最流行的彩虹派對。」角利邊說邊低頭滑一下手機，發現手機剛有螫仔打來，夜店太吵自己沒接到。八成是要告訴自己，陳銳正來了的事。

「你撥接嗎？現在『已知用火』了沒？」角利不自覺地說著。

周遭太吵了，陳銳正似乎沒聽見。

「眞是個燧人氏。」角利趁機再小聲補了一句。

七彩煙霧在夜店室內詭譎瀰漫，像有生命般在空中任意變化的雲彩。擠在最前面辣妹們繼續熱舞，七彩粉塵跟她們熱舞的汗水融合，流淌入豐滿胸口的深邃處，像被舌尖舔舐到要融化的冰淇淋。跳舞市集舞池中，有人亢奮地彎著身子跳起來，有人像中了槍在地上抽蓄，有人流著口水身子蛇形般扭動……

看著大家瘋狂跳舞樣態，大衛．喬森自豪這是自己最棒的魔術。

DJ呼喊著：「烏丹．喬森！烏丹．喬森！」帶動氣氛。

「你現在就想逮捕他？」角利問。

陳銳正不置可否。

「這味道似乎不對？」陳銳正嗅了嗅。

「海妖？」角利也聞了聞，皺眉。角利心想不對，趕緊下樓要去接樓下舞臺上的妙琳。

「你能確定？」陳銳正問。

「要逮捕的話，你有搜索令嗎？這『海妖』是物，不是人啊！」角利丟下這句話。

在陳銳正思考角利這句話，以及現在搜索跳舞市集合不合法時，角利已急急下樓，要去帶在樓下舞臺上，仍吹奏高音薩克斯風的妙琳。

ＤＪ舉手向上揮舞：「我喊到三時，大家同時跳起來！一、二……」

角利下樓走入七彩迷霧之中。到樓下，在一片七彩迷霧中，角利感到亢奮、暈眩，極力收攝心神。

「三！」

七彩迷霧瞬間搖晃。

餘震中，角利試著以五指撥開黏膩的迷霧，努力要看清一切。

高音薩克斯風聲音遽然而止，角利更急著划開舞池中扭舞的人潮。角利中間踩到幾個人腳，遇到挑釁，角利二話不說，不是揮拳，就是推開。這些不過是被海妖綁架六神無主的人間遊魂，對角利而言，弱到不能再弱。

角利終於到達舞臺邊緣，但，卻已不見妙琳。

-†-‡-†-

當七彩迷霧開始瀰漫時，大衛．喬森示意臺上舞者等會將妙琳帶進後臺，並做了個舉杯喝酒的動作。

原本吹奏長音的妙琳不久之後，感覺身體開始放軟，漸漸不能自主……

接著身體慢慢被投落至七彩火豔的海面上，即將下沉，努力地抓著身邊金亮的浮木，上下漂浮。

載浮載沉之間，突然海面逐漸結起冰霜，原本半熱半冷的海面，已經緩緩變成冰海。

妙琳原本在海面上抓著浮木的雙手，凍結在冰海之下，無法伸出海面。妙琳整個身子背身束手，被囚禁在冰凍的海裡。

妙琳努力吶喊，卻發不出聲音。

妙琳感覺舌尖，被放了一顆櫻桃。

同時自己也被拋入一個更深沉，更柔軟的夢境中……如蒲公英般緩緩飄到了異樣血豔的花蕊之中。

好累啊……好累……妙琳想就這樣被吞噬掉……

突然一陣劇烈搖晃，花蕊瞬間被打散，妙琳回到上一刻的冰海，也被震得瓦碎。回到再上一刻的沒頂大海，也瞬間潮退。風景漸漸晴朗，看得越來越清楚……

妙琳睜眼，看見螯仔抱著自己大喊，「快吐出來！」

警醒的妙琳，趕緊吐，吐出一顆紅豔像糖果的東西……

紅豔糖果滾落地面，滾啊滾，滾到一旁在藍色發財貨車前抱著肚子跪在地上的人。

妙琳仔細看，是剛剛在舞臺上的舞者。

螯仔扶著神情恍惚的妙琳走出窄巷，走過在地上乾嘔著的舞者，再從舞者後腦杓，用力補了一腳。

後頭顏興宸則提著高音薩克斯風，一同埋身入角利在巷口，已發動著的吉普車。

第二十七話：退冰

中士林分局會報室電腦、投影機、音響的線路交纏在一起，裡頭間隙有著灰塵與蛛網。

角利看著分局長劉一昇看著自己跟陳銳正雙方匯入資料思索著，眾人等著分局長下判斷。會報室安安靜靜，會議室內的老舊除溼機，似乎因爲這整個冬季不止的雨，弄得疲憊，規律號吼著嗡嗡噪音聲響。在中士林分局任職這麼久，角利第一次聽見這聲音。

「除溼機眞的老了。」角利心想，「等有經費換下一臺時，自己還知不知道還待在警局……這饅頭可眞難數……」

手機響起，角利立即切成靜音，看著來電顯示，是妙琳打來。角利沒接，也沒切斷。妙琳一次又一次打來，未接來電的次數數字，在角利手機上，不斷地疊加。

角利將手機收到外套口袋。

「既然角利警官追的線索跑到了『跳舞市集』，『跳舞市集』又在天母，那依照之前的任務分配，角利警官你就跟陳銳正好好合作吧！」

之前案件分配上，天母這區原本就是規定派給陳銳正，所以這次行動，分局長要角利跟陳銳正一起行動。角利也沒辦法說不好，畢竟事情已經都走到這裡，賊窩就在那該死的天母跳舞市集。

法院搜索票下來了，行動就要開始，角利得在中士林分局明晚搜索行動前，創造自己的時間跟空間，好一網打盡。

角利精算後，撥了電話給螯仔。

城市華燈點亮，臺北盆地是眾神投放繽紛糖果的盆碗。

在中士林分局槍械室，角利整備著自己的槍枝，點數著子彈，帶著清脆的鐵器交擊聲響。一旁射擊靶場，傳來幾聲零落槍響。角利起身看，從兩道窗門玻璃口，看過去，陳銳正舉槍瞄準著靶心。角利希望今晚這個年輕的警官陳銳正，在打靶練習時，要夠心無旁騖。

角利下樓，走到跟中士林分局整編在一起的警察消防分隊。角利預先跟消防分隊長老趙打過招呼，老趙跟角利於公出生入死不知多少案件，於私一同鬼混喝酒多年，跟角利熟到不能再熟。老趙當然相信角利的「經驗法則」，要消防分隊隊員全體警戒，特別就在今晚的這幾個小時。

老趙坐在辦公室沙發，跟著幾個消防隊員好整以暇地泡茶，角利坐下：「再過一會兒，看要不要先準備發動消防車、救護車，等下『可能』報案電話會過來。」

老趙示意左右消防員開始整備檢查。

在中士林分局旁的消防隊內，消防車、救護車、雲梯車各自規矩停在集結處的線框，引擎開始鼓譟。一排排的救難氧氣瓶，摒息以待。一件件掛好的消防衣被吊起，袖口垂落下擺，像虛空的魂魄，等下就要有人穿上，行動。

角利回想剛剛向分局長劉一昇報告案情時，劉一昇讀著警官升等考試專書，不帶感情的回應：「你爲什麼還要過去？我知道你隱瞞了可能會爆炸的事。把他們一次炸掉，我們去收屍比較快……」

「野火燒不盡嘛……」角利記得當時自己回答，「既然春風吹又生，還不如把他們當成有棋子作用的種子，培植起來，以黑治黑，這樣我延退的日子才輕鬆。」

-†-‡-†-

「跳舞市集」中人聲鼎沸，酒客酒杯與舞池身影一同搖晃，紙醉而金迷。

大衛．喬森從一片黑暗的舞臺下方坐著單人豪華沙發椅，一樣從舞臺下緩緩直升至上舞臺。黑暗中一束光線投射在扶著額頭沉思的大衛．喬森，撥開金髮，大衛．喬森戴上鏤空的銀色王冠，張眼瞬間，響起了死金屬搖滾樂。

臺下舞池中的人潮，舉臂搖晃著開著手電筒模式的手機，舞池一片星海。舞動的男男女女，就是愛戴著他的子民。

女舞者戴著半邊面具，以及穿著不對稱設計，極盡暴露胸乳、大腿能事的緊身連身皮裙，妖豔上臺跳舞。

在超狂熱音中踩著超潮舞步的狗蟻仔，對身旁螯仔：「辣成這樣，等下闊達一定會幹譙爲什麼自己不能上來。他們現在就是要把拉斯維加斯賭場，直接空運來士林就是了嗎？」

現在螯仔、顏興宸與狗蟻仔在「跳舞市集」舞池中，這幾天顏興宸已經跟大衛．喬森重新接上線。角利跟顏興宸說，就約今晚跟大衛．喬森談判。螯仔、顏興宸讓闊達開車留在樓下巷口附近接應，等下螯仔、顏興宸上樓中樓時，狗蟻仔則留在舞池、酒吧準備幫手。

舞臺上的大衛．喬森問誰要上臺，親眼見證這天降神諭的時刻，舞臺下已經帶著醉意的男男女女頓時瘋狂，舉手，歡騰。吧臺這邊不少人忘我舉起啤酒瓶，酒花恣意灑向空中。

大衛．喬森拿著機槍造型的發射器，朝舞臺下舞池、酒吧，以及樓中樓座位區發射了好幾枚玫瑰造型的香精蠟燭。拿到的人，在身材曼妙穿著細肩帶短裙的美女助理誘導下，依序上臺，站在舞臺前緣。

大衛．喬森彈了一下手指，清脆一聲，舞臺上男男女女手上的玫瑰香精蠟燭同時點燃。大衛．喬森手指維持帶著東方意味的手印，美女助理請他們轉身放下點燃的蠟燭，彷彿向著大衛．喬森進行膜拜，今晚的魔術就將以此神蹟開始。

「Diwali Festival!」舞池中的外國男子喊著，他身旁的女伴大聲問他在喊什麼？

「光明節！」

「什麼光明節？」

在一旁的狗蟻仔跟鳌仔、顏興宸說，「嘿嘿，我看過 Discovery 頻道，印度光明節會在橫河會沿著河岸點亮泥土做的小油燈，不過人家也管這叫屠妖節。我們今天就來好好屠海妖這個妖。」

接著穹頂一樣降下糖雨，舞池接著浮起七彩迷霧。

鳌仔、顏興宸與狗蟻仔往吧臺那邊避著。

-†-‡-†-

魔術秀中場，大衛．喬森決定讓他的子民繼續在七彩迷霧中跟海妖纏綿，轉身往舞臺後走去，從內臺直上樓中樓的包廂。

在吧臺的鳌仔發現了，要嘻嘻哈哈的狗蟻仔戒備。

鳌仔、顏興宸走上樓中樓的斜梯道。照著角利所說，往後臺休息室直直而去。把守的兩個保鑣見狀，戒備地擋住門。

顏興宸秀了一下口袋裡的一包海妖，擋著門的保鑣瞄了一眼，便讓兩人進去後臺休息室。

保鑣看來是菲律賓或越南、印尼，多少印證了角利跟鳌仔、顏興宸所說的推斷：雖然是跨國販毒集團，但是畢竟是新來的集團，不可能有那麼多他們自己人，應該會找能聽得懂英語又好控制的人，來當他們手下。但再怎麼樣，也不可能讓他們直接碰到海妖，他們真正來自英國或歐洲的伙伴，應該就會在這裡面幫忙管控保護庫存的海妖。

螯仔、顏興宸走進後臺休息室，裡頭裝潢出乎意料有著英倫鄉村風的明亮乾淨，只是異常的冷。

蹺著腳坐在裡頭沙發等著他們的大衛．喬森毫無違和感，螯仔想，他真的是個英國魔術師，來自那有雪的英格蘭。

兩個歐洲面孔的保鑣一左一右，站在大衛．喬森所坐的沙發後。另外還有一個戴墨鏡的，站在不遠後方的庫房門，那裡應該就是海妖的庫存地。

違和的是，後臺休息室內也有個落地窗，樓下舞池、酒吧情況一覽無遺，旁邊還擺著幾臺監視器螢幕電視，可以看到舞臺下的狀況。

螯仔心想，或許一上樓時，他跟顏興宸、狗蟻仔的行蹤早就監控也說不定。現在不知狗蟻仔在舞池下的狀況如何？

大衛．喬森坐的沙發後面，工作人員忙著將各種等下魔術表演的道具，準備送下樓，火豔的女郎也忙著換裝，雙乳腰腿的曲線畢露。

厚實的檜木茶几上鋪著對應的玻璃，玻璃乾淨無暇到倒映出大衛．喬森上半身的身影。這樣看過去，宛如撲克牌上下對倒連結的人形牌面。

茶几邊旁散放著時尚娛樂雜誌，冰桶裡放著香檳，旁邊有個小平板螢幕，傳來門外舞池一模一樣的聲響——電子音樂以及耽樂沉迷於海妖七彩迷霧的男女呻吟聲。

鳌仔、顏興宸坐到大衛・喬森對面沙發，坐下時衣服跟皮沙發發出摩擦的吱嘎聲響。

大衛・喬森打開香檳啵的一響，香檳恣意冒泡。大衛・喬森取了三杯香檳杯，倒了三杯香檳，要遞給鳌仔與顏興宸。

大衛・喬森看到鳌仔與顏興宸的猶豫，笑了笑，把兩杯香檳放在茶几上滑到兩人面前。香檳杯裡的香檳搖晃不已，冰塊哐噹作響。

鳌仔想到希鳳之前接過烏丹・喬森名片昏迷的事，覺得大衛・喬森現在所有舉動都眞眞假假、別有用意，一時間覺得自己的行動綁手綁腳，還眞想現在直接動手動腳，往面前的大衛・喬森招呼。

大衛・喬森發現兩位對面前的酒不喝，「我以爲臺灣的黑道都很豪爽，還是『士林組合』跟別人比較不一樣？」

鳌仔、顏興宸瞪著大衛・喬森，狠狠地。

感受鳌仔、顏興宸上升怒意的大衛・喬森，輕蔑地拍拍手，從包廂側門走出一個服務員手拿菜單。

大衛・喬森指示服務員，「問問兩位大哥要吃什麼？」

鳌仔、顏興宸警覺到，這間休息室還有另一個門道，而且可能通往廚房，又多一個必須防範的地方。這是角利沒給的訊息。

顏興宸看了看大衛・喬森沙發後，那特別有洋人保鑣看守還有著密碼鎖的門，「就裡面那批貨。」

「你還敢來找我繼續海妖的販賣工作，這麼缺錢啊……」魔術師大衛．喬森打了個哈哈，把玩著手上的撲克牌，流利地一掌把撲克牌一張接著一張接龍般蓋住，刷平在桌面上，接著要螯仔、顏興宸，隨意亂數掀開幾張撲克牌，那些黑桃、紅心，變成了麻將牌面花色。

「對，我旁邊這位人兄，還在湊錢買房。」顏興宸用大拇指指了指坐在旁邊的螯仔。

「電話中聽你說，你想接手傅鑫野在士林的海妖販賣工作？既然這樣，做啥要『處理』我哥。」

「烏丹．喬森被抓我很遺憾。但是不表示你們的生意，就不必買賣了。」

——擬訂闖「跳舞市集」計畫時，角利這麼說：「……接著他會跟你顯現，你想遮掩的你們跟我的合作關係。」——

大衛．喬森翻開一張牌，牌面畫出的雷電對角線裂紋，一半顯現角利的臉，另一半則是螯仔與顏興宸剛剛坐在跳舞市集舞池旁酒吧的俯視素描圖。

「可能是跳舞市集頭頂的檢視器拍下的。」已有預期心理的螯仔心裡猜測。

——至於用什麼魔術方式，就不用理他了，不要露出訝異的表情，這樣你們在情緒上就被他壓制。——

螯仔、顏興宸兩人視而不見，大衛．喬森神情頓了一下，螯仔感受到了，他所隱瞞計謀失敗的微微驚慌。

——一個魔術師，最需要做的工作是從觀眾角度，看自己所作所爲。接下來，他會好好觀察你們，所以球換到你們手上了，你們要理所當然的說……——

「你的『跳舞市集』打算變成海妖專賣店嗎？這批貨賣這麼慢，別忘了臺灣過年臺北可是一堆人都要去南部找阿公阿嬤的，誰還來你這裡『消費』，你不怕你背後的 BOSS 怎麼『處理』你嗎？『炸魚薯條』？」顏興宸用大拇指做了個割喉動作。

聽到顏興宸幾乎一字不漏的照說出這些話，螯仔心想，當時他從跟角利碰面談事的酒店出來時，自己還跟顏興宸說：「你覺得我們這樣最後是要去當警察？還是要當黑道？」

螯仔耐住了性子，照著角利的方式，一步一步來，而顏興宸則是要壓抑自己帶著懊悔的憤怒。

「對啦！You guessed right，現在光靠我一個人，實在無法處理這些貨。我當然知道，像你旁邊這位兄弟，叫螯仔吧，就趕著回南部找媽媽？」

努力按耐自己的螯仔勃然大怒，應該是傅鑫野洩了他的底，螯仔擔心這個洋鬼子集團會不會派人往高雄老家走……

大衛．喬森知道自己已經命中目標了，一臉挑釁的冷笑。

螯仔擔心母親的安危，但努力沉住氣，回想角利苦口婆心說的話——來，我跟你們說。懂得什麼叫做細胞分裂吧！如果不一舉成擒『跳舞市集』這些洋鬼子，魔術不會停止的。首先，還是要謝謝你們的血氣方剛，碰碰碰，建商、黑道、烏丹．喬森都被你們打一輪了。但現在我建議你們最好跟我這樣做，因爲事情已經壓不下來了。我們警察局去攻堅，但是背後的政商關係，會讓這件事像搓圓仔一樣搓掉。所以，在警察去盤查前，你們先去解決，問出『荔枝果園』在哪裡？你們聽清楚，海妖現在因爲鬧開了，反而會吸引藥頭、吸毒者們的興趣。現在『士林組合』能成功檔下這批貨，會讓背後的人知難而退，因爲當地頭蛇在『士林組合』壓制下，才會『眞的知道』，海妖、荔枝的通路是被滅的，這會讓他們縮手。不能賣的貨，只是燙手山芋，賠本生意沒人做。——

顏興宸敲敲桌子，「所以現在你還想不想在士林銷貨？還是只是要跟我們練中文會話？要不要學臺語？」

「我可以找別人。」

「怕你看不懂臺北地圖，天母還是在士林。」顏興宸冷冷回話。

「不然找你哥怎麼樣，你現在變變魔術看看，看你哥招供了沒。」螯仔接著說。

「沒關係，看你囤貨清的快，還是警察找你們比較快。」顏興宸繼續威脅，發現條子還滿好用的。

「你們幫警察做事？」

「做事也分很多種。」顏興宸食指、大拇指做出捻鈔票的動作。

「你們給我接線，叫角利親自跟我談，誰曉得你們中間又過了一手什麼？」

「就直接講白好了，角利，他也要抽成。」

「這是你們中文所謂的『分杯羹』嗎？這條子？他能影響海巡署嗎？」

螯仔想起幾個禮拜前北部濱海公路岩岸夜海，從走私船上岸的海妖。

「幫角利做做業績好了……」螯仔心中暗想，接著問，「你們走私，英國海關查不到你們的海妖船？不過，你們也不會那麼無聊只搞一班英國——臺灣直達船吧？」

「就告訴你們好了，我們想用郵輪運輸，船跟著我們的世界巡迴演出跑。你有在白天看魔術秀嗎？沒有吧！魔術秀很容易跟夜生活混在一起。夜生活，哈哈，你知道，各地都差不多，酒色，再來就是毒……」

螫仔：「你們還眞有頭腦……」

「這都是魔術秀的一部分，我讓你們閉著眼睛也能看到東西，你知道的……」大衛．喬森特意看著顏興宸，「你心裡最想知道的，海妖會解放你的身體會告訴你。」

螫仔：「所以你們也在船上搞鬼變魔術。郵輪不會也是個幌子，是你們在公海上的活動製毒工廠吧。」

「別這麼說，是『化學實驗室』。化學也是一種魔術，你不知道練金術嗎？在海上把半製品，做關鍵的興奮劑調配，煉製。沒有比船更好的製毒工廠了。只要找到固定在地代理商，我們就可以單純在航程中製毒了。」

「看你們這幾個人，一定不是集團首腦，說來，也是運貨人的角色罷了。」螫仔關注著大衛．喬森身後保鑣的舉動。

大衛．喬森假裝聽不懂，微笑，「所以利潤怎麼分、怎麼算。你們、角利……多一個警察，多一個人分？還是你們只是他的跑腿走狗，做功德的？」

「反正你這邊也少一個人了。」螫仔反脣相譏。

大衛．喬森冷笑，找不到適當的中文回話。

「這問題應該是，我們怎麼幫你分，在士林，你還想找誰？不要小看『士林組合』，也不要小看角利背後的白道人脈，還是你們兩個都小看？你們能混到現在，只是因爲我們士林組合睜一眼，閉一隻眼。」螫仔拿起酒杯，靠向沙發，蹺著腳，睥睨著大衛．喬森。

談判膠著，大衛・喬森舉起香檳，身後的洋人保鑣已經開始準備動手。顏興宸發現大衛・喬森舉杯的手指中指刺著 Joker 鬼牌，不過是白的。顏興宸想起在美麗華摩天輪座艙時，看烏丹・喬森在塔羅牌占卜，洗牌的手，中指上刺著的黑色鬼牌 Joker。

「你們會怕認錯彼此嗎？還刺個白的。」

「你們知道撲克牌有幾張嗎？」大衛・喬森將香檳一飲而盡，拿起撲克牌。螫仔、顏興宸也開始警戒。魔術師拿起撲克牌的時候，就是毛病、花樣多。

「五十二張，這五十二張分別代表一年的五十二個星期。」

螫仔：「所以？」

大衛・喬森：「而鬼牌一黑一白，一夜一日，代表的是多出來的兩天。」

螫仔：「最好配合一點，不然我也會讓你變得很多餘。」

「問題是，你知不知道我們兄弟一出生下來，就共享這相同的日日夜夜嗎？少一個都不能完成一張牌。」大衛・喬森從沙發起身，走到顏興宸身邊。

螫仔、顏興宸警戒，也準備起身，因爲在這個情況下，低身坐在沙發上，很容易遭受行刑式槍擊。

這時，門外傳來人被擊倒的聲音。

原本關上的門砰地被踹開——

「你們可別少算了我。」督察陳銳正開門走進來，一手整了整耳朵內塞著的監聽耳機，另一手拿著搜索令。

門外的東南亞保鑣倒在門口邊。

「才剛押了保釋金出來，你們就蠢蠢欲動了。」陳銳正看了一下螯仔、顏興宸說。

大衛．喬森見狀，拇指跟中指打了聲清脆的響指。

站在沙發後洋人保鏢開槍，毫不猶豫，槍枝火星、硝煙、槍聲同時迸發！

早已有所戒備的顏興宸同時將厚實的檜木茶几，一股腦掀起，迅速蹲低身子，躲在桌子後，讓身子擋住槍。顏興宸順勢將檜木桌上有彈痕的大片玻璃甩向持槍手，持槍手瞬間鼻樑被打斷。

陳銳正那個方向，也迅速響起槍聲。

休息室中的妙齡女郎尖叫而散。

-†-‡-†-

一樓舞池中，從樓中樓，隨著玻璃碎片，洋人保鏢整個被顏興宸扛起飛砸落下舞池地面。

狗蟻仔負責在跳舞市集舞池、酒吧把風，約好從樓上砸破玻璃的椅子當作信號……狗蟻仔沒想到是砸下一個人。不管三七二十一，狗蟻仔趕緊要衝上樓中樓。這時，狗蟻仔感覺額頭碰著了一個氣泡，仰頭看，有幾個氣泡也飄落下來……

螯仔蹲低躲在被顏興宸掀立起的檜木茶几，但不鏽鋼枴杖直立握起，伺機而動。槍聲方停，便迅速起身，用力揮擊，打飛另一個手下手中的匕首。

螯仔滾身，去撿匕首。

槍聲。

槍聲。

槍聲。

螫仔撿起匕首後，不管三七二十一，就往後頭已掏出槍的戴墨鏡保鑣的手邊丟。

戴墨鏡保鑣連著衣服，一手被釘在庫房門上。

螫仔沒注意他墨鏡也遮不住的痛楚眼神，只從他的墨鏡中，看到後頭樓下的七彩迷霧如何開始浮升瀰漫。

顏興宸已把剛剛身邊的洋人槍手保鑣往落地玻璃窗丟下樓，現在舉起茶几將半跪在地上，握著手腕的洋人刀手保鑣身上砸。

螫仔回頭幫顏興宸，拳腳料理洋人刀手保鑣，兩人合力把他往樓下丟。接著兩人在往戴墨鏡洋人保鑣那兒走，拖著他往窗口走。插在庫房門上的刀，只能挽留戴墨鏡洋人保鑣半截手腕的衣服袖口。

螫仔、顏興宸也把戴墨鏡洋人保鑣拖到已打破的玻璃窗口前時，發現剛剛往樓下丟的刀手保鑣雙手還掰在玻璃窗口邊，撐著，懸在樓中樓的半空中，在窗口邊，留下被玻璃片刮破的手指血印……

「嘖，眞耐命。」

螫仔把撐在那裡的刀手保鑣踩落，接著跟顏興宸把戴墨鏡的保鑣也丟下樓。舞池電子音樂中，夾雜著接連墜樓的保鑣痛楚的哀嚎聲……

樓下七彩迷霧已經瀰漫，舞池眾人倒成一片，還有詭異的氣泡，在其中飄盪……

螫仔看監視電視，沒看到狗蟻仔人影。

鳌仔、顏興宸兩人這時看到陳銳正舉槍對準側門，走過去看。

陳銳正所槍指側門後的開放式走道，大衛．喬森一手拿著氣體噴送管，對著樓下。噴送管被調到最大，七彩迷霧如瀑布，瘋狂從噴送管作嘔般噴吐而出——

另一手則將氣泡噴槍，湊在打開的瓦斯鋼瓶旁，噴出大量的氣泡。氣泡如彈跳的精靈，不只往樓下擴散，好些也在樓中樓輕盈懸浮。

陳銳正舉槍，要大衛．喬森放下手上的東西，舉手進原本後臺休息室。大衛．喬森高舉雙手，管線放在地上，七彩迷霧仍不斷流洩而出。

大衛．喬森才重新走回休息室，不知爲何，陳銳正便癱軟下來。大衛．喬森帶著冷笑，立刻死命打開一旁的庫房門，奪門而入。

鳌仔趕緊把地上槍撿起來，卻發現手指開始無力，扣不太下扳機。

顏興宸看起來卻沒事，要衝過去庫房門。

庫房門後伸出一隻手，握著打火機。

鳌仔見狀，一下就搞懂了，極盡所能的大喊：「快趴下。」希望自己的聲音能讓「跳舞市集」樓上樓下的人全聽到。

以門當檔遮，大衛．喬森像丟棒球般，奮力將打火機丟向打破的落地窗口。

打火機通過落地窗口，往樓下的舞池飛。在屋頂的探照燈下，在瀰漫的七彩粉塵中，同時引爆了其間四處飄盪彈跳懸浮的瓦斯氣泡——

巨大的爆炸！

爆炸！幾乎所有東西都瞬間成爲碎片，玻璃、木片各種什物四散噴出。這時趕上樓的狗蟻仔，在爆炸的強大力道中騰空，往樓外炸飛而出。瞬間，「跳舞市集」成爲火海火舌翻舞之煉獄……

在士林分局旁警察消防分隊，才舉起小茶杯要喝茶的角利，聽到遠遠響起瓦斯氣爆聲。一定是從天母那方向傳來，不必看街頭巷尾監視器，不必等螯仔他們撥電話來了。

角利看著一個個原本戒備的消防員，火速滑著滑桿而下，衝往消防車。角利難以想像，如果那天在萬眾聚集的美麗華摩天輪，那該死的魔術師也表演這個魔術，會發生什麼樣的慘況……

螯仔跟顏興宸從爆炸聲響中努力恢復，爬起。兩人也打開看守門，追進去，發現門後也已著火，大衛・喬森也剛爬起身子，看來也遭到爆炸影響。大衛・喬森拿著西裝領口的手帕遮住口鼻，起身扛起放在庫房的一袋東西，往後準備逃出火場。在也滲透而入的七彩迷霧、瓦斯氣泡中，後頭是一條通往樓下舞臺的樓梯。

螯仔將槍交給顏興宸，顏興宸擊發槍枝，沒中。

頭也不回的大衛・喬森，手指捻出一小撮火苗，又引爆一次小型爆炸。房間上頭的裝潢禁不起爆炸，掉下起火。

大衛・喬森身影消失在攔路掉下的著火裝潢……

螯仔示意顏興宸，兩人出後臺休息室，往樓下迴旋梯衝。螯仔猜樓下舞臺後一定也有能接上大衛．喬森逃往的那條梯道。

樓下舞池、酒吧中煙霧瀰漫，被黑煙火海吞噬。跳舞市集中只有幾個天花板消防灑水器有作用，螯仔、顏興宸不時踩到倒臥其中的男女舞客，以及溼潤的水漬。

顏興宸走到吧臺，先去找毛巾，趕緊以灑水器的水沾溼，綁在口鼻，也丟了一個給螯仔。

螯仔仍感到身體遲緩，有些無力，難以動彈。螯仔想到自己所能擁有的一切，右拳下揮，振奮自己，要甩掉那黏膩在身上詭異的舒適感。

兩人在地板匍匐而行，避開擴散的濃煙，穿過舞池往舞臺前進。仍不時有瓦斯氣泡氣爆，稀疏的爆炸聲擴散，烈焰仍在其中悶燒，但無法給看不清的火場，任何明亮的希望。兩人迅速低身彎過倒鋪四散的桌椅、倒臥哀嚎的男女客人，但避不開碎滿一地的酒杯酒瓶玻璃，追過去的每一步，踩出混著酒水淅淅瀝瀝的碎玻璃聲。

只見火舌黑煙中，探出兩雙已經眼淚嗆滿眼眶的眼睛，搜索尋覓著。

螯仔跟顏興宸翻身躍上了舞臺，四處違法的裝潢，不斷助長火勢，吞滅能逃生的路。舞臺上亂蛇般的線材，也著火，像炸彈般點燃的引信。兩人終於在舞臺後找到暗道，趕緊往後走。暗道後果然是貨物梯，打開梯口門，濃煙竄出，光景豁然釋放，雖然樓外仍是夜。

貨物梯連接樓上、樓下，不知大衛．喬森往哪走。理論上，一般人會往下逃走，但這魔術師不是一般人，或許他會狡詐地往上爬到樓頂，跳到隔壁樓逃走。

「樓上危險，可能還有海妖粉末殘留，我上去看，樓下給你。反正，我之前有接觸過荔枝，已經習慣荔枝的『甜度』……」

說這話時，顏興宸刻意仰頭觀察樓上，避開螯仔的眼。這時螯仔也終於搞懂了，「跳舞市集」七彩迷霧中的紅色粉末，就是些微海妖調成。而海妖只是顏興宸不遠的過去。

兩人約好一人上樓找，一人下樓找大衛．喬森。樓上狀況不行，就往下衝；樓下狀況不行，就往上衝。螯仔看著行動還算自如顏興宸往上走，便也往下行。

走了幾階，螯仔果然從貨物樓梯夾縫間，窺見背著背袋的大衛．喬森。螯仔隱入樓梯也開始浮泛的黑色煙霧，發現大衛．喬森正往樓下的樓層進去。螯仔怕喊了顏興宸，大衛．喬森又要搞什麼花樣，決定自己去制住大衛．喬森。等大衛．喬森進入樓下樓層後，趕緊低著身子快速跟上去。

那樓層吐露白煙，樓層門口虛掩，應該是大衛．喬森剛剛沒關緊。螯仔略開那厚重內門，沒人想到，那竟是屠宰場的冷凍冰庫。螯仔不管三七二十一，側身潛入，迎上冷藏庫猛然噴吐而來寒氣。

半身潛入的螯仔，他已布滿血絲的眼睛，看到的是一片白霜凍氣。這雙眼睛，此時此刻，就微妙座落在黑與白，焰與冰之間。

屠宰場冷凍冰庫中，除了幾隻後腳被吊起的屠宰體仍保有身體全形外，筆直輸送帶旁沿著牆，掛著一排一排豬牛家畜切割肉——被肢解的腿足，剖半的胸膛，失去肉身的頭顱，林立著。在瀰漫的冰霜氣霧中，仍可見被切割、懸掛的家畜身上蓋印的戳記，代表著牠們肢解後的仍所屬。

電子吊秤旁，擱著幾雙黃色膠底鞋、消毒劑、一把屠刀。黃色膠底鞋在白霧中，如此明亮成訊號。螯仔前去，拿起屠刀。

整個只有一個通道口能入內，就是那條正在轉動的輸送帶，只是現在塑膠布片並列掩蓋的輸送帶通道口，已整個關上門。螯仔在想，可否用屠刀撬開……

可是沒想到他身後，剛剛從貨物梯而入的門卻自動關起，響起清楚地自動上鎖咯擦聲。螯仔知道大衛．喬森又開始搞花招。在這一上鎖聲後，這裡變成囚牢。但對螯仔來說，這裡是刑場，只是要看等下的結局，才能決定是誰的。

螯仔心想，或許大衛．喬森剛剛是故意誘使自己過來的……但又如何？反正今天他就該死。

屠宰場冷凍庫的白霧這時卻開始微微變化，冰霜中泛紅，好像牲口已流盡的血，霧般氾濫。螯仔心想不妙，大衛．喬森竟將海妖血紅粉末狀，灑在冷氣中……

吸入「荔枝」時，看到豔桃紅的罌粟花綻放，花蕊一層一層緩緩展開，到最後花心時，一陣針尖般的電音刺穿入自己耳膜。

大衛．喬森應該是在空調口灑海妖，不然不會能這樣擴散。

螯仔決定去找牆壁有沒有冷凍庫空調的開關。知道自己時間不多，螯仔拖著步伐，趕緊走入沿著牆面緊密排列林立，被吊起的屠宰體，撥開冷凍屠宰場中一大塊一大塊整個被電宰從嘴巴沿著頭顱、脖子，一直到背、臀，切面成左右大半的牛隻、豬隻。刷過他臉頰兩側。

螯仔希望這樣看來狼狽的自己，能引動大衛．喬森的嘲笑。這樣他就可以循聲逮到他……在屍身與霜霧間，突然螯仔在這些掛起帶霜的豬肉、牛肉屍身，卻看到一個熟悉的黑色身影切片，掛在被屠宰的家畜肉林間……

——是黑狗的屍身——

這映入眼簾那麼熟悉的黑色身影，鐵鎚般直接一擊敲撞在螯仔心口，螯仔頓覺無法呼吸，眼睛充盈淚水。只看一眼，螯仔胸口心臟就像被鐵鎚重重敲撞，在戰慄之中，螯仔眼淚忍不住流下來淚。

螯仔發抖著取下阿強屍身，牙顫。穿過阿強屍身的金屬掛勾，也牙顫般敲擊著懸掛橫槓。

螯仔已忍耐不住，狂吼，握緊屠刀，要找大衛．喬森！這讓他不自覺猛吸了幾口海妖，他開始覺得感官慢慢被關上，周遭的冷凍冰庫的白色凍氣，漸漸變暗，自己雙腳好像漸漸陷入了泥沼之中，舉步維艱。

螯仔感覺手腕關節好像生鏽了一般，屠刀隨著手，垂在大腿外側。螯仔乾脆順勢伏地如獵豹，像獵豹在草原上低伏身子，在掛起的牲畜屍體下伏進。

果然在懸掛起畜牲屍體下的縫隙，看到了大衛．喬森穿著西裝、皮鞋走向輸送帶的雙腳。

螯仔奮力將手上的屠刀朝魔術師的腳踝甩丟，屠刀打旋而去，狠狠地砍劈中大衛．喬森的腳踝。

螯仔起身，托著身子，手上不動明王刺青怒目，在血霧中咬牙前行。

努力轉過身子，躺在地上抱腿哀嚎的大衛．喬森向螯仔求饒，拿一大包海妖誘惑螯仔，「這包可以換一〇一大樓至少一層了……」

螯仔舉起屠刀，朝大衛．喬森手上的一包海妖，痛斬幾刀。粉末四散，帶血。

尋找最後一搏機會的大衛．喬森趁機朝吐出一陣煙氣，螯仔一掌用力朝大衛．喬森臉像鷹爪般壓下去，煙氣從螯仔螯爪般冷硬堅實的指節間奄奄一息的吐露……

螯仔掌爪螯鉗般再提起大衛．喬森的頭，往輸送帶砸下去。

「魔術結束，你演夠了沒。」

-†-‡-†-

當角利跟著消防車衝至「跳舞市集」時，發現滿地從跳舞市集樓上飛濺下來的碎玻璃，混著酒瓶玻璃與瓦斯味，酒精與瓦斯不斷強化火勢。從二樓玻璃窗炸飛到地面的客人，被炸的衣衫不整，倒臥在地面哀嚎，其中還包括陳銳正，似乎腦震盪，倒在巷口地面不動。

幾臺從急救中心、醫院的救護車已經先到，在燒焦味中四處是移動式擔架。幾個急救人員爲灼傷的男女急救，戴上氧氣罩後送上救護車。警笛響起，救護車吃力在小巷彎道，以及圍觀的人潮中迴轉。

「跳舞市集」正面已經一片火海，火舌已經從騎樓的樓梯口竄出，裡頭濃煙密布，消防員想打出救人活路已無可能。

其他陸續前來支援的消防車來了，可是原本狹窄的防火巷卻被藍色發財車卡著。角利第一時間，趕緊電話叫拖吊車來，消防車盡力讓水柱延伸沖到後面火場。

接著角利也穿上消防衣，爬上消防車雲梯，從屋頂上垂著鋼索而下。角利敲破跳舞市集夜店門窗。頓時原本在裡頭七彩煙塵與火舌，向外噴散。

晚上在「五湖四海」等著的妙琳，越想越不對，爲什麼角利不接自己電話。忍不住，也招了個計程車要到天母「跳舞市集」。

搭計程車時就聽到天母那裡傳來轟隆爆炸聲，妙琳直覺就叫運將，快快快！

抵達跳舞市集時，果然場面一片混亂，到處是嗆鼻味。幾臺消防車在街道上並排，閃動的紅色警戒燈，向街道上周遭的建築物快速掃動，卡在街頭巷尾、防火巷周遭，不得動彈。

隻身彎入「跳舞市集」的妙琳，在到處奔忙的消防員、救護員間，從擋住巷口的藍色卡車後張望，看到斑駁的「肉品屠宰冷凍」招牌。

妙琳想起前幾晚在跳舞市集後臺被餵毒時，身體在意識朦朧之間，所感受到的一陣寒意……防火巷那裡一定有也可上跳舞市集的樓梯！

妙琳二話不說，就拿起掛在消防車上粗重的鐵撬棒，側身繞過擋住防火巷的藍色發財貨車。沒想到「跳舞市集」邊側與「肉品屠宰冷凍」共用的貨物梯，早也已火舌黑煙翻騰……

妙琳不管了，直往另一頭「肉品屠宰冷凍」店門口跑！衝過去像個砸店的流氓一樣，拿著猛砸關上的店門，進店後，上樓，看見了肉品包裝機具，肉品輸送帶關上的門口冒出血紅的霜霧……

妙琳戴著預備好的N九五口罩，用力撬開通往屠宰場冷凍庫的輸送帶小門。妙琳沿著輸送帶，爬入屠宰場冷凍庫。

妙琳終於在一片紅豔海妖滲透的冰霧中，看見倒臥其中的鰲仔……

不遠處朝著貨物梯的鐵門，則傳來顏興宸捶門呼喊聲……

隔間的「跳舞市集」火災傳來的熱力，將宰割掛起冷凍的屍體上滿布的冷霜，逐漸退冰，血水滴滴點點……

第二十八話：誰找誰

臺北盆地連月冬雨，現在晨霧漸散，難得有晴，彷彿天空已經盡情哭過，終於能為人們，維持晴朗。

市北榮醫院天臺只剩沒排掉的，曾是雨的幾枚水窪。這是臺北盆地這層風景線，最後積蓄的淚水。

螯仔站在醫院天臺上，閉目養神，想像各種城市事物，如何聚合在一起，從差異、衝突中，產生一種共處之道。士林夜市攤販的叫賣聲、機車的呼嘯聲，士林來去不同色種、國籍的遊客，只要夠有緣份，就能交揉在一起。

螯仔睜眼看著自己腳上又是綁滿繃帶，繃帶在自己腳爬藤而上，帶著血色藥黃，彷彿也走過一次荊棘的旅程。

螯仔張臂，像要擺脫什麼似地，一大早便開始練習深呼吸，作肺部復健運動。

胸口仍感到疼痛，螯仔努力做了一組。拿出昨晚顏希鳳探病時，送來的巧克力棒棒糖，叼著。

螯仔想著希鳳說，之前有幫他辦些保險，會有不少理賠金，要他好好住院休養，不必擔心錢的事。螯仔重新盤算自己現在為買房存的錢……

一旁坐著輪椅的阿伯打招呼，「少年欸，這麼打拚，要出國比賽嗎？」拿菸給螯仔一起抽，搏一下感情。

上樓臺的逃生鐵門打開，一陣急促腳步奔跑聲後，遞給螯仔的菸，硬生生地被攔截下來。

妙琳一手將菸遞回給阿伯，一手將手裡的枴杖要給螯仔。輪椅阿伯識趣的搭電梯下樓。

「拜託，我斷腿都不知道是幾百集前的事了……」

妙琳追著螯仔跑的這段日子，實習時數缺了一大塊。實習指導護理長看在之前妙琳這麼熱心地投入實習工作，以及認眞的學習態度，特別「通融」妙琳在年節前的一個禮拜，好好補上缺的時數。

「你媽媽……伯母，打電話來，著急你的狀況，我跟伯母說你沒事，她說馬上打車票，上臺北看你。」

螯仔之前看著在臺北盆地遭遇到的人時，總有一種「不久我就要走了喔」的感覺。現在接到媽媽這支電話，這裡的一切好像有家的感覺，買房子什麼的，好像也不再是什麼讓人頭大的事。

爲表示感謝，螯仔接過妙琳遞來的枴杖。

「至少你還認眞一早起來復健。狗蟻仔一個人還在睡大頭覺。」

「現在才七點，你就別難爲他了。畢竟發生了這麼多事……他可是一開始就捨命 cosplay 成歐巴桑來市北榮。就當希鳳放他榮譽假好了。」

「問題是，你還敢故意轉院來市北榮醫院。」

「我答應妳要一個禮拜完成這事，結果整整多超過好幾個禮拜。」螯仔咳了聲嗽，「我來醫院還妳兩個禮拜。反正妳不是實習還差好幾百小時，被『留級』了，我順道來醫院陪妳。」

「你不怕市北榮醫院可能還有什麼……」妙琳擔心還有什麼集團。

「反正給妳罩啊……」

墊起腳尖，取下他口中的棒棒糖，拿到手上。

這個墊尖，多了點遲疑，多了點時間。兩人的剪影，在一秒間，得到了靠近。

一趟災難過後，在這如煙繁華的城市中能保有短暫的寧靜、甜蜜，是如此幸福，只要這城市的人，還沒全醒，這一時半刻，就能這麼永久。

-†-‡-†-

立了大功的角利，被抓去領獎，這點他非常樂意。但是他也違了些規，所以被分局長劉一昇，抓去看警紀教學錄影帶加強教育。角利知道分局長要在警局下屬前建立一下自己的威信；被封為「地下分局長」的自己，知道自己也該要配合演出。

晚上分局長請喝通宵，一方面慶祝，一方面自然也有在檯面下，給學長角利陪個罪的意思。角利當然要給分局長請個一頓，好好敲他一槓。警消隊長老趙也來，差點「因公殉職」的陳銳正，還在醫院躺，所以角利喝的盡興。

不知喝了幾攤，角利走路回家，天旋地轉地醉倒在不知三更，還是半夜的士林夜市。

現在還犯宿醉的角利，坐在凌晨慈諴宮廟口階梯上醒酒。天未放明，但口中呵出的氣，清晰如煙。角利像在高海拔山頂雪地裡的噴著鼻煙，要與隱匿在雪霧中的對手，對決的羱羊。

雖然案子已經告了一段落，但想到喝酒跑續攤時，分局長又拿著人事室幫自己試算年改後，刪了不少退休金的退休薪俸單，說服自己再延退幾年。

臺北還眞是個讓人總得不斷移動的城市，什麼時候才能退休，安安穩穩窩在家？

又「被延退」的自己該如何撐過這場士林治安的延長賽，角利腦海浮現鰲仔、顏興宸、顏希鳳，甚至是，傳鑫野的樣子……

「唉，所以接下來該拱哪個，來扛下『士林組合』啊……」角利心中暗念，揣想。殿前睜眼張口的石獅，擺著頭陪著角利想。

對於該扶植誰，作爲接替老爺子當「士林組合」的領頭，角利反覆思考了種種，「唉，無論是誰，都還得說服老狐狸般的田律師，還眞是麻煩。」

手機又響起，角利看了看，廟前階梯起身，走入凌晨的士林街頭。城市街頭巷尾，張貼起紅色春聯，四處繁衍著。身後的慈諴宮正殿傳來晨鐘以及誦經聲，角利把它們當成另一種福音，走向街心，走向十字路，走向捷運。

早晨捷運從頭上高架橋，在城市樓房頂端，嘩嘩劃過，擾動著還陷入城市夢境的孤寂傢俱、睡而未醒的人們。

在捷運車戰前派晨報的人，也不問角利要不要，便直接塞給了角利一份晨報。角利看了看頭版大大標題「爛攤大利潤！承包商陷入黑道、毒品疑雲，北市府將重新議約，士林藝術文創商運中心工程陷入停擺」，便把報紙捲壓，丟入垃圾桶。

頭疼的角利走向自己的黑色 Lexus IS250，打開車門，他回看身後那上樑典禮後，仍沒蓋好士林藝術文創商運中心，那鋼筋結構如何半空懸置，矗立於捷運旁天幕仍帶著深藍的士林市區，一如裸露骨骸的幽幽巨靈。

《螯角頭》全話終

Story 032
螯角頭

作者—解昆樺
校對—張皓棠
主編—李國祥
董事長—趙政岷
出版者—時報文化出版企業股份有限公司
10803台北市和平西路三段二四〇號三樓
發行專線—（〇二）二三〇六—六八四二
讀者服務專線—〇八〇〇—二三一—七〇五
（〇二）二三〇四—七一〇三
讀者服務傳真—（〇二）二三〇四—六八五八
郵撥—一九三四四七二四時報文化出版公司
信箱—10899臺北華江橋郵局第九九信箱
時報悅讀網—http://www.readingtimes.com.tw
電子郵箱—genre@readingtimes.com.tw
法律顧問—理律法律事務所 陳長文律師、李念祖律師
印刷—勁達印刷有限公司
初版一刷—二〇二〇年二月二十一日
定價—新臺幣四五〇元

時報文化出版公司成立於一九七五年，
並於一九九九年股票上櫃公開發行，於二〇〇八年脫離中時集團非屬旺中，
以「尊重智慧與創意的文化事業」為信念。

螯角頭 / 解昆樺著. -- 初版. -- 臺北市 : 時報文化, 2020.02
面； 公分. -- (Story ; 32)
ISBN 978-957-13-8092-6(平裝)

863.57　　10900091

ISBN 978-957-13-8092-6
Printed in Taiwan